즐거운 나의 집

첫판 1쇄 펴낸날 2007년 11월 20일
3쇄 펴낸날 2007년 11월 23일

지은이 공지영
펴낸이 김혜경 **편집주간** 김장환
편집1·2팀 유은영 박경란 이재현 이진 김아롱 김미정
청소년팀 박창희 심재경 이신혜 김태형 주소림
어린이팀 손자영 김솔미 장슬기
디자인팀 박정숙 윤정우 전윤정 문지현 지은정
마케팅팀 엄현진 윤혜원 이원영 박인성 이재훈
경영지원팀 권혁관 임옥희 김순상
인쇄 백왕인쇄 **제책** 정민제책

펴낸곳 (주)도서출판 푸른숲
출판등록 2002년 7월 5일 제 406-2003-032호
주소 경기도 파주시 교하읍 문발리 파주출판도시
     529-3번지 푸른숲 빌딩, 우편번호 413-756
전화 031)955-1400(마케팅부), 031)955-1410(편집부)
팩스 031)955-1406(마케팅부), 031)955-1424(편집부)
www.prunsoop.co.kr

ⓒ 푸른숲, 2007
ISBN 978-89-7184-755-8 (03810)

이 도서의 국립중앙도서관 출판시도서목록(CIP)은 e-CIP 홈페이지(http://www.nl.go.kr/cip.php)에서
이용하실 수 있습니다. (CIP제어번호: CIP2007003549)

공지영 장편소설

즐거운
나의 집

푸른숲

1.

나로 말하자면 마음속으로 아빠를 떠나는 연습을 매일 하고 있었다. 시작은 아빠의 결혼식장에서부터였을 것이다.

2.

나는 그때 아홉 살이었다. 나는 푸른 레이스가 잔뜩 달린 드레스를 입고 식장으로 들어갔다. 아빠의 결혼 축가를 연주하기 위해서였다. 나는 피아노 학원 가는 일을 죽자고 싫어하는 아이여서 도무지 진도가 나가지 않고 있었는데 이 곡만은 아주 열심히 연습을 했었다. 자기 부모의 결혼식에 참석하고, 또 그 예식에서 중요한 역할을 담당한다는 것은 소꿉장난이나 인형 놀이에서 엄마 역할을 하거나 아빠 역할을 하는 것보다 무언가 더 현실적이고 좀 흥분되는 일이었기 때문이었다.

피아노 선생님에게 "아빠의 결혼식 날 칠 곡이에요." 하고 말했을 때 피아노 선생님은 잠시 벌린 입을 다물지 못하더니, 약간 말을 더듬으면서 "작은 아빠?" 하고 되물었다.

"아니요. 우리 아빠요. 우리 아빠가 이번에 결혼을 하시거든요."

피아노 선생님은 잠시 나를 바라보더니, 내가 지금 아이 앞에서 이러면 안 되지, 하는 결심을 스스로 한 사람이 늘 그렇듯, 머리를 약간 흔드는 듯한 포즈를 취한 후에 꾸민 듯 밝은 웃음을 지으며 "그래, 우리 열심히 한번 연습해보자. 그러니까 연습에 더 빠지면 안 된다." 하고 말했다. 내가 그런 말을 할 때 어른들이 내 앞에서 꾸민 웃음을 짓는 것은 그리 드문 경험은 아니었다. 그러고는 그들은 세상에 더없는 고아를 보는 것처럼 연민과 호기심이 가득 담긴 눈으로 나를 바라보곤 했다. 그 연민 덕분에 나는 자잘한 벌은 면제받곤 했지만 그것은 결코 유쾌한 기억은 아니었다. 굳이 말하자면 그것 또한 일종의 나쁜 기억이었다. 어쨌든 나는 아빠의 결혼식장에서 〈즐거운 나의 집〉을 연주했다.

즐거운 곳에서는 날 오라 하여도
내 쉴 곳은 작은 집 내 집뿐이리
내 나라 내 기쁨 길이 쉴 곳도
꽃 피고 새 우는 집 내 집뿐이리

3.

연주가 끝나고 살짝 돌아보니 아빠는 이상하게 먼 곳을 바라보고 있었다. 아빠의 눈길 끝에는 화사한 풍선들이 터질 듯 부풀어 오르고 있었다. 새엄마는 얼굴 가득 환한 웃음을 띠고 "위녕, 잘했어." 하는 표정을 짓고 있었다.

나는 새엄마를 좋아했었다. 엄마라고 불리는 사람을 가진다는 것이 좋았는지도 모른다. 그때까지는 그랬다. 그녀는 결혼 전부터 우리 집에 드나들며 내 피아노도 봐주고 함께 놀이 공원에도 가주었다. 아빠랑 할머니랑 이렇게 셋이 놀이 공원에 갔을 때와는 다르게 아무도 우리를 이상한 눈으로 바라보지 않았다. 우리는 완벽한 가족이었다. 사람들은 알까? 눈총이라는 단어에 왜 '총'이라는 글자가 들어가는지를.

곧 우리 엄마가 될 새엄마와 함께 우리 집 소파에 나란히 앉아 티브이를 보는 일도 즐거웠다. 새엄마는 과일을 예쁘게 깎는 사람이었다. 김치도 예쁘게 썰고 음식도 예쁘게 담았다. 옷도 예쁘게 입고 머리도 단정했다. 내게 그것은 얼마나 큰 기쁨이고 동경이었는지. 그러나 우리가 가족이 된 후 모든 것은 변해갔다. 모든 것이 송두리째 변해간 것이다. 우리가 가족이 되지 않았다면 나는 그녀를 어떻게 기억하고 있을까, 그 후로도 나는 가끔 생각해보곤 했다.

4.

그날을 떠올리는 것은 이제 그것을 실천으로 옮길 때가 왔기 때문일 것이다. 나는 전화기를 들었다. 이제부터 엄마 집으로 가서 살겠다고 했을 때 수화기 저쪽에서 아빠는 아무 말도 하지 않았다. 아무 소리도 들리지 않았던 걸 보면 아빠는 아마 집필실 책상에 놓인 담배를 찾아 물고 있었을 것이다. 내가 떠나고 난 후, 어쩌면 아빠는 "실은 나는 이미 오래전부터 딸을 보내는 연습을 매일 했었다."고 자신의 홈피에 글을 쓸지도 모른다. 엄마와 함께 살 때 엄마를 보내는 연습을 하지 않았던 것을 아빠는 오래도록 후회한 거 같았다. 물론 아빠 입으로 내게 그런 말을 한 것은 아니었다. 아빠가 내게 엄마에 대해 말한 일은 거의 없었다. 엄마에 대해 말하는 것은 내게는 처음부터 금기였다. 하지만 언제부터인가 나는 알게 되어버린 것이다. 아빠는 엄마에 대해, 그것이 무엇이든 지독하게 후회하고 있다는 것을. 그렇지 않다면, 어느 날 문득 어린 나를 붙들고 "위녕, 아빠는 너를 낳은 것은 절대로 후회해본 적이 없어."라고는 말하지 않았을 테니까. 나는 그때 처음으로 아빠가 아주 가끔이긴 하지만 날 낳은 것을 후회하고 있는 것은 아닐까 생각했고, 그러자 가슴이 콱 막혀 아주 짧은 순간이었지만 더 숨을 쉴 수가 없을 것만 같았었다.

"엄마도 그렇게 하라고 했니?"

내가 아무 말도 하지 않고 있자 아빠가 물었다.

"응⋯⋯. 엄마가 사는 B시의 학교로 전학 수속도 하겠다고 했어."

마지막 부딪힘 이후로 나는 말을 할 때마다 반 박자씩 쉬고 다음 말을 이어갔다. 아빠는 내가 뉴질랜드에서 도망쳤듯이 다시 또 아빠로부터 도망친다고 생각하고 있는 듯했다. 내가 그건 아니라고 말하면 아빠는 알아, 하고 대답하겠지만 마음 깊은 곳에서 차마 생각을 추스르기도 전에 온몸의 세포들에게서 "위녕은 당신한테서 도망치고 싶어해요."라는 말을 들어버릴 것이다. 그러면 아빠는 힘이 쭉 빠져서 "하는 수 없지." 하며 그렇게 느껴버릴 것이었다.

5.

그날, 뉴질랜드를 떠나기 전 그 부딪힘을 생각하자 마음 한 편이 아파오기 시작했다. 아빠가 내 앞에서 말을 잃어버린 것은 그때가 처음이었다. 나는 내가 얼마나 끔찍한 말을 했는지 깨달았지만 이미 늦어 있었다. 아빠도 나도 서로에게 십육 년 동안이나 참고 하지 않았던 말들을 해버린 것이다.

"어쩌면! 어쩌면! 이렇게 네 에미를 닮았니!"

"그래? 그렇다면 나도 이젠 알겠어. 이러니까 엄마가 도망갔지!"

그때 아빠의 눈에서 이상한 빛이 번쩍 일어나더니 이내 꺼져버렸다. 그리고 아빠는 서재 의자에 털썩하고 주저앉았다. 빛이 번쩍이다가 꺼져버린 아빠의 눈빛을 내가 죽을 때까지 잊을 수 있을까. 아빠는 잠시 웅덩이 같은 데 빠진 사람처럼 아무 말도 하지 못했다. 꼼짝도 하지 않은 자세였지만 허우적거리고 있는 듯도 했다. 가뜩이나 긴 아빠의 팔은 의자 팔걸이에 젖은 빨래처럼 걸쳐져 있었다. 아빠는 다시는 그 의자에서 일어날 수 없을 것 같은 얼굴이었다. 세상의 모든 성곽이 무너져 내리는 소리가 사방에서 들려오는 것 같았다. 빗소리였던가.

"위녕……, 엄마가 아빠로부터 도망갔다고 생각하고 있는 거니? 지금껏 그래 왔니?"

아빠의 커다란 갈색 눈동자는 멍했다. 자기가 무슨 말을 하고 있는지도 모르는 것 같았다.

지금 생각해보면 그때 아빠와 나는 결별했다. 아빠와 나는 다시는 옛날로 돌아갈 수 없다는 것을 우리는 그때 서로 알았다. 내가 아빠에게서 도망치기 위해 싸우고 있는 상황이었고, 엄마에게로 가겠다고, 그러니 서울로 돌아가겠다고 고집을 부리고 있는 중이었지만 이미 그런 건 아무 문제가 되지 않는 듯했다. 그 순간, 그건 이미 장소의 문제는 아니었던 것이다.

6.

　나로 말하자면 오직 그 집을 떠나야 한다는 생각뿐이었다. 아빠와 새엄마가 있는 이 집을 벗어나면 새가 울고 꽃이 피는 어떤 집이 나를 기다리고 있었다고 믿었는지도 모른다. 아마 아빠의 결혼식장에서부터 그랬을지 모른다. 이건 나중에 생각한 건데 내가 연주한 곡의 제목은 공교롭게도 '나의 집'이었다. '우리 집'이 아니라.

　"몰라. 엄마에 대해서라면 아빠는 내게 아무것도 말해준 적이 없잖아."

　나는 언제나 아빠한테만은 잔인해진다. 나는 언제나 아빠에게 모든 책임을 돌렸다. 아빠는 내 모든 것을 받아주기 때문이었을까? 나는 내 존재가 아빠에게 얼마나 큰 아픔인지 알고 있었다. 아빠의 마음속에 있는 나라는 존재를, 그게 누구라도 건드리기만 하면 아빠는 세상에서 가장 즐거운 순간에도 비명을 지를 사람이었다. 그리고 그것을 엄마와 연결시키면 아빠는 돌이킬 수 없는 상처를 입는다는 것도 나는 막연히 짐작하고 있었다. 아빠는 내가 아빠를 사랑하는 것보다 나를 더 사랑하고 있었기 때문에 우리의 싸움은 늘 아빠의 처절한 패배로 끝나곤 했었다.

　하지만 내가 "거울아 거울아, 세상에서 널 제일 사랑하는 사람이 누구지?" 하고 묻는다면 거울은 언제나처럼 그리고 어쩌면 앞으로도 영원히 "응, 그건 우리 아빠지." 하고 대답할 것이다. 아빠는 분명 그 순간에도 나를 사랑하고 있었다. 나도 그것은 안다. 엄마도 아빠의 곁을 떠나는 순간, 같은 생각을 했을 것이다. 하지만 엄마와 내가 다른 것도 있다. "거울아 거울아, 지금 이 순간 내가 제일 사랑하는 사람은 누구지?" 하고 묻는다면 거울은 "응, 내가 이 세상에서 제일 사랑하는 것은 우리 아빠야.” 하고 대답할 것이다. 하지만 엄마는, 엄마는⋯⋯.

거기까지 생각하고 나자 문득 아빠를 떠나 엄마에게로 간다는 것이 겁이 났다. 엄마에게는 이미 두 아들이 있다. 성이 모두 다른 동생들이다. 그리고 우리는 모두 닮지 않았다. 왜냐하면 다들 저희 아빠를 닮았기 때문이다.

“내 배 아파 낳았는데, 열 달 동안 맥주 한 잔 못 먹고 담배 피우고 싶은 거 꾹 참고 낳았는데, 게다가 너희 낳고 나서 이십 킬로도 넘게 불은 살덩이들 빼느라고 얼마나 고생했는데 성도 엄마 게 아니고 얼굴도 엄마 게 없으니⋯⋯.”

엄마는 우리 셋을 앉혀놓고 그렇게 말하며 하하하 웃곤 했었다. 하지만 그 말 뒤에 얼른 이런 말들을 덧붙이는 것도 잊지 않았다.

“하지만 너희를 다시 얻기 위해서라면 다시 그 시절로도 돌아갈 수 있어. 솔직히 누가 다시 돌아가라고 하면 정말 돌아가기 싫지만 그래도 갈 거야. 엄마가 세상에 태어나 제일 잘 한 건 너희를 낳은 거니까.”

그럴 때 엄마의 얼굴은 국기에 대한 맹세를 외우는 초등학교 일학년생처럼 비장한 데가 있었다. 나는 엄마의 말을 거짓이라고 생각하지는 않았지만 그래도 가끔 엄마가 나와 내 동생들을 낳은 것을 후회하지는 않을까, 생각하곤 했다. 왜냐하면 내가 가끔 엄마 집으로 가서 자고 오던 날, 밤늦도록 어두운 거실에 혼자 앉아 있는 엄마를 보곤 했기 때문이었다.

화장실에 가려던 내가, 엄마? 하고 부르면 엄마는 깊은 생각에서 깨어난 듯, 응, 하고 대답했는데 그때 엄마의 얼굴은 어둠 속에서도 많이 늙어 보였다.

"뭐 해?"

내가 물으면 엄마는 "응, 잠이 안 와서." 하고 대답하곤 했었다. 그리고 가끔은 이런 말을 덧붙이기도 했다.

"엄마 글 잘 쓰게 기도해줘……. 막내까지 대학 보낼 수 있을지…… 무서워."

7.

엄마는 세상이 다 알아주는 베스트셀러 작가였다. 하지만 내가 다시 엄마를 만났을 때 엄마는 빈털터리가 되어 있었다. 인터넷으로 싸구려 옷들을 사서는 "위녕, 이거 얼만 줄 아니? 팔천팔백 원이야." 하며 어린애처럼 좋아하는 엄마. 일 안 하는 내 친구 엄마들도 다 들고 다니는 명품 핸드백 하나 없는 엄마가 어쩌다가 돈을 다 잃어버렸을까?

엄마는 가끔씩 전철 표라도 잃어버린 사람처럼 심드렁하게 대답하곤 했다.

"처음 네 아빠랑 이혼할 때는 돈이 없었고, 두 번째 이혼할 때는 그 사람 영화 만든다고 내가 번 돈을 다 가져가버렸어……. 그리고 지금은…… 돈이 다 어디론가 가버렸어."라고만 대답하고는 코를 훌쩍이며 창밖으로 고개를 돌렸다. 하지만 이어서 엄마는 창밖에서 무슨 새로운 정기라도 얻어 마신 듯이 다시 명랑한 얼굴로 나를 보며 말했다.

"그래도 감사해, 어쨌든 돈이 있었으면 이렇게 열심히 쓰려고 안

했을지도 몰라. 발자크도 도스토예프스키도 빚 때문에 열심히 소설을 썼다고 하잖아. 그래도 엄마는 빚은 없으니까……. 가만, 그러면 빚이 없어서 발자크나 도스토예프스키처럼 그렇게 훌륭해지지는 않으려나?"

엄마는 혼자 말하고 혼자 웃었다. 그건 엄마의 버릇이었고, 남들이 듣기 민망한 이야기를 할 때는 더욱 그랬다.

8.

엄마는 이혼을 세 번이나 한 여자였다. 엄마가 두 번째 이혼했다는 소식은 풍문으로 들려왔다. 당시 아빠는 아직 새엄마를 만나기 전이어서 우리 집에는 할머니와 아빠 그리고 나 이렇게 세 식구가 살고 있었다. 밥상머리에서 할머니가 머뭇거리더니 아빠에게 말했었다.

"위녕 에미 또 이혼했다고 하던데, 사실이냐?"

아빠는 대답하지 않았다. 다만 모래알을 씹는 것처럼 입에 이미 들어가 버린 밥을 우적우적 오래오래 씹더니 물을 한 모금 마시고는 방으로 들어가 버렸다. 어쨌든 공식적으로 우리 집의 식탁에서 '위녕 에미'라는 사람의 이야기가 나온 것은 그때가 처음이었다. 할머니는 내가 공연한 얘기를 꺼냈나, 하며 밥상을 치우셨다. 할머니에게는 자신의 아들인 아빠가 언제나 더 중요했다. 내가 영문도 모른 채로, 엄마라는 단어에 공연히 서글퍼져서 눈물을 참으려고 밥그릇에 얼굴 박고 있는 것 따위는 안중에 없고 아빠가 밥을 먹다 말고 방으로 들어간 것만 중요한 일인 듯했다.

"이제라도 다시 합쳤으면 좋겠구나…… 니 애비도 아직 혼자고. 싹싹하고 잘했는데, 세 며느리 중에 제일 나한테 잘했는데."

머릿속으로 빠르게 아빠와 엄마 할머니 그리고 내가 함께 사는 집이 스쳐 지나갔다. 그럴 수도 있는 거구나, 하는 생각도 처음 들었다. 그런데 어이없게도 그 무대는 텅 비어 있었다. 그런 무대는 내게 있어서 존재하지 않았다. 한 번도 존재하지 않았던 것을 상상하는 것이 불가능하다는 것을 나는 그때 처음 알았다. 내게 엄마의 부재가 얼마나 커다란 공허였는지도 처음 알았다. 그건 다른 사람들의 눈길, 동정 어린 시선들하고는, 말하자면 차원이 다른 일이었던 것이다. 내가 정말로 엄마 없는 아이라는 것을 그 순간만큼 실감한 적은 아마 그 후로도 없었을 것이다. 그런데 순간, 아빠의 격한 음성이 들렸다.

"어머니, 제발 애 앞에서 그만 하세요!"

조용한 아빠가 할머니에게 그렇게 화를 내는 모습을 나는 그때 처음 보았다. 집 안에서 그렇게 큰 소리를 지르는 것도 처음 보았다. 놀라기는 아빠 자신이 더한 거 같았다. 아빠는 입술을 한 번 앙 다물더니 천천히 말했다.

"애 앞에서 그 사람 이야기, 꺼내지 마시라구요."

나는 아직도 아빠와 엄마가 왜 헤어졌는지 그 이유를 알지 못한다. 물어볼 수도 있었지만 묻지 않았던 거다. 왜냐하면, 아빠는 물어도 대답하지 않을 것이 너무도 뻔했기 때문이었다. 하지만 그보다 더 큰 이유도 있다. 나도 그 이유를 딱히 무어라 설명할 수는 없는데, 내가 그 이유를 듣고 나면 아빠와 엄마 둘 중의 하나를 정말로 영영 잃어버릴지도 모른다는 두려움 때문이었다.

9.

얼마 전 엄마는 이곳 E시로 나를 찾아왔었다. 밥을 먹으려고 함께 차를 타고 가는데 붉은 신호등에서 멈추어 선 엄마는 두 손을 힘없이 핸들에 올리고 나를 바라보지 않은 채 말했었다.

"너한테 아직 말하지 못한 게 있어. 미안해. 엄마…… 이혼했어."

담담한 말투였는데 엄마는 말끝에 주르르 눈물을 흘렸다. 이럴 때 어떻게 대답해야 할지 몰라서 나는 들고 있던 가방을 가슴에 꼭 안았다.

"……근데 왜 나한테 미안해?"

엄마는 눈물을 흘릴 때면 늘 그렇듯이 휴지를 찾아서 코를 풍풍 풀다 말고 놀란 눈으로 나를 바라보았다.

"엄마가 잘 사는 모습을 보여줘야 하는데…… 세 번이나 이혼한 사람이 네 에미라는 게 미안해서 그래……. 이혼한 것뿐이 아니잖아, 세상이 다 알잖아……. 엄마는 이 세상 모든 이혼한 사람의 대표 선수로 뽑혔잖아."

엄마는 눈물을 흘리면서도 대표 선수로 뽑혔다는 말이 스스로도 우스웠는지 젖은 뺨을 구기면서 조금 웃었다.

"세 번이든 네 번이든 열 번이든 나한테는 아무 의미가 없어. 엄마 자신한테 안 미안하면 된 거잖아. 그리고 엄마는 엄마 자신한테 미안하지 않으려고 노력하는 사람이잖아."

"너…… 정말로 엄마를 이해해주는 거니? 비난하지 않는 거니?"

엄마는 마치 엄마의 엄마에게 말하는 것처럼 애처로운 눈빛으로 나를 바라보았다. 나는 약간 겁이 났다. 전에도 한 번 본 일이 있는데 엄마는 한번 울면 정말 심하게 울었다. 엄마가 맛있는 밥을 사준

다기에 아침도 안 먹고 기다려서 배도 고팠다. 하지만 엄마가 저렇게 계속 운다면 식당에 가기도 어려울 것 같았다. 게다가 저렇게 큰 어른이 운전을 하다 말고 굵은 눈물을 뚝뚝 흘리면서 우는 게 좀 안돼 보였다. 신문 기사에서 본 엄마는 언제나 자신만만하게 웃고 있었는데. 내가 만일 엄마를 다시 만나지 않았다면 나는 그렇게 자신만만한 엄마를 내내 미워했을 것이다. 그리고 이제 와 생각하니까 어쩌면 그게 훨씬 더 쉽고, 이런 표현을 쓰면 어떨지 모르지만, 편한 일이었다. 이상하게도 약한 모습을 자꾸 보면 우리는 그 사람을 뭐랄까, 사랑하게 된다. 걱정하게 되고, 에잇, 왜 그렇게 못난 거야, 하면서도 머릿속에서 내쫓을 수가 없게 된다.

"내가 엄마한테 항의할 수 있는 것은 왜 우리 아빠랑 이혼했느냐는 거야. 그건 내가 항의할 수 있지. 날 놔두고 어떻게 그렇게 가버릴 수가 있냐고⋯⋯. 하지만 그다음 일은 엄마의 인생이잖아. 중요한 건 엄마가 정말 행복하냐 아니냐잖아."

내 인생은 엄마가 날 두고 가버렸을 때 이미 다른 길로 들어서 버린 거야. 그 후에 엄마가 몇 번이나 이혼하든, 내 인생은 그때 이미 다른 길로 가버린 거라구, 라는 말은 하지 않았다. 나는 아빠와의 그 다툼 이후 다시는 마음 깊은 곳의 말을 꺼내서 두 사람의 관계를 함께 있어도 결별이 되는 그런 사이로 만들어버리지 않기로 결심했었다. 엄마는 코를 푼 휴지를 둘둘 뭉쳐 그걸로 눈물을 닦았다. 나는 그런 엄마가 안쓰러워서 내 가방에서 새 휴지를 한 장 꺼내서 엄마에게 내밀었다. 엄마는 그제야, "음⋯⋯ 내가 더러운 휴지로 눈물을 닦고 있었군." 하는 걸 깨달았다는 듯이 다시 씨익 웃었다. 엄마는 말하자면 힘든 것 같았다.

"내가 뉴질랜드에서 한국으로 먼저 혼자 오기로 하고 엄마한테 메신저로 말 걸었을 때 기억나? 그때 아빠가 너무 미워서 E시에 있는 할머니에게 가기로 했었지만, 엄마…… 나 많이 무서웠거든. 십육 년 동안이나 나를 키워준 아빠를 버리고 가는 것 같아서 정말 무서웠어. 내가, 엄마 나 이 결정 정말 잘한 걸까? 후회하게 되는 건 아닐까? 하니까, 엄마가 그랬잖아. 위녕, 세상에 좋은 결정인지 아닌지, 미리 아는 사람은 아무도 없어. 우리가 할 수 있는 건 다만, 어떤 결정을 했으면 그게 좋은 결정이었다고 생각할 수 있게 노력하는 일뿐이야, 하구."

"그래? 내가 그런 말을 했어? 그 결정이 좋은 게 되도록 노력한다. 정말 좋은 말이다."

엄마는 모르는 시험 문제를 우연히 맞힌 수험생처럼 그 와중에도 좋아하며 웃었다. 엄마의 특기는 그런 것이다. 어디서든 좋은 점을 찾아낸다.

"엄마가 했잖아 나한테. 난 아빠한테서 도망쳐서 비행기 타고 오면서 내내 그 생각 하면서 왔어."

"내가 그런 좋은 말을 하다니, 그리고 이 중요한 순간에 그 말을 네게서 다시 듣다니. 정말 좋다, 그치?"

그리고 엄마는 언제나 그렇듯이 두 손을 잠깐 모으고 "하느님, 감사합니다. 이렇게 이쁘고 똑똑한 딸을 주셔서." 하며 아직 눈물이 다 마르지 않은 눈을 찌푸리며 웃더니 말했다. 변덕이 죽 끓듯 한다고 비난할 수도 있겠지만, 어쨌든 엄마가 울음을 그칠 기색이어서 조금 안심이 되었다.

"하긴 나도 생각해봤는데 이혼해서 좋은 점도 있어. 널 마음껏 볼

수 있고 또 네가 원한다면 너와 함께 살 수도 있으니까. 이제 집에
와서 엄마 침대에서 같이 잠도 자고 네가 우리 집 거실 소파에 누워
있어도 되니까 그치? ……네가 한국으로 돌아왔는데도 너한테 따
뜻한 밥 한번 해 먹이지 못한 게 언제나 너무나 가슴이 아팠는
데……. 그 생각 하면 잘된 거 같기도 해."

밥 이야기를 듣자 갑자기 배가 고팠다.

"엄마, 나 배고파."

"그래, 어서 가자."

엄마는 서둘러 차를 몰았다. 아빠에게 내 존재가 최고의 약점이
라면 엄마에게는 밥이 약점이다. 날 야단치다가도 내가 약간 힘없
는 듯한 표정을 지으며 "엄마, 근데 나 배고파." 하면 그걸로 만사는
스톱이었다. 엄마는 운전을 하면서 "위녕, 엄마 마스카라 번졌니?"
하고 물었다.

엄마가 마스카라 운운하는 것을 보니 이제 좀 감정에서 벗어나는
모양이었다. 이게 엄마의 단점이자 장점이다. 슬픔에 오래도록 잠
겨 있지 않는다는 것, 울 시간은 많으니까 밥도 미리 먹어야 한다고
말하는 것. 그중에서 먹는 걸 엄청 중요하게 생각한다는 게 제일 좋
았다.

나는 휴지를 들어서 엄마 눈 밑으로 흐른 검은 얼룩을 닦아주었
다. 내가 엄마의 엄마라도 된 기분이었다. 문득 내가 아주 어린 아
기였던 시절, 엄마가 저녁마다 따뜻한 물에 나를 씻기고 내 두 다리
를 번쩍 들어 엉덩이에 희고 뽀송뽀송한 베이비파우더를 발라주었
을 시간들을 생각해보았다. 나로서는 전혀 기억나지 않지만 아빠가
없는 집에서 혼자 나를 키우며 이렇게 꼼꼼히 내 살결에 묻은 얼룩

들을 지워주었을 것이다. 그리고 내가 잠든 밤이면 감옥에 있던 아빠에게 편지를 썼을 것이다. 사랑하는 당신, 위녕은 지금 자고 있어요. 당신은 얼마나 고생이 많은지요……. 아니다. 나도 감옥에 있는 사람에게 보내는 편지는 다 이런 건 줄 알았는데, 엄마는 아니었다. 실은 아빠가 다 찢어버리지 못한 엄마의 편지 하나를 몰래 읽어본 일이 있었는데 거기에는 이런 글이 씌어 있었다.

10.

곰탱, 잘 지내고 있는지. 처음엔 잘 몰랐는데 위녕이 날이 갈수록 널 닮아가고 있어. 흑흑. 분명 너도 실망스럽지? 그러니까 다섯 달 후 네가 출옥할 때, 분홍 리본을 맨 작은 꽁지가 웃고 있을 거라고 생각하진 말도록. 네 얼굴에 분홍 리본을 맨 여자 생각을 해봐……. 끔찍?

하지만 걱정 마. 우리 위녕은 널 닮았는데도 불구하고 신기하게 너무나도 예뻐. 조금 더 지나 아빠를 찾으면 거울을 보여줄 생각이야.

지난번에 어머니랑 형님이 면회 가시는 길에 내가 보내준 스웨터 잘 받았지? 내가 짠 거야. 밤에 잘 때 내 생각나면 스웨터가 나라고 생각하고 두 손을 가슴에 모아봐. 스웨터가 나처럼 포동거리진 않아도 쓸 만은 할걸.

낮에 어떻게든 아이를 실컷 놀려서 밤이 되자마자 곯아떨어지게 하면 밤 시간이 좀 남아. 스웨터를 다 짜고 나니까 너무 많은 생각이 나기 시작하더라. 그래서 요즘은 소설을 시작했어. 네가 쓰던 그 타이프라이터를 내가 잠시 빌려 쓰고 있는데 중고라 그런지 소리가 커(내가 이 소설 다 완성해서 돈 벌면 우리 좋은 타이프라이터 꼭 사자!). 하지만 이것도 괜찮기는 해. 밑에다 두꺼운 타월을 세 장쯤 받쳐놓으니까 소리가 좀 덜 나더라구.

우리 옛날에 노동운동하던 시절에 구로동 지하 자취방에서 몰래 유인물 만들 때 하던 대로 말이야. 그땐 경찰의 눈을 피했는데 지금은 행여 위녕이 깰까 봐 말이야. 노동운동하던 시절에 익힌 게 이념뿐이 아니라 이런 생활의 지혜도 있다니 새삼 우스웠어. 네가 나올 때까지, 완성하는 게 목표야. 천오백 매쯤 쓰려고. 열심히 해야지. 행여 네가 가석방이라도 되는 날에도 중반은 넘어가 있을 수 있도록 말이야.

곰탱, 나 없어도 잠 잘 자고 먹는 거 잘 먹을 것. 알았지? 절에 들어가 있다 치고 공부도 열심히 하는 거 잊지 말고 진정한 민주화의 그날까지 열심히 살자! 쭙(이건 뽀뽀 보내는 소리!)

곰탱의 꽁지가

11.

스무 살에 만난 엄마와 아빠가 서로를 곰탱이와 꽁지로 불렀다는 것을 나는 처음 알았다. 이렇게 애틋하게 서로를 그리워하며 스웨터를 짜던 시간들이 있었다는 것도 처음 알았다. 아빠가 민주화 운동을 하다가 감옥에 일 년 남짓 갇혀 있었다는 것도 처음 알았으며 그리고 엄마가 그 시절에 혼자서 날 키우면서 밤마다 타이프라이터 밑에 타월을 두껍게 깔고 첫 소설을 썼다는 것도 처음 알았다.

스무 살. 스무 살. 아빠와 엄마가 처음 만났다는 그 청춘의 시간. 이 여름이 한 번 더 지나면 나도 곧 그 이십대의 터널로 진입하게 되겠지. 나도 누구와 사랑을 하게 될까? 나도 누구와 그렇게 결혼을 하고, 감옥에 있는 남편을 기다리며 아이를 낳고 그리고 이혼을 하게 되는 걸까? 그토록 그리워하던 시간들이 있었다는 것도 잊어버리는 것이 어른이 된다는 것일까? 어른이 되면 사랑하고도 아이를 낳고도 그렇게 쉽게 헤어질 수 있는 걸까? 하는 오래된 의문이 이미 내 살처럼 굳어버린 금기의 횡경막을 뚫고 내 목줄기로 꾸역거리며 올라왔었다.

아빠의 책상 서랍 안쪽에 끼어져 파괴를 면한 그 편지는 내게 아빠와 엄마의 애틋한 사랑을 전달해준 것이 아니었다. 나는 그 편지를 백번도 더 읽었다. 뉴질랜드 남섬에 있는 크라이스트처치 시에서 엄마를 다시 만나기 전까지 엄마에 대해 그토록 강렬한 감정에 사로잡힌 것은 그때가 처음이었다. 그것은 배신감이었다.

12.

"위녕, 조금만 더 생각해보면 안 되겠니? 그러니까 이제 곧 고 삼이 되는데 대학 가서 엄마한테 가도 늦지 않을 테고. 그러니까."

아빠는 수화기 저쪽에서 천천히 그러나 간절한 어투로 말했다. 물론 거기에는 아빠가 언제나 나 때문에 이 세상의 모든 번거로운, 고민이란 고민은 다 해야 한다는 짜증도 좀 배어 있었다.

"그래서 가는 거야. 이제 고 삼이 되면 전학도 할 수 없어서. 아빠……, 나 십대의 마지막 시절을 엄마와 함께 보내게 해줘."

아빠의 가느다란 한숨 소리가 수화기 저쪽에서 들려왔다. 내가 굳이 아빠를 만나지 않고 전화를 통해 말을 한 것은 바로 이런 장면 때문이었다. 내가 이렇게 고집을 부릴 때마다 아빠는 내 얼굴에서 엄마를 찾고 있었다. 언제나 나는 그걸 느낄 수 있었다. 그리고 아빠의 고통은, 그리고 분노는 아마도 두 배가 될지도 모른다. 나는 그게 싫었다.

"할머니가 서운해하시지 않겠니? 네가 떠나고 나면 할머니 혼자인데."

"할머니는 괜찮다고 하셔. 어디 있든 네가 행복하면 그것이 우리 집이라고 할머니가 그랬어."

아빠는 아무 말도 하지 않았다. 떠난다는 딸을 잡는 핑계가 겨우 할머니의 외로움이라는 것에 스스로도 자존심이 상한 것 같았다.

"엄마는 너와 비슷한 사람이야. 내가 보기에는 많이 닮았지. 아니, 거의 같지. 성격이 비슷한 사람끼리 한집에 살면 부딪혀. 둘 다자기의 생각이……. 아빠는 그게 걱정인 거야."

부모가 이혼해서 살면 좋은 점도 분명 있긴 하다. 첫째는 우선 용돈의 액수가 두둑해진다는 것이다. 두 사람이 서로 전화 통화로 내용돈의 액수를 의논할 염려가 없으니까. 엄마 쪽은 나를 의심하고 얼마간 통제하기 위해 그럴 의향이 있을지도 모르지만 아빠로서는 다시 태어나지 않는 한 그럴 염려는 없다. 그런 때는 이혼한 부모가 사이가 좋았으면 큰일 날 뻔했다는 생각도 든다. 나는 그냥 양쪽 부모에게 가서 약간 슬프고 배고픈 표정을 지으면서 "엄마, 우리 반 혜지는 걔네 엄마가 참 이쁜 가방을 사줬더라."라거나 "아빠, 요즘은 이상하게 공부가 잘돼. 이미 푼 문제집을 자꾸 풀고 있어." 이런 말을 하면 되는 것이다. 그러나 이런 순간, 그러니까 아빠가 하려다가 말아버린 그 말 "둘 다 자기의 생각이……."의 말줄임표 속에 들어가는 상대방에 대한 비난은 이상하게 익숙해지지가 않았다. 아빠는 말하고 싶었을 것이다.

"넌 어쩌면 너네 엄마랑 그렇게 똑같니? 자기의 생각이 옳다고

22

생각하면 남들의 시선은 아랑곳없이 제멋대로 행동하지."

한번은 이런 말을 하는 아빠에게 "그러는 아빠도 지금 자기의 그 생각이 옳다고 말하는 거잖아." 대꾸했다가 아빠가 하도 무서운 표정을 짓는 바람에 입을 다물어버린 적이 있었다. 그래서 나는 대신 아빠가 그런 말을 할 때는 "글쎄 말이야, 코는 엄마를 닮고 성격이 아빠를 닮았으면 좋았을 텐데." 하고 대꾸하는 법을 배웠다. 그럴 때 아빠는 그것이 내가 엄마의 성격을 비난하는 동시에 아빠의 성격을 칭찬하고 있다는 뜻을 재빨리 알아차리고 피식 웃곤 했다.

"성격이 다른 아빠랑도 부딪혔잖아."

"……그래……, 그렇구나……. 그랬구나."

아빠의 목소리는 슬펐다.

13.

나는 아빠가 내가 엄마에게로 가는 것을 하나의 배신으로 간주하고 있다는 것을 안다. 그렇지 않은 거라고 내가 백번 말을 한들 소용이 없을 것이었다. 아빠는 아직도 엄마가 자신을 배신했다고 굳게 믿고 있었다. 내가 엄마에게로 가는 것은 그러니까 아빠에게는 엄마라는 단어로 표현되는 '이해할 수 없는' 부류의 인간들에 대한 통제력 상실의 상태이고 패배이며 배신당하는 일이 된다는 것을 나는 알고 있었다. 대체 인간은 그냥 가고, 그냥 오는 행위에 왜 이렇게 많은 의미를 부여하고 사는 것일까.

우리는 그렇게 또 한 번의 작별을 했다. 나는 가방을 꺼내 우선 가지고 갈 짐을 쌌다.

엄마는 세월의 격랑에 난파하고 있었고 아빠는 마음속에 과거의 감옥을 세우고 어둠 속에 잠긴 자물쇠를 아직도 풀고 있지 못하고 있는 듯했다. 이제 할머니가 돌아오시면 함께 점심을 먹고 나는 B시로 떠날 것이다.

누군가 그랬다. 지명은 대지 위에 세워진 하나의 기호가 아니라 상처의 다른 이름이라고. 나는 이곳 E시에서 태어나 이곳에서 십팔년을 자랐다. 연수를 간 아빠를 따라 뉴질랜드에서 잠시 학교를 다니긴 했지만 내 고향이 E시라는 것을 잊은 적은 없었다. 엄마가 나를 이곳에서 낳았을 때 이곳은 서울 근교의 작은 읍이었다고 했다. 서울에 둥지를 틀지 못한 가난한 젊은이들이 살던 곳이었다고.

한때 아빠와 엄마가 유모차에 나를 태우고 산책을 하던 도시. 좌석버스의 종점이 있던 곳. 벼가 익어가던 들판 위에 옹색한 아파트 단지들이 버려진 장독대처럼 우르르 몰려 서 있던 곳. 이제 이곳은 고층 빌딩이 빼곡한 하나의 거대한 위성도시이다. 나는 아빠와 통화하던 휴대폰을 손에 쥔 채 창밖을 내다보았다.

저 길거리에서 아빠와 유치원에 갔었다. 저 모퉁이를 돌아 아빠와 초밥을 먹으러 갔었고 저 버스 정류장에서 아빠가 우산을 들고 나를 기다리곤 했었다. 저 건너 상가의 이 층으로 아빠와 컴퓨터를 고치러 갔었고 저 벤치에서 아빠에게 종아리를 맞고 절뚝이며 울곤 했었다. E시의 대지 위로 발을 딛을 때마다 보이지는 않았지만 땅은 나를 위로 밀어주었고 그래서 나는 자라고 있었던 거다. 한때 아침에 일어나면 조금씩 바지가 짧아져 있던 시절에는 내가 이렇게 크다가 장대처럼 되어버릴까 겁이 나던 때도 있었다. 이제 나는 키가 엄마보다 크고 아빠보다 조금 작은데 작년부터인가 더 이상은 크지 않았다. 그 모든 나에 대한 기억을 언제나 바라보던 하늘은 흐려 있었다. 비가 내릴 것 같았다. 바람도 거세어지고 있었다. 언뜻 폭풍우가 올지 모른다는 예보를 들었던 것이 떠올랐다.

14.

엄마의 집 안은 고소한 기름 냄새로 가득했다. 날 보러 오신 외할머니 외할아버지, 두 동생 둥빈과 제제, 엄마의 선배인 서저마와 일을 봐주시는 아주머니까지. 내가 엄마의 아파트로 들어서는 순간 사람들이 모두 현관 앞으로 몰려 나왔는데, 내가 무슨 에베레스트라노 성복하고 돌아오기라도 한 것 같은 분위기였다. 솔직히 말하면 이 번잡스러운 대면이 좀 부담스러웠다. 외할머니는 언제나처럼 날 보자마자 또 울었다. 하지만 외할아버지와 외할머니의 따뜻한 포옹을 받자, 쑥스러운 기분은 여전했지만 여기가 나의 집이라는 생각이 처음으로 들기 시작했다.

"둥빈, 제제……, 누나 방 꾸며놓은 데 너희가 데려다 줘. 이제 누나는 우리와 함께 살 거야. 너희는 형제니까 이제 한집에 살게 될 거라고……."

나는 내 방으로 들어가 보았다. 방은 흰 목재 가구들로 꾸며져 있었다. 새 가구의 나무들이 마르는 냄새가 쇄하게 났다. 괜찮았다. 엄마의 물건 고르는 솜씨는 나와 취향이 비슷하니까. 나는 베이지색 커튼을 열어보았다.

멀리 광주산맥이 보였다. 이제 B시다. 예전부터 생각해왔던 것인데 B시는 어딘지 모르게 냉정한 기색을 띠고 있다. 이건 내 맘대로 생각한 건데 어떤 도시를 그린다면 나는 내가 태어나고 자란 E시를 따뜻한 주황빛으로 칠할 것 같다. 아마 E시가 서쪽에 있어서 내가 학교에서 돌아오는 길에 벤치에 앉아 자주 지는 해를 바라보았기 때문인지도 모른다. 아빠와 새엄마가 있는 집에 들어가기 싫어서였다.

반면 B시는 한강의 상류에 있다. B시의 아침 해는 광주산맥을 더욱 검게 색칠하며 하늘의 휘장을 찢듯 솟아오른다. 그래서일까, B시의 색깔은 여명의 투명하고 푸른빛이다. 한강 하류의 도시에서 한강 상류의 도시로 온 나는 자기가 태어난 곳을 향해 물살을 거슬러 올라가는 연어라도 된 기분이 들었다. 그렇게 투명에 가까운 연푸른빛 B시를 내려다보고 있자니까 아빠가 좋아하는 발자크 소설의 마지막 대목이 생각났다.

"빠리, 이제 너와 나와의 대결이다!"

나는 창밖을 바라보며 생각했다.

"B시야, 잘 부탁해."

15.

"누나는 그동안 어디 살았어?"

막내 제제가 물었다.

"응, 아빠 집에 그리고 할머니 집에."

제제는 별로 이상하지도 않다는 듯이, "누나네 아빠는 뭐 하는데? 우리 아빠는 교수야." 했다. 둘째 둥빈은 금테 안경을 추켜올리며 나의 눈길을 피하고 있었다.

"우리 아빠는 글 쓰셔. 엄마랑 똑같이."

"글씨를 쓴다고?"

제제가 웃었다. 하나도 우습지 않아서 나는 아무 말도 하지 않았다.

16.

이 년 전 뉴질랜드에서 돌아온 후 나는 할머니의 집으로 들어가 다시 E시의 고등학교에 진학했다. 일 학년 첫날, 자기소개를 하는 시간에 나는 앞으로 나가서 말했다.

"저는 위녕이구요, 우리 아빠와 엄마는 모두 작가세요. 저에게는 동생이 셋 있는데 모두 성이 틀려요."

예상했던 대로 수군거리는 소리가 교실로 퍼져나갔다. 나는 목소리를 더욱 밝게 내면서 셀카를 찍을 때마다 연습했던 대로 내가 지을 수 있는 제일 귀여운 표정을 지으며 말했다.

"둘은 남자고 하나는 여자예요. 여자 아이는 나와 성이 같지요. 아빠가 같으니까요……. 엄마가 같은 동생들은 당연히 성이 다르구요. 하지만 모두가 소중한 제 동생들이에요. 우리 반에 저처럼 동생이 많은 사람은 아마 없겠지요."

부끄럽지는 않았다. 하지만 오기도 분명 있었다. 내가 누구누구의 딸이고 누구누구는 이혼했고 누구는 언제 다시 결혼했고 하는 소리를 나중에 풍문으로 듣느니 내 입으로 말해버리는 게 편했다. 엄마 또래인 담임선생의 얼굴이 경악으로 일그러지는 것이 보였다. 엄마가 말했던가, 피할 수 없으면 즐기는 거야. 나는 분명 그 상황을 즐길 수야 없었지만 누구누구의 딸이라는 숙명을 피하고 싶은 마음도 없었다. 엄마는 정말 엄마에게 주어진 그 모든 운명이라고 부를 수 있는 일들을 즐길 수가 있었던 것일까, 하는 생각이 처음 들었다.

그날 청소 시간에 담임이 나를 불러 걱정스러운 듯이 물었다. 담임은 마치 중병에 걸린 병자를 보는 것처럼 조심스러웠고 어쩌면 기형아를 보는 것처럼 두려운 듯했다.

"어려운 일 있으면 언제든 이야기해라. 무슨 일이라도 상관없으니⋯⋯. 그런데 말이야. 형제들끼리 사이는 좋니?"

담임선생은 핀셋으로 미세한 물건을 집어 드는 것처럼 조심스레 말했다.

"안 좋아요. 날마다 집 안에서 나는 쟤랑 성이 달라, 생각하거든요."

나는 선생님이 원하는 대답이 이거잖아요, 하는 표정으로 담임선생을 바라보았다. 경쾌한 내 목소리에 담임선생은 거의 할 말을 잃은 듯했다.

"다른 애들이 부러워요. 날마다 집에서 형제들을 바라보면서 아아, 나는 저 아이와 성이 같아! 그래서 너무 행복해! 어떻게 하면 좋지, 이 행복을! 하고⋯⋯ 생각할 거 아니에요."

지금 생각하면 그렇게까지 공격적일 필요가 있었을까 싶기도 하다.

유치원 때부터 나는 특별했다. 한번은 날 유난히 예뻐하던 유치원 선생님을 두고 친구의 엄마가 하는 소리를 들은 적이 있었다.

"선생님이 쟤만 이뻐한다고 속상할 거 없어. 쟤는 엄마가 없는 아이잖아."

친구의 엄마가 나쁜 의도로 그런 소리를 하지 않았다는 것은 아무리 어린 나지만 알고 있었다. 하지만 그 순간 나는 그 자리에서 오줌을 싸고 말았다. 집으로 가려고 막 유치원 문을 나서려는 순간이었을 것이다. 굳이 핑계를 대자면 나는 그날부터 모든 학업에의 열의를 잃었던 것 같다. 내가 알아야 할 모든 것을 그 유치원 문 앞에서 알아버린 것인지도 모른다.

17.

동생들은 젊은 여성인 내가 가방에서 꺼내놓는 것을 신기한 듯 바라보았다. 내 헤어밴드와 헤어핀, 내가 아끼는 자잘한 액세서리들. 나는 가방에서 밀이와 가루를 꺼냈다. 밀이는 곰이고 가루는 강아지 인형이다. 둘 다 밀가루같이 하얘서 내가 이름을 그렇게 붙여주었다. 다른 인형들이랑 내 화분 레옹과 마틸다는 아빠가 나중에 차로 실어다 주기로 했다.

"이봐, 얘는 밀이고 얘는 가루야. 둘 다 하얘서 내가 이름을 그렇게 지었어. 지금은 입을 다물고 있지만 사람이 없을 땐 말을 한다."

오 학년인 둥빈은 다 큰 누나가 참 어이없는 말을 하는군, 하는 표정을 지었는데 막내 제제의 표정에는 순간 두려운 빛이 약간 어렸다. 내 생각이 맞았는지 제제는 얼른 "거짓말!" 하고 말했다. 엄마는 질색을 하지만 어린 동생들을 놀려주는 일은 누나 된 자의 천부적 특권이다.

"진짜야. 특수 제작된 인형이거든. 인터넷에도 기사가 떴어. 미국에 있는 큰 아빠가 보내주신 거야."

밖에서 음식을 준비하는 아주머니들 틈에서 엄마가 외할아버지와 이야기하는 소리가 들려왔다. 나처럼 새엄마와 살아본 사람들은 안다. 방 밖에서 들리는 소리에 얼마나 민감한지를. 아마 엄마가 없는 부류의 인간들은 나중에 청력 왕으로 진화할 확률이 아주 높다고 나는 확신한다.

"……그래 성이 다 다른 아이들 셋이나 모아놓고 어떻게 할 거냐? 네가 네 아이들 키우는 건 기특하고 좋은 생각이다마는……. 요즘 책도 생각보다 많이 안 나간다면서 아이 셋 키우는 게 돈이 보통 드는 일이 아닐 텐데."

외할아버지는 조심스럽게 물었다. 언제나 경쾌한 엄마의 목소리가 뒤를 이었다.

"돈이야 뭐 있다가도 없는 거고. 정 돈이 모자라면 이 집 팔고 멀리 가든지 그래야겠지요, 뭐……. 근데 아빠, 그래도 배가 다른 형제 셋보다는 성 다른 형제 셋이 사이가 좀 좋지 않나……?"

엄마의 입에서 아빠라는 말을 듣자 기분이 이상했다. 외할아버지가 허허 웃는 소리가 들려왔다. "그건 네 말이 맞긴 하구나." 하는 말도 들렸다. 일흔이 넘은 노인과 마흔이 훌쩍 넘은 딸이 저런 주제를 저렇게 가볍게 이야기하며 웃을 수가 있을까 싶은 생각도 들었다. 아빠네 집 같으면 입에 담지도 못할 뿐 아니라, 설사 이야기가 나왔다 하더라도 한없이 심각해질 그런 이야기를 말이다. 엄마네 집의 분위기가 엄마와 외할아버지의 그 대화로 좀 느껴지긴 했다. 이 집은 내가 살던 집과 다른 집인 것이다.

엄마네 집 식구들은 우리 아빠네 식구들과 근본적으로 다르다. 아빠네 집안 사람들이 시간을 잘 지키고 언제나 다가올 위험에 대비해 저축을 하고 음식을 남기면 혼이 나는 그런 부류라면, 엄마네 집안은 오고 싶을 때 오고 가고 싶을 때 가며 음식을 남기면 "음식보다 네가 더 귀하니 그럼 그만 먹어라." 하는 식이다. 엄마가 제일 싫어하는 말이 '아까우니 마저 다 먹는다'는 말이었다. 아마 위를 앓고 있어서 그렇겠지만 엄마는 언제나 대답하곤 했다.

"남은 음식보다 내 위가 더 아까워."

아빠네 집이 각이 반듯반듯 잡힌 책장을 가지고 있고 액자마다 윤이 난다면 엄마네 집안은 소파도 둥글고 쿠션도 둥글고 책상도 삐뚜름하게 놓여 있었다. 이건 비단 인테리어의 문제가 아니라 내게는 마치 헌법이 전혀 다른 국경을 넘는 일과도 같았다.

18.

엄마가 고 삼 때였던가 엄마네 집이 차압을 당했다고 했다. 외할아버지가 보증을 잘못 서는 일이 일어났던 모양이다. 빨간 딱지가 더덕더덕 붙은 집에서 외할머니는 매일 밤 울었는데 엄마는 외할머니가 더 슬퍼할까 봐 슬픈 기색도 보일 수가 없어서 매일 하나씩 즐거운 일을 찾아내고 그것을 기뻐하는 연습을 했다고 했다. 엄마의 말에 따르면 하루는 하루 종일 좋은 일이라고는 눈을 씻고 찾아봐도 없이 나쁜 일만 일어났기 때문에 도무지 즐거운 일을 찾을 수가 없어서, 이제 이보다 나쁜 날은 없을 거야, 생각하며 혼자 기뻐했다고 했다.

그때 외할아버지가 엄마의 형제들을 모두 모아놓고 술을 한 잔씩 따라준 다음 이런 요지의 말씀을 하셨다고 했다.

"우리 집이 이 지경이 안 되었으면 우리가 언제 저녁마다 모여 서로를 이토록 걱정해보았겠니? 니들이 요즘은 늦게 들어오지도 않고 나도 술 좀 덜 마시고 서로 조심하는 모습을 보니까, 이 아빠가 미안하기는 하지만 행복하다……. 서로 사랑하고 아껴주는 마음만 있으면 되는 거야. 집이 없어진다고 해도 가족은 남는다. 집이 우리 가족인 것은 아니야."

엄마는 내게 그 말을 들려주면서 "본인이 보증을 서지만 않았다면 감동적인 말이긴 했겠지만……. 어쨌든 대단했어. 외할아버지가 엄마보다 강적이지?" 하고 말했다. 내가 생각해도 강적인 것 같았다.

물어보지는 않았지만 외갓집의 가훈은 '아마 어떻게 잘되겠지'일 것이다. 아니 '무조건 잘될 것이다'인지도 모른다. 그래서인지 어쨌든 외갓집 식구들은 다 '잘 되었다'. 외할머니의 말씀에 따르면 아프지만 않으면 무엇이든 다시 시작할 수 있는 거라고 했다.

엄마는 입버릇처럼 "미리 걱정하면 무슨 소용 있겠어. 닥쳐서 걱정해도 늦지 않아. 곰곰 생각해보고 바꿀 수 있는 일이면 열심히 준비해야겠지만 그럴 수 없는 일이면 얼른 단념하고 재밌게 지내는 거야." 했다. 그런 집에서 자란 엄마와 티셔츠도 꼼꼼하게 다려 입는 집에서 자란 아빠는 대체 서로의 무엇이 좋았던 걸까, 나는 그 이후로도 의아해하곤 했다. 하지만 그건 그렇다 쳐도, 나중에 내가 결혼을 하려고 할 때 남자 친구를 엄마 집에 먼저 데려와야 할지 아빠 집으로 먼저 데려가야 할지도 내게는 남모를 고민이었다. 어떤 집을 먼저 가든 두 번째 집에서 그는 좀 큰 충격을 받을 것이 틀림없을 테니까 말이다. 어떻게 이렇게 다를 수가 있어? 하고 말이다.

19.

남동생들은 내 물건에 더 이상 흥미를 보이지 않는 것 같았다. 막내 제제는 내 가방에서 총이나 칼 하다못해 초콜릿도 나오지 않는 것을 보자 슬슬 싫증이 나는 것 같았다. 제제는 납작하고 긴 눈을 반짝반짝 빛내며 내 방을 이리저리 돌아다니고 있었다. 내 물건에 손대는 것은 질색이었는데 나는 저 아이를 혼내야 되나 말아야 되나 좀 혼란스러운 기분이었다.

나중에 안 일이었지만 제제는 너무 귀찮았다. 내가 어떻게든 공부를 해보려고 책상 앞에 앉아 있으려면 난데없이 내 방으로 살금살금 들어와서 "누나, 다음 중에 제일 좋은 걸 골라봐. 일, 커다란 바위 덩어리. 이, 날카로운 창. 삼, 시퍼런 칼날. 사, 도끼."라고 마치 내가 모르는 어떤 세계를 가르쳐주려는 듯 약간은 거만하고 진지한 표정으로 묻곤 했다. 처음에는 그 진지하고 거만한 표정이 귀엽기도 해서 "그게 뭔데?" 하고 대꾸를 해주기도 했다. 그러면 제제는 마치 커다란 비밀이라도 알려주는 양 짐짓 어깨를 펴고 낮은 목소리로 대꾸하곤 했다.

"응…… 이건 말이지, 내 게임에 나오는 무기들이야."

그러고는 나보고 적을 물리칠 한 가지 무기를 골라보라고 옷을 잡아당기며 졸랐다.

그러다가 어느 날은 (이때도 아마 내가 그래도 시험인데 공부를 좀 해야지, 결심을 막 하려고 하는 순간이었을 것이다. 아니다. 틀림없이 딱 그런 순간이어야만 한다) "누나, 내 카페에 가입해……. 내 카페의 이름은 아기자기 이야기 카페야." 했다. 처음에는 어린 것이 카페를 운영하다니 기특하기도 해서 "그래? 회원은 몇 명이나 되는데?" 묻기도 했었다. 그러면 제제는 약간 고개를 외로 꼬면서 슬픈 목소리로 "실은 엄마 한 사람뿐이야." 이런 말도 안 되는 말을 하는 것이었다.

나는 이제 곧 고 삼이 될 텐데, 청춘의 고뇌가 여드름처럼 나를 덮치고 나를 배반한 지난 남자 친구의 상처가 다 아물지도 않은 내가 엄마의 집으로 와서 제일 먼저 마주친 현실이 돌이나 도끼나 창 중의 하나를 억지로 골라야 한다는 것이니 기가 막혔고 '아기자기 이야기 카페'에 들어가 아홉 살짜리를 상대해야 한다는 것은 생각만 해도 황당한 일이었다.

20.

동생들이란 건 귀엽기도 하고 귀찮기도 하고 어리기도 해서, 차마 치밀어 오르는 질투를 참게 하고 그래서 두려운 존재들이라고나 할까. 동생들이 내 인형인 밀이나 가루처럼 한구석에 예쁘게 앉아만 있다가 내가 정 심심해서 놀아주려고 하거나 좀 안되어 보여서 누나 노릇을 하려고 할 때 그때서야 움직이면 좋겠다. 그리고 내가 좀 귀찮아지면 다시 구석으로 가서 얌전히 앉아 있었으면 좋겠다. 와우! 그렇다면 내가 요 녀석들을 엄청 예뻐할 텐데……. 아니다. 동생들뿐 아니라 모든 사람들이 그러면 얼마나 좋을까.

언젠가 아빠한테 이 말을 했더니 아빠는 대번에 "난 네가 좀 그랬으면 좋겠다." 했다. 엄마한테 그 말을 했다면 엄마는 대답했을 것이다. "너무 재밌다……. 특히 너희가 다 그러면 엄마는 얼마나 홀

가분하겠니? 명작이 나올지도 몰라……. 가끔 글을 쓸 때는 어찌나 신경이 예민해지는지 아마 독도에 있었다 하더라도 방 밖으로 나와 소리 지르고 싶을 거 같거든. 다들 조용히 해!"

그러자 나도 이상해지긴 했다. 엄마가 "다들 조용히 해!" 하고 말하는 순간 내가 동작이 멈추어 굳어버린 정물같이 되어버린다면……. 내가 주인공이 아니면 뭐든 별로 재미가 없는 것 같다.

21.

형제들이란 건 좀 이상하긴 하다. 자신의 아빠나 엄마가 형제 중의 어떤 서열이냐에 따라 심하게 차별받는다. 나 같은 경우는 아빠와 엄마가 모두 막내여서 언제나 불리하다. 늘 "어린 동생이 그러는 건데 다 큰 네가 참아야지." 하는 말을 들었던 것이다. 문제는 내가 아직 '다 크기도 전' 지금의 동생들의 나이 때부터 이런 말을 들었다는 것이다. 내가 이런 일에 대해 불평을 하면 아빠는 언제나 "그럴 리가 있나, 아빠는 똑같이 둘 다 이쁜데."라고 말했다. 내가 듣고 싶은 건 "위녕, 아빠는 실은 동생보다는 네가 훨씬 더 이뻐."라는 말이라는 걸 아빠는 정말 모를 것이다. 아니, 설사 안다 해도 아빠는 절대로 그렇게 말하지는 않을 것이다. 왜냐하면 그건 '공명정대하지 못한' 일이기 때문일 것이다. 그것이 거짓임을 누구보다 아빠가 더 잘 알면서도 말이다.

엄마 같은 경우는 내가 이런 불평을 하면 잠깐 생각하는 표정을 짓다가 깔깔거리고 웃으면서 "맞아, 네 외할머니는 맏딸이시라서 매일 이모하고 외삼촌 두둔만 했었어. 엄마보고 어린 네가 언니한테 양보해야지 하는 소리를 했지……. 그건 맞아. 내가 막내여서 그런지 그래서 솔직히 막내의 입장이 언제나 더 이해가 되거든. 어떻게 하니? 미안하다." 하고 솔직하게 대답할 것이다.

나로서는 엄마가 이렇게 말하고 나면 참 할 말이 없다. 물론 엄마도 그걸 노렸을 것이다. 하지만 솔직한 엄마라고 늘 좋은 것은 아니다. 나쁜 점도 있다. 혼을 낼 때 우리더러 꼭 솔직히 이야기를 해야한다고 다그친다. 물론 때로는 거짓말을 할 때도 있지만 대개는 엄마의 놀라운 눈치에 실토를 하고 말곤 했는데, 어이가 없는 건, 실토를 했는데도 솔직해지라고 우리에게 윽박지르곤 할 때였다. 말하자면, 엄마가 원하는 대답을 듣고 싶다는 거였다.

22.

짐들을 대충 정리하고 났는데 외할머니가 들어오셨다. 외할머니는 나만 보면 언제나 눈물을 흘리셨는데 오늘은 밝은 낯빛이었다.

"위녕……, 할머니가 선물이 있다."

외할머니는 가방에서 노트북만 한 액자를 꺼내셨다. 액자 속에서는 가느다란 머리를 양 갈래로 묶고 자주색 레이스 원피스를 입은 세 살배기 아이가 곰 인형을 들고 웃고 있었다. 이상하게 가슴이 철렁 내려앉았다.

"네 아빠가 결혼하고 엄마가 당분간은 너를 못 본다고 했을 때 할머니는 엄마 몰래 이 사진을 감춰놓고는 가끔 꺼내 보며 살았어. 네 호수 같은 눈동자도 만져보고 동그란 코도 만져보고……. 엄마가 보면 가슴 아플까 봐 이 사진을 장롱 깊이 넣어두었단다. 이제 이걸 꺼내는 날이 왔구나. 위녕, 정말 잘 왔다."

나로서는 처음 보는 사진이었다. 어딘가 내가 모르는 먼 곳에서 나를 보고 싶어하는 사람들이 내 사진을 들여다보며 눈과 코를 만져보고 있었다고 생각하자 기분이 이상해졌다. 이런 줄 알았다면 사춘기 시절을 그렇게 외롭게 보내지 않았을지도 모른다는 생각도 들었다. 소리도 감각도 없는 지구 밖으로 혼자 내동댕이쳐져서 우주를 떠돌던 것 같은 막막함도 없었을지 모른다.

"네 에미 원망하면 안 된다. 네 에미처럼 노력했던 사람은 없어. 할머니도 그만큼 노력하면서 살지는 않았다……. 너를 떠나보내고 난 후, 네 에미가 몹쓸 일을 겪을 때마다 외할아버지하고 나하고 밤새 번갈아 네 에미 방 앞을 지켰다."

외할머니는 내 얼굴을 어루만지며 또 눈물을 흘리셨다. 그제야 외할머니가 엄마의 엄마라는 생각이 들었다. 엄마가 많은 슬픔들을 겪고도 "위녕!" 손을 흔들며 내게 온 것은 어쩌면 밤새 방문 앞에 서 있던 외할아버지와 외할머니의 숨죽임 때문이었을 거라는 것도 느껴졌다. 액자를 보듬다가 나를 바라보며 우는 외할머니의 얼굴을 보자 엄마와 헤어진 후 슬픈 건 나만이 아니었다는 게 실감이 났다.

바보 같은 생각이었지만 엄마는 그냥 날개옷을 입고 훨훨 날아가버린 줄 알았다. 나무꾼 같은 아빠를 두고 두레박 속에다 나를 팽개치고 하늘로 올라가서 노래하고 춤추고 있을 거라고……. 아니, 그렇게까지야 생각 안 했지만 아무튼 그렇다. 그렇게 구체적으로 떠오르진 않았어도 내가 줄곧 그렇게 생각해왔다는 것이 새삼 떠올랐던 거였다. 왜 이런 일들이 벌어진 걸까. 외할머니도 외할아버지도 우리 할머니도 아빠도 모두 좋은 사람들인데. 그리고 모두 나를 이렇게나 사랑한다고들 하는데.

23.

밤은 낯선 B시의 풍경 속으로 촘촘히 내려와 박혔다. 이제 내 방이 된 창가에 서서 그 밤을 내려다보고 서 있자니까 갑자기 엄마의 아파트가 검은 바다를 떠도는 커다란 배처럼 느껴졌다. 고요하고 검은 바다. 엄마가 모는 이 배는 항구까지 잘 도착할 수 있을까? 하다못해 길거리를 걷다가도 다른 생각에 빠져 있다가 잘 넘어지는 엄마에게 이 바다는 친절한 파도만 보내줄 것인가, 엄마가 흔들리면 우리는 어떻게 될까, 하는 두려운 생각이 들어 나는 나를 따라와 이 낯선 방구석에 앉아 있는 밀이와 가루를 양팔에 하나씩 껴안아보았다.

아빠는 뭘 하고 있을까, 하는 생각이 났다. 지금 이 시간이면 아빠는 과일을 먹고 있을 것이다. 한 시간 전에는 정확히 저녁을 먹었을 것이고, 그 한 시간 전에는 퇴근했을 것이다. 그리고 한 시간 후에는 책을 읽을 것이다. 아빠의 생활은 자로 잰 듯이 정확했다. 아빠는 늘 시간을 잘 지켰고 말수가 적었다. 화요일에는 출판사로 갔고, 목요일에는 수영을 했다. 오늘은 수요일이니 아빠는 집에서 과일을 먹고 있는 게 맞다.

참 이상하게도 아빠에게 내뱉었던 그 많은 말들이 떠올라왔다. 그때 아빠가 느꼈을 아픔들도 땅속에 묻혀 있다가 내가 손으로 파면 햇볕을 받아 반짝반짝 빛나며 모래 위로 떠오르던 사금파리들처럼 뾰족뾰족 느껴졌다. 아빠, 미안해……, 하는 생각이 나자 아빠에게 내뱉었던 그 뾰족한 사금파리들이 실은 내 가슴속에 있었던 것처럼 가슴이 따가워졌다.

그래서 나는 얼른 엄마식으로 생각하기로 했다. 엄마는 언제나 어떤 일에든 좋은 점도 있다는 걸 명심하라고 했다. 그래, 좋은 일도 있다. 내가 아빠의 곁에 있을 때는 날마다 다른 일을 하며 사람들을 놀라게 하는 엄마가 무엇을 할지 상상할 수 없었지만 이제 엄마의 집에서 나는 아빠가 무엇을 하는지 다 알고 있으니까 좋은 거였다. 그러자 이상하게도 아빠와 함께 있을 때는 내게는 숨이 막혔던 아빠의 그 정확함이 좋은 점도 있다는 걸 나는 또 깨달았다.

24.

그때 밖에서 엄마의 소리가 들렸다. 아까부터 두 남동생을 재우려고 잔소리를 해대더니 이번에는 야단을 치는 것 같았다. 항상 고요하고 규칙적인 아빠의 집에서 살던 내게 이 소란스러움은 실은 약간 불길했고 또 낯설었다.

"그래 컴퓨터 게임이 형제보다 귀중한 거니? 응? ……그거 하나서로 양보를 못 해서 싸움을 해?" 하는 익숙한 소리에서부터 "니들 이름이 뭐냐?" 하는 난데없는 소리까지 들렸다. 내가 슬그머니 거실로 나가니 엄마는 두 남동생들을 나란히 앉혀놓고 있다가 나보고 이리로 와 앉으라고 했다.

"잘됐다, 마침 누나도 왔으니……. 엄마가 물었잖아, 니들 이름이 뭐냐고?"

남동생들은 어서 이 상황에서 벗어나는 길은 이 어이없는 질문에 대답하는 것밖에 없다는 것을 일찍이 깨달은 듯한 목소리로 "둥빈이." "제제." 하고 자신들의 이름을 대꾸했다.

"성도 말해야지. ……니들 성이 같아? 달라?"

"……틀려."

"틀린 게 아니라 다르지. 그건 다른 거지 틀린 게 아니야. 알았어?"

두 동생들은 이런 일이 한두 번이 아니라는 듯 기계적으로 고개를 끄덕였다. 새삼 아아, 나는 내 동생들하고 성이 다르구나, 하는 생각이 들었다.

"그래, 그건 엄마가 미안해. 그건 전적으로 엄마의 잘못이니까. 너희는 거기에 아무 책임도 없는 거 알아."

엄마는 울먹이기 시작했다. 상황이 별로 좋지 않게 전개되어 가는 것 같았다.

"하지만 그렇다 해도 너희는 형제야. 게다가 이 세상에 단둘만인 남자 형제라고……. 형제가 얼마나 중요한 건지 알기나 해? 엄마가 힘들 때 다른 사람보다 외삼촌하고 이모가 얼마나 엄마를 도와줬는지 봤지?"

엄마는 이야기가 약간 빗나간다고 느꼈는지 잠시 생각을 가다듬는 표정을 짓더니 "하지만 기죽을 거 없어. 엄마는 엄마 몸이 부서져도 너희를 키울 거야." 했다.

내가 보기엔 성이 달라서가 아니라 엄마가 하도 고함을 질러서 기가 죽은 두 동생들은 엄마의 그 말에 더욱 기가 죽어 보였다. 무슨 신파극의 대사처럼 말을 이어가는 엄마의 목소리에서는 울먹임이 점점 더 배어나오기 시작했다. 오랜 시간 죄책감과 싸워왔으나 이제 그것을 어느 정도 정리해낸 자의 결연함과 약간이긴 했지만 우리가 엄마의 이런 울먹임 속에서 엄마의 억울함을 알아차려주기를 바라는 약간 교활하고 간절한 뉘앙스도 있었다.

"정말 기죽을 거 없다니까. 응? 이 세상에 성 다른 형제들 가지고도 훌륭하게 된 사람이 얼마나 많은데. 클린턴 대통령도 있고 독일의 슈뢰더 총리도 있고…… 또…… 성이 다르거나 부모가 다른 자식을 가진 사람들도 많아. 마가렛 미드…… 알아? 유명한 인류학자야. 그리고 찰리 채플린, 헤밍웨이, 또 브레히트에다 헤르만 헤세…… 물론 엄마가 그 사람들처럼 되려고 그런 건 절대 아니고 너희도 나중에 결혼을 하면 될 수 있는 대로 이혼을 하면 안 되겠지만……."

"엄마, 클린턴이 미국 대통령 아냐? 그 사람 훌륭한 거야?"

엄마의 장광설이 언제 끝나나 지루한 표정을 짓던 둘째 둥빈이 안경을 올리며 끼어들었다. 울먹이며 슬픈 희생자의 얼굴을 하고 있던 엄마가 잉? 하며 고개를 들었다.

"엄마가 전에 세계에서 전쟁을 치르는 미국이 별로 좋지 않은 나라라고 하지 않았어? 그런데 그 나라의 대통령은 훌륭해?"

"아니…… 그건…… 그렇지……. 미국이 꼭 좋은 나라라고 할 수는 없지만……."

엄마는 난데없는 둥빈의 반격에 약간 정신이 돌아오는 것 같았다. 그러고는 자신이 예로 든 사람들이 실은 스스로도 별로 좋아하지 않는 정치가들이었다는 것을 뒤늦게 깨달았다는 듯이 헛기침을 두어 번 했다.

"아무튼! 너희 혹시 누가 성 다른 형제들하고 산다고 놀린 적은 없니?"

둥빈의 뒤를 이어 제제가 영문을 알 수 없다는 듯이 고개를 가로 저었다.

"위녕, 너는?"

약간 우습기도 하고 짜증도 났다. 나는 고개를 저었다.

"아직 니들이 누구네 애들인 거 몰라서 그러는 거 아니니?"

엄마는 또 엄마가 원하는 대답이 나올 때까지 우리를 다그칠 모양이었다. 어른들은 참 이상하다. 그러려면 뭐 하러 말을 시키는지. 대답을 안 하면 말을 하라고 다그치고 대답을 하면 '말대꾸'한다고 한다. 말에는 대꾸가 있어야 당연한 거 아닌가. 나는 엄마의 신파를 더 이상 참아주고 싶지 않았다.

"엄마, 우리 반 애들도 이제까지 우리 엄마가 누군지 다 알았는데 그것 때문에 놀리는 애들 아무도 없어."

내가 단호하게 말하자 엄마는 약간 당황스러운 표정이 되었다. 마치 다른 각본으로 연습하고 나온 상대역의 배우를 바라보는 것처럼 약간 망설이더니, 어찌 됐든 신의 메시지를 전달하는 선교사처럼 비장한 목소리로 말을 이어갔다.

"그러니까 너도 엄마한테 와서 공부 열심히 해야 한다. 너도! 너도! 알았지?"

어떻게 '너희 놀리는 애들 없니?'라는 말에서 '그러니까' 공부를 열심히 해야 한다, 로 논리가 이어지는지 도무지 이해가 안 갔지만 우리 세 형제는 엄마 앞에서 착하게 고개를 끄덕였다. 아마 끄덕여 주었을 것이다. 그래야 이 난데없는 설교가 끝날 테니까 말이다.

25.

두 동생이 잠든 후 엄마는 커다란 캔 맥주 두 개와 쥐포 구이를 들고 내 방으로 왔다.

"어때? 잘래? 아니면 엄마랑 맥주 한잔 할까?"

나는 별로 술을 좋아하지는 않았지만 엄마와 마주 앉았다.

갑자기 엄마가 뉴질랜드로 나를 찾아왔던 생각이 났다. 그때 나는 뉴질랜드 남섬 크라이스트처치 시에 살고 있었다. 연수차 뉴질랜드에 온 아빠를 따라서였다. 공항 로비에서 내 가슴은 이상하게 뛰고 있었다. 실은 좀 두렵기도 했다. 엄마가 너무 울까 봐 걱정이 되어서였다. 나는 신문에서 본 엄마를 상상하고 있었다. 분명, 감색 계통의 단정한 슈트를 입고 날씬한 가방을 끌며 나오는 노련한 스튜어디스 같은 엄마를……. 그런 엄마가 여기서 울면 나는 무어라 말할까. 사람들이 쳐다보면 창피할 텐데…….

그런데 팔 년 만에 다시 만난 엄마는 터질 듯이 뚱뚱한 이민 가방을 들고 청바지에 스웨터를 입은 채 나타났다. 긴장되고 약간은 도망가고 싶고 또 얼마간은 산속에서 길을 잃은 듯한 기분은 사라지고 뜻밖에도 웃음이 나왔다. 엄마는 "아니 왜 남의 먹을 걸 가지고 지네들이 시비야 시비긴……. 누가 지네들 주기나 한대?" 하면서 투덜댔던 것이다.

사박 오일의 짧은 일정으로 온 사람치고 엄마의 가방은 엄청나게 컸다. 뚱뚱한 가방을 택시에 싣느라고 땀이 뻘뻘 나서 엄마와 나는 어색할 겨를도 없었다.

"너 만나면 눈물이 나와서 어떻게 하나 걱정했는데 통관 직원들하고 실랑이하다가 눈물도 쏙 들어가 버렸어."

엄마는 투덜거렸다.

그날 밤, 아빠가 특별히 허락해주어서 엄마와 함께 묵게 된 모텔에서 엄마의 이민 가방은 열렸다. 그 안에는 쥐포와 말린 문어, 오징어와 김, 그리고 한과와 라면들이 쏟아져 나왔다. 통관 직원들이 보따리장수로 오해할 만했다. 엄마가 갈아입은 잠옷에서는 쥐포의 고릿한 냄새가 났다.

"네가 어릴 때 이런 건어물을 좋아했던 게 생각이 나서 샀는데 너무 많이 샀나 봐. 구워서 이걸 손에 쥐여주면 침을 뚝뚝 흘리면서 네가 이걸 들고 하루 종일 먹었어."

엄마에게서 처음 들은 내 모습이 침을 뚝뚝 흘리며 쥐포를 먹는 아기였다는 게 좀 그렇긴 했지만 그날 밤 나는 처음으로 엄마라는 사람이 이런 거구나, 하는 생각을 했다. 먹을 걸 많이 싸 와서가 아니라, 고릿한 냄새가 밴 헐렁한 잠옷을 입고 아무렇게나 내 앞에 앉아 있어서가 아니라…… 뭐랄까, 격의 없는 것, 자신이 나에 대해 가지는 사랑이 하늘로부터 받은 천부적 권리임을 굳게 믿는 자의 당당함 같은 것, 그러니까 한때 같은 몸이었던 두 사람만이 느낄 수 있는 어떤 끈이 팔 년의 세월? 그거 별거 아니야 하는 듯 우리를 뛰어넘고 있었다. 팔 년 만에 만난 모녀는 그렇게 모텔에서 쥐포를 구워 먹었다.

맥주잔을 놓고 엄마와 마주 앉아 있노라니까 그때 생각이 났던 거였다. 엄마는 맥주잔을 들고 할머니가 가져다준 내 어릴 적 사진을 물끄러미 쳐다보다가 내 얼굴을 손으로 쓸어내렸다.

"이런 날이 오다니……. 꿈만 같아. 오랫동안 엄마는 생각했어. 만일 이담에 죽어서 신 앞에 서면, 신이 내 행실을 낱낱이 적은 치부책을 침을 바른 손가락으로 이리저리 펼치면서, 음…… 너는 아무래도 지옥으로 가야 하겠지? 물으면, 아니에요, 이건 이래서 그랬고, 저건 걔가 그래서 그랬던 거예요. 걔가 먼저 그랬다구요! 하면서 박박 우기려고 했는데, 근데 신이 나를 빤히 바라보면서 그럼 위넝은? 하면 엄마는 넵! 하고 바로 지옥으로 내려갈 거 같다고 말이야……"

엄마는 이 이야기를 나를 팔 년 만에 만난 크라이스트처치 시에서도 했었다. 그날 모텔에서 엄마는 엄청 울었다. 나로 말하자면 좀 멀뚱하고 쑥스러운 기분이었다. 그냥 엄마의 허름한 차림새, 엄마의 뚱뚱한 가방 속의 건어물들이 전해주는 고릿고릿한 한국의 냄새, 그리고 쉬지 않고 흘러내리는 엄마의 눈물이 뒤섞여 얼마간 이 낯선 만남이 후회스러웠던 기억이 났다.

낯설었던 것은 엄마의 그런 행색뿐이 아니었다. 엄마의 말투는 내가 아빠나 새엄마에게서는 잘 들어보지 못한, 그러니까 얼마간 우리끼리 하는 언어들을 닮아 있었다. 나는 그때 엄마의 눈물이 당황스러우면서도, 근엄하게만 상상했던 신이 '치부책'이라는 낡은 노트를 침을 발라 이리저리 뒤적이는 모습을 그려보고, 또 엄마가 무서운 신 앞에서 "걔가 먼저 그랬다구요." 하면서 박박 우기는 모습이 떠올라 속으로 좀 웃기도 했었다. 하지만 엄마의 말투는 나를 정확히 겨냥하고 있었는데 그때 내 모습이 영락없이 이마에 '나 엄마 없음'이라고 써넣은 형국이라거나, '나는 나쁜 아이입니다' 하는 명찰을 가슴에 단 아이처럼 가엾었다고 했다. 그때는 엄마의 그 말에 아무 대꾸도 못 했지만, 가슴이 철렁했다.

그랬다. 나는 '나쁜 아이표' 명찰을 달고 선 아이 같았다. 시간을 지키지 않고 아무 때나 밥을 달라고 하고. 한마디로 '제멋대로'인 낙제생. 낙제생들의 가장 큰 불행이 자기가 공부를 얼마나 못하는지 모르는 데 있는 것처럼 나 역시 그 전까지는 내가 얼마나 불행한 줄 몰랐다. 행복이나 불행이라는 단어는 소설에나 나오는 거라고만 생각하고 있었는지도 모른다.

"나도 오늘이 참 좋아, 엄마."

엄마와 나는 건배를 했다. 엄마는 정말 엄마 같은 표정이라고밖에 할 수 없는 미소를 지으며 나를 보고 있었는데 그때 노곤하고 나른한 행복감 너머로 알 수 없는 기분이 느껴졌다. 문득, 아빠가 왜 엄마를 그렇게 힘들어했는지 이해할 수 있었던 것이다. 참 이상하다. 아빠와 함께 있을 때는 엄마가 왜 아빠와의 삶을 그렇게 못 견뎌 했는지 이해할 수 있는 기분이었는데 말이다. 그러니까 엄마는 바람 같았다. 자기가 불고 싶은 대로 불어가는 바람. 잡으려고 하면 어느새 휘익 산 위로 올라가 깔깔거리며 웃을 것만 같은 그런 기분. 조금 열린 창문 앞으로 다가와 살랑거리며 머리칼을 나부끼게 하다가 어느 순간 비가 되고 천둥이 되어 내리는 바람……. 그걸 아빠는 '제멋대로'라고 표현했던 거구나 하는 생각이 들었던 것이다.

언젠가 신문에 실린 엄마의 인터뷰를 본 일이 있었다. 엄마는 그때 일흔까지 누군가를 사랑하면서 살 거라고 했다. 엄마와 함께 한집에서 마주 앉아 있는 이 순간에 나는 내가 엄마를 닮았다는 사실을 어느 때보다도 깊이 느낀다.

사랑을 한다는 것은 머물지 않는 것이다. 그것은 산 사람의 몫이니까. 산 사람은 키와 머리칼이 자라고 주름이 깊어지며 하루에 천 개의 세포를 죽여 몸 밖으로 쏟아내고 쉴 새 없이 새 피를 만들어

혈관을 적신다. 집 안을 떠도는 먼지의 칠십 퍼센트는 사람에게서 떨어져 나온 죽은 세포라는 기사를 인터넷으로 본 적이 있었다. 그 때부터 집 안의 먼지 하나도 예사로이 느껴지지 않았다. 그것은 어제의 나의 흔적이었던 것이다. 그러니 어제의 나는 분명 오늘의 나와는 다른 것이다. 그런데 또 어제의 나도 오늘의 나인 것이다. 이 이상한 논리의 뫼비우스 띠가 삶일까?

죽음만큼 안전한 것은 없다고 엄마는 말할지도 모른다. 열여덟 해를 사는 동안 나도 알게 된 것이 있다. 사랑은 불안하고 아픈 것이며 때로는 무한한 굴욕을 가져다주는 것이라는 것을 말이다. 그러나 나도 엄마의 피를 따라 살고 싶었다. 용광로 속으로 들어가는 쇳물처럼 자신을 기꺼이 변화시키는 모험에 참여하고 싶었다. 왜냐하면 나는 살아 있고, 그것도 펄펄 살아 있는 열여덟이기 때문이다.

26.

"두려워하지 마. 우린 잘 해나갈 수 있을 거야."

엄마는 좀 낮은 소리로 말했다.

"……내가 두려워한다고 생각해?"

엄마는 약간 망설이다가 천천히 고개를 저었다.

"위녕, 난 네가 행복했으면 좋겠어. 공부하는 것도 행복하게 하고, 먹는 것도 행복하게 먹고, 자는 것도 행복하게 자고."

엄마는 진지하게 말했다. 나는 피식 웃었다.

"어떻게 공부를 행복하게 해? ……자는 거나 먹는 거라면 몰라도."

엄마는 눈을 동그랗게 뜨고 날 바라보았다.

"공부도 행복하게 해야 하는 거야. 어떤 대학에 합격하기 위해 오늘을 불행하게 사는 거 그거 좋은 거 아니야. 네가 그 대학에 합격하기 위해 오늘을 견딘다면, 그 희망 때문에 견디는 게 행복해야 행복한 거야. 오늘도 너의 인생이거든. 오늘 행복하지 않으면 영영 행복은 없어."

나는 엄마를 빤히 바라보았다. 엄마는 진심이라구, 하는 눈빛으로 나를 바라보았다. 행복이라는 것에 대해 오래 생각한 자 특유의 자신감 같은 것이 그 말투에는 묻어 있었다.

"내가 만일 대학에 떨어지면?"

엄마는 맥주 캔을 놓고 잠시 고개를 갸우뚱했다.

"실은 생각해봤는데, 많이 생각해봤는데 상관없더라구. 그게 뭐 어때서? 엄마는 살면서 좋은 대학 나오고 유학까지 갔다 온 박사 교수 의사 이런 사람들 중에 그 좋은 머리와 많은 학식으로 자신뿐만 아니라 남까지 망치는 사람들 많이 보았어. 중요한 건 네가 행복한 거고, 더불어 사는 법을 연습하는 거고, 그리고 힘든 이웃을 돕는 거야. 공부를 하고 유학을 가는 거 다 그걸 위해서야. 그게 아니면 그건 아무것도 아니야."

엄마는 엄마답지 않게 천천히 말했다. 많이 생각한 후에 하는 말 같았다.

"엄마는 행복해?"

내가 물었다. 엄마는 잠시 고개를 갸우뚱하더니 가만히 웃었다.

"응, 행복해. 우선 네가 있어서 그렇고, 또 죽을 것 같은 강물을 어떻게든 건너 온 자부심도 있어. 아침마다 생각해. 오늘은 우주가 생겨난 이후로 세상에 단 한 번밖에 없는 날이다. 밤새 나는 이렇게 죽지 않고 살아 있다. 아이들도 아프지 않고 잘 자고 있다. 새벽녘 창밖은 아직 싸늘한데 우리 집은 따뜻하다……. 언제부턴가 그게 얼마나 큰 축복인지 알게 되었거든. 엄마랑 이렇게 사는 일, 새로 시작하는 일, 그렇게 장밋빛만은 아닐 거야. 힘이 들 때면 오늘만 생각해. 지금 이 순간만. ……있잖아. 그런 말 아니? 마귀의 달력에는 어제와 내일만 있고 하느님의 달력에는 오늘만 있다는 거?"

내가 그 의미를 생각하려고 잠시 입을 다물고 있자 엄마는 나를 보고 응? 하고 다시 물었다. 엄마의 얼굴 위로 언뜻 행복이 지나가는 것 같았다.

우주가 생겨난 이래로 처음인, 엄마와 나의 한지붕 아래의 첫 밤이 그렇게, 천 개의 눈을 뜨고 엄마와 내가 앉은 창밖에서 기웃거리며 지고 있었다.

27.

자리에 누웠지만 좀처럼 잠이 오지 않았다. 낯선 모텔에 들어와 혼자 누워 있는 것 같았다. 엄마가 좋아하는 말 중에 '삶은 낯선 여인숙에서의 하룻밤'이라는 말이 있다. 스페인의 어떤 성녀가 한 말이라고 했다. 엄마는 전에 난데없이 전화를 걸어 "이 구절 좀 들어봐." 하면서 그걸 읽어주었다. "평생을 수녀로 지낸 성녀가 말이야 여인숙을 알다니, 그것도 낯선 여인숙에서 자는 걸 알다니……. 너무 멋있지 않니?" 하고 엄마 특유의 흥분한 목소리로 밀했다.

나는 "여인숙이 뭐야?" 하고 물었다.

"맙소사. 여인숙이 뭐냐구? ……그건 그러니까 말하자면…… 창밖에 말이야, 벌판 같은 데 불빛 하나 없고 바람이 불어. 그런데 나지막하고 허름한 모텔이 있는 거야. 아주 후지지. 창틈으로 바람은 새어 들어오고 비도 뿌리는데, 겨우 먼 길을 걸어와 누운 거야. 아침부터 먹은 거라곤 배낭 속에 들은 딱딱한 빵 한 덩이뿐이고, 해진 신발 틈으로 물이 새고 침낭은 낡았고 내일은 어디로 가야 할지도 몰라……. 뭐 이런 거 말이야. 그때 올려다본 천장의 어둠은 얼마나 서늘하겠니……."

엄마의 단점은 이처럼 난데없이 자기감정에 도취되어 소설에 쓰는 문장을 말로 해대는 것이다.

"아니, 그 뜻을 모르는 게 아니라 그러니까 여인숙이 뭐냐구? ……몰라, 나 지금 바빠. 학원 가는 중이야." 하고 대답하자 엄마는 서운한 기색이 되었는데 이상하게도 그 말이 내 안에서 생생해졌다.

이상하다. 어떤 말들은 들을 때는 참 좋다가도 금방 잊어버리거나 곧 시들해지고 마는데 어떤 말들은 시큰둥하게 들었더라도 마음속에 남아 있다가 밤이면 책상 서랍 깊숙이 넣어둔 생일 카드처럼 꺼내보게 된다.

레오 생각이 났다. 내가 뉴질랜드에 두고 온 고양이. 윤이 나는 짧은 갈색 털을 가지고 있던 고양이. 아빠로부터 도망칠 때 가방 속에 넣어서라도 한국으로 데려오고 싶던 레오. 나중에 뉴질랜드에서 연수를 마치고 돌아온 아빠에게 묻자 아빠는 "응, 옆집 솔이네 주고 왔다."라고 쉽게 대답해버렸다. 나중에 내가 솔이한테 메신저로 물어보자 솔이는 "언니, 레오 잘 있어."라고만 대답했다. 나중에 내가 어른이 되어서 돈을 많이 벌면 꼭 다시 뉴질랜드로 가서 레오를 데려와야지, 했던 결심을 마지막으로 다졌던 게 언제였더라. 사람은 정말 이렇게 이기적인 동물일까. 그때는 레오 생각만 하면 눈물이 나왔는데 이렇게 자리에 누워 레오 생각을 하는 것도 참 오랜만인 거 같았다. 하지만 난 이제 더 이상 나 자신을 향해 "넌 나쁜 아이야." 하면서 괴롭히지 않기로 했다.

"세상에서 제일 어려운 일이 뭔지 아니? 그건 자기 자신을 용서하는 거야."

엄마라면 또 그렇게 말할까?

엄마를 다시 만난 후 내 인생은 송두리째 바뀌어버렸다. 아마 태양계의 행성에서 난데없는 왜소 행성으로 변한 명왕성 같은 기분이라고나 할까. 명왕성이 생각을 할 수 있는 유기체라면 그는 인간들이 '명왕성은 행성 아님' 선언을 하고 영어로는 난쟁이 행성이라는 보통명사를 붙여준 것에 대해 어떤 감정을 가질지를 생각해보는 것이다. 아빠식으로 말하자면 그건 탈락이고 엄마식으로 말하자면 그건 명왕성의 자유일지도 모른다. 그에게는 이제 사람들이 붙여놓은 딱지가 없기 때문에 스스로 그냥 별로 존재할 수 있으니까. 거꾸로 말하면 그는 그냥 자신이 꿈꾸는 그 별이 되어 자기 스스로 자신에게 이름을 붙일 수 있으니까 말이다.

나로 말하자면, 엄마를 만난 후 비로소 그냥 나일 수 있었다. 엄마는 세상 사람들의 눈으로 보면 불행했지만 스스로는 불행하지 않았다. 톨스토이의 《안나 카레니나》 첫 구절처럼 '행복한 집은 고만고만하게 행복하지만 불행한 집은 가지가지로 불행하다.'라는 말은 그러고 보니 틀린 것 같았다. 행복도 불행도 가지가지다, 가 더 맞는 것 같았다. 사람은 모두 다르기 때문이다. 나는 엄마처럼 그렇게 스스로 행복한 여자가 되고 싶었다.

28.

그날 밤 나는 꿈을 꾸었다. 아빠의 결혼식장에서 피아노를 치는 어린 시절로 나는 돌아가 있었다. 아빠 옆에는 흰 드레스를 입은 엄마가 서 있었다. 곰탱과 꽁지 두 사람은 서로를 아주 사랑하는 듯이 보였다. 그리고 나를 사랑하고 있었다. 나는 팝 가수들처럼 피아노를 치며 노래를 불렀다.

즐거운 곳에서는 날 오라 하여도 내 쉴 곳은 작은 집 내 집뿐이리⋯⋯.

그런데 꿈속에서도 나는 그 두 사람이 곧 이혼하고 결별하여 서로 평생을 단 한 마디도 나누지 않게 되리라는 것을 알고 있었다. 아빠가 너무 행복해 보이고 드레스를 입은 엄마가 너무 예뻐 보여서 나는 울었다. 깨어나 보니 아침이었는데 내 방 창밖으로 해가 솟아오르는 것이 보였다. 흘러내린 눈물이 베개를 적신 것을 보며 나는 B시에서의 첫 아침을 맞았다.

29.

여름은 진초록색으로 B시를 물들이고 있었다. 태양은 프라이팬에서 오래 익힌 노란 팬케이크처럼 지글거렸고 대기는 늘 후덥지근했다. 그 무더위 속에서 나는 엄마랑 팔짱을 끼고 장도 보러 갔고 전철역 근처의 좌판에서 귀고리도 하나씩 사서 걸었다. 때로는 엄마하고 동생들하고 이렇게 네 식구가 반바지를 입고 집 앞에 있는 월남 국수나 곱창 구이를 먹으러 가기도 했다. 그러면서 우리는 우리 둘이 닮았다는 사실만큼 서로가 닮지 않았다는 사실을 조금씩 확인해가고 있었다. 작게는 이런 것이었다.

"야아, 오늘 날씨 좋다……. 엄마는 여름이 좋아. 태양은 뜨겁고 이파리는 진한 푸른빛이고 건조한 바람이 쌩쌩 부는 거……. 오늘이 딱 그런 날이네. 어때 위녕, 너무 좋지?"

"아니, 난 싫어. 난 음산하고 춥고 구름이 하늘을 가득 덮고 비 뿌리는 게 좋아."

내가 대답하자 엄마는 눈을 동그랗게 뜨고 나를 바라보았다.

"세상에, 어떻게 그런 날을 좋아할 수가 있어? ……너 참 별나다."

그러면 나도 눈을 동그랗게 뜨고 엄마에게 대꾸했다

"세상에, 어떻게 여름날을, 것도 태양이 뜨거운 날을 좋아할 수가 있어? 게다가 작가가…… 참 별나네."

"아니, 작가가 맑은 날 좋아하는 게 뭐가 어때서 그래? 생각해봐, 심지어 고기압이 다가와 맑은 날이 되면 일기예보에서 좋은 날씨라고 해, 전 세계에서 다 그런다구."

"사람들이 그러든지, 일기예보에서 그러든지, 어쨌든 난 춥고 흐린 날이 좋아. 싫어하는 사람도 있는데 맑은 날을 좋은 날씨라고 판단해버리는 건 횡포잖아. 엄마가 사람들이 서로 다른 걸 존중하는 사회가 좋은 사회라며?"

우리는 서로 고개를 다른 쪽으로 돌리고는, 참 별일이 다 있네,

하고 중얼거리다가 그 말을 똑같이 내뱉었다는 사실을 깨닫고 한 길거리에서 깔깔거리며 웃었다. 엄마가 염려한 대로 혹은 내가 두려워하던 대로 우리는 우리의 결정이 좋은 것이 되기 위해 별로 노력할 필요도 없었다. 우리는 어린 시절부터 옆집에서 자라나서 우정이라는 말을 굳이 꺼내지 않아도 서로를 가장 깊은 자리에 기억하고 있던 친구처럼 서로를 알고 있다고 생각했고 그래서 편안했다. 엄마에게 무슨 말이든 다 할 수 있었고, 또 엄마도 내가 묻는 모든 말에 대답했다. 하지만 나는 한 가지만은 묻지 않았는데, 그 이유는 나도 아직은 다 알 수 없었다.

내가 이곳에 온 지 한 달이 다 되어가고 있었지만 아빠는 아직 나를 보러 오지 않고 있었다. 나는 가끔씩 아빠가 너무나 보고 싶었고 내가 아빠를 떠난 것이었지만 거꾸로 아빠에게서 버림을 받은 건 아닐까, 하는 두려움이 저 깊은 곳에서 솟구쳐 올라와 당황스럽기도 했다. 어찌 되었든 나는 아직은 아빠의 옷자락 끝을 마음속으로 움켜쥐고 있었는지도 모른다. 그리고 뒤집어 이야기하면 그것은 자로 잰 듯 예측 가능한 아빠와는 달리, 그러니까 이렇게 말하면 어떻게 나올지 다 알 수 있는 아빠와는 달리, 엄마의 바람 같은 마음을 내가 다 믿지 못하고 있었다는 말도 될 것이다.

엄마는 가끔 저녁 약속이 있다며 나갔다가 늦은 밤 귀가했다. 엄마가 저녁 약속이 있는 날이나 여행을 떠나야 하는 날 우리를 돌보아주는 엄마의 선배 서저마가 동생들을 재우고 잠이 들면 나는 늦도록 책을 읽었다. 이상하게도 엄마가 돌아올 때까지 잠이 오지 않았다. 그런 밤이면 열린 창밖으로 어느 집에선가 아이가 우는 소리가 들려오기도 했는데 그때 내 마음속에서 아직도 자라지 않은 작은 아기도 잠에서 깨어나 함께 울었다. 아빠가 어린 시절 《해님달님》이라는 동화책을 우리 집에서 치워버렸던 기억이 났다. 내 마음속의 아기는, 밤이면 옆 자리가 허전해서 깨어나 울던 아기는, 아직도 호랑이를 무서워하고 있었나 보다.

하루는 그렇게 침대에 엎드려서 책을 읽고 있는데 현관문이 열리는 소리가 나더니 이윽고 엄마가 내 방문을 살며시 열었다.

"자고 있니? 내 딸?"

엄마는 내 침대에 걸터앉더니 손에 들고 있는 맥주 캔 두 개를 내 앞에서 흔들어 보였다. 그러고는 하나를 내게 주고 엄마도 하나를 들었다. 엄마의 뺨은 보기 좋게 상기되어 있었다.

"엄마 술 먹었어. 늦어서 미안해……. 그러니까 우리 춤출까?"

미안해, 에서 그러니까 춤을 출까, 라는 논리의 비약은 또 뭔지, 라고 생각하고 있는데 엄마는 내가 뭐라 대답할 새도 없이 노래를 흥얼거리며 내 앞에서 춤을 추기 시작했다. 나는 침대에서 몸을 반쯤 일으킨 채로 엄마가 촌스런 포즈로 춤을 추는 것을 보았다. 대체 저런 춤을 무엇이라고 표현해야 할까. 그 모습이 너무 우스꽝스러워서 내가 커다란 소리로 웃음을 터뜨리자 엄마는 이상한 춤을 멈추지 않은 자세로 나를 따라 큰 소리로 웃으며 말했다.

"어때? 엄마 춤 잘 추지?"

어이가 없어서 대답을 못 하는 나를 의식하는지 안 하는지 엄마는 발표회를 앞둔 유치원생처럼 신나는 표정이었다. 맙소사! 하는 생각이 유쾌한 꿀밤 같은 충격으로 지나갔다. 늦은 밤, 술에 취해 집으로 돌아온 엄마가 딸 앞에서 춤을 춘다는 것이 세상에 있을 수가 있는 일인지, 하는 생각이 스쳐 지나갔지만 나도 모르게 엄마를 따라 웃고 있었던 것이다.

그때 나는 춤을 추는 엄마를, 춤을 추면서 내게 "위녕, 엄마는 요새 연애하는 기분이야. 네가 오고 난 후 날마다 아침이 설렌다구!" 큰 소리로 말하는 엄마를 바라보면서 우리가 다시 만나 이렇게 함께 살게 된 것은 선택이 아니라 필연이었다는 생각을 했다. 어쩌면 내 마음도 늘 그렇게 춤을 추고 싶어했는지도 모른다. 그러나 나는 오래도록 길들여져 있었고, 하지만 제대로 길들여지지 못했고 그래서 마음과는 달리 몸은 엄마를 따라 함께 유쾌하게 춤을 출 수가 없었다.

"왜 너도 추자니까……."

엄마는 내 팔을 잡아당기다 말고, 침대에 털썩 앉았다.

"늙었나 봐, 것두 운동이라고 숨이 차네."

엄마는 나를 보며 씨익 웃었다.

"야아, 너 그런 눈으로 날 쳐다보지 마, 인마. 가끔 가다가 네가 엄만지, 내가 엄만지 헷갈린단 말야."

엄마는 딸 앞에서 혼자 춤을 춘 사실이 그제야 좀 부끄러운 듯 수줍게 말하면서 손에 든 맥주 캔의 상표를 눈여겨보는 척했다. 그 순간 엄마의 얼굴 위로는 아무도 침범할 수 없는 스스로의 행복 같은 것이 지나갔는데 내 마음속으로도 그 열기 같은 것이 전해지면서 공연히 내 눈시울이 뜨거워졌다.

이상하게도 그때 나는 알게 되었다. 이혼한 가정의 아이들이 왜 불행한지. 그건 대개 엄마가 불행해하기 때문일 것이다. 부부가 불화하는 집 아이들이 왜 불행한지도 어렴풋하게 느껴졌다. 그건 엄마가 불행하기 때문일 것이다. 아아, 이 세상에서 엄마라는 종족의 힘은 얼마나 센지. 그리고 그렇게 힘이 센 종족이 얼마나 오래도록 제 힘이 얼마나 센지도 모른 채로 슬펐는지.

엄마가 내 손을 잡았다. 생각과는 달리 엄마의 손은 아주 찼다. 엄마는 아까 춤을 추고 있던 것과는 달리 차분한 목소리로 말을 시작했다.

"가끔은 네가 너무 조숙한 게 겁이 나. 얼마나 마음고생이 많았으면 그랬을까 싶어서……. 엄마도 어렸을 때 아주 조숙했었는데, 그만 그것만 믿고 있다가 평생을 성숙은 못 하고 그냥 미숙하게 살았거든. 혹시 네가 그러지 않을까 겁도 나고. ……너무 이해하려고 하지 마. 가끔은 네가 엄마를 너무 이해하는 것 같아 겁이 나. 엄마를…… 쉽게 용서하려고 하지 마. 새엄마도…… 아빠도……. 쉽게 이해하고 용서해야 한다고 생각하지 말라구. 그건 미움보다 더 나빠. 진실이 스스로를 드러낼 시간을 자꾸만 뒤로 미루어서 우리에게 진정한 용서를 빼앗아갈 수 있으니까."

30.

작가라는 직업을 가진 사람을 엄마로 둔 아이들은 알 것이다. 한 순간, 그리고 다음 순간, 엄마가 얼마나 아줌마스러웠다가 작가스러웠다 하는 줄 말이다. 엄마는 내가 오래도록 생각해볼 말을 던져놓고는 하품을 하더니 "아아, 내일은 꼭 세수하고 자야지." 하고 말했다. 이것도 엄마의 특징 중의 하나인데, 언젠가 엄마의 강연을 따라 간 적이 있었을 때도 엄마는 이 말을 했다.

"미용 비결은 뭔가요?" 하는 짓궂은 질문에 엄마는 태연하게도,

"제 피부 미용의 비결은 술과 담배 그리고 '내일은 꼭 세수를 하고 자야지.' 하는 굳은 결심이에요." 했던 것이다. 엄마와 함께 살기 전에는 이 말이 무슨 뜻인지 나는 몰랐었다. 엄마는 그러고도 밤이 되면 막내가 이빨을 닦았는지 검사를 하고 우리에게 샤워를 못 했으면 하다못해 손발이라도 닦고 자라고 잔소리를 해대고, 그러고는 아마 자신은 방에 가서 몰래 주먹을 쥐고 다짐할 것이다. "아아, 내일은 꼭 세수를 하고 자야지." 하고. 나로 말하자면 그런 엄마가 신기하고 가끔은 귀여웠다. 그런데 그런 엄마도 가끔은 울상을 하고 말했다.

"전화기도 없고, 이메일도 없고, 써야만 하는 원고도 없는 곳으로 가서 일 년만 살았으면 좋겠어. 누가 불러도 응답하지 않아도 되고, 누가 물어도 대답하지 않아도 되는 곳 말이야. 하루 종일 남이 차려주는—이 대목이 엄청 중요한 거야—맛있는 것 먹고 책 보고 뒹굴방굴하면서."

나는 며칠 전부터 내게 일어났던 일을 엄마에게 말해야 하나, 하는 생각을 잠깐 했다. 그래서 조심스레 말을 꺼냈다.

"엄마는 어떤 남자가 좋아?"

"남자?"

엄마는 난데없는 질문이라는 듯, 잠깐 생각하는 표정이 되더니, "돈 많고, 키 크고, 잘생기고, 머리 안 벗어졌으면서 배도 안 나오고, 친절하고, 유머러스하고, 따스하면서 냉철하고, 책 많이 읽고, 신중하고도 부지런하면서 로맨틱한데 오직 엄마만 사랑하는 한 남자……" 하다 말고 깔깔 웃었다.

"키아누 리브스의 외모에 빌 게이츠의 머리와 재산, 그리고 간디의 도덕성을 갖춘 그런 사람……. 엄마 주변엔 간디와 빌 게이츠를 닮은 남자들이 많이 있어. 문제는 조합이야. 빌 게이츠의 외모에 간디의 재산을 갖춘 남자들이 거의 다거든……. 그런데 왜 갑자기 남자는 물어?"

"그냥……. 나는 가끔 엄마가 또 누군가를 사랑한다면 좋은 사람을 만났으면 하는 마음이거든."

엄마는 내 머리를 쓰다듬었다.

"엄마는 연애도 하기 싫어. 내 여자라고 생각하면 또 간섭할 거 아니야. 더 이상 너는 이렇게 나쁘고, 너는 이렇게 모자란다, 라는 말을 그게 맞을까 아닐까 생각하면서 나 자신을 괴롭히고 싶지 않아."

엄마는 손톱 거스러미를 입으로 잠시 뜯으면서 다시 말했다.

"그리고 잘 안 될 거 같아. 남자라면 신물이 난다, 이런 쉬운 말을 하지 않으려고 노력했지만, 내가 만났던 남자 몇을 두고, 남자는 다 그래, 라는 말을 하지 않으려고 노력했지만, 감정이 안 생겨. 머리보다 마음이 내 말을 잘 안 듣는 걸 어떻게 해? ……그래도 엄마는 연애는 절대 안 해, 이런 말은 절대로! 안 할 거야."

엄마는 구호를 외치는 것처럼 말했다. 주먹을 불끈 쥐는 듯한 자세였다. 엄마는 늘 그런 결심을 했다. "내일은 꼭 세수를 해야지."서부터, "이제부터 너랑 말 안 할 거야." 혹은 "정말 아침 굶고 점심 굶고 저녁은 물만 먹어서 오 킬로를 빼고 말 거야."라든가. 그러고는 나를 보면, "살이 너무 쪘다, 좀 굶고 살 빼라 응?" 해놓고는 맛있는 걸 차려놓고는 먹지 않는다고 성화를 해댔다.

"살 빼라며?"

내가 물으면 엄마는 잠시 혼란스러운 표정이 되더니 "이것만 먹고, 먹고 빼자! 글구 운동을 해야지. 어린애가 굶으면 어떻게 해?"
이러는 거였다. 운동이라면 엄마는 숨 쉬기밖에 하지 않으면서 말
이다. 그러고는 하는 말이 "엄마는 젊어서 민주화 운동을 하도 많이
해서 좀 쉬어야 해." 뭐 이런 소리를 해댔다.

31.

엄마에게 남자 이야기를 꺼낸 것은 내게 남자 친구가 하나 생겼
기 때문이었다. 글쎄, 이런 이야기를 하면 엄마는 눈을 동그랗게 뜨
고 "뭐 하는 앤데, 공부는 잘하니? 시간은 잘 지키고? 집안은 어때?
걔 아빠가 엄마한테 잘해준대니? 엄마를 때리거나 그런 일도 없고?
이담에 커서 뭐가 된대?" 하고 정신없이 묻다가 내 설명을 들으면
이리저리 생각을 해보고는, "걔보다는 저번에 너에게 사귀자고 했
다는 걔가 낫지 않니? 걔가 사람이 좋아 보이더라. 의젓하고 장래성
도 있어 보이고, 그런 애는 나이가 들어도 성실할 거야. 남자는 우
선 성실해야 해." 할 것이었다. 그러면 나는 대꾸하곤 했었다.

"엄마, 지금 뭐 사윗감 골라?"

그러면 엄마는 그때서야 제정신으로 돌아온 듯, "아니 뭐 그래
도……." 하며 말을 얼버무렸다.

아무리 엄마와 아빠가 스무 살에 대학에서 만나 다른 사람하고는
데이트 한번 안 해보고 결혼했다고 해도, 엄마가 내 남자 친구 이야
기만 나오면 마치 곧 결혼이라도 해야 될 것처럼 구는 바람에 나는
그만 엄마에게 남자 이야기라면 일절 입을 다물고 있었다. 그것뿐
이 아니다. 남자 친구 이야기가 나오면 아주 진보적인 여성이라는

듯이, "절대로 한 번 잤다고 결혼하면 안 된다." 하는 말을 했다.

"요즘 그런 애가 어딨어?"

내가 대꾸라도 할라치면, "뭐야? 그럼 결혼도 안 할 거면서 잔단 말이야?" 이렇게 말을 옮겼다가 내가 무슨 어린아이라도 되는 것처럼 나를 달래기 위해 약간 교활한 목소리로 "함부로 자면 안 돼. 몸은 마음처럼 똑같이 소중한 거니까. 절대로 함부로…… 그러면 안 된다, 응?" 하며 지독히 보수적인 아줌마처럼 잔소리를 해댔다.

그러던 엄마도 요즘엔 눈치가 늘었는지, 내가 외출했다가 돌아와 "엄마, 너무나 멋있는 애를 봤어." 하고 말하면, "너 지금 걔가 네가 반한 구십팔 번째 아니니?" 하고 시큰둥하게 대꾸했다. 그러면 나 노 지지 않고 "아니야, 백네 번째야." 하고 말했다. 그러면 엄마는 "사귀자고 해봐. 어차피 한 달 만에 헤어질 거 아냐?" 하고 반격을 해댔다.

내가 굳이 엄마가 사는 B시로 온 이유 중에는 나의 복잡한 인간관계들이 내가 자란 E시에 너무 많이 널려 있어서, 라는 것도 컸다. 초등학교부터 고등학교까지 한 도시에서 자라다 보니 저 아이는 내가 초등학교 육 학년 때 사귀었던 애, 저 아이는 중학교 때 나랑 사귀자고 했다가 내가 망설이는 동안 내 짝과 사귀다가 지금은 내 친구의 친구와 사귀고 있으면서 다시 내 짝의 중학교 친구에게 추파를 던지고 있는 중인 애, 이런 복잡한 일들이 많이 일어났던 것이다. B시에는 일단 우리 식구 외에는 나를 아는 사람이 거의 없었다. 나는 이 복잡한 인간관계들을 정리하고 고요하고 열심히 공부하는 고 삼 시절을 맞고 싶었다. 물론 이 말을 믿어주는 사람은 아무도 없겠지만 말이다.

32.

하루는 독서실 가는 길에 이상한 집을 발견했다. 약간 비탈진 곳에 꽃들이 예쁘게 피어 있는 집을 보았던 것이다. 분명 삼 층짜리 상가 건물이었는데, 자세히 보니 일 층에 '즐거운 서점'이라는 나무 간판이 보였다. 베고니아가 무더기로 늘어진 토분들이 놓여 있고 이태리 봉선화며, 채송화들이 피어 있는 집이 서점이라는 게 너무 신기해서 나는 그리로 발길을 돌렸다. 그러고는 책을 좀 둘러보다가 엄마의 이름이 씌어 있는 코너를 발견하게 되었다. 나는 독서실을 가고 오는 동안 그 서점에 들러서 틈틈이 엄마의 책을 읽었다. 어린 시절, 나는 엄마의 책을 읽은 적이 없었다. 한번은 엄마의 동화가 나왔다는 신문 광고를 보고 서점에 가서 엄마의 책을 사 왔는데, 며칠 후 내 방에서 엄마의 책은 사라져버렸다. 아빠나 새엄마에게 "엄마 책 누가 가져갔어요?" 하고 물을 수가 없어서 나는 다음 날 할머니를 졸라 엄마의 책을 한 권 더 사 왔다. 그러나 그것도 며칠 후 사라지고 말았다. 몇 번이나 기회를 봐서 아빠에게 물으려고 했지만 그럴 수가 없었다. 새엄마에게도 마찬가지였다. 아무도 말해주지 않았지만 그건 말하자면 일종의 금기였고, 내가 그 집에 사는 이상 넘을 수 없는 선이었다.

내 남자 친구는 그곳에 살고 있었다. 그는 삼국지에 나오는 장비를 연상시키는 검은 수염을 기르고 긴 머리는 꽁지처럼 묶은 데다가, 물 빠진 헐렁한 청바지를 입고 서점에 딸린 작은 정원에 앉아 시가를 피우고 있었다. 그가 어느 날 내게 말을 걸어왔던 것이다.

"이 작가를 좋아하는 모양이구나."

몇 번 얼굴이 마주친 적이 있어서 낯이 익은 그가 처음 내게 건넨 말이었다. 나는 좀 짓궂은 기분이 들어서 "글쎄요……. 아저씨는 이 작가 좋아하세요?" 물었다. 그는 약간 고개를 갸우뚱하더니 "글쎄, 십 년 전쯤에 하도 유명하다고 해서 한번 읽어봤는데 좀 별로야. 무슨 감정이 그렇게 복잡한지……. 그 뒤로는 읽은 게 없어서." 하고 말했다. 나도 더 이상 말하지 않았다.

한번은 서점에서 엄마의 책들을 읽고 있는데 비가 내리기 시작했다. 소나기였다. 우산이 없어서 집에 돌아가기도 어려워서 머뭇거리는데 그가 나를 불렀다. 그러고는 녹차 한 잔을 내밀었다, 나는 그와 마주 앉아 내리는 비를 바라보며 녹차를 마셨다. 그와 마주 앉아 멀뚱하게 차를 마시다가 왜 그랬을까, 나는 그에게 묻지도 않은 이야기를 꺼냈다.

"우리 엄마는 세 번이나 이혼한 사람이에요. 엄마 집에는 두 동생이 있는데 우리 셋은 모두 성이 달라요. 저는 이번 여름에 그런 엄마와 함께 살기 위해 이곳으로 왔어요."

묻지도 않은 그런 이야기를 꺼낸 이유를 나중에 생각해보니까 그가 좀 맘에 들어서였던 것 같다. 아빠에게서 연락이 없는 동안, 내게 어떤 부성애의 결핍 같은 것들이 생겨나서, 그에게서 아빠와 유사한 이미지를 발견해냈는지도 모른다. 그는 내가 혹시 동화를 자주 지어내는 나머지 현실과 상상을 혼동하는 아이가 아닐까 하는 표정으로 나를 잠깐 바라보더니 "엄마가 참 열심히 사시는 분인가보구나." 했다. 순간 뒤통수를 한 대 맞은 기분이었다. 엄마가 이혼을 세 번이나 한 것이 열심히 사는 증거라고는 생각해보지 않았던 것이다. 나는 깔깔 웃었다. 그가 진지한 표정으로 나를 바라보았다.

"왜 웃지?"

"사람을 웃게 만드는 건 대개는 그 말이 핵심을 정확히 찌르고 있을 때니까요. 엄마를 설명하는 데 그 말이 참 맞는 말이거든요. 우리 엄마는 너무 뜨거워요."

그는 거기에 대해서는 더는 묻지 않았다. 낯설고 생경한 것을 들여다보고 싶은 천박한 호기심을 억누르고 있는 것 같지도 않았다. 그게 더 내 마음을 끌었다.

그렇게 그와 나는 가끔씩 녹차를 마셨다. 독서실에 있다가 엉덩이가 아파오면 나는 책을 독서실에 놔둔 채로 서점으로 갔다. 그는 커다란 물뿌리개를 들고 화분에 물을 주고 있거나 책을 읽고 있었다. 그러고는 별말이 없는 채로 녹차를 얻어 마시곤 했던 것이다. 그러다 보니 가끔은 내가 서점엘 가서 아저씨와 녹차를 마시고 싶은 건지, 공부하러 독서실에 가고 싶은 건지 헷갈리곤 했다.

"아저씨도 책을 좋아하시나 봐요?"

한번은 내가 묻자, 그는 빙그레 웃었다.

"좋아하지, 책도 좋아하고 술도 좋아하고……. 그래서 술집을 차릴까 책방을 차릴까 고민했었단다. 그런데 술집을 차리려고 생각하니까 술은 일일이 내가 서빙을 해주어야 하잖아. 그래서 각자가 알아서 사 가는 책방을 하기로 했지."

"우리 엄마도 책하고 술하고 둘 다 좋아하는데……."

내가 말하자 그는 빙그레 웃었다.

"원래 열심히 사는 사람들은 술도 열심히 마셔."

그는 입을 열면 열심히, 라는 말을 자주 꺼냈는데 그 자신은 별로 열심히 사는 것 같지는 않았다. 늘 느릿느릿 책방을 오가며 책의 먼지를 닦고 손님들에게 책을 팔았다. 그는 그 서점이 들어 있는 건물의 이 층에서 혼자 살고 있는 것 같았다. 가끔 집 안을 청소해주시는 아주머니가 드나드는 것을 보았던 것이다. 한번은 내가 "아저씨는 식구가 없어요?"라고 묻자 그의 얼굴로 아주 짙은 먹구름 같은 것이 덮였다.

가족에 대한 이야기를 물어보는 것이 그의 어떤 상처를 건드렸구나 싶어서 머뭇거리고 있는데, 그가 말했다.

"지금은 딴 나라에 있어."

나는 그 후로는 그에게 가족 이야기는 더 이상 묻지 않았다. 대신 우리 집 이야기를 했다.

"가끔은 동생들이 결혼하는 장면을 생각해요. 그러면 질투로 온몸이 부르르 떨려와요. 그것들이 나보다 다른 여자를 더 사랑하는 것을 생각만 해도 화가 나서요. 엄마는 이런 소릴 하면 '엄마도 안 그러는데 네가 왜 그러니?' 하고 말해요. 그러고는 '난 내가 늙어도 좋으니까 너희가 빨리 컸으면 좋겠어.' 하고 말이에요. 그래서 내가 가끔 동생들이 내게 아이스크림 심부름을 시킬 때면 묻곤 하죠. '니들 이 세상에서 누가 제일 예쁘니?' 하구요. 처음에는 요것들이 눈치도 없이 '김태희' '송혜교' 이런 대답을 하더니, 요즘에는 알아서 '그야 누나지.' 하고 대답해요. 안 그러면 절대로 과자나 아이스크림 안 사다 주거든요."

그는 별로 말이 없었지만 표정으로 보아 나를 좋아하게 되었다는 것을 나는 알 수 있었다. 어쩌다가 내가 친구랑 만나 노느라고 하루 종일 서점에 들르지 않으면, 지나치듯이 묻곤 했던 것이다.

"어제는 바빴나 보구나."

나는 그와 만나면서 그가 엄마의 친구가 되면 좋겠다, 생각해보왔던 것이다. 두 사람이 비슷한 연배이고 사연은 알 수 없지만 둘 다 혼자이니까 말이다.

33.

그는 서점을 열기 전까지는 한 일간지의 기자 생활을 했다고 했다. 먼 나라에 특파원으로 파견된 일도 있었다고 했다. 나는 엄마가 좋아한다는 남자의 목록과 그를 비교해보곤 했다. 비록 그가 머리도 약간 벗어질 기미가 보이고 배도 좀—아니, 많이—나오고 돈은 얼마나 있는지 모르겠지만 그는 재미있고 유쾌한 사람이었다. 그리고 무엇보다 책을 좋아했다. 그에게서는 엄마에게서 늘 느껴지는 그 수선스러움과 쫓기는 듯한 기색이 없었다. 성실해 보였고 침착해 보였다. 그러고 보니까 그게 아빠를 연상시키고 있었던 것 같기도 하다. 그런데 그에게는 아빠에게는 없었던 것이 하나 있었는데 그건 가끔 나로 하여금 배를 잡고 웃게 만든다는 것이었다.

"아저씨가 기자 생활을 하는데, 그때가 우리나라가 팔팔 올림픽을 앞두고 있을 때였어. 아마 팔십칠 년 무렵이었을 테니까 위녕 너는 엄마 뱃속에 막 생겨났을 때였겠구나. 그때 우리 회사에서는 마침 금연 캠페인을 하고 있었는데 하루는 부장이 나를 부르더니 팔팔 올림픽과 금연 캠페인을 어우러지게 해서 표어를 하나 지어 오라는 거야. 내가, 아니 팔팔 올림픽하고 금연하고 대체 무슨 연관이 있다는 겁니까? 하니까 부장이 피라미인 내게 '인마, 하라면 하는 거지 말이 많아? 둘 다 좋은 거잖아?' 하는 거야. 에이, 그래서 끊으려고 생각했던 담배를 다시 사다가 한 갑이나 피워대면서 겨우 지

66

어다 줬지."

"뭐라고 지으셨는데요?"

내가 물었다.

"담배 끊고 오래 살아 팔팔 오륜 보고 죽자."

그럴 때 그의 얼굴은 이상한 자만심으로 빛났다. 내가 그가 하는
말에 허리를 못 펴고 웃으면 그는 그럴 줄 알았다는 듯이 씨익 웃으
며 다음 말을 이어갔다.

"한번은 이런 일도 있었어. 회사 입사 시험 문제를 내라는 거야.
상식 분야. 그래서 내가 문제를 냈지. 다음 중에서 올림픽 마라톤의
금메달 주자는? 일 전두환, 이 노태우, 삼 황영조, 사 이상구. 그랬
더니 부장이 막 화를 내는 거야."

"왜요?"

"이상구를 썼다고 말이야. 이상구는 우리 회사 오너였거든…….
그래서 내가 화가 나서 바꿔버렸어. 사 정준형이라고."

"정준형이 누군데요?"

내가 다시 물었다 그러자 그는 빙그레 웃더니 "그건 바로 나야."
했다.

34.

그를 내가 엄마에게 소개시켜주고 싶었던 것은, 가끔은 춤을 추
고, 가끔은 엄마는 참 행복해, 하고 말하는 엄마가 쓸쓸해 보여서였
을 것이다. 정확히 말하자면 엄마의 주말을 좀 행복하게 해주고 싶
어서, 라고나 할까.

아마 내가 엄마 집으로 온 지 두 주쯤 지난 주말이었나 보다. 엄마 집의 주말은 언제나 텅 비었다. 둥빈과 제제가 각자 제 아빠들을 만나러 가고 그 토요일은 엄마와 나 둘이만 집에 있었다. 일요일 아침에 일어나 친구와 만나러 나가려고 머리를 말리고 있는데 엄마가 내 방으로 들어왔다.

"어디 가?"

"응, 약속 있어."

엄마는 좀 시무룩한 표정이 되더니, "너랑 먹으려고 맛있는 거 만들고 있는 참인데." 했다. "갔다 와서 먹을게." 하니까 엄마는 혼잣말처럼 "에잇, 성격들도 이상해. 같이 살 때 주말마다 애들 좀 저렇게 봐주지." 하며 내 방을 나갔다.

그날 저녁 내가 친구들과 수다를 떠느라고 좀 늦게 집에 도착하자 엄마 혼자 어둑한 집에서 티브이를 틀어놓고 앉아 있었다. 티브이의 푸른 불빛이 아른거리는 엄마의 얼굴은 오래도록 고립된 채 살아온 노파처럼 힘이 없고 쓸쓸해 보였다. 식탁에는 엄마가 자주 하는 요리인 야채 고추 잡채와 닭다리 구이가 손도 안 댄 채로 그대로 차려져 있었다. 나는 친구들과 헤어지면서 떡볶이를 사 먹은 터라서 더 이상은 먹을 수가 없었다.

"동생들은?"

내가 묻자 엄마는 고개를 저었다.

"다들 늦는대……. 너도 밥 먹고 온 거지?"

내가 고개를 끄덕이자 엄마는 결심이라도 한 듯 끙, 하니 일어나서 식탁으로 가더니 혼자 닭다리를 잡고 먹기 시작했다. 좀 미안한 마음도 있고 엄마가 안돼 보여서 나는 엄마와 식탁에 마주 앉았다.

"일부러 먹지 마. 나중에 배고프면 먹어……."

내가 일부러 명랑한 표정으로 "맛있겠는데 뭘." 하면서 잡채를 조금 먹기 시작하자, 엄마가 먹던 닭다리를 접시에 내려놓았다.

"식탁 차려놓고 이제나 올까, 저제나 올까, 너희 기다리는데 갑자기 이상한 생각이 들었어. 외할머니가 예전에 우리 기다리면서 손도 안 댄 식탁 치우면서 이제 나는 혼자구나, 느꼈다고 말했던 게 생각난 거야……. 엄마가 만일 글 쓰는 일도 없었으면 오늘 같은 날 얼마나 서러울까 이런 생각이 들었던 거지……. 생각해보니까 너희 키울 걱정만 하느라고 너희를 보낼 준비를 전혀 하지 않았던 거 같아. 참 이상하지? 예전에는 너희가 언제 크나, 언제 커서 엄마, 엄마 안 하고 나가서 다들 알아서 살 날이 올까, 이런 생각했는데 막상 너희가 다 떠난 것처럼 느껴지니까 힘이 다 빠져버리네."

엄마는 힘없이 먹던 닭다리를 집었다.

"예전에 너 이 집에 오기 전에 남동생들 둘만 데리고 있을 때 말이야. 주말마다 애들한테 미안했거든. 남들은 놀이 공원도 가고 외식도 하러 가는데 우리 셋이만 가는 게 좀 뭣해서……. 그땐 네 동생들한테 이혼한 거 참 많이 미안했어. 동네 식당엔 왜 그렇게 아빠랑 온 아이들이 많은지. ……그래서 외식은 평일에 하고 주말엔 엄마가 특별 요리를 개발해서 만들기 시작했던 거였는데……. 에이, 뭐 이젠 그런 걱정 안 해도 되니까 좋긴 좋다."

엄마는 다시 엄마 특유의 미소를 지었다.

35.

나는 그런 엄마에게 일단 즐거운 서점 아저씨를 선보이기로 했다. 그래서 어느 날 시내로 나간 엄마에게 전화를 걸어 동네 서점 위치를 설명해주고 참고서 하나를 부탁했다.

"집도 가까운데 네가 가지."

엄마는 투덜거리더니 그래도 내가 공부를 열심히 하기로 한 줄 알았던지 알았어, 하고 전화를 끊었다. 그날 엄마는 늦은 저녁이 다 되어서야 돌아왔는데 손에는 내가 부탁한 참고서를 들고 있었다.

나는 엄마의 기색을 살폈다. 엄마의 얼굴은 늘 집에 돌아올 때 그렇듯 약간은 피곤한 기색이 어려 있었는데, 엄마는 내게 참고서를 건네주기 위해 내 방 의자에 앉더니 난데없는 말을 꺼냈다.

"이상해 위녕, 오늘 정말 이상한 일이 있었어."

내가 언제나처럼 세상에 나갔다가 돌아온 엄마의 조잘거림을 들어주기 위해 마주 앉자 엄마는 의미심장하게 씨익 웃었다.

"오늘 너무나 이상한 일이 있었는데……. 엄마가 어떤 사람을 보았는데 그만 가슴이 쿵, 하고 내려앉더니 그 사람을 뺀 나머지 세상이 하나도 남김없이 지워져버리는 거야."

엄마는 딸에게 이런 말을 해도 되나, 잠깐 내 눈치를 살피더니, 다시 말을 이어갔다.

"이런 일은 엄마 평생 처음이야. 소설 속에서 이런 대목을 읽었을 때도 소설이니까 뻥이겠지, 그렇겠지 했어. 세상에! 소설가들이 쓴 말이 진짜였구나 싶더라구."

나는 드디어 내 계획이 예상대로 되어가나 보다, 생각하며 엄마의 말을 기다렸다. 물론, 엄마의 반응이 좀 예상 외로 열정적이긴 했지만 말이다.

"그 사람이 내게 무슨 말을 물었는데 내가 대답도 못 하고 도망쳤어. 어떻게 내가 그럴 수가 있을까?"

"서점에서?"

내가 시치미를 떼고 물었다. 엄마는 "서점?" 하고 묻더니 이어서 "아니…… 서점엔 아르바이트 여자 애가 있던데." 했다. 맘 같아서야 "아니, 서점 아저씨 보고 그러는 거 아니야?" 하고 묻고 싶었지만 엄마는 서점 이야기는 안중에도 없는 듯했다.

"요 아래 편의점에서 말이야……. 내가 늘 사던 대로 잭 다니엘 술을 사려고 하는데 어떤 사람이 그걸 집어 들고 있는 거야. 그 편의점엔 잭 다니엘 사는 사람이 없잖아. 그래서 주인이 엄마 위해서 늘 한 병만 가져다 놓는데 그 사람이 그걸 사려고 하는 거야. 그 사람이 좀 머뭇거리길래 내가 '그거 사실 거예요?' 하고 묻는데 그 사람이 날 바라보았어. 그 순간이야. 엄마의 가슴이 쿵, 하고 무너져 내린 게."

엄마는 가슴을 쓸어내리는 시늉을 했다.

"그 질문에 그 사람이 뭐라고 했는데?"

내가 물었다.

"몰라. 눈이 마주치는 순간 아무 소리도 들리지 않고, 아무것도 보이지 않았어."

약간 어이가 없었다. 하지만 어쨌든 엄마가 이렇게 반응하는 걸 보는 건 처음이어서 나는 다시 물었다.

"나이는 얼마쯤 되어 보이는데?"

"몰라."

"어떻게 생겼는데?"

"몰라."

"직업은 뭐 같아 보였어?"

"몰라."

"그래서 어떻게 했어?"

"몰라, 하나도 생각이 안 나."

"엄마, 정신 차려봐. 남자는 남자였어? ……혹시 여자 아냐? 아니면 귀신?"

어이없는 표정으로 내가 묻자 엄마는 가볍게 눈을 흘기더니, 잠시 생각에 잠긴 듯했다.

"중요한 건 엄마가 이런 느낌을 처음 받았다는 거야. 엄마 소설에 연애 이야기 중에 첫눈에 사랑에 빠진 이야기 하나도 없거든. 엄마는 그런 거 없는 줄 알았다니까. 와우! 신난다. 그 사람이 누구면 어때? 그 사람이 어떻게 생겼건 또 무슨 의미가 있겠냐구? 중요한 건 엄마가 그런 경험을 했다는 거야. 다음 소설에는 첫눈에 사랑에 빠진 사람 이야기를 써야겠다. 이제 경험했으니까 알겠거든……. 그리고 그것보다 더 중요한 건 엄마에게 아직 이런 느낌이 남아 있을 수 있다는 거야."

엄마는 의기양양한 목소리였다.

36.

그러고 나서 엄마는 눈에 띄게 변하기 시작했다. 세상 사람들에게는 비밀이지만 엄마는 집에서 언제나 머리를 질끈 묶고 두꺼운 안경을 끼고 있었다. 엄마의 시력은 남자였다면 군대를 면제받을 만큼 나빠서 엄마가 머리를 질끈 묶고 안경을 끼고 있으면 엄마가 거래하는 출판사 직원들도 엄마를 알아보지 못할 거라고 단언할 수 있다.

하루는 동생들과 아침에 빵을 먹고 있는데, 엄마가 드라이어로 머리를 매만지는 소리가 들렸다. 식탁 주위로 나타난 엄마는 엷은 화장을 하고 있었다.

"엄마 또 편의점 가지?"

내가 묻자 엄마는 약간 당황스러운 표정을 짓더니, "어? ……어 어." 했다. 내가 "편의점 가는데 뭘 그렇게 단장을 해?" 하고 묻자 엄마는 정색을 하더니, "너는 아무리 집이고, 날씨가 덥다지만 옷이 그게 뭐냐?" 하고 반격을 해댔다.

"집에서도 옷 단정히 입고 있어라. 여자는 그저 자신을 꾸며야 해. 엄마가 맨날 말하잖아. 얼굴 예쁘게 태어난 여자가 꾸미는 여자 못 따라가고 머리 좋은 애가 노력하는 애 못 따라간다고."

"머리 좋은 애가 노력하는 애 못 따라가는 것은 사실이지만, 미운 여자가 아무리 꾸며도 이쁜 여자 못 따라가."

둥빈이 안경을 올리며 느긋하게 끼어들었다. 막내 제제가 킥킥 웃었다. 엄마는 큰 기침을 두어 번 했다.

"요즘 글을 쓰고 있으면 왜 이렇게 목이 자주 마른지 모르겠어. 우리 집 냉장고가 비좁아서 콜라를 사다가 채워놓을 수도 없고……. 날씨가 너무 더워."

덕분에 우리 세 형제는 엄마가 편의점에서 날라 오는 아이스크림을 날마다 먹었고 찬장에는 잭 다니엘 병이 차곡차곡 쌓여갔다.

한번은 엄마가 식탁을 차리면서 휴대폰을 싱크대 근처에 놔두는 것을 보게 되었다. 엄마는 입버릇처럼 "이놈의 휴대폰 없애버렸으면 좋겠어. 거절하기 어려운 부탁 하는 전화만 오니까." 중얼거리곤 했던 터라 좀 의외라는 기분이 들었다.

"엄마 누구한테서 중요한 연락받을 거 있어?"

내가 물었다. 엄마는 "아니……." 하고 말을 얼버무리더니 식탁을 행주로 닦다 말고 물어주기를 기다렸다는 듯이 내게 다가와 커다란 비밀이라도 털어놓는 사람처럼 말을 꺼냈다.

"얼마 전에 편의점에서 그 사람을 또 보았어. 자세히 보니까 배도 나오려고 하고 머리도 벗어지려고 하더라구……. 아무튼 그 사람도 나를 알아보는 것 같았어. 이번엔 내가 먼저 잭 다니엘을 집었거든. 편의점 주인아저씨가 현금 영수증 드릴까요? 하길래 내가 큰 소리로 내 휴대폰 번호를 불러주었거든."

내가 잠시 어리둥절한 표정을 짓자, 엄마는 쑥스러운 듯이 말했다.

"혹시 알아? 나한테 관심이 있었다면, 그리고 독신이라면 그 번호 외웠다가 문자라도 보낼지 말이야. 저 때문에 잭 다니엘 사시려다가 못 사신 그분에게……. 그러면 나는 시치미를 뚝 떼고 답신을 보내려고 해. 뉘신쥐요? ……이때 중요한 건 '누구신지'가 아니라 뉘신쥐, '뉘'하고 '쥐'가 중요한 거야."

엄마는 정말 쥐처럼 입을 둥글게 말아 뉘, 자와 쥐, 자를 발음하고 있었다. 내가 고개를 절레절레 흔들었다.

이 말을 동생들이 들었다면 막내 제제는 엄마 공주병이야 할 것이고, 둥빈은 여왕병이야 할 것이었다. 그러면 엄마는 정색을 하고 "이왕이면 여왕병보다 공주병으로 해주라. 여왕은 너무 책임질 게 많아. 그러니까 욕을 좀 먹더라도 철없는 공주가 좋아." 할 게 뻔했다. 그리고 가끔은 다시 정색을 하고 "공주병이라니? 병이 아니라니까 엄마는 공주야." 할 것이었다.

"엄마 혹시 샤워할 때 화장실까지 휴대폰을 가지고 갈 지경이 된 건 아니지?"

내가 묻자 엄마는 "어떻게 네가 그것까지!" 하는 표정을 짓더니 약간 울상이 되었다. 그러고는 힘없이 대답했다.

"······그 지경이야."

37.

그 지경이 된 엄마를 보고 있노라니까 웃음이 나왔다. 하지만 이상하다. 나는 엄마 옆에 어떤 남자도 상상할 수가 없었다. 엄마는 혼자서 춤을 추며 사는 것이 어울리는 여자 같았다. 글쎄, 엄마의 말대로 세 번의 이혼 이후 "엄마는 결혼과 이혼했으며 세상이 자신에게 강요했던 모든 거짓 잣대와 이혼했다."고 말했기 때문이었을까? 한번은 외출에서 돌아온 엄마가 언제나 그렇듯 내 방에 들어오더니 약간은 들뜬 목소리로 말했다.

"위녕, 모르는 사람들이 나보고, 결혼은 하셨어요? 자꾸 묻는다. 네 생각엔 왜 그러는 거 같니? 혹시 엄마가······ 너무 젊어 보이는 건······."

엄마는 여기까지 말하다가 내 눈초리를 느꼈는지, "그건 아니고······ 그렇지, 당연히 아니고······. 그런데 왜 그럴까?" 하고 말하며 내 눈치를 살폈다. 아마 엄마는 내가 "엄마는 젊어. 처녀 같아!"

이런 말을 해주기를 바라는 모양이었다.

엄마는 언젠가는 외국에 다녀오더니, 나를 붙들고 말했다.

"오늘 말이야 비행기에서 내려서 걸어가는데, 누가 뒤에서 '아가씨, 여권 떨어졌어요.' 이러는 거야. 엄마가 어떻게 했는지 아니? 그대로 여권을 집어서 막 뛰어왔어……. 될 수 있는 대로 머리칼로 얼굴을 가리면서 말이야. 뒤돌아서서 고맙습니다, 하면 얼굴 보고, 에이, 아가씨 아니네 할까 봐."

이쯤 되면 누구 말대로 공주병 말기를 지나 '공주 암'에 이른 것 같기는 하다. 물론 가끔 내가 "엄마는 나이보다 정말 젊어 보여." 이런 말을 해줄 때도 있는데, 그건 내가 용돈이 필요하거나 친구랑 놀러 나갔다가 아무래도 많이 늦을 것 같을 때 하는 말이다. 그런데도 엄마는 그걸 곧이곧대로 믿을 뿐 아니라, 유효기간이 지난 것도 모르고 영영 그러는 줄 아는 모양이었다. 아니, 설마 믿지는 않아도, 혼자서 주먹을 불끈 쥐고 "아아, 내가 믿기 싫어도 그건 틀림없는 사실인가 봐, 저 똑똑한 우리 딸이 그러잖아." 할지도 모른다.

나는 풀던 수학 문제를 덮어놓고 엄마 쪽으로 의자를 돌렸다.

"그건 왜냐면…… 결혼한 여자의 얼굴에는 빛이 없거든."

엄마는 눈을 동그랗게 뜨고 나를 바라보았다. 눈빛으로 어떤 충격 같은 것이 지나가는 것이 느껴졌다. 내게 그건 사실이었다. 내가 친구들의 엄마를 보면서 느낀 거였는데, 안정감이라든가 노련함이라든가 하는 표정은 있었지만 뭐랄까, 반짝반짝하는 빛 같은 것은 본 적이 없었다. 이렇게밖에 표현할 수 없는 게 좀 그렇긴 하지만 내 친구 엄마들의 얼굴에는 늘 '세상에 새로운 게 뭐가 있겠어. 나쁜 일이나 없으면 됐지.' 하는 어떤 체념 같은 것이 딱딱하게 어려 있었다. 엄마는 내 말에 잠깐 생각하는 표정이 되었다.

"엄마, 나 만나러 뉴질랜드 왔을 때, 그때 엄마는 지금보다 솔직히 더 날씬하고 예뻤는데, 그런데 행복해 보이지는 않았어……. 그런데 지금 엄마는 살도 좀 더 찌고 나이도 좀 들었는데—미안, 삼년 전 일이니 양해하시길—훨씬 더…… 뭐랄까, 빛나 보여."

"그거는…… 그거는 위녕, 결혼을 해서가 아니라 자기 자신이 얼마나 자신으로 살아가는가의 문제야. 그러니까…… 결혼을 하고안 하고가 아니라 자기 자신을 얼마나 지키고 사랑하고 존중하는가의 문제라니까……."

"알아. 그런데 그게 없더라니까, 거의 본 적이 없어. 그럴 때 사람들은 생각하는 게 아닐까, 저 여자는 아줌마구나."

엄마는 내 말을 곰곰 생각하다가 두 팔로 제 어깨를 감싸 안더니 말했다.

"……위녕, 난 가끔 네가 무서워."

38.

아무튼 그 여름이 다 가도록 아무 일도 더는 일어나지 않았다. 엄마는 이제는 전화를 기다리는 일에도 지쳤는지 곧 휴대폰을 아무데나 팽개치고 다녔다. 가끔 식탁 위나 화장실, 혹은 소파 쿠션 밑에서 엄마의 전화가 시끄럽게 울어대서 참다못한 내가 "엄마, 전화 왔어!" 하고 말하면 엄마는 땀을 뻘뻘 흘리며 나타나 말하곤 했다.

"그거 내가 건 거야. 휴우, 겨우 찾았네."

39.

　그리고 개학이 다가오기 전 나는 아빠에게서 문자 메시지를 받았다. 아빠가 B시로 온다는 것이었다. 이상하게 그날 밤 잠이 오지 않았다. 책도 읽히지 않아서, 방문을 열고 나갔더니 엄마 서재에 불이 환했다. 시간은 꽤 늦어 있었다. 엄마는 스탠드 밑에 앉아서 두꺼운 안경을 끼고 자판을 두드리고 있었다. 덜렁거리고 다니는 엄마가 우리가 잠든 다음에 글을 쓰고 있다는 것은 알았지만, 막상 늦도록 불이 환한 것을 보니, 가슴이 짠했다. 엄마는 나와 동생들에게 많은 것을 허용하는 편이었지만 엄마의 노트북만은 건드리지 못하게 했다. 한번은 동생들이 컴퓨터 게임을 하고 있기에 내가 엄마의 노트북으로 게임을 했다가 혼이 난 일이 있었다. 엄마는 그때 아주 정색을 하고 말했다.

　"이건 건드리지 마라. 여기서 너희 학비가 나오고 우리 밥이 나와!"

　그때 엄마의 표정에는 지성소를 건드린 자에게 사제가 짓는 그런 엄숙함 같은 것이 있었다.

　"엄마……."

　내가 부르자 엄마는 얼핏 고개를 들었는데, 아직 엄마가 그리는 어떤 가상의 세계에서 다 빠져나오지 못한 듯 눈길이 살짝 허공을 헤매었다. 엄마의 일을 방해한 것 같아 약간 미안한 생각이 들었다. 언젠가 엄마는 가을을 배경으로 한 소설을 쓰고 있었는데 나를 만난 봄날에 "가을비가 너무 쓸쓸하게 내린다, 그지?" 하고 말할 정도로 몰두하는 걸 나는 알고 있기 때문이었다.

　"바빠?"

내가 물으며 엄마의 책상 맞은편에 앉자, 엄마는 잠시 고개를 흔들더니 말했다.

"아니, 괜찮아…… . 근데 이 프리셀 왜 이렇게 어렵니?"

내가 엉덩이를 들고 노트북을 들여다보자 엄마의 노트북 화면엔 프리셀 게임이 보였다. 내가 어이가 없다는 표정을 짓자, 엄마는 큰 기침을 한 번 했다.

"……그게 아니구, 글이란 게 자리에 앉는다고 바로 나오느냐구…… . 우선 앉아서 뭐라도 해야 되겠어서 시작했는데…… 게임이 글보다 더 힘들다. 원 나 참."

엄마는 좀 부끄러운 듯한 목소리로 말했다.

"하기는 아빠도 두 시간 게임 하면 원고가 이십 매씩 나온다고 하더라."

내가 말하자 엄마의 눈빛이 반짝하고 빛났다.

"정말? 휴우, 다행이다. 나만 그러는 게 아니구나…… . 너한테 아빠 이야길 듣고 위안을 얻기도 하는구나. 하긴 외할아버지도 책 쓰신다고 밤새 컴퓨터 앞에 앉아 계시기에 내가 살짝 들여다보니까 인터넷 고도리를 하고 계시긴 하더라."

엄마는 깔깔 웃더니 잠시 한숨을 쉬고는 말을 이었다.

"큰일이다. 내일 아침까지 신문사에 준다고 했는데…… . 연재하는 게 왜 이렇게 힘이 드는지, 그리고 힘이 드는 거 뻔히 알면서 나는 또 왜 이걸 한다고 했는지…… . 등장인물들이 말이야, 내가 만든 사람들인데, 내 말을 안 들어. 처음에는 이렇게 해야지 저렇게 해야지 하는데 조금 지나면 지들이 저희 생각대로 한다니까. 꼭 자식들 같아."

엄마 입에서 글 쓰기 어렵다는 말이 나온 것은 그때가 처음이었다. 엄마는 앉으면 일사천리로 그냥 죽죽 써 내려가는 줄 알았는데 좀 뜻밖이었다.

"엄마도 글이 어려워?"

내가 묻자 엄마는 세상에 무슨 그런 질문이 있냐는 듯이 나를 살짝 흘기더니 말했다.

"그걸 말이라고 하니? 세상에 쉬운 일이 어디 있니? 엄마가 책 한 권 쓸 때 천 번도 더 넘게 읽어. 읽고 고치고, 읽고 고치고……. 나중엔 장편 한 권을 다 외운다니까. 그래도 쉽게 쓴다는 엄마가 이런데 다른 사람들은 얼마나 더 힘들겠니? ……생각해보면 진짜 '공부가 제일 쉬웠어요.'라니까, 재미가 없는 게 좀 흠이긴 하지만."

엄마가 공부 이야기로 더 넘어가기 전에 나는 입을 열었다.

"내일 아빠 만나기로 했어, 엄마."

엄마는 잠시 게임을 하던 손을 멈추고 나를 바라보았다. 그러고는 노트북을 덮었다. 내 얼굴에서 무엇인가 농담이 아닌 어떤 것을 발견해낸 모양이었다. 이상하다, 엄마의 얼굴에서 그런 기미를 읽자, 그제야 내 감정이 무엇인지 거꾸로 확인이 되는 느낌이었다.

"참 이상해. 아빠가 너무 보고 싶었는데, 정말 보고 싶었는데…… 내일 아빠를 만난다고 생각하니까 똑같은 강도로 아빠가 너무나 미워."

그럴 생각도 그럴 거라는 감정도 전혀 없었는데 내 눈에서 눈물이 주르르 흘러내렸다.

40.

엄마는 잠시 생각하는 듯하더니 내 손을 잡고 거실의 소파로 갔다. 엄마는 내 곁에 앉아서 내 손을 잡은 채로 아무 말도 하지 않았다. 다만 한 손을 잡은 채로 다른 한 손으로 내 등을 부드럽게 쓸어내렸다.

"모르겠어……. 눈물은 왜 나오는 건지."

"괜찮아, 울어. ……우는 건 좋은 거야. 좀 정리가 된다는 거거든. 맘속에 나쁜 열기가 가득하면 온몸의 물기가 다 말라버려서 울지도 못해. ……그러니까 괜찮아. 울고 싶은 만큼 실컷 울어."

나는 나보다 작은 엄마의 품에 안겨 울었다.

울지 마, 뚝! 어서 뚝 못 해! 아빠의 고함 소리가 들려오는 듯했다.

"훔치지 않았어!"

어두운 화장실 타일 벽에 대고 나는 소리치고 있었다.

"새엄마는 거짓말쟁이야. 거짓말을 하는 건 새엄마라구!"

화장실 문이 열리고 거대한 아빠의 모습이 검은 실루엣으로 보였다. 아빠는 어린 나를 번쩍 들어서 내 방으로 데려갔다.

"새엄마는 거짓말 안 해……. 새엄마는 네가 혹시 나쁘게 될까 봐 겁이 나서 그러는 거야. 새엄마가 널 얼마나 사랑하는지 너도 알잖아."

아빠가 슬픈 눈으로 조용히 말했다.

"거짓말! 나는 도둑이 아니야. 훔치지 않았어……. 아무리 학교에서 도덕을 가르치는 새엄마라두 거짓말을 하는 거라구. 사랑하지도 않으면서 사랑해서 그러는 거라고, 그 거짓말까지 하잖아."

"새엄마라구 하지 마! 엄마라구 해!"

"싫어. 우리 엄마 아니잖아! 저 여자는 새엄마잖아!"

아빠는 나를 엎어놓고 볼기를 때렸다.

"엄마라구 해! 엄마라구! 너 두고 가버린 그 여자가 아니라 널 키우는 저 여자가 엄마라구!"

엄마는 깊은 한숨을 몰아쉬었다. 엄마의 얼굴은 고통스러워 보였다. 아마도 신이 치부책을 들추다가, 그럼 위녕은? 하면 지을 그런 표정이었다.

"만일 아빠가 아니라 엄마가 널 키웠다면, 넌 아마 엄마를 훨씬 더 미워했을지도 몰라……. 이 말이 위녕, 상투적인 위로로 들리지는 않았으면 좋겠다."

엄마가 천천히 말했다.

"알아."

"아빠는 성실한 사람이고, 아빠는 한결같은 사람이야. 그리고 언제나 옳은 것이 무엇인지 고민하는 사람이야. ……아빠는 널 사랑했어, 끔찍하게 아꼈어. 너도 그건 인정을 해야 해."

"알아."

"어떤 부모든 최선을 다해. 하지만 자식에게 상처를 줘. 그건 어쩌면 인간의 운명 같은 걸 거야. 그래서 그 많은 심리학자들이 어린 시절을 연구하는 거고."

"알아."

"어른들도 완전하지 않아. 더구나 처음 낳은 자식에게는 언제나 실수투성이야. 부모 연습을 해본 적이 없어서……."

"알아."

엄마는 나를 한참 바라보더니 나를 안았다. 그러곤 말했다.

"그래 알겠지, 알아도 미안해. 그래도 미안해, 위녕."

엄마는 울었다.

41.

그날 밤 엄마는 내가 잠들 때까지 내 침대 곁에 앉아 있었다. 밀이는 내가 안고 가루는 엄마가 안고 우리는 낮은 목소리로 이야기를 나누었다.

"너 어릴 때 말이야, 아빠는 그때 민주화 운동 하다가 잠깐 어딜 갔었거든. 그래서 엄마 혼자 널 키우는데, 네가 너무 잠을 안 잤어."

엄마는 가만가만 말을 이어갔다. 나는 엄마가 감옥에 있는 아빠에게 보낸 편지를 읽었다는 말을 하지 않았다.

"그래서 널 업고 육아 책에서 본 대로 좋은 노래를 불러주곤 했는데 좋은 노래, 그러니까 동요가 다 끝나고 엄마가 위녕? 부르면 네가 응? 하는 거야. 그래서 그다음엔 가곡을 불렀지, 그리고 이젠 좀 자나 싶어서 위녕? 부르면 네가 응! 하는 거야……. 넌 모를 거야. 아무리 내가 네 엄마지만 엄청 짜증 나……. 그래서 네가 하도 안 자길래 에라, 모르겠다 싶어서 유행가까지 다 불렀어. 생각나니?"

나는 자리에 누운 채로 가만히 웃었다.

"어떤 날은 육아 책을 보니까 아이들한테 책을 읽어주라고 하길래 너한테 동화책을 다섯 권이나 읽어주는데도 네가 잠을 안 자는 거야. 그래서 또 에라, 모르겠다 하고 엄마가 읽던 소설책을 읽어주곤 했지. 엄마 그때 문학 공부 참 많이 했다. 생각 안 나지?"

나는 자리에 누운 채로 가만히 웃었다.

"엄마 그때 참 가난했거든. 엄마랑 아빠는 그때 돈 같은 건 멸시해도 좋은 거라고 생각하고 있던 사람들이었으니까. 지금 생각하면 정말 철딱서니가 없지만, 그래도 앞으로 세상 살면서 언제 다시 돈이라든가, 권력이라든가 이 세상이 우리에게 좋은 거라고 가르치는 것들을 그렇게 멸시해볼 때가 있을까 싶어⋯⋯. 그래서 너한테 첫 장난감을 사 주고 싶었는데 좋은 인형을 사 줄 수가 없었어. 분유가 떨어질까 봐 겁이 나던 때였으니까.

어느 날 엄마 친구가 면으로 된 헝겊으로 눈사람 같은 인형을 만들어서 들고는 우리 집에 찾아왔더라. 그래 그 인형을 너한테 주고는 위녕, 뭐라고 좀 해봐, 하니까 네가 낯선 눈으로 그 인형을 쳐다보겠지. 그래서 내가 에이구 얘가 심심하네. 이 인형 이름을 심심이라고 짓자, 하고는 심심이라고 부르기 시작했어. 그런데 어느 날 보니까 네가 그 인형을 니니라고 부르는 거야. 아무리 심심이라고 해도 니니, 라는 거야 그래서 우리 모두 그 인형을 니니, 라고 부르기 시작했지. 그런데 돌 지난 네가 말을 하기 시작하더니 어느 날 문득 '엄마 심심이 어디 갔어?' 이러는 거야. 그래서 엄마가 니니? 하고 물으니까 네가 '니니가 뭐야 심심이지.' 하더라구. 네 딴에는 니니가 심심이를 발음하던 방법이었나 봐."

엄마는 잠깐 웃었다. 나도 따라 웃었다.

"널 처음 가진 걸 알고 산부인과에 갔었어. 이건 엄마가 전에 소설에도 썼던 대목인데, 애기를 가졌다는 게 대체 뭔지 실감이나 났겠니? 병원에 누워 있는데 의사가 초음파 검사를 한다면서 이리저리 엄마 배 위로 뭘 왔다 갔다 하더니, '들어보세요.' 하는 거야. 멀뚱하게 누워 있다가 귀를 기울이니까, 맙소사, 엄마 뱃속에서 무언가가 쿵! 쿵! 하는 거 있지. 의사가 말했어. '아기의 심장 소리입니다. 아이가 건강하군요……' 아직도 그날을 잊지 못하겠어. 세상에 내 속에서, 그것두 내 뱃속에서 다른 생명의 심장 소리가 들리다니, 생명이 생명을 낳는다는 말이 이런 거구나, 싶고 우주 속에 또 다른 우주가 들어 있는 신비를 엿본 것도 같고, 내가 여자라는 사실이 신기하고 자랑스럽고 대단하게 느껴졌어. 엄마가 그 후에 어떤 소설을 쓴들 그보다 더한 창조의 환희를 다시 느껴볼 수가 있겠니? 아마 다시는 없을 거야. ……그게 바로 너야, 위녕."

엄마는 내 손을 잡았다. 이상하게 다시 눈물이 나왔다.

"어떤 순간에도 너 자신을 존중하고 사랑하는 것을 그만두어서는 안 돼. 너도 모자라고 엄마도 모자라고 아빠도 모자라……. 하지만 그렇다고 그 모자람 때문에 누구를 멸시하거나 미워할 권리는 없어. 괜찮은 거야. 그담에 또 잘하면 되는 거야. 잘못하면 또 고치면 되는 거야. 그담에 잘못하면 또 고치고, 고치려고 노력하고……. 자기 자신을 사랑하는 사람만이 남을 사랑할 수가 있는 거야. 엄마는…… 엄마 자신을 사랑하게 되기까지 참 많은 시간을 헛되이 보냈어."

42.

엄마는 힘이 드는 듯했지만 엄마 특유의 약간 퉁명스러운 목소리로 다시 말했다.

"에이, 그냥 살다가 서로가 싫어서 합리적으로 사이좋게 헤어졌다, 그러면 얼마나 좋았을까……. 쿨하게 말이야. 그리고 아이하고 함께 가끔은 밥도 먹어주는 그런 이혼한 부부였다면, 그냥 서로 좋은 사람이지만 남편과 아내로는 불행하기에 좋은 친구로 남기로 했다……. 그러면 얼마나 좋았을까. 어떻게 된 게 그렇게 사랑하던 사이가 원수보다 못하게 변하니? 그 사람들과 내가 남편과 아내로 만나지 않았다면, 그 사람들이 스스로 자기가 누구의 남편이라는 소리를 그렇게 힘겨워하지 않았다면, 우리가 서로 그냥 친구로 지냈더라면, 아직까지도 서로에게 좋은 사람으로 남았을 수도 있을 텐데……. 생각해보면 너희 아빠도 동빈과 제제의 아빠도 사회적으로 다 훌륭하고 좋은 사람들인데…… 어쩌다가 엄마와 부부로 만나 이런 일들이 일어나게 된 건지……. 내가 남성 작가였더라도 이런 일들이 일어났을 것인지……. 그러니까 엄마는 인생에서 얼마나 많은 것을 잃어버린 건지……. 가끔 그게 정말 슬퍼."

슬프다고 말하면서 엄마는 나를 향해 미소를 지었다. 어제가 오늘을 침범하지 않게 하기 위해 안간힘을 쓰는 노력이 거기에 배어 있었다.

사람이 사람을 안다는 것은 과연 무엇일까. 엄마가 엄마를 사랑하기까지 많은 시간을 헛되이 보냈다는 말을 듣고 나자 내게 다가온 의문은 그것이었다. 어둠 속에서 반짝이는 엄마의 눈에는 얼핏 눈물이 고여 있었다.

"엄마가 왜 헛되이 살았다고 해?"

길을 가다가 난데없이 뚜껑 없는 맨홀에 빠져버리는 것처럼 엄마는 고통스러운 과거에 자주자주 빠져버리는 것 같았다. 많은 소설을 쓰고도 세상 많은 사람들의 관심을 한 몸에 받고도 엄마는 세 번의 결혼 실패가 언제까지나 힘에 겨운 모양이었다.

"다른 건 후회되지 않아. 어쩌면 다시 그 순간으로 돌아간다 해도 또 그렇게 살 수밖에 없었다고도 생각해. 그런데…… 가끔은 그 모든 것이 나 스스로를 달래보려는 억지가 아닐까, 난 이미 돌이킬 수 없을 만큼 잘못되어버려서 다시는 온전해질 수 없는 건 아닌가, 이 담에 커서도 아이들은 날 용서할까, 그런 갈등도 있어. 그럴 때면…… 좀 힘이 들지."

나는 자리에서 일어나 엄마의 손을 잡았다. 내 표정이 너무 심각했는지 엄마가 얼른 말을 돌렸다.

"아니, 그래서 지금도 불행한 건 아니야. 힘들 때 생각했었어. 이제껏 불행한 것도 억울해 죽겠는데, 과거의 불행 때문에 나의 오늘마저도 불행해진다면 그건 정말 내 책임이다……. 재밌는 이야기 해줄까? 엄마가 언젠가 영화 촬영을 하기 위해 모스크바로 갔는데 호텔 방에서 매를 맞았어."

나는 온몸이 굳어지는 느낌이었다. 재미있는 이야기를 해준다고 해놓고 매를 맞는다, 라는 말을 태연하게 하는 엄마가 약간은 낯설게 보였다.

"……누구한테?"

엄마는 잠깐 웃었다. 힘없는 웃음이었다.

"누구겠니? 같은 방을 쓰는 남편이라는 사람한테지."

알 수 없는 분노가 온몸을 부르르 떨며 지나갔다. 어떻게 남자가 여자를 때릴 수가 있을까. 엄마가 가끔 매 맞는 여자들에 대해서 왜 그렇게 온몸을 떨며 분개하는지 이해할 수 있는 기분이었다.

"다음 날 아침에 보니까 얼굴에 시퍼렇게 멍이 들어서…… 촬영장에 나갈 수가 없었어. 당시 모스크바는 사회주의 정부가 몰락한지 얼마 되지 않은 때라서 택시도 없었어. 엄마는 혼자 호텔 방에 엎어져 울고 있었지."

나는 공포 영화의 다음 장면을 기다릴 때처럼 온몸에 오싹한 기분을 느꼈다. 하지만 엄마의 목소리는 옛 이야기를 꺼내는 것처럼 담담했다.

"울다가 가만히 생각해보니까 모스크바를 또 언제 볼까 싶었어. 어제가 오늘까지 망치는 건 더 참을 수가 없더라구. 그래서 일어나서 파란 아이섀도를 멍들지 않은 한쪽 눈에 바르고 혼자 푸슈킨 박물관에 가서 고흐의 그림을 보았지. 아르바트 거리에 가서 우동도 사 먹고…… 잘 한 거 같아. 실제로 그 이후에 모스크바에는 다시 가지 못했어. 게다가 고흐의 그림을 그때 실물로 처음 보았거든…… 여행까지 와서 날 때리는 사람하고 더 살 것인지 말 것인지는 그다음에 결정해도 되는 거니까."

나는 무슨 말을 해야 할지 몰라서 엄마의 손만 잡고 있었다.

"슬픈 표정 짓지 마. 다 지난 일이야."

엄마는 힘없이 웃었다.

"엄마, 왜 맞고 살았어? 그러고도 한참 더 있다가 이혼했잖아."

"둥빈이를 생각했었지. 두 번 이혼하는 일보다는 자살하는 쪽이 더 나을 것 같았고…… 생각해보았지. 세상에 나가 사람들의 손가락질을 받느냐, 아니면 집 안에서 아무도 모르게 매를 맞느냐…… 그것보다 더 힘들었던 건 그렇게 맞고 다음 날 대학에 가서 페미니즘을 강연해야 할 때였어."

온몸으로 전율이 지나갔다. 그리고 태연히 저런 이야기를 꺼내는 엄마가 약간은 두렵고 또 가여웠다. 우리가 보는 것들 이면에 보이지 않는 것들이 얼마나 많이 감추어져 있는가를 생각했다. 그리고 때로 그것은 보이지 않는다는 이유 때문에 얼마나 치명적인가.

43.

"가족이라는 것은 아무도 침범할 수 없는 견고한 울타리 같은 거야. 그 안에서 일어나는 모든 일은 전적으로 사적인 영역이니까. 당연히 보호받아야 하고 침범당해서는 안 돼. 그런데 그런 폐쇄된 영역에서 힘이 센 한 사람이 힘이 약한 사람에게 폭력을 쓰자고 들면 힘이 약한 사람은 당하게 마련인 거야. 타인들이 볼 수 없는 장막 저쪽의 세계니까. 그게 부인이든 남편이든 혹은 아이든 노인이든…… 그 사람이 페미니스트든 사회정의의 화신이든 힘이 센 사람이 폭력을 쓰면 약한 사람은 당하는 거……. 그게 가족의 딜레마일 거야. 낯선 사람이 가하는 폭력은 피하면 되지. 친구가 그러면 안 만나면 되지. 그러나 사랑해야만 한다고 믿는 가족이 그런 일을 저지를 때 거기서 모든 비극이 시작되는 거야."

엄마는 잠깐 생각에 잠겼다.

"언젠가 가정 상담을 주로 하는 한 학자가 그런 말을 했었지. 유명한 여자의 가정 내에서의 인권은 빈민들만큼이나 비참하다. 그녀들은 가정 내의 폭력을 감추지 않으면 안 된다. 왜냐하면 그녀들을 바라보는 대중들은 그것을 그녀들의 치명적 약점으로 간주하기 때문이다. 그녀들은 그 사실의 전적인 피해자이면서 동시에 가족이라는 이름으로 그것을 은폐해야 하는 도덕적 책무까지 짊어져야 하고 더욱이 동시에 그 사실이 드러날 경우 수치라는 더한 형벌을 당한다……. 그 기사 보고 많이 울었어. 뭐 유명한 여자들만 그렇겠니. 또 그게 비단 여자들만의 문제겠니."

나는 엄마를 안았다. 엄마는 내 등을 가벼이 두드렸다. 무어라고 말을 해야 할지 알 수 없었다. 누군가 말해주었었다. 실상 우리에게 필요한 것은 세 가지 말뿐이라고. '넌 소중한 사람이야' '너를 용서해' 그리고 '너를 사랑해'. 그래서 나는 말했다.

"엄마……, 사랑해."

엄마는 의외라는 듯 놀라는 표정을 짓더니 잠깐 웃었다.

"고마워. 나도 널 사랑해."

우리는 두 손을 마주 잡고 잠깐 웃었다.

"엄마, 엄마가 자신을 어떻게 생각하든, 나는 엄마가 자랑스러워."

엄마는 힘없이 웃었다.

"됐네, 아가씨. 그만해도 돼."

엄마는 쑥스러운 듯했다.

"내 말…… 그냥 하는 말 아니야. 엄마를 보며 생각한 건데, 엄마는 엄마 자동차의 열쇠를 언제나 호주머니 속에 넣고 있었어……. 나, 친구 엄마들 많이 보았는데 강물 속으로 열쇠를 던져버린 사람들 참 많더라. 그래서 누가 밀어주기 전에는 다시는 시동을 걸 수가 없더라. 엄마는 가끔씩 엄마를 버리고 시동을 꺼버리긴 했지만 열쇠를 간직하고 있었으니까 엄마 스스로의 힘으로 다시, 다시 행복을 향해 떠날 수가 있었잖아. 엄마가 내게 가르쳐준 건 그거야……. 그러니까 엄마는 엄마 자신을 존중하고 사랑하고 있었던 거야……. 엄마, 내가 행복하게 해줄게, 힘들어하지 마, 후회하지도 말고……."

나를 바라보는 엄마의 눈물 고인 눈에 형언할 수 없는 기쁨 같은 것이 어렸다.

"엄마가 가끔 가지는 딜레마는 이거야. 이 말을 아직은 둥빈에게 할 수 없다는 것, 너희 아빠와는 왜 헤어졌는가, 하는 것도 너에게는 말을 다 할 수가 없어. 엄마의 관점에서 엄마가 느낀 그대로를 이야기하면 그건 너희 아빠가 나쁜 사람이라고 이야기하는 것이 되니까, 너희에게 상처가 될 거고, 그렇다고 좋은 면만 이야기하자니, 그럼 그런 아빠를 두고 이혼한 엄마를 너희는 미워해야 하잖아. 언젠가 상담을 받아보니까 그냥 사실대로 이야기하는 게 가장 좋은 방법이라고 하던데……. 아마도 너희가 좀 더 크면 이 모든 것들을 약한 인간들의 이야기로 받아들일 수 있을 때가 오겠지……."

44.

그날 밤 엄마는 잠들지 못한 듯했다. 밤새 커피를 끓이고 화장실을 들락거리는 소리가 거실에서 들려왔다. 지금의 엄마를 보면 엄마가 매를 맞고 그것을 견디며 살았다는 것이 도무지 상상되지 않았다. 엄마는 "만일 그들과 남편과 아내의 관계가 아니었다면."이라고 말했다.

내가 진작 그런 사실을 알았다면 나는 엄마를 때리는 사람을 가만두지는 않았을 것이다. 둥빈하고 제제에게 막대를 하나씩 들리고 우리 집 막딸 아줌마랑 서저마 아줌마에게는 채찍이나 구두 주걱이나 그런 것을 쥐여주고는 엄마를 때린 거보다 더 그들을 두들겨 팼을 것 같다. 엄마는 왜 그러지 않았을까. 엄마는 가족이기 때문에 감춰야 하는 도덕적 책무까지 짊어져야 한다고 했다……. 휴우, 여기까지 생각하자 한숨이 나왔다.

그래, 엄마 말대로 아빠도 좋은 사람이라는 건 나도 안다. 엄마도 그렇다. 물론, 나도 약간 게으르고 감정의 기복이 심하고 아빠 말대로 '제멋대로' 하고자 하는 경향이 있다 해도 친구들에게 밥맛없는 사람이라는 이야기를 들을 만큼 나쁜 아이는 아니다. 나는 적어도 의리는 있으니까. 굳이 말하자면 의리 때문에 아빠랑 십팔 년이나 살아준 거라고도 말할 수 있다. 이제사 말이지만 나를 좋아하는 친구들은 꽤 있는 편이다. 아니, 많았다. 나를 싫어하는 아이들도 좀 있긴 하지만 그 애들이 나를 좋아한대도 귀찮을 아이들이니까 별문제 없다. 싫어하는 사람이 없는 사람은 없으니까.

누군가 대통령이 될 때에는 국민의 반 조금 넘는 수가 그 사람을 좋아하지만 나머지 반은 그 사람을 너무나도 싫어하지 않는가 말이다. 게다가 시간이 지날수록 싫어하는 사람들의 수는 점점 더 늘어나 마침내는 엄청난 수가 되는 데도 모두가 대통령이 되고 싶어하는 것을 보면 분명 그건 그리 큰 문제는 아니다. 아무튼 아빠와 엄마 그리고 나는 대통령보다도 훨씬 적은 수의 사람들한테서만 미움을 받는 좋은 사람들인데, 우리는 왜 이렇게 오랫동안 서로를 상처로 기억해야 할까.

45.

아침에 일어나니까, 엄마는 밤을 새웠는지 커피를 갈고 있었다. 그러고 보니 오늘이 마감일이라고 말하던 것이 생각났다. 내가 어젯밤에 너무 예민해지는 바람에 엄마가 원고 쓰기가 힘들었겠다 싶자 약간 미안한 생각이 들어서, "엄마, 글은 썼어?" 하고 물으니까 엄마는 아침 해처럼 밝게 웃었다.

"썼어. 이상하게 잘 써졌어. 글을 쓸 때 엄마는 그 세계로 들어가면 참 좋거든. 어떻게 되었는지 이야기해줄까? 그 애들이 말이야 서로 만났는데 여자 애가 남자가 뭐라고 하기도 전에 상처만 주고 헤어지는 거야. 여자 애는 돌아서면서 생각해. 무서워서 그랬다고. 무서워서 내가 먼저 그의 마음에 비수를 꽂았다고. 사랑하지 않아서가 아니라, 벌써 그를 잊어버려서도 아니라, 무서워서 그랬다고……. 어떠니? 너무 가슴 아프지……. 응?"

엄마에게서 소설 이야기가 나오도록 이야기를 끌고 간 내가 바보였다. 엄마가 쓰고 있는 소설에 대해 물으면 대답은 둘 중의 하나라는 걸 내가 깜빡했던 거다. 지금처럼 자기 자신의 글과 감정에서 헤어나지 못하고 자화자찬을 해대거나, 아니면 이런 말을 했다.

"안 돼. 아무래도 안 되겠어. 신문사에 전화해서 미안하다고, 정말 내가 너무 과분한 일을 벌인 거 같다고, 모든 책임은 나에게 있다고, 어떤 대가도 감수하겠다고 정중하게 사과하고, 연재 중단의 변을 일생일대의 명문장으로 써서 보낸 다음 어디 수도원에라도 가서 잠적을 하는 수밖에 없어……."

처음에 이런 소리를 들었을 때, 나는 가슴이 철렁했었다. 갑자기 단칸방에서 젓가락처럼 포개어져 잠이 들어야 하는 우리 형제들이 떠올랐고, 수도원에 들어가 눈물로 기도하고 있는 엄마를 대신해서 내가 대학 진학을 포기하고—절대 공부를 못해서 떨어지는 것이 아니다. 그리고 그 시기는 꼭! 수능 점수가 나오기 전이어야만 한다—

취직을 해서 그 월급으로 동생들을 공부시키는 장면이 떠올랐던 것이다.

그런데 언젠가 엄마랑 절친한 친구인 수 아줌마가 전화를 했기에 "수 아줌마, 우리 엄마 심각해요. 이럴 땐 어떻게 하죠?" 하고 이 이야기를 했더니 수 아줌마는 깔깔 웃으며 "이제 곧 글이 나오겠군." 했다. 그리곤 덧붙였던 것이다.

"위녕, 걱정하지 마. 그거 작가의 생리 전 증후군 같은 거야."

엄마의 소리를 더 듣지 않으려고 칫솔에 치약을 묻히고 있는데 엄마가 화장실까지 나를 쫓아와 물었다.

"위녕, 그다음 장면이 궁금하지 않니? 그 애들 둘 어떻게 될 거 같니?"

내가 치약을 잔뜩 입에 물고, "그걸 내가 어떻게 알아? 몰라." 대답하자, 엄마는 "어떻게 안 궁금하니? 난 궁금해 죽겠어……. 아, 둘이서 결국 어떻게 될까, 그다음엔?" 하며 부엌으로 가다가 갑자기 멈춰 서더니 말했다.

"어머! 그건 내가 써야 되는구나. 에잇, 이럴 땐 내가 작가라는 게 정말 짜증 나."

46.

엄마의 장점이자 단점은 이렇게 수선을 피워서 우울할 틈이 없게 한다는 것이다. 덕분에 아빠를 만나러 가는 아침은 생각보다 힘이 들지 않았다. 한잠을 자고 났더니 아빠가 그렇게 미운 것 같지도 않았다. 이런 걸 보고 나보고 변덕이 죽 끓듯 한다면 그건 좀 너무한 일일 것이다. 이런 감정을 간단히 요약한 유명한 단어도 있지 않은 가. '애증'이라고.

나는 제일 맘에 드는 옷을 찾아 입고 약간 화장도 했다. 그래도 B시에 와서 아빠를 처음 만나는 건데, 예쁘게 보이고 싶었다. 물론 다른 이유도 있다. 내가 할머니와 살 때도 있었던 일인데 아빠를 만나 밥을 먹으려고 하면 내 복장에 따라 메뉴가 결정되곤 한다는 것을 내가 눈치 챈 것이다. 내가 늦잠을 자다가 눈곱만 겨우 떼고 나가면 아빠는 심드렁하게 "뭐, 순대국이나 먹자." 이랬고, 내가 남자친구와의 다음 약속을 위해 한껏 치장을 하고 나가면 "오늘은 위녕 좋아하는 패밀리 레스토랑에 갈까?" 이렇게 말했다. 남자들이란 이상하다. 아무리 딸이라도 제 곁에 있을 때 예쁜 게 좋은가 보다.

아빠는 또 늦었다. 아빠의 단점 중의 하나는 늦는다는 것이다. 그것은 아마도 머리는 폭발 직전에 이를 때까지 치밀하지만 몸은 게으른 탓이다. 약속 시간이 칠 분이나 지났기에 전화를 해보았더니, "길이 너무 막힌다."는 것이었다. "언제 길이 막히지 않은 날이 있었어?" 물으니까 아빠는 "어젯밤에는 안 막히던데." 했다. 아빠의 어젯밤이란 아마도 출판사 회식이 있는 날이었으니까 밤 열한 시 이후일 것이다.

패밀리 레스토랑에서 아빠와 마주 앉자 이상하게 가슴이 콩닥콩닥 뛰었다. 나는 아무래도 아빠를 사랑하는 게 틀림이 없긴 했다. 그리고 우리 아빠가 세상 어떤 아빠보다 멋있다고 생각하곤 했다. 물론 이건 사십대 중반 이후의 남자들 중에서 그렇다는 것이고 내가 좋아하는 SS501 '옵화'들—이 철자를 읽는 법을 아빠와 엄마는 모른다. 한번은 엄마가 '에스에스 오공일'이라고 읽어서 나를 분노

케 한 적이 있으니까—과 비교할 수는 없지만 말이다.

"예뻐진 거 같구나. 좋아 보인다……. 괜찮지?"

아빠가 먼저 입을 열었다. 나는 "응." 하고 대답했다. 툭, 하고 말이 끊겼다. 이상한 일이다. 겨우 한 달을 떨어져 있었을 뿐인데 이토록 할 말이 없을 수가 있다니. 나는 아빠에게 둥빈과 제제의 이야기를 해주었다.

"아빠, 둥빈이는 말이 없는 책벌레이고 제제는 너무 웃겨. 제제는 일 학년인데 한번은 얼굴에 상처가 나서 집으로 온 거야. 학원에 있는 같은 반 애하고 싸웠다나. 그때 집에 엄마도 없었거든. 그래서 내가 화가 나서 그 아이가 누구냐고 물었지. 그랬더니 어떤 애라고 대답을 해. 그래서 내가 '너도 때리지 왜 맞고만 있었어?' 하고 물으니까 제제가 '누나, 걔는 너무 힘이 세. 애들이 다 맞았는데도 아무도 걔 앞에서 꼼짝을 못해.' 하더라구. 그래서 내가 '그럼 그 아이 상습적인 애구나. 그 아이 맨날 애들 때리고 그러니?' 하니까 제제가 한참을 생각하더니 '아니 누나, 맨날 때리지는 않아.' 이러는 거야. 그래서 내가 '그래? 그럼 어떤 때에 때리는데?' 물으니까 제제가 한참을 생각하더니 '응……. 어떤 때 때리느냐면 자기가 화가 났을 때만 때려.' 이러는 거 있지."

나는 한참을 웃었다. 웃다가 아빠 얼굴을 보니까 아빠는 눈길을 떨어뜨린 채로 나이프와 포크를 가지런히 놓고 앉아 있었다.

"재미없어?"

아빠는 나이프와 포크에서 눈길을 떼지 않은 채로 "재밌네." 했다. 재미없는 얼굴이었다. 갑자기 아빠와 나 사이에 투명하고 견고한 유리 셔터가 내려지는 것 같았다.

나는 아빠가 무슨 생각을 하고 있는지 안다. 아마도 성이 같은 나의 여동생이자 아빠와 새엄마 사이에서 태어난 위현이 생각을 하고 있을 것이었다. 내가 입을 열었다.

"위현이한테 내가 많이 잘못한 거 알아. 그거 새엄마한테도 늘 미안하게 생각하고 있어."

"알면 됐다."

아빠는 더 이상 말을 꺼내지 않았다. 하기는 그랬다. 나는 왜 그렇게 위현이를 사랑해주지 않았을까. 그리고 나는 만난 지 얼마 되지 않은 둥빈과 제제는 왜 그 아이들이 나중에 여자 친구를 사귀는 것만 생각해도 지금부터 화가 날 정도로 사랑하고 있는 것일까. 아빠랑 헤어질 때쯤에서야 나는 그것을 알게 되었다. 내가 둥빈과 제제를 사랑했던 건 내가 엄마를 사랑하고 있기 때문이었고 위현에게 언니 노릇을 한 번도 제대로 해주지 못한 이유는 새엄마를 사랑하지 않았기 때문이란 걸.

47.

점심을 먹고 아빠와 나는 공원으로 갔다. 날은 후덥지근했고 뭉게구름들이 공원 한가운데에 있는 호수까지 내려와 있었다. 호숫가의 야외 카페에 앉아 아이스티를 시켜놓고 있다가 내가 다시 입을 열었다.

"엄마는 아빠를 미워하지 않는다고 했어. 그리고 가능하다면 좋은 친구로 남고 싶다고 했……."

나는 여기까지 말을 하고 나서 아빠의 표정이 일그러지는 것을 보았다.

"아니, 알아, 안다구. 내가 엄마한테도 그랬어. 아빠는 절대로 엄마와 얼굴을 마주치고 싶어하지도 않을 거라고. 엄마도 안다고 하더라……."

서둘러 내가 한 말을 주워 담으면서 나는 이제 내가 아빠 앞에서 스스럼없이 엄마 이야기를 꺼내게 되었다는 것을 알았다. 그리고 맘속 깊이 실은 그게 기뻤다. 하지만 아빠는 여전히 딱딱하게 굳은 표정이었다. 어린 시절부터 엄마의 이야기가 나오면 굳어지던 그 표정을 보자 내 마음이 서서히 식어 내렸고, 그건 약간의 통증을 수반했다.

"위녕, 너도 이제는 컸으니까 하는 말이다만, 결혼하고 이혼하는 것은 장난이 아니야. 친구? 친구가 되기 위해 이혼했다고 하던? 네 엄마는 그럴 생각이 있는지 모르겠다만 난 아니야. 더구나 너를 두고 가버린 걸 내가…… 그만두자."

아빠는 가당치 않은 일이라는 듯이 혀를 찼다.

"……친구가 되는 게 나빠? 아빠는 나보고 친구들이랑 싸워도 화해하고 다시 잘 지내야 한다고 했잖아."

아빠는 대답하지 않았다. 무슨 말인지 전혀 이해할 수 없으며 이해하기도 싫고 이해해서도 안 된다는 그런 표정이었다. 아빠의 이런 태도는 나를 힘들게 했다. 이쪽에서 열을 내서 말을 하기 시작하면 싸늘해졌다. 언젠가 아빠에게 이런 말을 하면서 항의를 했더니 아빠는 그게 아빠 나름의 해결책이라고 말했었다. 하지만 이럴 때마다 내가 매번 더 화를 냈는데도 아빠는 그걸 아직도 해결책이라고 할 것이었다. 대체 무엇이 해결된단 말일까.

"이해가 안 돼. 둘이 사랑했잖아! 둘 다 첫사랑이었잖아! ……그런데 왜 미워하기까지 하냐구."

그러려고 하진 않았는데 나도 모르게 목소리가 커졌고 내 입에서 나온 그 큰 목소리를 듣자 나도 모르게 무안해져서 눈물이 핑 돌았다. 그래, 그게 큰 목소리였기 때문이었을까? 아니다. 그건 사랑이라는 단어 때문이었을 것이다. 첫사랑이라는 단어 때문에. 아빠는 주위를 둘러보았다. 아줌마들이 모여 있다가 우리 쪽을 힐끔거렸다.

"아빠 약속 있거든. 좀 이따가 그거 다 마시고 일어나자."

아빠의 말투는 차가웠고 낮았다. 아빠는 벽처럼 서 있는데 나 혼자만 열을 내는 것 같아 무안하고 슬퍼졌다. 그래서였을까, 나는 언젠가 아빠가 노인이 되면 그때 말하려고 마음속에 꽁꽁 감추어두었던 이야기를 꺼냈다.

"아빠는 설사 새엄마가 아빠를 때려도, 새엄마가 아빠보고 그만 살자고 한다 해도, 이혼하지 않겠지. 그래야 여러 번 이혼한 엄마가 잘못한 게 되니까. 그리고 나서 '봐, 위녕 엄마. 내 말대로 넌 잘못한 거야. 그러니까 내가 옳아!' 이렇게 말하고 싶은 게 어쩌면 아빠 인생의 목표니까. 안 그래?"

아빠의 얼굴이 하얗게 질렸다.

아아, 지금 내가 무슨 말을 하고 있는 건지, 깨달을 수도 없게 되어버렸다. 그렇게 보고 싶었던 아빠 앞에서 예쁜 옷을 입고 맘에 드는 귀고리를 하고 내가 좋아하는 패밀리 레스토랑의 스테이크까지 잘 먹고, 대체 이게 뭐란 말인가. 아빠는 몹시 화가 난 것 같았다.

"엄마가…… 그렇게 말하던?"

한참 후에 아빠는 물었다. 나는 나 자신이 싫어서 아무 말도 할수가 없었다. 아빠의 말이 옳은지도 모른다. 나는 제멋대로인 아이라는 거 말이다.

"위녕, 최소한의 도덕과 예의는 있어야 하는 거야. 아빠가 아무리 너를 사랑한다고 해도…… 그건 안 돼. 네 엄마가 그런 걸 다 무시하고 멋대로 사는 건 알지만, 네가 그런 것을 본받고 있는 걸 보는 것 같아 좀 힘이 드는구나."

"아빠, 분명히 말하는데 나는 엄마가 좋아. 엄마는 아빠가 말하는 대로 그렇게 멋대로 살지 않아. 엄마는 다른 사람들에게 피해를 주지 않는 범위 안에서 자유롭게 살아. 밥은 여섯 시에 먹고 과일을 일곱 시에 먹지 않는다구. 화요일은 출판사로 가고 목요일에는 수영을 하지 않는다구. 엄마는 밥은 배고프면 먹고 과일도 먹고 싶은 때에 먹어……. 출판사는 필요하면 가고, 수영은 물론 귀찮다고 안 해. 그래서 누구에게 나쁜데? 누가 피해를 보지? 그리고 엄마는 아빠 생각 하지도 않아. 엄마는 상처를 날마다 되새기고 있지 않는다구. 엄마는 말했어. 나쁜 과거가 오늘까지 망친다면 그건 정말 우리의 책임이라구."

"위녕, 그런 걸 보고 사람들이 그 여자한테 무책임하다고 하는 거야."

아빠와 나는 이 신선한 만남을, 아빠와 내가 오래도록 이어왔던 진부한 공방으로 이끌어가고 있었다. 다른 점이 있다면 이제 아빠가 그 여자, 라고 호칭하기 시작한 엄마가 공식 출연자로 등록되었다는 것이다.

"사람들이 그런다구? 그게 누군데? 내가 지금 사람들 이야기하고 있는 거야? 아빠 이야기하고 있는 거잖아."

아빠는 몹시 피곤한 얼굴이 되었다.

"그래 좋다. 네가 하는 그런 말들이 지금 이 아빠에게 피해를 주고 있어. 그럼 나쁜 거지?"

아빠는 논리학에 대한 저서를 쓴 사람답게 조용히 말했다.

"아빠한테 피해를 준다고? 내 말이? 그럼 아빠와 엄마가 멋대로 피해를 준 나는? 나는 인생 자체가 피해야."

나도 모르게 자리에서 일어났다. 대체 이게 무슨 일인지 나도 알 수 없었다. 내가 한 말이 거짓은 아니었지만 이런 자리에서 이렇게 엉뚱하게 말을 할 작정은 아니었다. 누군가 뒤에서 내 팔을 잡았다. 아빠였다. 나는 뿌리쳤다. 아빠가 다시 내 팔을 잡았다. 나는 다시 뿌리쳤다. 이번에는 아빠는 내 팔을 잡지 않았다. 그러자 내가 아빠한테 엄청난 말을 했다는 것이 그제야 깨달아졌다.

나는 아빠의 차까지 걸어가 차에 탔다. 아빠는 굳어져 있었다. 어떤 책에서 보니까 고난이 올 때 정말 필요한 것은 용기이기도 하고 인내이기도 하고 희망이기도 하지만 그보다 가장 중요한 건 유머라고 했는데 이럴 때 유머커녕 용기나 인내나 희망도 떠오를 기미가 없었다. 하긴 어려우니까 좋은 책에 씌어 있었겠지만 말이다.

48.

우리는 아무 말 없이 집까지 왔다. 엄마의 아파트 앞에 아빠가 차를 세웠다. 그대로 헤어지면 나는 오늘 밤 또 울게 될 것 같아 겁이 났다. 그렇지만 무슨 말을 해야 할지 알 수 없었다.

"……아빠는 언제가 행복해?"

내가 묻자 아빠는 깊은 한숨을 쉬었다. 그 표정에는 말도 안 되는 비수를 꽂아놓고 엉뚱한 질문을 하는 '엄마 같은 부류의 인간'들에 대한 짜증스러움과 행복이라는 단어가 우리말에 있었나, 하는 당황이 함께 스쳐 지나갔다. 나는 그제야 내가 늘 말없는 아빠에게서 무언의 언어를 번역해내기 위해 안간힘을 쓰고 살았다는 것을 깨달았다. 한 달간의 격리는, 단순히 지리적인 격리만이 아니었나 보다. 새삼 시간과 공간의 위력이 실감났다. 아빠 역시 이 만남을 영 망쳐놓고 돌아가기는 싫다는 판단이 우위에 섰는지 한참이 지난 후 대답했다.

"행복? ……최소한, 딸한테서 그런 말을 들은 지금은 아니지……."

"그래, 지금은 아닌데…… 그래도 행복할 때가 말이야."

아빠는 한참을 생각하더니 "없어." 했다. 약간 짐작을 하기는 했지만 "없어."라는 아빠의 대답은 단호했다.

"어떻게 행복한 때가 없어?"

나는 이번에는 "엄마는 매일 아침 행복하다는데." 하는 말을 하지 않았다.

"그런 거 없어. 산다는 건 견디는 거야. 의무를 다하고 다른 사람들에게 피해를 주지 않고 성실하기 위해 노력하면서……."

"그래도 좋은 때는 있을 거 아니야?"

이제 와 생각해보면 퀴즈 프로에 파트너로 참여한 것도 아닌데 내가 왜 그렇게 집요했나 싶긴 하다. 아빠는 대답하지 않았다. 좋은 게 뭐지, 하고 새삼 생각해보는 듯한 표정이었다. 나는 더 밀고 갔다.

"어쨌든…… 오늘 날 만나러 올 때 좋지 않았어?"

"좋았지. 그런데…… 조금 더 있다가 널 보러 올걸 그랬다, 싶어. 조금 더 시간을 둔 후에 말이야."

"그러니까, 그래도 오늘 아침 E시를 출발할 때, 좋지 않았냐구?"

"그래, 좋았어……. 위녕 네가 보고 싶었거든."

아빠는 '딸자식 앞에서는 할 수 없이 바보가 되는 기분'인 것 같았다. 아빠가 어깨에 힘을 빼고 지당하지도 않고 정의롭지도 않고 그냥, 아빠인 채로 이야기를 하자, 갑자기 내게서도 화가 사라지고 그냥 힘이 다 빠져나갔다. 나는 입을 다물었다.

49.

우리는 첫 번째 만남을 그렇게 끝냈다. 엄마의 아파트 입구에서 내려서 엘리베이터 앞에 서 있는데 서너 살쯤 된 꼬마가 작은 배낭을 메고 걸어왔다. 그 뒤에는 젊은 남자가 서 있었다. 그는 엘리베이터의 숫자를 한번 힐끗 보더니 꼬마의 두 어깨를 잡고 말했다.

"아빠 열 밤 자고 올게. 할머니랑 엄마 말씀 잘 듣고 있어. 그때는 가을이 될 테니까 우리 놀이 공원 가자."

그러자 꼬마가 대답했다.

"아빠, 열 밤 자고 꼭 와."

젊은 아빠와 내 눈이 마주쳤다. 그는 약간 당황스러워하는 것 같았다. 그는 모를 것이다. 그때 내 마음속으로 얼마나 많은 세월이 지나가고 있었는지를. 내가 그 꼬마의 마음을 얼마나 이해하고 있으며 그 아이가 앞으로 얼마나 많은 날들을 가족이라는 것이 무엇인지 고민하며 살아가야 할지를 예견하고 있었는지를. 어린 그 꼬마에게 열 밤이라는 시간은 얼마나 영원과도 같은 시간들일까.

딩동, 하고 엘리베이터가 열렸다. 아이의 할머니인 듯한 사람이 내리더니 아이를 안았다. 아이가 할머니 품에 안겨 힘없이 고개를 푹 파묻었다. 잠시 후, 남자가 "아빠 간다." 하고 인사를 하자 꼬마가 잠깐 고개를 들었는데, 나는 차마 그 꼬마의 눈도 그 아빠의 눈도 볼 수가 없었다. 갑자기 이 세상천지에 내가 머물 지붕이 없는 것처럼 느껴졌다. 나는 도로 아파트를 나와 그냥 걸었다.

하염없이 걷고 있는데 전화벨이 울렸다. E시의 할머니였다.

"위녕, 잘 지내고 있지? 좋으냐 에미랑 사는 거?"

내가 "응." 하고 대답하자 할머니는 웃었다.

"오늘 애비 너 만나러 간다던데 그래 애비하고도 오랜만에 만났으니 좋지?"

"으응…… 아니……. 실은, 실은 아니야 할머니……. 내가 아빠한테 또 잘못한 거 같아……."

할머니는 무슨 말인가 할 듯하더니 한숨을 내쉬었다.

"왜 오랜만에 만나서 애비 마음을 또 상하게 하고 그러니? 너 보내놓고 애비가 얼마나 힘들어했는데."

"할머니, 아빠는 행복한 적이 없대."

내가 힘없이 대꾸하자 할머니는 수화기 저쪽에서 "그래?" 하고 반문했다.

"응, 없대. 좋은 적도 없고."

할머니는 잠깐 생각을 하는 듯 망설이더니 말했다.

"참 이해가 안 가는구나. 마누라 있고 딸자식 있고 어쨌든 너도 에미에게 가서 잘 적응하고 있고 그런데 뭐가 안 행복하냐? ……나는 노인정에서 광 팔고 나서 다른 사람들 열심히 화투 치는 동안 뜨듯한 바닥에 등 대고 누워 있으면 그렇게 행복할 수가 없던데."

마음이 아주 무거워 있었는데 뜻밖에도 내 입에서 푸하하하 웃음이 나왔다. 고난을 당할 때 필요한 건 유머라는 말이 더욱 실감이 났다. 그리고 웃음이란 좋은 것이었다. 할머니가 광을 팔고 나서 뜨듯한 노인정에 등을 대고 누워 있는 것을 생각하자, 내 등도 따라서 따뜻해오는 것 같았다.

"위녕, 행복이란 건 말이다. 누가 물어서 네, 아니오로 대답할 수 있는 그런 게 아니란다. 그건…… 죽을 때만이 진정으로 대답할 수 있는 거야. 살아온 모든 나날을 한 손에 쥐게 되었을 때 할 수 있는 말이지. 요한 바오로 이 센가 얼마 전에 죽은 교황 봐라. 그 양반 젊었을 때는 키도 훤칠하고 잘도 생겼던데 남들 다 좋아라 하는 교황 되어서 무슨 병인가 걸린 거 너도 봤지? 전 세계 텔레비전에 침도 질질 흘리고 손도 덜덜 떠는 거 날마다 생중계 되는 거 말이야. 그 사람 얼마나 자존심 상하고 힘들었겠니? 그래도 죽기 전에 말하지 않던? '나는 행복합니다. 여러분도 행복하십시오.' 하고……."

가슴이 쿵, 하고 내려앉았다. 놀라서 그런 건 아니었는데 그게 무슨 종류의 것인지는 모르겠지만 뭐랄까, 갑자기 나는 내 발걸음 하나도 소홀히 떼어놓으면 안 될 것 같은 그런 기분이 되었다. 그리고 딸이라는 이유로 오빠들 다 가는 초등학교도 못 가본 우리 할머니가 교황만큼 존경스러워지는 것이었다. 아빠에 의하면 할머니는 아빠가 초등학교 때 처음 텔레비전을 집에 들여놓고 샴푸 광고를 하는 여자를 보고 말했다고 했다.

"저 계집애는 뭐하는 앤데, 맨날 이 시간에 텔레비에 나와서 머리를 감냐?"

교육을 받지 못한 할머니는 텔레비전을 보고도 그렇게 많이 인생을 배우고 있었던 거였다. 그러고 보면 엄마의 말처럼 중요한 것은 공부가 아니라, 자신을 사랑하고 남들과 더불어 사는 법을 익히고 그리고 약한 사람들을 돕는 것, 이라는 말이 맞았다. 물론 그런 말을 해놓고 나를 감동시킨 후에 엄마는 요즘 들어 살살 나를 압박하고 있었다.

"그런데 그 모든 것을 할 수 있는 제일 좋은 지름길은 바로 공부야."

50.

그때 어디선가, "위녕!" 하고 부르는 소리가 났다. 돌아보니 즐거운 서점 아저씨가 택시에서 내리고 있었다.

"어디 다녀오시는 길이에요?"

내가 묻자, 아저씨는 "응, 요 앞 은행에."라고 대답했다.

'요 앞 은행'은 걸어서 십 분도 안 되는 거리라서 내가 약간 의아한 눈으로 바라보자 아저씨는 나를 보고 웃으며 말했다.

"아저씨는 보병 출신이라서 삼 보 이상은 승차야."

군대 이야기라면 내가 도통 아는 게 없어서, 아아 예, 하고 있는데 약간 이상한 생각이 들었다.

"아저씨 보병이 차 타고 다니는 병사예요?"

그러자 그는 너무나도 자신 있게 말했다.

"아니지, 보가 걸을 보자 아니냐, 그러니까 걸어야지. 아저씨는 보병이어서 군대에서 너무 많이 걸었거든. 그래서 제대할 때 결심을 했지, 사회에 나가면 돈 많이 벌어서 삼 보 이상은 꼭 승차를 하겠다고 말이야."

삶이란 건 참 이상하다. 어느 것도 지속되지 않는다. 슬픔도 기쁨도 노여움도 그리고 웃음도. 나는 왠지 아저씨와 헤어지기가 싫었다.

"아저씨 비밀이 하나 있어요……. 말해드릴게요, 저 술 마실 줄 알아요. 맥주요."

아저씨는 문득 걸음을 멈추고 나를 바라보았다. 그런 일은 처음이었다. 눈빛은 무엇인가를 꿰뚫어 보는 듯했고, 오래도록 고통 받아온 자가 이제 막 고통 받으려는 자에게 보내는 그런 연민을 담고 있었다. 나는 정말로 비밀을 들킨 듯한 기분이 되었다. 그러자 이상하게도 우리 사이에 어떤 특별한 것이 생겨나는 듯했다. 뭐랄까, 굳건한 동지애라고 해도 좋고, 흐뭇한 우정 같은 것이라고 해도 좋고, 그냥 담담하게 주절거리며 서로의 이야기를 해도 될 것 같은 그런 믿음 같은 것, 나는 또 생각했다. 이런 것도 사랑이라는 걸.

51.

우리는 서점 정원에 캔 맥주를 하나씩 들고 나란히 앉았다. 여름의 태양이 기울고 있었다. 막바지 휴가철이라 그런지 서점 근처에는 인적이 드물었고, 거리는 백색으로 투명했다. 짙어진 베고니아의 붉은 꽃이 푸르고 힘센 이파리 끝에 핏방울처럼 매달려 있었다. 여름은 마지막 남은 자신의 열정을 온 세상에 쏟아 부으며 뜨거운 아스팔트와 입맞춤하고 있었다.

"아빠를 만났어요. 이 도시에 온 이후로 처음이에요. 그런데 또 아빠에게 상처를 주고 말았어요. 아빠는 아직도 엄마가 이혼한 것을 용서하지 못하고 있는 거 같아요. 나는 그게 싫었거든요."

그는 내 말에 신중하게 귀를 기울이며 고개를 끄덕이더니 문득 나를 보고 말했다.

"잠깐, 이야기 중에 미안한데, 엄마가 누구랑 이혼한 걸 비난한다는 거냐? 엄마가 세 번 이혼했다면서? 다른 사람들이랑 이혼하는 거 그걸 비난하는 거야?"

나중에 생각하니까 당연한 질문이었지만 막상 그가 그렇게 묻자, 약간 어리둥절한 기분이 되었다.

"……아니지요……. 그야 우리 아빠랑 이혼한 걸……."

그는 고개를 갸우뚱했다.

"그럼 너희 아빠는 엄마랑 이혼을 안 했던 거야?"

머리칼이 돌돌 말려드는 것처럼 복잡한 기분이 되었다.

"……그게…… 그러니까 우리 아빠랑 우리 엄마가 이혼을 했죠."

"에이, 난 또 너희 아빠는 너희 엄마랑 이혼을 안 하고 너희 엄마 혼자만 아빠랑 이혼한 줄 알았지……."

이게 무슨 말인지 싶었다. 머릿속이 뽀글뽀글 꼬이는 거 같았다.

"위녕, 내가 자세한 사정은 알지 못한다만, 그건 아빠가 뭘 좀 잘못 생각하시는 것 같구나. 너희 엄마가 아빠랑 이혼한 게 아니라, 코끼리 하마 거북이랑 이혼했다면 그건 너희 아빠가 엄마를 비난해도 뭐 그럴 수도 있겠지, 그런데 아니잖아."

그는 뭐 별일도 아니잖아, 하는 듯이 시가를 한 대 피워 물었다.

맥주 탓인지 갑자기 머리가 띵해왔다. 나는 눈만 깜빡이며 아무 말도 할 수가 없었다.

"참 사람들이 왜 그런지 모르겠어. 얼마 전에 신문사 동기를 만나 내가 물었지, 너 저번에 '주부들, 채팅으로 인한 바람 심각하다' 그게 대체 무슨 기사냐, 하고 말이야. 그랬더니 주부들이 채팅을 하다가 바람이 나서 가정이 깨진다고 하더라구⋯⋯. 글쎄, 주부들이 코끼리 하마 거북이랑 채팅을 해서 가정의 위기가 생긴다면 그건 여자들이 비난받아야 되겠지, 그런데 주부들이 코끼리 하마 거북이랑 바람이 나는 게 아니잖아⋯⋯. 대체 주부들 바람 심각하다, 가 무슨 소린지 원."

이야기는 심각하게 시작되었으나 나는 그만 또 웃고 말았다.

"아저씨는 여자들을 참 아끼나 봐요. 그런 걸 페미니스트라고 하던가요?"

그는 시가 연기를 길게 내뿜더니 약간 열을 내어 말을 시작했다.

"아니 뭐 그런 건 모르겠고 말이야. 우리 남자들이 코끼리 하마 거북이랑 함께 가정을 이루고 있는 거라면 여자들이 무슨 짓을 하든 무슨 상관이겠냐마는, 우리가 우리 집에서 코끼리 하마 거북이랑 사는 게 아니잖아. 그러면 함께 살아야 하는 다른 종류의 인간들을 존중하지 않으면 어쩌겠다는 건지⋯⋯. 내 말은 그거지 뭐. 뭐가 이익인 줄을 알아야 하는 거야."

갑자기 후덥지근한 공기 속으로 시원한 바람이 불어오는 것 같았다. 그러면서 나는 내가 이제껏 마음 깊숙이 나도 모르게 엄마랑 이혼 안 한 아빠를 남겨두고 엄마 혼자 아빠랑 이혼한 것처럼 생각하고 있다는 것을 알게 되었다. 아아, 이게 말이 되는지, 그런데 왜 나는 이 질문에 이토록 당황하고 있는 것인지.

그는 내 표정을 잠깐 살피더니 이내 안심하는 얼굴이 되었다.

"그건 그렇고 말이야, 전에 네가 좋아한다던 그 작가, 이 동네 살던데?"

"네?" 하고 내가 묻자, 그가 다시 말했다.

"얼마 전에 편의점에서 술을 사려고 하다가 봤어. 내가 좋아하는 잭 다니엘이 항상 떨어지길래 주인한테 물어봤더니 그 작가가 다 사 간다고 하더라구. 그래서 저번에는 내가 먼저 사 와버렸지. 그런데 그 작가가 알코올중독인지 요즘 들어 부쩍 매일같이 그 술을 사 간다고 하더구나……."

52.

세상을 알게 된 지 벌써 십팔 년이나 되어가지만 삶은 정말 이상한 것이다. 십팔 년이나 이 세상에서 지냈는데도 잘 모르겠으니 이곳은 정말 무언가 신비한 것을 간직하고 있는 게 틀림이 없는 거 같다. 나는 서점 아저씨에게 실은 그 여자가 우리 엄마거든요, 라고는 말하지 않았다.

53.

여름방학을 마치기 전 우리는 엄마의 시골집으로 갔다. 나와 엄마, 둥빈과 제제 그리고 막딸 아줌마까지 한 차에 타고 갔다. 서저마 아줌마는 서울에서 볼일을 보고, 저녁 무렵이 되어서 따로 합류

하기로 했다고 엄마는 말했다. 며칠 있을 예정으로 떠나는데도 짐이 꼭 이삿짐 같았다. 먹을 것을 중요하게 생각하는 엄마가 우리 먹을 것을 챙긴 거야 그렇다 쳐도 사람이 사는데 무슨 짐이 이렇게나 많이 필요할까.

시골집에 도착하자 엄마는 얼른 정원으로 가서 물뿌리개를 뽑아들었다. 정원에는 긴 목을 들고 꽃을 피운 옥잠화와 채송화 그리고 해바라기가 희고 붉고 노랗게 피어 있었다.

"불쌍한 것들……. 주인을 잘못 만나서…… 니들 목말랐지?"

봄날 달빛 아래 흰 꽃을 피웠던 배나무는 꽃 진 자리에 황금빛 배를 동전만 하게 달고 있었다. 엄마의 시골집은 강원도 해발 칠백 미터에 위치해 있었다.

엄마는 언젠가 스위스 산골을 여행하다가 돈을 벌면 무슨 수를 써서라도 시골에 집을 한 채 사겠다고 마음먹었다고 했다. 기차는 물론 버스도 다니지 않는 스위스 산골을 지나가는데 어떤 소녀가 해가 기우는 여름 정원에 하얀 식탁보를 깔고 접시를 나르고 있는 것을 먼 데서 본 순간, 가슴이 쿵, 하고 내려앉았는데 그 후, 사람이 사람답게 사는 일이 무엇일까 고민했다고.

엄마는 그 시골집을 사랑하고 있었다. 마음이 아프면 어린 둥빈과 제제를 데리고 그곳으로 갔다고 했다. 방학 때는 동생들 학원을 모두 그만두게 하고 그리로 가서 한 달 넘게 머무른 적도 몇 번 있었다고 했다. 엄마는 그때 마음이 많이 아팠을까?

"알아? 사람에게서 받은 상처는 자연이 치유해준대……. 언젠가 책에서 봤어. 중국의 이야기인데 스님이 되려던 젊은이가 그만 전장에 끌려갔대. 그런데 몇 년 만에 돌아온 젊은이는 다시 절로 들어가기는커녕 완전히 말을 잃어버린 병자가 되었다는 거야. 마을 사람들은 자신들의 조상들이 하던 대로 그를 대숲 한가운데에 있는 외딴 집으로 보냈대. 거기서 칠 년 동안 대숲만 바라보고 살던 젊은이는 드디어 완전히 치유가 되어 다시 씩씩하게 돌아왔다는구나……. 믿을 수 있니? 엄마는 믿을 수 있어."

내가 엄마 집에 오기 전 엄마는 가끔 여기 강원도 시골집에서 내게 문자를 보냈다.

위녕, 별들이 쏟아져 내린다.
캔 맥주가 달콤한 건 별 그림자가
그 속에서 별사탕이 되었기 때문인가 봐. ^^

위녕, 눈이 쌓이고 있어.
밤새 세상을 송두리째 바꾸어놓을 거면서
이토록 아무 소리도 없다니…….
엄마 혼자 소주 마신다. 건배, 캬아!

위녕, 번갯불이 저쪽 산등성이에
내리꽂히면 맞은편 산자락에서
천둥이 운다. 교향곡 같아.
달이 우리 식구 셋을 내려다보고 있어.
비밀 하나 가르쳐줄까?
이곳의 달은 꼭 세수를 뽀독뽀독 하고 나온다. ^^

상상할 수 있니? 오늘 밤

별똥별이 아홉 개나 떨어졌어! 와우!

그럴 때 내가 느끼는 감정은 우리 엄마 친엄마 맞아? 였다. 나는
더위를 무릅쓰고 혹은 졸음과 싸워가면서―흠!(헛기침 소리)―독
서실에 앉아 있는데 이런 문자를 보내면 대체 어쩌란 말인가. 그러
면서 그 뒤엔 꼭 이런 말을 붙였다.

공부 열심히 해라!

나로 말하자면, 성질이 버럭 났다.

54.

시골집에 도착해서 제일 먼저 느껴지는 것은 서울의 공기가 사이
다 같다면 이곳의 공기는 동치미 국물처럼 칼칼하다는 것이다. 나
는 막딸 아줌마가 고기를 구울 숯불을 피우는 동안 뒤뜰로 가서 고
추와 상추를 땄다. 신기하다. 내 방보다 작은 텃밭에서 이렇게 많은
고추와 상추 그리고 깻잎이 열리다니. 그뿐인가, 호박이랑 오이랑
가지랑 방아까지 있으며 레몬 밤이나 로즈마리 같은 허브들도 마지
막 초록빛을 짙게 물들이고 있었다. 나는 상추와 고추를 따다 말고
허브 밭으로 가서 레몬 밤을 하나 따서 입에 넣어보았다. 새콤하고
쌉싸름한 레몬의 노란 맛이 내 혀로 가득 퍼졌다.
시골집의 뒷산 그림자가 길어질 무렵 대문 밖으로 자동차 소리가

다가와 멈추더니, 서저마 아줌마가 왔다. 서저마 아줌마는 혼자가 아니었다.

"……저어, 괜찮은지 모르겠는데, 나랑 같은 대학에서 강의하는 후밴데, 꼭 만나서 부탁할 일이 있다고……. 잠깐만 이야기하고, 조금만 있다가 서울로 가야 한다고 해서……."

언제나 새로운 사람에 대해 낯을 가리는 엄마의 성격을 아는 아줌마는 좀 난처한 듯했다. 서저마를 따라온 여자는 엄마 또래처럼 보였는데 이미 엄마에 대해 많은 것을 알고 있다는 듯이, 아아, 이 애가 등빈이군요. 이 아이가 그럼 막내 제제? 하고 묻다가 나를 보더니 "어머, 엄마보다 키가 크네." 했다. 여자는 얼굴에 검고 커다란 뿔테 안경을 끼고 있었는데 그게 왠지 엄마가 좋아하는 칠십 년대의 반전 여가수 나나 무스쿠리인 척하는 느낌이었다.

아마 시간이 좀 경과한 후, 누군가가 "어머, 그 유명한 나나 무스쿠리 닮으셨어요." 하고 맘에도 없는 소리를 하면, "호호, 그래요? ……실은 그런 소리를 좀 들어요. 젊었을 때는 〈러브 스토리〉에 나오는 알리 맥그로 닮았다는 소리도 들었는데……." 해서 좌중을 민망하게 할 타입의 여자 같았다.

낯선 사람의 출현에 약간 당황한 듯한 엄마는 서저마 아줌마가 미안해하는 것을 보자 마음을 고쳐먹은 듯이 보였다. 엄마가 호탕한 척하면서, "잘 오셨어요. 이왕 오신 거 길도 먼데 주무시고 가세요……. 우선 맥주나 한잔 하실래요?" 하는 것을 보니까 그랬다. 나는 왠지 그 여자가 불길했다. 엄마에게서 맥주를 받아들자마자, "이 집 얼마 주고 지으셨어요? 앞으로 전망은요?" 하고 묻는 것만 봐도 그랬다. 엄마는 무슨 소리인지 약간 당황하더니 "집은 아는 분이 여

기 근처에 사셔서 알음알음으로 지었고 앞으로의 전망은…… 보시
다시피 좋잖아요. 탁 트였으니까요." 했다. 여자는 애매하게 웃으며
"소설가시라 역시 돈에는 별 관심이 없으신가 봐요." 했다.

55.

숯불이 피어오르는 동안 고추잠자리들은 약속이라도 한 듯이 우
리 집 마당으로 날아들었고, 둥빈과 제제는 서로 그것을 잡아 제 통
속에 넣기 바빴다. 엄마는 정원에 식탁을 차리고 나나 무스쿠리와
이야기를 나누면서 "둥빈 제제, 위험해……. 거기로 가지 말고 마
당 안쪽에서 잡아! 그리고 잡은 것들은 빨리빨리 놓아줘라……. 걔
들도 엄마 아빠가 기다리고 있을 거 아니냐……. 위녕, 상추 좀 씻
어 와라!" 하고 소리치는 것을 잊지 않았다.

마당 수돗가에서 상추를 씻는데 그것도 물이라고 고추잠자리는
내 머리 위에서 맴을 돌고 있었다. 고추잠자리…… 아마 나는 어린
가 봐 그런가 봐. 엄마야, 나는 왜 자꾸만 슬퍼지지. 엄마야, 나는 왜
갑자기 울고 싶지……. 노래방에서 엄마가 자주 부르는 노래. 내게
는 그 고추잠자리가 가을의 전령인 것이 분명하게 느껴져서 이제
곧 가을이 지나면 내가 치러야 할 고 삼의 고통을 예고하는 것 같았
다. 나는 좀 슬퍼졌고 울고 싶어졌다. 엄마는 자연 속으로 와서 상
처를 치유했다는데 나는 고추잠자리를 보면서 내가 겪어야 할 상처
를 되새기고 있는 게 한심했다.

엄마에게 가끔 이런 이야기를 하면 엄마는 세상의 모든 것을 다
겪어본 성녀의 표정으로 말하곤 했다.

"그래, 힘들지. 엄마도 힘들었어. 그래서 공부 말고 다른 일을 해서 내가 재미있다면 해보려고 했어. 그런데 아무것도 없더라구, 나는 오직 교실에 앉아 있어야만 했으니까. 그래서 생각했지. 에잇, 이왕 교실에 앉아 있을 거라면 내가 이 시간의 주인이 되자. 어차피 앉아 있어야 하니까. 이 시간에 끌려 다니지는 말자……. 위녕! 네가 엄마랑 똑같이 되는 것을 바라지는 않아. 정말 네가 공부 말고 더 재미있는 게 있다면 그걸 해. 나가서 영화를 보고 싶다면 그렇게 해. 친구 만나서 놀고 싶으면 그렇게 해. 대신 한 가지 조건이 있어. 그건 책상에 앉아 공부를 열심히 하는 것보다 그게 훨씬 더 너를 행복하게 해주어야 한다는 거야. 그건 확실해야 해, 응?"

마지막으로 응? 하고 물을 때 엄마는 여우 같았다. 내심 미소를 띠고 있는 것 같았다. 그럴 때 내가 하고 싶은 말은 한 가지뿐이었다.

"차라리 공부를 하라면서 무식하게 날 패쇼, 패!"

56.

산골의 밤은 빠르게 내렸다. 하늘에는 별들이 하나 둘씩 영롱해지고 있었고 이미 낮부터 하늘 저쪽에 자리 잡고 있던 반달은 저녁의 가로등처럼 서서히 노래졌다. 정원의 식탁에는 호롱불과 소주빈 병이 차례로 놓이고, 바로 서울로 가야 한다던 나나 무스쿠리는 엄마가 주는 소주를 낼름거리며 마시고 있었다. 둥빈과 제제가 이 기회를 놓칠 리가 없었다. 제제가 와서 슬픈 얼굴로 엄마의 무릎에 얼굴을 비볐다. 둥빈은 멀리서 리모컨을 쥔 듯한 얼굴로 이 모든 것을 바라보고 있었다.

"엄마, 심심해."

"심심하긴 뭘 심심해, 별도 보고 달도 보고……. 이 바람 좀 봐. 얼마나 시원하니? B시에 있었어봐. 에어컨 켜고도 더웠을 거 아니냐."

제제는 엄마와 손님의 눈치를 번갈아 살피더니 제 형에게서 받은 명령을 생각보다 잘 수행하고 있었다.

"별도 보고 달도 봤어. ……그래도 심심해."

평소 같으면 엄마는 "시끄러! 씻고 잘 준비해!" 하고 소리를 지를 테지만 오늘은 손님이 있는 것을 의식했는지, 꾸민 듯 상냥한 목소리를 냈다.

"그래, 심심한 건 좋은 거야. 성공한 사람들은 모두 약간은 심심했대."

"그래도 심심해…… 심심해, 심심해, 심심해에에!"

제제가 떼를 쓰기 시작하자, 엄마는 약간 망설이는 듯하다가 한숨을 깊이 내쉬더니, "딱 한 시간만이다, 그럼." 하고 말했다. 그 소리가 끝나기가 무섭게 제제는 언제 울상을 지었느냐는 듯이 "형아, 성공이야. 한 시간이래!" 하며 집 안으로 뛰어 들어갔다.

나나 무스쿠리는 이런 광경을 미소를 한껏 띤 얼굴로 지켜보며 "요즘 아이들이란 게……." 하면서 텔레비전 토크쇼에 나온 여자처럼 해도 되고 안 해도 되는 소리를 했다. 여기까지는 좋았다. 엄마의 얼굴에 약간 지겨운 미소가 스쳐 지나갔다. 여기까지도 좋았다. 친구에게서 문자 메시지가 계속 와서 나는 잠깐 밝은 집 안으로 들어가 친구와 계속 문자를 주고받았다. 쫄깃한 강원도 시골 돼지고기를 너무 많이 먹어서인가 약간 잠도 와서 텔레비전을 틀어놓고 잠깐 졸고 있는데 난데없이 정원 쪽이 소란스러웠다. 고개를 들고 정원 쪽을 바라보자 엄마가 술잔을 든 채로 파들파들 떠는 게 보였다. 엄마의 얼굴은 흐릿한 호롱불 아래서도 참담해 보였다.

"아니, 여보세요. 무슨 말씀을 그렇게 하세요. 불쌍한 여자들을 위해 강연을 하는 건 하는 거지만, 제가 요즘 시간이 없다고 말씀드렸잖아요."

뒷모습으로 보이는 나나 무스쿠리는 고개를 빳빳이 쳐들고 있었다. 나는 현관을 통해 정원으로 살며시 나갔다.

"그러니까 당신 위선자라는 거야. 말로는 불쌍한 여자들 위해서 일해야 한다고 세상에 있는 폼이란 폼은 다 잡고……. 이제 와서 내가 그 여자들이 당신을 꼭 보고 싶어한다고 딱 한 시간만 와서 좋은 말 좀 해주라고 여기까지 찾아왔더니, 뭐 글 쓸 시간도 없다고? ……당신 맨날 술 마시고 그러잖아. 내가 글에서 다 봤어. 맨날 술 마시는 거."

서저마 아줌마의 얼굴이 엄마의 얼굴보다 더 하얗게 질렸다.

"너 왜 이러니? 강연 한번 부탁하고 그냥 얼굴만 보고 간다고 했잖아! 안 되겠다, 너 취했구나. 가라! 여기 남의 집이야."

서저마 아줌마가 나나 무스쿠리의 팔을 잡아끌었다. 그러나 여자는 무언가 심사가 단단히 뒤틀린 모양이었다.

"시간이 없어요. 애들도 셋이나 되고 신문 연재도 해야 돼요. 저도 그 분들 보자고 하면 다 가보고 싶어요. 그렇지만 정말 글 쓸 시간도 없다구요. 제가 위선자라서 그러는 게 아니라구요."

"당신, 이혼 세 번이나 했지? 왜 했어? 내가 직접 보니까 알 것 같구만, 응?"

나나 무스쿠리는 엄마에게 삿대질을 했다. 이번에는 내 얼굴도

118

굳어져갔다.

산골의 바람은 한여름인데도 서늘했다. 벗은 소매로 두둑한 소름들이 지나갔다. 하지만 엄마는 뜻밖에도 허탈하게 웃었다. 엄마의 웃음이 나나 무스쿠리를 더 화나게 하는 모양이었다.

"웃어? 세 번이나 이혼해놓고 부끄러운 줄도 모르고 웃어?"

엄마는 담배를 한 대 피워 물었다. 여자는 엄마가 대답이 없자 약간 의기양양해하는 거 같았다.

"……저기요. 그거 지금 저에게 상처 입으라고 하신 소리 같은데, 그건 잘못 짚으셨어요. 저 이제는 별로 그런 거에는 상처받지 않아요."

엄마의 목소리는 차분했다.

"그리고 제가 시간 없어서 강연 못 가는 게 이혼했기 때문은 아니잖아요……. 박사 학위까지 받으셨다는 분이 그렇게 논리가 빈약해서야……."

엄마도 빈정거리고 있었다.

"너 같은 사람들 때문에 우리 사회가 가정이 파괴되고 아이들이 잘못되는 거야. 박사 학위 받은 사람으로서 내가 그래서 한마디 한다, 왜? 논리? 이것보다 더 논리적인 게 어딨니?"

서저마는 뒤돌아서서 그녀를 데리고 온 것을 후회하고 있는 거 같았다. 서저마와 눈이 잠깐 마주쳤는데 서저마 아줌마는 곧 울 거 같았다.

"제가 이혼했던 것이 당신에게 무슨 피해를 주었죠? 내가 당신 남편하고 이혼한 것도 아닌데……. 그리고 아이들도 있는데 반말은 하지 말아주었으면 좋겠네."

"아이들 말 잘 했다. 아이들한테 부끄러운 줄 알아야지. 난 여기 와서 직접 보고 너네 아이들 불쌍해서 혼났어. 흥! 하기는 사생활이라고? 사생활 좋지. 그 매꼬롬한 얼굴로 또 결혼하고 또 애 낳아보지 그래? 사생활? 누군가 마약하는 것도 다 사생활이니까 다들 잠자코 있어야겠네……."

여자가 우리까지 들먹이자 순간 내가 나서서 말려야 하나, 어쩌나 생각하고 있는데 엄마가 벌떡 일어났다.

"야! 너……, 반말하지 말라고 했잖아. 그리고 그래! 나 이뻐! 얼굴도 매꼬롬해. 근데 너는? 너! 못생겼으면 아무 말이나 해도 되는 거야? 못생기면 다야?"

엄마의 소리가 산골짜기로 퍼져갔다. 난데없는 말에 그 와중에도 킥킥 웃음이 나왔다. 여자는 실제로 그렇지는 않았겠지만 약간 휘청거리는 것 같았다. 그 틈을 타서 서저마 아줌마가 여자를 끌고 나갔다. 눈치 빠른 막딸 아줌마가 얼른 집 안으로 들어가 그녀의 핸드백을 들고 그 뒤를 쫓았다. 여자는 좌우 스트레이트를 맞은 것처럼 다리를 꼬며 끌려 나갔다. 엄마가 그제야 정신이 들었는지, "서저마 언니, 안 돼. 음주 운전이야. 요 앞 검문소에서 검문한다구……. 대리 불러! 대리." 하다가 내 얼굴을 보더니 자리에 털썩 주저앉으며 말했다.

"위녕……, 그런데 대리가 이 산골까지 오나?"

나는 거실로 들어가 작은 담요를 가져다 엄마의 무릎에 덮어주었다. 엄마는 그제야 이빨을 딱딱 소리 나게 부딪히며 떨고 있었다. 앞에 놓인 소주를 연거푸 두 잔이나 들이켜고도 어깨를 옹송거렸다.

"엄마……, 못생긴 여자한테 못생겼다고 하면 어떡해?"

내가 엄마에게 웃으며 말했다. 농담이었는데 엄마는 뜻밖에도 울상을 지었다.

"글쎄 말이야. 외모 가지고 그러면 안 되는 건데⋯⋯. 그래도 화가 나는 걸 어떻게 해."

나는 빈 소주잔을 들어 엄마에게 내밀며 한잔을 청했다. 엄마는 망설이다가 내 잔에 소주를 따랐다.

"소주를 벌써 먹으면 어떻게 해? 그건 인생의 쓴 맛을 알고서야 먹는 거야."

나는 미소를 지으며 자랑스럽게 "엄마, 근데 나 요즘 조금 먹어. 아아! 나도 이제 인생의 쓴맛을 아나 봐." 하자 엄마는 내 머리를 쥐어박았다.

"이것아, 그게 아니라 요즘 소주 도수가 엄청 내려가서 순해지니까 네가 먹는 거야."

57.

이상스러운 산골의 밤이 깊어가는데 이혼녀, 과부, 노처녀인 엄마, 막딸 아줌마, 서저마 아줌마는 술잔을 기울이고 있었다. 나는 남은 숯불에 오징어를 구웠다. 원래 말이 없는 서저마 아줌마는 계속 울상을 짓고 있다가 엄마에게 말했다.

"미안하다. 개가 원래는 그런 애가 아닌데, 요즘 남편하고 안 좋아. 남편이 이혼하자고 그런대⋯⋯. 그래서 없던 주사가 생긴 거 같아."

"남편이 이혼하잔다고 엉뚱한 사람한테 그러고 다니면 우리 엄마는 세상 기물 다 때려 부수고 다녀야겠네요?"

내가 말하자 엄마가 끼어들지 말라는 듯, 나를 째려보았다. 막딸 아줌마가 이야기를 듣고 있다가 갑자기 킬킬 웃었다.

"그런데 그 여자 어쩌면 못생겼다는 말에 그렇게 한 방에 맥이 풀려? 그러기에 지가 먼저 처음 보는 사람의 외모는 왜 들먹이고 그래?"

"나도 그럴 생각은 아니었는데……. 어쩌다 보니까 말이 그렇게 나왔어요. 그렇게 못생긴 사람도 아닌데, 그 말 하나에 저렇게 상처 받을 줄은 몰랐어……. 그나저나 무사히 가고는 있으려나. 서저마 언니, 전화 좀 해봐."

엄마가 시무룩하게 말했다. 서저마는 전화도 하기 싫다는 듯 대꾸하지 않았다. 자존심 강한 서저마 아줌마로서는 몹시 기분이 상한 것 같았다.

그때 막딸 아줌마의 휴대폰이 울렸다. 막딸 아줌마는 발신자 번호를 확인하더니 얼른 자리에서 일어나 정원 한구석으로 갔다. 엄마가 말했다.

"우리 아줌마 요새 연애하시는 것 같아. 서른넷에 과부 되어서 고생만 하셨는데 이번엔 좋은 사람 만났으면 좋겠어."

그러고 보니 요새 막딸 아줌마가 부쩍 멋을 내시는 것 같았다.

언젠가 들어보니 막딸 아줌마는 남편에게 그렇게 매를 맞았다고 했다. 한번은 남편이 도끼로 귀 뒤를 찍어서 피가 분수처럼 솟고, 일일구 구조대가 출동했다고도 했다. 남편이 트집을 잡아 막딸 아줌마를 때리기 시작하면 한집에 사는 시어머니가 동네 창피하다며 문을 잠가버려서 아줌마는 도망칠 수도 없었다고 했다. 그래서 하는 수 없이 아줌마도 남편이 상을 뒤집어엎으면 국 대접을 던지며 싸웠다고 했다. 낮에는 농사짓고 저녁이면 들어와 밥하고 빨래하고 밤이면 남편에게 맞고……. 어휴, 말도 안 돼!

막딸 아줌마는 미국에 사는 우리 이모와 동갑이고 엄마와는 여섯 살밖에 차이가 나지 않는다. 그런데도 그런 일이 일어나다니. 그건 우리나라가 상투를 틀고 있던 조선 말기에나 일어난 일인 줄 알았는데 말이다.

이모 이야기가 나왔으니 말인데, 우리 이모는 이모부가 공주님처럼 모시고 사는 것으로 유명하다. 이모는 엄마와는 좀 다르게 생겼지만 아주 이쁜데, 언제나 나를 보면 말하곤 했다.

"공부 열심히 하니? 어린 것이 엄마 떠나서 얼마나 고생이 많았니? 불쌍한 것……. 내가 네 생각만 하면 지금도 눈물이 나와……. 하지만 위녕, 어쨌든 미모는 챙겨야 해."

내가 네? ……아아, 네, 하고 나서 엄마에게 이 이야기를 하자 엄마는 깔깔 웃으며, 엄마가 이혼했을 때도 미국에서 국제전화를 걸어서 엄마와 함께 한참을 울다가 마지막에 울먹이며 이런 부탁의 말을 남겼다고 말했다.

"그래도 위녕 에미야, 미모는 챙겨야 한다. 응?"

막딸 아줌마가 자리로 돌아오자 엄마가 "아줌마, 남자 친구 생겼어요?" 하고 물었다. 막딸 아줌마의 얼굴에 수줍은 미소가 어렸다.

"평생 애들 키우며 살 거라고 생각했어요. 살기가 너무 힘들어서 다른 건 생각도 못했는데 애들 다 대학 졸업하고 나니까 정말 이런 꿈 같은 일이 생기네요……. 커플 티 입고 여행도 가고 커플 반지도 맞추고……. 결혼은 양쪽 집 애들 다 결혼시키고 하기로 약속했어요."

아줌마는 수줍게 손가락에 낀 커플 반지를 만지작거렸다. 그러고
는 계속 말했다.

"외기러기 산악회에서 만났어요. 지금은 기러기 아빠란 다른 의
미로 쓰여서 요즘은 외갈매기 산악회로 바뀌긴 했지만……."

막딸 아줌마는 자랑스레 이야기를 하다가 서저마 아줌마를 보더
니 다시 말했다.

"서 박사님도 외갈매기 산악회에 드세요. 좋은 사람 많아요."

58.

엄마가 푸하하하, 웃었다. 서저마 아줌마는 난처한 표정이었다.
막딸 아줌마는 눈치도 없이 다시 말을 이어갔다.

"내가 옆에서 가만히 보니까 눈이 너무 높으신 거 같아요. 박사님
이라 그러시겠지만…… 그래도 박사도 여자잖아요. 결혼도 해보고
애도 낳아보고, 그리고 이 나이에 연애해보세요. 아이들 눈치가 좀
보여서 그렇지 마음은 열여섯이에요."

"저, 남자 필요 없어요."

서저마 아줌마는 단호했다. 더군다나 오늘 영 일진이 좋지 않네,
하는 표정이었다. 엄마가 언제나처럼 서저마 아줌마를 놀리며 끼어
들었다.

"막딸 아줌마가 언제 남자 만나라고 했어? 산에 가라고 했지. 외
갈매기 산악회라……. 이름도 멋있잖아."

서저마 아줌마는 울상이 되었다. 엄마는 그것이 재미있다는 듯
더 깔깔 웃으며 말했다.

"아줌마, 내가 아줌마 좋은 사람 만나게 해달라고 늘 기도했는데 참 잘되었네요……. 서저마 언니, 이제 언니 차례네, 언니 위해서도 기도할까?"

서저마 아줌마는 발끈하더니 두 손을 휘이 저었다.

"절대로 기도하지 마라. 난…… 사실 시간이 없어. 절대로 남자 만나게 해달라고 기도하지 말라구. 남자는 필요 없다구. 절대로 그런 기도는 하면 안 돼, 정말 안 돼."

엄마는 계속 웃었다. 나도 슬그머니 웃음이 나왔다. 엄마가 기도한다고 해서 신이 당장 서저마 아줌마에게 결혼을 명령하는 것도 아닌데 말이다.

서저마 아줌마는 남자 이야기만 나오면 언제나 저랬다. 그러면서도 연애소설이나 연애 드라마는 누구보다 열심히 보았다. 내가 엄마가 늦는 날 텔레비전 앞에서 넋을 잃고 있는 아줌마에게, "아줌마 그거 재밌어요?" 하고 물으면 "아아니, 그냥 보는 거야. 심심해서……" 하고 대답했다. 한번은 엄마가 신문에 연애소설을 연재하고 있는데 나에게 말했다.

"위녕, 엄마가 이 둘의 사랑이 결국 이루어진다고 하디? 아니라고 하디?"

"직접 물어보세요. 난 별로 관심 없는데."

내가 말하자 서저마 아줌마는 으응, 그러고 말았는데, 나중에 이 이야기를 전해 들은 엄마는 더욱 깔깔 웃으며 말했다.

"나한테도 몇 번 묻는데 내가 절대로 말 안 해줬어, 이제까지 내 소설 중에서 서저마 아줌마가 그토록 결말을 궁금해하는 건 처음이거든……. 그래서 나도 절대로 말해주지 않았지."

엄마가 장난꾸러기 같은 표정으로 눈을 반짝거리며 막딸 아줌마에게 물었다.

"아줌마, 그래 커플 티 입고 여행가서 신방을 차렸어요?"

막딸 아줌마는 조금 취한 듯했다. 아줌마는 정말 새색시처럼 고개를 외로 꼬더니, "그럼요." 했다.

"어땠어요?"

엄마가 다시 물었다.

"어떻긴? 아주 시이원합디다."

막딸 아줌마의 대답은 단호했고 정말 시이원, 했다. 세 여자는 누가 먼저랄 것도 없이 웃기 시작했다. 나도 숯불에 굽던 오징어를 뒤집다 말고 따라 웃었다. 엄마가 아니, 여기 네가 있었네, 하는 표정으로 나를 쳐다보더니 헛기침을 두어 번 했다.

"위녕, 너는 그만 들어가라."

"왜에?"

"아니, 어른들 이야기하는데 넌 아직 열여덟이잖아. 미성년자고."

내가 입을 삐죽이고 있는데 다시 막딸 아줌마의 휴대폰이 울렸다. 우리 같으면 문자 메시지로 할 텐데 좀 시끄러웠다. 내일은 막딸 아줌마한테 문자 메시지 보내는 법을 가르쳐드려야겠다고 나는 생각했다.

59.

정원의 긴 식사가 끝나고 엄마와 나 둥빈과 제제는 정원의 평상에 이불을 펴고 누웠다. 하늘에는 별이 휘황했다. 별들은 깨끗이 닦

126

아놓은 전구처럼 반짝반짝했다. 이불을 서로 끌어당기며 싸늘한 늦여름의 산골을 느끼고 있노라니까 행복한 기분이 들었다.

"엄마, 저게 은하수야? 북두칠성이야?"

물으며 재잘거리던 둥빈과 제제가 잠이 들었는지 가는 코들을 골았다. 엄마가 입을 열었다.

"아까 말이야…… 처음부터 못생겼으면 다야? 하고 물을걸……. 왜 그 여자한테 변명을 하고, 저 애가 셋이고 시간이 없고, 그러면서 시간을 끌었을까?"

하긴 이제와 생각해보니까 엄마가 꼬박꼬박 대꾸를 하고 있는 것이 당시에도 약간 의아했던 생각이 났다.

"아무튼 이것도 병이라니까……. 에이, 그 여자 다시 왔으면 좋겠다. 그러면 내가 처음에 당신 왜 시간이 없어? 하면 바로 야! 반말하지 마. 못생겼으면 다야! 할 텐데."

엄마는 갑자기 자리에서 벌떡 일어날 것처럼 주먹을 불끈 쥐며 말했다.

"……그러면 좀 이상하지 않아, 엄마?"

내가 묻자 엄마는, "하긴 왜 시간 없어? 하는 사람한테 야, 못생겼으면 다야, 하면 좀 그렇다." 하더니, 온몸에서 힘을 쭉 빼고 한숨을 쉬었다.

"에이, 왜 맨날 지나가고 나서야 후회를 하는 걸까……. 얼마 전에 말이야. 한국하고 중국 작가들이 모여서 서울에서 작가 회의를 했어. 주제는 '상처와 치유'라는 것이었어. 그런데 거기 갔더니 엄마 명찰이 없는 거야. 주최 측의 실수로 안내 책자에도 엄마 이름이 빠졌고……. 진행하는 사람들에게 뭐라 했더니 엄마 명찰을 급조해

췄는데 앉을 좌석이 없는 거야. 하는 수 없이 중국 작가들 틈에 앉아 있었지. 잠시 후 중국 작가 한 사람이 당신은 누구세요? 하고 영어로 묻는 거야. 내가 아무개이고 소설을 씁니다, 하니까 그 사람이 얼른 안내 책자에서 내 이름을 찾고 있더니 영 못 찾겠는지, 나랑 비슷한 여자 사진을 가리키면서 '이 여자가 당신인가요?' 하잖아. 그때 엄마의 머릿속으로 짧은 영어 세 마디가 떠올랐어. It's not me, I'm not here, It's not my fault⋯⋯. 그래서 그렇게 말했지⋯⋯. 그런데 조금 지나니까 정말 이상하더라. 나는 난데 내가 아니고, 나는 여기 있는데 내가 여기 없다니, 그럼 여기 없다고 말하는 나는 누구이며, 더구나 우스운 건, 내가 왜 거기서 그 사람이 궁금해하지도 않는데 그건 내 잘못이 아니라고 했을까. 이게 바로 내가 입은 피해의식의 발로가 아닐까 하고 말이야⋯⋯. 남들은 '상처와 치유'에 대해 열심히 떠드는데 엄마 혼자 한구석에 앉아서 '나는 누구인가', 거기 없다고 말하는 나는 누구인가, 존재론적 고민에 빠진 거야⋯⋯. 나중에 혼자 생각했지. 그래, 상처와 치유가 별개냐? 내가 내가 아닐 때, 그것은 상처이고 내가 다시 나를 찾을 때, 누구에게도 먼저 내 잘못이 아니라구요, 변명하지 않을 때 그게 바로 치유가 아니겠냐고⋯⋯."

엄마는 킥킥 웃었다.

"엄마, 'It's not I.' 아냐?"

내가 묻자 엄마는 얼른 다시 말했다.

"응? 'me'가 맞는 것 같은데⋯⋯. 그런 건 네가 찾아봐야 할 거 아냐! 엄마가 영문과는 나왔지만 영어를 못하는 건, 엄마는 오로지! 문학을 전공했기 때문이라구."

엄마의 논리대로라면 엄마는 아직 치유가 덜 된 게 분명했다. 엄마는 헛기침을 두어 번 하더니 "영어는 열심히 하고 있지?" 하고 물었다. 엄마는 치유가 아직도 한참 덜 된 게 틀림없다.

"엄마, 아빠는 행복한 적이 없대."

내가 말을 꺼냈다. 엄마는 대답이 없었다. 엄마는 코를 골기 시작했다. 코를 고는 동생들과 엄마 사이에 누워서 말간 별 무더기를 보고 있노라니까 마치 코 고는 소리가 별들이 내는 소리처럼 느껴졌다.

엄마는 나나 무스쿠리를 미워하지 말라고 했다. 엄마도 한때 그렇게 헤매던 때가 있었다고. 한때, 였으니까 이제 엄마는 헤매지 않는다는 말도 될 것이다. 그랬으면 좋겠다. 나는 주머니에 있던 휴대폰을 꺼내 아빠에게 문자 메시지를 보냈다.

아빠, 좋은 일이 있을 때,

날 보러 오기 전에 기쁠 때,

얼른 의자를 내줘. 그럼 그게 행복이야.

60.

개학 날이 왔다. 아침에 새로 산 교복을 입었다. 제복이란 건 참이상하다. 나는 그제야 내가 학생이란 걸 얼마간 잊고 살았다는 생각을 했다. 동생들 모두가 개학을 하는 날이라 아침부터 연필을 깎았니, 신발주머니를 챙겼니, 잔소리를 해대던 엄마가 내 방으로 들어왔다.

"엄마가 함께 가줄까? 엄마 책을 두어 권 들고 선생님께 인사도 하고……."

나는 엄마가 낯선 사람들에게 가서 제가 소설가 아무개입니다, 하고 말하는 걸 얼마나 싫어하는지 알고 있었기 때문에 잠시 의아한 표정으로 엄마를 바라보았다.

"……괜찮아. 둥빈이 처음 학교 들어가서 가정환경 조사란에 가명으로 이름 쓰고 직업란에 가정주부 써넣었다가, 소문이 나는 바람에 둥빈이 몹시 창피해했어……. 네가 새 학교에 적응하는 데 엄마가 누구라는 걸 밝히는 게 혹시 도움이 된다면…… 괜찮아, 위녕."

나는 머리를 빗다 말고 엄마를 바라보았다. 그게 도움이 될지 안될지는 나도 알 수 없었다. 언젠가 중학교 때 그 사실을 밝혔다가, 내가 신발주머니를 놓고 오거나 성적이 떨어지기만 하면 나를 '결손가정의 문제아'로 심각하게 취급하는 선생님 때문에 일 년 동안 혼이 난 적도 있으니까. 그 선생님은 언제나, 내게서 불행의 기미만을 찾아내고 싶어했다. 아직도 그 생각을 하면 나는 힘이 든다. 생각해보시라, 준비물 하나 가져가지 않은 일로 상담실에 불려가 특별 상담을 받아야만 했던 나날을. 어른들은 아마도 이혼한 가정의 아이들은 신발주머니를 챙길 때나 교과서를 준비할 때나 부모가 이혼했다는 사실을 슬피 새기면서 사는 줄 아나 보다.

"싫어. 내가 위녕이라는 것을 먼저 알리고 나서 엄마를 알리고 싶어. 누구의 딸로 먼저 알려지는 건 싫어……. 나 그럴 자신 있어, 엄마."

엄마는 나를 물끄러미 바라보더니 내 머리를 한 번 쓰다듬었다.

61.

학교는 내 예상대로 재미없었다. 담임선생님은 엄마 또래의 여자였는데 날 그냥 심드렁한 전학생으로 대해주었다. 나로서는 그게 편했다.

그날 나는 하굣길에 한 친구를 만났다. 키가 좀 작고 호리호리한 친구였다. 집으로 가려고 전철을 기다리고 있는데 그 애가 내게 다가와 말을 붙였다.

"내 이름은 쪼유야. 유명한 작가의 딸이 전학 온다기에 궁금했는데……."

내가 숨기려고 해도 가정환경 조사서 때문에 벌써 소문이 났나 보았다. 평생 내게는 아마도 누구누구의 딸이라는 말이 떠나지 않겠지만, 별로 기분은 좋지 않았다. 나는 그냥 위녕이고 싶었다. 그냥 내가 나이고 나서 그다음에 엄마는 누구고 아빠는 누구라는 말을 들어도 좋을 것 같았지만 이것 역시 한두 번 겪는 일은 아니었다. 엄마 말대로 피할 수 없으면 즐기는 것, 이다. 그게 비록 힘들지라도, 아니 정말 힘든 일이지만, 닥쳤으니 겪어내야 하는 것이고, 이왕이면 좋게 겪어야 한다고 엄마는 늘 말하곤 했다. 하지만 나는 아직은 엄마처럼 그렇게 매사에 체념하듯이 순응할 수는 없었다.

"그래……. 어쨌든 나는 위녕이야."

쪼유는 "알아. 이름이 참 특이해." 하더니, 문득 물었다.

"이혼한 엄마와 사는 건 어떤 일이니?"

쪼유의 말 속에는 비아냥이나 호기심 같은 건 없었다. 말투는 낮고 심드렁해서 나는 잠깐 이 아이가 지금 내게 무슨 말을 하려는 것일까 생각해야 했다. 내가 뭐라고 대답해야 하나 망설이고 있는데 쪼유는 내 대답은 별로 기다릴 필요도 없다는 듯이 다시 말을 이었다.

"우리 엄마, 삼 년 전쯤인가 한밤중에 내게 묻더라구. 쪼유, 아빠
랑 엄마가 이혼한다면 너는 어떻게 하겠니? 하고……. 그때 나는
너무 무서워서 아무 말도 하지 못했어……. 아빠도 미웠지만 엄마
가 더 미웠지. 다른 집 엄마들도 다 참고 사는데 왜 엄마 혼자 잘난
척하는지……. 그런 생각도 좀 들었던 거 같아. 지금 생각하면 아빠
엄마가 같이 참아야 하는 거지, 왜 유독 엄마가 참아야 한다고 생각
했는지 모르겠어……. 어쨌든 그 후로 엄마 아빠가 냉전이나 열전
을 할 때면 나는 늘 생각하곤 했어. 나는 누구와 살아야 하나, 그리
고 내가 결정을 내리고 나면 내 동생은 나와 같은 생각일까? 하고.
너도 알지? 부모가 싸우면 이 세상천지에 믿을 인간 하나도 없는 기
분이라는 걸 말이야……."

나는 천천히 고개를 끄덕였다. 하지만 다는 알 수 없었다. 새엄마와
아빠는 한 번도 큰 소리로 싸움을 하지 않았다. 냉전이야 했지만 어쨌
든 큰 소리는 내지 않았었다. 그리고 나는 혹여라도 그 둘이 헤어지
면, 그러면 당연히 아빠랑 사는 것이기 때문에 갈등 또한 없었다.

"이번 여름방학 동안 우리 엄마 아빠 정말 심각하더라구. 나도 생
각해봤지. 짝 하나 잘못 만나도 학교 가기가 싫고 담임 한번 잘못
만나면 일 년이 지옥 같은데…… 한 번 결정했다고 맞지 않는 사람
들을, 그것이 우리 엄마고 아빠라는 이유만으로 참고 살라고 말한
다면, 그건 옳지 않은 것 아닐까 하고 말이야……. 얼마 전 깊은 밤,
엄마가 울고 있길래, 내가 말했어. '엄마, 이혼하든 안 하든 그건 아
무렇지도 않아. 다만 우리 때문에 이혼 못 하고 산다는 말만은 하지
말아줘.' 그랬더니 우리 엄마 어떤 얼굴이었는지 아니?"

쪼유는 잠시 웃었다. 순간, 어떤 표정으로 그 아이를 바라봐야 하는지 도무지 알 수 없어서 나는 좀 굳어졌다.

"엄마 입버릇처럼 말했거든. 너희 다 크고 나면 그때는 아빠랑 헤어져서 자신의 인생을 살 거라고……. 엄마 딴에는 그게 우리를 위한 말이라고 하는 거겠지만, 너도 생각해봐. 그렇다면 우리가 엄마 인생을 보류함에 넣어두는 꼴이 되는 거잖아……. 그런데 내가 많이 많이 생각한 끝에 그런 말을 하니까 우리 엄마 더럭 무서운 얼굴이 되었어."

쪼유는 고개를 뒤로 젖히고 웃었다. 따라 웃어야 하는지 말아야 하는지 내가 망설이고 있는데, 쪼유가 다시 말했다.

"그런 슬픈 표정 짓지 않아도 돼. 우리 엄마 며칠 전에 내게 와서 말하더라구. '야 인마, 네가 그렇게 말하니까 엄마가 참고 살 핑계가 없잖아.' 하고. 그러더니 오늘부터 무언가 결심을 한 듯 즐거운 얼굴이 되었어……. 오늘 아침에 다시 물으니까, 엄마가 대답하더라구. '돈 벌 자신 없어. 가난하게 살기 싫어. 이십 년을 돈 한 푼 벌지 못 하고 살았는데. 에이, 엄마는 그냥 아빠가 못된 상사라고 생각하고 이 직장을 다닐 테야.' 하고. 그래서 내가 말했지. '엄마, 나는 엄마가 이렇게 솔직한 게 정말 좋아.' 하고……. 하지만 한 가지 말을 하지 못했어. 오래전부터 물어보고 싶었던 건데……. '엄마 내가 이담에 그렇게 살면, 맘이 안 맞는 남편을 나쁜 상사라고 그저 참기만 하면서 살면?' 하는 질문 말이야."

내가 그 아이와 오래전부터 친구였다면 나는 무어라 말을 했을까, 하고 나는 잠깐 생각했다. 그리고 내가 같은 질문을 했다면 엄마는 무어라고 대답했을까? 아마도 엄마는 대답하리라.

"위녕, 그건 전적으로 네 선택이야."

가끔은 엄마가 이래라, 저래라 했으면 좋겠다는 생각을 나는 했다. 이게 옳고 저건 틀리다고 말해주었으면 했다. 언젠가 내가 엄마에게 내 꿈을 말하면서, 아프리카에 가서 난민들을 위해 살거나 아니면 사막을 횡단하는 모험가가 되고 싶다고 했더니, 엄마는 한숨을 깊이 쉬면서 대답했던 것이다.

"그래……. 꼭 가야만 하겠다면, 다 해봐. 넌 아직 젊고 이 세상은 넓어. 네가 우주에 간다거나 해저 이만 리까지 들어가고 싶다면 그렇게 해."

엄마는 도라도 닦은 사람처럼 태연을 가장해서 말하곤 했다. 여기서 해저 이만 리란 엄마가 생각하는 가장 무서운 곳을 말하는 것이다. 내가 슬그머니 엄마를 골려주고 싶어서 "엄마, 나 종군기자도 되고 싶어. 총탄이 빗발치는 곳에서 카메라 앞에서 말하는 거야. 지금까지 위녕 기자였습니다. 이렇게 말하면 멋있지 않을까?" 하고 말했더니 엄마는 겁이 더럭 실린 얼굴로 한숨을 깊이 내쉬었다.

"그래……. 그러면…… 그것도 네가 되고 싶다면 그렇게 해." 하고는 힘없는 소리로 덧붙였다. 그러더니 곧 머리를 쥐어뜯기라도 할 것처럼 소리쳤다.

"아아! 엄마의 신앙심이 엄청 깊어지겠구나……. 날마다 앉아서 기도할 거 아니야. 하느님 우리 위녕이 살려주세요, 하고."

그러면 내 몸에서 힘이 다 빠져나갔다. 아빠의 경우가 오히려 쉬웠다. "싫어, 내 맘대로 할 거야."라든가 "그건 안 해, 난 그렇게 생각하지 않아." 하면 되니까. 그런데 엄마가 이렇게 나오면 모든 것이 내 책임이 되는 것이고 그렇게 되면 머리는 복잡해진다. 나는 아빠에게서 그토록 얻고 싶었던 그 자유란 것이 꼭 좋은 것만은 아닐지도 모른다는 생각을 처음 했다.

쪼유는 내게 반 아이들과 선생님에 대해 이야기해주었다. 누구는 부모가 이혼해서 아빠랑 살고, 누구는 어린 시절 엄마 아빠가 이혼해서 할머니와 산다는 말도 해주었다. 생각보다 반에 부모가 이혼한 아이들이 많은 것 같았다. 엄마가 학교를 다니던 어린 시절에는 비밀로 하지 않으면 부모가 이혼했다는 말을 친구끼리 하지 않았다는데……. 쪼유는 다시 덧붙였다.

"우리 엄마한테 네가 전학 왔다는 말을 했더니, 널 보고 싶어하셨어. 우리 엄마 네 엄마 소설 다 읽었거든. 우리 엄마는 너네 엄마 참 좋아해. 내 생각엔 자기가 못 하는 이혼을 세 번이나 해서 그런 게 아닌가 싶은 의심도 좀 들지만……. 어쨌든, 언제 우리 집에 오지 않겠니? ……너의 엄마 사인이 든 책을 가져온다면 더할 나위 없이 기쁘겠지만……."

내가 으응, 하고 대답하자 쪼유는 헤어질 때가 다 되었다는 듯이 내게 손을 내밀어 악수를 청했다.

"……저기 사인 같은 거, 그거 부담스러우면 안 해도 돼. 내가 고양이를 한 마리 키우거든. 원래 우리 집에 강아지가 있었는데 늙어서 죽었어. 강아지 죽던 날, 수의사 아저씨가 버려진 거라면서 내게 고양이를 한 마리 주었거든. 이름은 '소리'야. 고양이 보러 오지 않을래?"

뜻밖의 말이었다. 나는 문득 쪼유가 아주 가깝게 느껴졌다.

"나 고양이 좋아해…… 아주 좋아해. 지금은 한 마리도 키우지 못하고 있지만 말이야."

쪼유와 나는 고양이라는 이름을 말하면서 한 뼘 더 가까워진 듯했다. 우리는 개에 대한 온갖 비난을 하면서 고양이 칭찬을 해댔다. 꼭 개를 비난해댈 이유는 없지만 왠지 그게 더 재미있었다. 누군가 말했던 거 같다. 자기가 미워하는 사람을 함께 욕하는 것이 가장 친하다는 반증이라고. 물론 그렇다고 내가 개를 아주 싫어한다는 것은 아니지만 말이다.

62.

나는 고양이가 신의 유머라고 생각하고 있었다. '고양이과'라고 분류되는 동물들 중에 고양이처럼 작고 귀여우며 인간과 함께 사는 것이 또 있을까? 사자도 호랑이도 표범도 살쾡이도 말이다. 신은 포악한 고양이과 동물들을 만들어놓고 좀 험악하다 느꼈을 것이다. 그래서 그 포악한 동물들의 마스코트 같은 것을 만들어 고양이라고 이름 지었을 것이었다. 게다가 고양이는 자존심이 있어서 사람에게 필요 이상으로 아부를 하지도 않는다. 하지만 고양이는 자신의 주인이 누구인지 분명히 알고 있다.

우리는 다음번에 고양이를 보기로 하고 전철역 앞에서 헤어졌다. 어쨌든 전학 온 첫날 내게 다가와 어려운 이야기를 해준 쪼유라는 친구가 생긴 것은 좋은 일인 것 같았다.

집에 돌아와 인터넷을 켰다. 쪼유가 말한 고양이 이야기 때문이었겠지만 뉴질랜드에 두고 온 레오 생각이 나서였다. 뉴질랜드에 있는 솔이는 가끔 나를 위해 레오의 사진을 미니 홈피에 올렸다. 내가 두고 왔을 때 어린 고양이였던 레오는 이제 어른 고양이가 되어 있었다.

솔이의 메신저가 꺼져 있어서 그냥 인터넷 서핑을 하고 있는데 이상한 기사가 눈에 띄었다.

지금 M역 공터에 새끼를 네 마리나 낳은 고양이가 있습니다. 어린 것들이 먹을 것이 없는지 너무 가엾어요. 이 밤이 다 가기 전 아마 동물 보호소 아저씨가 고양이들을 데려갈 거라고 합니다. 고양이 필요하신 분 어서어서 M역 앞으로 가보세요.

기사에는 사진도 나와 있었다. 날짜를 보니 오늘 올린 기사였다. M역이라면 우리 집 앞, 내가 방금 쪼유와 헤어진 곳이었다. 그러잖아도 엄마에게 고양이를 사달라고 조르다가 여러 번 거절당한 나로서는 가슴이 콩닥콩닥 뛰었다. 더구나 분양받는 고양이가 아니라 가엾은 고양이라면 엄마로서도 거절하지 못하리라. 한 마리만 데려오겠다고 말해보리라. 아니, 어떻게 불쌍한 고양이 네 마리 중에서 한 마리만을 데려올 수 있을까. 두 마리, 아니 세 마리……. 아니, 내 용돈으로 사료를 살 테니 네 마리 다 키우게 해달라고 말해볼까…….

나는 엄마 방으로 갔다.

엄마는 저녁이 다 되어가는데 뜻밖에도 검은 민소매 원피스로 갈아입고 화장을 하고 있었다. 어딜 가려는지 입었다 맘에 들지 않아 벗어놓은 옷이 침대 위에 수북이 쌓여 있었다. 외출을 하기 전에 옷을 입었다 벗었다 한다는 것은 엄마에게 무언가 특별한 일이 생겼다는 걸 말해주는 듯했다.

"엄마, 어디 가?"

내가 묻자 엄마는 마스카라를 칠하다 말고 나를 돌아보았는데 얼굴이 아주 환했다. 보통 때의 밤 외출하고는 좀 다른 분위기가 느껴졌다.

"위녕, 엄마 안 이쁘지?"

엄마는 약간 들뜬 얼굴로 물었다. 어이가 없었다. 안 이쁘지? 하고 물으면 딸 된 도리로 내가 어떻게 응, 하고 대답할 수가 있단 말인가. 여러 번 이런 질문을 엄마에게서 받을 때마다 아니야, 엄마가 얼마나 이쁜데, 하고 위로하며 대답해주었더니 엄마는 이제 거기에 맛이 들린 거 같았다. 나는 얼른 "응, 안 이뻐." 하고 대답해서 엄마를 골려주고 싶었지만 고양이 생각을 하고 좀 참기로 했다. 아아, 무엇을 얻기 위해서는 역시 어려운 일들을 감내해야 하는 법인가 보다.

"아니야, 이뻐……. 근데 오늘 누구 만나러 가?"

엄마는 대답 대신 거울 앞에서 몸을 이리저리 돌려보더니 "위녕, 엄마 팔뚝이 너무 굵지? 소매 있는 옷을 입을까?" 하는 것이었다. 그런 엄마는 평소와는 아주 달라 보였다. 무언가에 홀린 듯한 얼굴이었다. 그러더니 내가 대답할 새도 없이 말했다.

"아이구, 너희 셋을 키우다 보니 굵어지는 건 팔뚝뿐이었어. 글쎄 저번에는 어떤 모임에 민소매를 입고 갔는데 어떤 사람이 어떤 여자를 실컷 흉보다가는, '게다가 그 여자가 말이에요, 저렇게.' 하면서 엄마의 팔뚝을 손으로 가리키더니 '저렇게 굵은 팔뚝을 내게 내밀면서 나를 협박하더라니까요.' 이러는 거야……. 아무리 실감나게 이야기를 하려고 해도 그렇지 날 가리키는 건 좀 너무하지 않니? 그 이후로는 민소매 안 입으려고 했는데……."

"됐어! 밤이라 캄캄해서 팔뚝은 보이지도 않아."

그러자 엄마는 조금 망설이더니 시계를 들여다보았다.

"위녕, 오늘 엄마 저녁 먹고 조금 늦게 올 거 같아. 아줌마가 저녁 다 해놓은 것 같은데 먹고 공부하고 있어……. 무슨 일인지 궁금하지? 다녀와서 자세히 이야기해줄게. 한두 마디로 되는 일이 아니라서……. 그나저나 엄마 정말 너무 뚱뚱하지 않니?"

내가 말하기도 싫다는 표정으로 외면을 하자 엄마는 핸드백을 집어 들더니 휭 하니 밖으로 나가버렸다. 엄마 침대 곁에서 수북이 쌓인 옷가지 사이에 앉아 있자니 한숨이 나왔다.

63.

나는 우리 집에서 아군을 하나 만들기로 했다. 제제로 치면 이 일을 알리는 즉시 엄마에게 전화를 해댈 것이 분명하므로 나는 몰래 둥빈의 방으로 들어갔다. 둥빈은 침대에 누워 책을 읽고 있었다.

"둥빈아, 너 돈 있니?"

나는 용돈을 잘 쓰지 않고 모아두는 둥빈을 공략하기로 했다.

둥빈은 간결한 그의 성격대로 가볍게 "응." 하고 대답했다.

"누나가 말이야, 만 원만 꿔 주면 나중에 이자 천 원 붙여서 줄게."

둥빈은 무엇에 쓰려는 건지 물어보지도 않고 천천히 일어나 책상 서랍을 열더니 만 원짜리 지폐를 내밀었다.

"그리고 한 가지 부탁이 더 있어."

둥빈은 읽던 책을 펴들다 말고 약간 귀찮은 표정으로 침대에 걸터앉았다. 나는 최대한 상냥한 누나의 음성으로 둥빈에게 말했다.

"나랑 요 앞 M역 공터에 가자. 불쌍한 고양이들이 엄마 없이 네 마리나 버려져 있대."

둥빈은 "그래서?" 하는 표정으로 나를 바라보았다.

"곧 어두워질 텐데 역 앞 공터는 좀 무서워."

둥빈은 "누나라면 그런 걱정은 전혀 안 해도 될 텐데." 하며 느물거리더니 슬그머니 일어설 준비를 했다.

"게다가 엄마 잃은 고양이라니, 누군가 데려가서 약으로 푹 고아 먹으면 어떻게 해? 참치 통조림을 좀 사 가지고 가지 않겠니?"

둥빈은 잠시 생각하다가 서랍을 열어 지폐를 더 꺼내며 말했다.

"만 원은 누나 꿔 주는 거구, 참치 통조림은 내가 살게."

이상하다. 멀리서 다가갈 때 나는 운명 같은 것을 느꼈다. 나를 부르는 소리 같은 것이 느껴지는 듯했던 것이다. 그때 나는 이미 결심했는지도 모른다.

내 전화를 받고 나온 쪼유는 이미 거기 서 있었다. 고양이 네 마리가 라면 박스 속에 올망졸망 모여 있었다. 나와 쪼유 그리고 둥빈은 다가가 고양이를 들여다보았다. 인터넷에서 보았는지 내 또래의 아이들 몇이 이미 고양이들을 보고 있었다. 내가 참치 통조림을 따서 하나를 내밀자 그중의 한 고양이가 통조림을 잡고 있는 내 팔을 날카롭게 할퀴었다. 순간 눈물이 핑 돌 만큼 따가웠다. 하지만 따가웠던 것은 꼭 팔만은 아니었다.

언젠가 버려진 고양이들은 사람들 곁으로 절대 오지 않는다는 글을 읽은 적이 있었다. 상처받은 만큼 그들은 사람들을 멀리했고 믿지 않았고, 아무리 먹이를 주고 아무리 네게 적대감이 없다는 것을 밝히려 해도 그들은 오직 사람을 적대적으로 대할 뿐이라고. 다가

가는 이들에게 그들이 하는 일은 상처를 주는 일뿐이라고. 하지만 그게 어디 고양이만의 이야기일까?

"둥빈, 우리 이 고양이들을 키운다고 하면 엄마가 뭐라고 하겠지?"

둥빈은 잠시 생각하는 얼굴이었다.

"……그런데 불쌍하다, 누나. 사람들이 몰려와서 엄마 고양이도 어디론가 도망가 버린 거 같은데."

쪼유는 자신의 엄마와 휴대폰으로 통화를 하고 있었다. 얼굴이 어두운 걸 보니 그쪽 엄마가 안 된다고 하는 모양이었다. 전화를 끊고 쪼유는 내게 다가와 고개를 저었다.

"대학 가서 키우래. 대학 가서 네 돈 벌어 독립하고 나면……. 참, 대학 갈 동안 이 고양이들은 어떻게 될지 모르는데 말이야. 뭐든지 대학 가고 나면, 이야."

우리 셋은 고양이들이 참치 통조림을 먹는 것을 보면서 어두운 공터에 엄마 잃은 고양이들처럼 망연히 서 있었다. 가을이 다가오긴 왔는지 팔뚝에 다가오는 바람이 제법 서늘했다. 고양이가 할퀸 자국이 붉은 볼펜으로 그은 것처럼 선명했다. 나는 다가가 나를 할퀸 얼룩 고양이를 조심스레 안아 내 티셔츠 자락에 넣었다.

"누나, 어떻게 하려구?"

"데려갈 거야. 키울 거야. 얘네들 엄마도 없잖아. 여기 두면 어떻게 될지 모르잖아."

내 목소리가 너무 비장했는지 쪼유도 둥빈도 내게 아무 말 하지 않았다. 나는 성큼성큼 집을 향해 걷기 시작했다. 엄마가 밤 외출을 한 것은 운명일지 모른다. 나는 그렇게 믿고 싶었다. 엄마가 정 안 된다고 하면 내일 다시 이 고양이를 쪼유가 잘 안다는 수의사에게 데려다 주어도 좋을 것이다. 정 안 되면 즐거운 서점의 잭 다니엘 아저씨에게 부탁해도 될 것이었다. 얼룩 고양이는 발톱을 세워 내 얇은 티셔츠를 찢어질 듯 움켜쥐었다.

"누나, 잠깐만."

둥빈이 다시 고양이들을 향해 달려갔다. 다시 돌아온 둥빈의 티셔츠에는 회색 고양이가 한 마리 안겨 있었다. 그 고양이는 얼룩 고양이와는 달리 둥빈의 품 안에서 얌전했다. 내가 의아한 표정을 짓자 둥빈이 말했다.

"그래도 형젠데, 두 마리는 함께 있게 해주고 싶어."

64.

쪼유가 집으로 돌아가고 우리 남매는 불빛들 속을 함께 걸었다.

"둥빈아, 신기하지 않니? 얘네 엄마는 무슨 색인데 네 마리가 다 색깔이 다를까? 얘는 얼룩이고 네가 안은 것은 회색이고."

"아빠 고양이가 다 다른가?"

둥빈은 얼핏 웃었다. 나도 얼핏 웃었다. 우리 남매는 아무 말도 하지 않았다. 색깔이 같건 다르건 어린 고양이들을 살리고 싶은 마음은 둥빈도 나와 같았을 것이다. 집으로 돌아오자 제제가 달려 나왔다. 나만 두고 둘이서 어디 갔다 오는 길이냐고 떼를 쓰려던 폼이 역력했는데 제제 역시 고양이들을 보자 환성을 질렀다.

우리는 지난 여름 손님이 사 가지고 온 커다란 과일 바구니에 내 헌 스커트를 펴고 거기에 고양이 두 마리를 넣었다. 데리고 오는 동안 얼룩 고양이는 내 팔뚝을 여러 번 더 할퀴어서 내 팔은 낙서장같

142

이 변해 있었다. 나는 우선 팔뚝에 소독약을 발랐다.

"누나, 이 고양이들 이름이 뭐야?"

제제가 호기심 어린 눈을 반짝이며 물었다.

"몰라, 아직 이름이 없어."

내가 대답하자 제제는 "누나, 나비라고 짓자. 내가 책에서 봤는데 고양이 이름은 나비가 좋대." 하고 말했다

"그건 쌀집 고양이 이름이야."

둥빈이 나 대신 대답했다.

회색 고양이는 얼른 바구니 속에 들어가 몸을 동그랗게 말았다. 갈색과 흰색이 얼룩얼룩한 고양이는 바구니 속에 들어가지 않고 내 침대 밑으로 들어가 버렸다.

제제가 다시 말했다.

"누나, 이 얼룩 고양이는 꼭 카페 라테 같은 색깔이야."

나는 두 고양이의 이름을 코코와 라테라고 지었다. 회색 고양이는 우유를 많이 푼 코코아 같은 색깔이었고 얼룩 고양이는 제제의 말대로 카페 라테와 같은 색깔이었던 것이다.

"코코야, 라테야."

제제가 내가 지은 이름을 불렀다.

회색 고양이 코코가 야옹, 하고 울었다. 그러자 신기하게 아주 오래전부터 이 고양이들과 나는 어떤 끈으로 연결되어 있었던 것 같은 느낌이 들었다. 고양이들은 서로를 부를 때 야옹, 하고 울지 않는다. 야옹이라는 소리는 오직 사람하고 소통하기 위해 내는 소리라는 걸 나는 알고 있었다. 라테는 아직 겁에 질려 있지만 코코는 적어도 우리를 인정하고 있다는 이야기가 되는 것이다.

"이제부터 이 아이들은 코코하고 라테야. 나는 엄마고 너희는 삼촌이야. 그러니까 내가 학교 가고 없을 때에도 이 고양이들한테 잘해줘야 해. 너희는 삼촌이니까, 알았지?"

내가 말하자 두 동생들은 착하게도 고개를 끄덕였다.

"그럼 누나가 엄마면, 우리 엄마는 뭐야?"

제제가 끼어들었다.

"엄마는 할머니지."

"엄마가 할머니라구?"

제제가 깔깔거리며 웃었다. 엄마가 돌아올 때까지 퇴근을 하지 못하고 계시던 막딸 아줌마가 우리를 바라보고 서 있다가 끼어들었다.

"나는?"

"아줌마는 아줌마지요."

내가 대답하자 아줌마는 물을 그릇에 담아 고양이 앞에 건네주면서 중얼거렸다.

"아줌마라서 정말 다행이네……. 잘못하면 나이 오십에 할머니 될 뻔했지 뭐야."

65.

나중에 엄마에게서 핀잔을 들은 것이었지만 막딸 아줌마에게는 고양이 두 마리가 일 덩어리에 다름이 아니었을지도 모른다. 가뜩이나 말썽꾸러기 두 동생들의 빨래까지 있는데 이 집에 새로 들어와 살게 된 내 교복 빨래가 더해진 데다가, 고양이들까지 들어왔으니 말이다. 그러나 나는 막딸 아줌마를 믿었다.

막딸 아줌마는 이름에서 느껴지다시피 별로 환영받는 딸은 아니었나 보다. 술에 취한 아버지는 때때로 한밤중에 마당에서 빨래 방망이를 집어 들고 식구들이 잠든 방 안으로 들어섰는데 그럴 때면 온 가족이 보리밭이나 수수밭으로 달아나 새벽까지 숨을 죽였다고 했다. 그리고 그 아버지는 초등학교 사 학년 때 돈 벌어 오라고 아줌마하고 동생을 서울로 식모살이를 보냈다고 했다. 세상에, 어릴 때는 아버지에게 맞고 커서는 식모살이 가고, 그리고 어른이 되어서는 남편에게 맞는 여자의 삶이란 대체 무엇이란 말인가.

그러나 막딸 아줌마는 언제나 웃는 얼굴이었다. 우리 집에 출근할 때는 머리를 예쁘게 드라이를 하고 하다못해 천 원짜리 귀고리라도 꼭 찰랑거리며 들어온다. 소박하지만 아침을 정성껏 어여쁘게 시작하며 그녀가 우리 집으로 오는 게 나는 좋았다. 아줌마의 남편이 돌아가신 후에, 아줌마가 돈을 벌기 위해 몸 파는 일 빼고는 다 해보았다고 엄마에게 말하는 것도 들은 일이 있었다. 아버지가 없는 자신의 아이들에게 자신의 아버지와 같은 부모가 되지 않으려고 몸이 부서져 죽어라 일해도 좋았다고 아줌마는 말했다. 그리고 그 은혜에 보답이라도 하듯이 아줌마의 아들과 딸은 어엿이 대학을 졸업해 회사에 다닌다. 그래도 아줌마는 일을 놓지 않았다.

언젠가 나는 엄마가 없는 방에서 아줌마가 책을 읽는 것을 본 적도 있다. 엄마가 읽다가 침대 맡에 놓아둔 책인 것 같았다. 내가 "아줌마, 밥 좀 주세요." 하니까 그제야 아줌마는 정신이 난 듯 으응, 하고 대답했는데 그 책은 내가 읽기에도 어려운 책이었다. 궁금한 마음에 내가 "아줌마, 책 좋아해요?" 물으니까, 아줌마는 웃었다.

"좋아해. 어린 시절에 우리 아버지가 공부만 더 시켜주었어도……."

아줌마는 맛있는 된장국을 내 앞에 놓아주더니 약간 슬픈 어조로
말을 이었다.

"책은 훌륭한 사람들이 쓰는 거잖아. 많이 배우고 그런 사람들
이……. 그래서 모자라는 내가 열심히 책을 읽는다면 하나라도 더
배우겠지 싶어서……."

"책을 쓴다고 다 그런 건 아닌데요."라고 대답하려다가 나는 그냥
입을 다물었다. 문득 '훌륭하다'라는 단어가, 아줌마가 책의 저자들
을 두고 하는 그 단어가, 내 가슴에 걸렸다. 모르겠다. 그냥 엄마에
게서 얼핏 들은 아줌마의 일생이 그 '훌륭하다'라는 단어에 더 어울
린다는 생각을 했는지도 모르겠다. 그냥 내가 밥을 찾아 먹을걸 하
는 후회도 들었다.

나중에 엄마에게서 들었지만 아줌마는 뭐든지 살려내는 선수였
다. 죽은 화분은 아줌마의 손길만 닿으면 언제 그랬냐는 듯이 살아
났고, 병든 강아지도 그랬다고 했다. 언젠가는 양계장에서 일을 했
는데, 부화가 되지 않아 버려진 달걀 두 개를 가져와 딸의 책상 위
에 놓아두고 밤새 스탠드를 켜주어서 부화시킨 일도 있다고 했다.
내가 정말이에요? 물었더니 아줌마는 대답했다.

"그냥 아직 살아 있는 것 같았어. 그냥 두면 삶아져서 막노동꾼들
의 술 안주로 팔려 가버렸을 텐데 혹시나 하고 따뜻하게 해주었더
니 글쎄 병아리가 깨어나지 뭐니, 얼마나 신기하던지."

전기 값까지도 일일이 계산해야 했을 아줌마의 가난한 일생에서
밤새 알전구를 켜두었을 결심은 그리 쉬운 일이 아니었을 것이다.
그런 아줌마를 두고서 내가 지당한 말만 늘어놓아 거꾸로 산 사람

146

들을 질식시켜버리곤 하는 '지당도사' 같은 저자들을 어떻게 더 존경할 수 있냔 말이다.

아무튼 할머니가 되지 않아 다행이라는 막딸 아줌마는 나와 동생들과 함께 놀이터로 가서 모래를 퍼 와 라면 박스에 넣었다. 그렇게 되면 훌륭한 고양이 화장실이 되는 것이었다. 고양이들은 절대 아무 데나 배설을 하지 않는다. 사람 말고 자신의 배설 자리를 그렇게 구별하는 짐승이 또 있을까. 아니, 사람들도 실은 그렇게 예의를 차려 배설을 하지 않는데 말이다.

커다란 바구니, 내 헌 스커트 위에서 두 마리 고양이는 설핏설핏 잠을 잤다. 나도 그 고양이들을 따라 완전히 잠들지 못하고 자다가 깨어나고 자다가 깨어나곤 했다. 엄마가 한밤중에 들어와 고양이들을 내쫓기라도 할까 봐 겁이 났던 거였다.

66.

이상한 기척에 눈을 뜨니 엄마가 꼼짝 않고 내 침대 발치에 서 있었다. 간밤 잠이 모자라 졸린 와중에도 나는 엄마의 표정부터 살폈다. 엄마는 뜻밖에도 신기하고 재미있다는 표정이었다. 어제 내 팔뚝을 할퀴었던 라테가 야옹 하고 울면서 털을 곤두세웠다. 자세히 보니 코코는 엄마 팔에 이미 안겨 있었다. 엄마가 침대에서 반쯤 몸을 일으킨 나를 향해 말했다.

"어머머, 뭐 이런 귀여운 게 다 있니? 얘 좀 봐, 어떻게 날 이런 눈으로 바라볼 수가 있지? ……얘네들 어디서 왔어? 누가 잠깐 맡기고 간 거야?"

나는 얼른 일어나 욕실로 갔다. 문을 잠그고 샤워기의 물을 튼 것은 그다음에 엄마에게서 나올 반응이 두려워서였을 것이다. 샤워를 하고 나오니 코코는 벌써 엄마 뒤를 졸졸 따라다니고 있었다.

"엄마, 누나하고 형아가 어제 역 앞 공터에서 데리고 왔어. 키우게 해줄 거지? 응? 응?"

기특한 제제가 먼저 일어나 엄마를 졸졸 따라다니며 우리가 시키지도 않은 말을 하고 있었다. 일은 잘 풀려가고 있었다. 제제가 떼를 쓰면 엄마는 대개는 당해내지를 못했다. 나는 너무 좋아하는 표정을 짓지 않으려고 애써 무심한 얼굴로 식탁으로 갔다.

"애네들을 키우려고 데려왔다는 거야? 그럼?"

엄마가 어이없다는 표정으로 물었다.

"그럼 어떻게 해? 우리가 안 데려오면 죽게 생겼는데……. 엄마가 맨날 그랬잖아. 불쌍한…… 사람은 도와야 하고 생명은 살려야 한다고."

식탁에서도 늘 책을 들고 있는 둥빈이 끼어들었다.

"내가 목욕도 시킬 거고 내 용돈에서 사료도 살 거고 내 방에서 키울게."

"어엄마아, 어엄마아……."

평소 같았으면 떼를 쓰는 제제를 찌푸린 눈으로 바라보았겠지만 오늘 나와 둥빈은 일부러 무심히 굴었다. 엄마는 제제에게 치맛자락을 잡혀 이리저리 흔들리면서 어이가 없다는 표정으로 우리 삼 형제를 바라보았다. 그러고는 잠시 후, 한숨을 한 번 길게 내쉬었다.

"졸지에 애가 다섯이구나."

우리 셋은 서로 마주 보며 씨익 웃었다. 엄마는 엄마를 졸졸 따라

다니며 그 작은 고개를 갸웃거리는 코코를 안아 들었다. 엄마로서도 싫지 않은 얼굴임은 분명했다.

"엄마 아주 어릴 때 엄마가 너무나 사랑한 고양이가 한 마리 있었어. 식구들하고 놀러 가면서 이웃집 아줌마들이 집을 지켰는데 돌아와 보니 고양이가 죽어 있었어……. 아주 검은 고양이였는데, 엄마가 처음으로 사랑한 것이었는데, 어이가 없었지……. 그 이후로 고양이는 절대로 키울 생각이 없었는데……."

엄마는 코코를 쓰다듬으며 말했다.

"살아 있는 것들은 다 겁이 나서…… 겁이 나서, 금붕어 한 마리 키우고 싶지 않았거든."

엄마는 그다음 말을 하려다 말고 입을 다물었다. 아마도 아침부터 학교로 가는 우리를 두고 죽음이라는 단어를 쓰기 싫은 것 같았다.

아무튼 좋은 가을이었다. 아직도 덥고, 아직도 바람은 뜨거운 열기를 머금고 있었지만 이번 가을에는 좋은 일이 많을 것 같았다.

"엄마……, 나 공부 열심히 할게."

신발을 신다 말고 내가 말했다. 엄마는 나를 가볍게 째려보더니 "예방주사부터 맞히고, 막딸 아줌마한테 고양이 시중 맡기면 안 돼. 그리고 진짜 공부는 열심히 하는 거다." 하고 말했다. 전철역으로 가는 동안 나는 쪼유에게 문자를 보냈다.

옴마가 허락했음!

십 초도 지나지 않아서 환호성이 담긴 메시지가 내 휴대폰으로 도착했다. 언제나 무거운 가방과 피곤한 머리가 무겁게 의식되던 전철역이 오늘따라 밝고 활기차게 보였다. 이상한 일이다. 무엇이든 사랑할 수 있는 대상을 가진다는 것은 세상을 바꾸어버리는가 보다. 나는 지금쯤 자고 있을 아빠에게도 문자 메시지를 보냈다.

꽈꽈, 두 고양이 딸이 생겼어요.
코코하고 라테예요.
할아버지가 되신 걸 축하합니다.

아빠에게 문자를 보낸 이유는 물론 고양이들을 내가 키우게 된 기쁨을 알리기 위해서이다. 흠! 용돈을 좀 융통하고 싶은 것은 어디까지나 부수적인 이유라는 이야기이다. 사료도 사야 하고 고양이 배설통도 사야 하고 엄마가 준 용돈은 이미 다 써버렸는데 겨우 고양이 키우는 것을 허락해준 엄마에게 손을 내밀자니 좀 미안했다. 책이 생각보다 많이 팔리지 않아서 엄마는 막딸 아줌마 월급을 제때에 주는 것도 끙끙거리는 것 같았기 때문이었다.
그런데 아침 조회가 시작되기 전 뜻밖의 문자가 도착했다.

새 동생들이 생긴 것을 축하한다.
하교하는 길에 서점에 들르렴.
선물이 있단다. 그런데 걔들은 성이 뭐니?
내 생각엔 유씨였으면 좋겠는데.

즐거운 서점의 잭 다니엘 아저씨였다. 아저씨가 어떻게? 하는 생각이 들자마자 내 머릿속으로 조명탄 같은 빛이 직선을 그리며 쭈욱

그어졌다. 킥킥 웃음이 나왔다. 나는 시치미를 떼고 답신을 보냈다.

고마워요. 아저씨, 그런데 걔들은
동생들이 아니라 제 딸들이에요.
그런데 유씨는 왜?

아저씨에게서 다시 답신이 왔다.

너희 집 삼국지 아니냐?
위씨, 오씨, 그리고 공명의 공씨까지.
그러니 유씨만 있으면 되잖니.

다니엘 아저씨는 역시 긴 말이 필요 없다. 이로써 나의 추리력은
맞아떨어진 것이다. 엄마가 호들갑을 떨며 팔뚝이 굵네 어쩌네 저
쩌네 하며 나간 일도 이해가 되는 것 같았다.

67.

쪼유는 책가방을 놓자마자 내 자리로 왔다. 아침에 등교하는 길
에 공터에 들러봤는데 이미 고양이들은 사라져버렸다는 말도 전했
다. 남은 두 고양이들은 어디로 갔을까? 이럴 줄 알았으면 네 마리
를 다 데려올 걸 그랬나 하는 생각이 들어서 마음이 좀 아팠다.

나는 쪼유에게 고양이를 키울 때 주의할 점들을 들었다. 쪼유는
마치 어린아이를 먼저 키워본 엄마처럼 나를 가르치려 했다. 한참

이야기를 하다가 내가 우리 엄마에게 남자 친구가 생긴 것 같다고 말하자 쪼유는 잠시 머뭇거렸다. 마치 우리가 만난 첫날 내가 쪼유에게서 자신의 부모 이야기를 들을 때와 같은 표정이었다. 어떤 표정을 지어야 상대방이 상처를 입지 않을까 하는 그런 배려이기도 했을 것이다. 쪼유는 조심스러운 표정을 감추지 않고 다시 물었다.

"너…… 괜찮아?"

"엄마가 남자 친구 생기는데 내가 왜 안 괜찮아?"

내가 심드렁하게 대답하자 쪼유는 한참 생각하는 표정이 되더니, 약간 울 듯한 표정으로 다시 말했다.

"그러니까, 내가 엄마한테 이혼해도 좋아, 하고 말할 때는 그런 상황까지 생각해야 했던 거였니? 그리고 아빠한테는 새 여자 친구가 생기고?"

나는 천천히 고개를 끄덕여주었다.

"난, 그 생각까지는 못했어……."

나는 쪼유를 물끄러미 바라보았다. 내가 고등학생이 된 지금 엄마와 아빠가 이혼한다고 했다면 나도 쪼유와 다르지 않았을지도 모른다는 생각이 들었다. 그건 상상할 수 없는 것들이니까, 말하자면 내가 익숙한 세계가 아니니까, 그래서 우리는 그걸 다르다고 말하지 않고, 대개는 틀리다고 말하기도 하니까.

"어릴 때 말이야. 어떤 독일 작가의 소설을 읽었는데, 거기에 이런 말이 있었어. '세상에는 부모가 이혼해서 불행한 아이들도 많지만 부모가 이혼하지 않아서 불행한 아이들도 많다.' 나, 그 후에 참 많은 생각을 했었어."

쪼유는 나를 따라 다시 중얼거렸다.

"부모가 이혼해서 불행한 아이들도 많지만 부모가 이혼하지 않아서 불행한 아이들도 많다……."

68.

학교가 끝나고 집에 가는 길에 나는 서점에 들렀다. 아저씨에게는 예전에는 볼 수 없던 어떤 빛이 어려 있었다. 글쎄 그걸 뭐라고 표현해야 할까, 광채라고 하기에는 좀 덜하고 기색이라고 하기에는 좀 더 즐거운, 어떤 밝음이라고나 할까. 우리는 인사를 하고 그리고 서로 엄마에 대한 말은 하지 않았다. 아저씨는 내가 먼저 입을 열기 전에는 먼저 그 말을 꺼내지 않기로 작정한 것 같았다. 나로 말하자면 이 두 사람을 좀 골려주고 싶은 기분도 있었다. 왜냐하면 예전과는 달리 나를 바라보는 아저씨의 눈빛에는 어른들에게서는 흔히 볼 수 없는 부끄러움 같은 것이 어려 있었기 때문이었다. 어른들이 부끄러워한다는 것을 나는 좋은 일이라고 생각한다. 그것은 어른들에게 남아 있는 어린이의 흔적이고, 흠, 실은 좀 귀여웠다. 어른들이, 나이가 많이 먹은 어른들이 귀엽다는 것은 내게는 아주 좋은 의미라는 것을 알아주었으면 한다. 내게 즐거운 서점 아저씨는 책 꾸러미를 내밀었다. 고양이에 관한 책들이었다.

"글쎄, 너는 어떨지 모르겠지만 나는 무슨 일을 시작할 때는 우선 책을 보고 시작하거든. 어릴 때, 엄마에게 실내 수영장에 가게 해달라고 하기에는 생활이 너무 빠듯했고 그래서 수영을 책으로 배웠어. 자유형은 물론이고 평영 배영 나중엔 접영까지 마스터했지."

내가 놀란 눈으로 아저씨를 바라보며 물었다.

"책으로 수영을요?"

"별로 어려운 일 아니야. 이불을 펴놓고 날마다 연습하면 돼."

나는 이불을 펴놓고 팔다리를 허우적거리는 소년을 상상해보았다. 그걸…… 대체…… 수영이라고 할 수는 있을까?

"……그래서…… 아저씨 지금 수영 잘해요?"

내가 묻자 아저씨는 흠, 하고 헛기침을 하더니 대답했다.

"몰라, 동작은 정확하다고 남들이 그러긴 하던데 아직 물에 들어가 본 일은 없어서."

내가 어이없다는 표정을 지었지만 아저씨는 계속했다.

"십 년 전쯤엔가 골프를 배우기 시작할 때는 책 열 권을 사다 놓고 밤을 새워 읽고 또 읽었지. 결론은 그것이었어. 연습은 열심히 해야 한다. 그리고 공은 정확히 맞혀야 한다. ……뭐 그런 후로는 왠지 그 말이 믿음직해서 열심히 연습도 하고 공을 정확히 맞히려고 노력했지. 그런 눈으로 보지 마. 내 친구 놈은 결혼하기 전에 신방 연습을 책 사다 놓고 하기도 했는데 뭐."

"네?"

내가 다시 묻자, 아저씨는 참, 네가 아직 학생이었지 하는 걸 그제야 알았다는 듯이 다시 헛기침을 했다.

"물론 아기가 말이야…… 말하자면 말이야…… 허니문 베이비가 결혼을 한 날로부터 일주일 후에나 생겼다고는 하더라……."

내가 목을 뒤로 젖히고 깔깔거리자 아저씨는 약간 겸연쩍은 표정이 되더니 책들 사이에서 한 권을 골라 내게 내밀었다. 미국 작가가 쓴 《파리에 간 고양이》라는 책이었다.

"아주 재미있는 책이야. 시리즈로 몇 권이 있는데, 고양이를 키워본 경험은 없지만 나도 많은 걸 느꼈어. 한번 읽어봐라."

첫 장을 펼치자 거기에는 특이한 대목이 있었다. 작가가 자신에 대해 진실이라고 믿는 열 가지 사실을 적은 것이었다.

1. 절대로 공화당에는 투표하지 않는다.
2. 엄밀히 따져보면 영원한 사랑이란 없다.
3. 나는 야구 중독자다.
4. 인생이란 기본적으로 슬픈 것이다.
5. 나는 어디에든 소속되는 게 싫다.
6. 우정이란 노력해서 얻어야 하는 것이다.
7. 잔인함에 대해서는 변명의 여지가 없다.
8. 친절함보다는 즐거움과 지성을 택하겠다.
9. 나는 메릴 스트립이 형편없는 배우라고 생각한다.
10. 나는 고양이를 싫어한다.

킥킥 웃음이 나왔다.

고양이를 싫어한다는 것을 인생의 진실 목록에 올려놓는 작가가 고양이에 대한 책을 쓰다니 놀라웠다. 그것도 몇 권씩이나 말이다. 아무튼 저자는 우연히 고양이를 키우게 되면서 2번과 5번이 10번 때문에 완전히 바뀌었다는 이야기를 하고 있었다. 그리고 3번, 6번, 7번도 모두 변했다고 썼다. 4번은 기본적으로는 그대로지만 이제 확신할 수는 없고 8번과 9번은 약간 복잡한데, 그게 이제는 날마다 그날의 기분에 따라 바뀌게 되었다는 것이다. 계절도 아니고 날씨도 아니고 열 손가락 안에 드는 인생의 진실이라는 것까지 이렇게 바뀐다면, 그것도 고양이 한 마리 때문에 바뀐다면 우리 인생에 도대체 변하지 않는 것이 있기나 하다는 말일까. 어쨌든 이 작가는 좋겠다. 공화당에 투표하지 않는다는 원칙은 바꾸지 않아도 되어서 말이다. 말이 나와 하는 말이지만 나도 내년이면 드디어 성년이 되어 투표를 하는데 나는 도대체 이제 무슨 정당이 무슨 정당인지도 모르겠다. 이름이 또 어떻게 바뀔지 모르겠는 것이다. 싫어하는 정당만이라도 그대로일 수 있을까. 그러면 좋겠다.

책을 들추어 보고 있다가 문득 이런 인생 좌우명이라면 나도 써 보고 싶었다. 말하자면 이런 것이다.

1. 나는 누구의 딸이기 이전에 위녕이다.
2. 언젠가는 멋진 사랑을 하고 말 것이다.
3. 투표하고 싶은 정당이 있었으면 좋겠다.
4. 일기예보에서 좋은 날씨라는 의미가 구름이 없는 해가 쨍쨍한 날을 표현하는 일은 고쳐져야 한다.
5. 인생에서 의리란 확실히 중요한 것이다.
6. 남에 대해 함부로 안다고 말해서는 안 된다.
7. 남들이 우리의 영웅이라고 생각하는 축구 선수 중 내가 형편없다고 생각하는 선수가 분명 있다.
8. 누나라고 해서 모든 것을 양보해야 한다고 볼 수는 없다.
9. 운명이란 있다.
10. 나는 우유가 싫다. 등등……

나 역시 십 년쯤 후 내가 지금 세운 계획 중에 몇 개만 남고 모든 것이 변해버릴지도 모르지만 나로서는 어쨌든 1번만은 지켜내고 싶었다. 아마 아빠는 내가 이런 말을 하면 대답할지도 모른다.

  1. 나는 아무개이기 전에 위녕의 아빠이고 위현의 아빠이며 현재 위현
     엄마의 남편이기도 하다.

어쩌면 쪼유의 엄마도 그럴지도 모른다. 만일 내가 이 말을 엄마에게 한다면 엄마는 말할 것이다.

  1. 미안하지만, 나는 위녕 둥빈 제제의 엄마이기 전에 그냥, 나다.

그러자 이상하게도 내가 나는 위녕이다, 라고 말할 때와는 다르게 약간 서글픈 생각이 밀려왔다. 그러니까 내가 엄마를 바람 같다고 느끼고 있었다는 것은 엄마의 이런 점 때문이 아닐까. 누군가 너는? 물으면 나는 물론, 아이를 열을 낳아도 나는 위녕이야 대답할 테지만, 그건 안 바꾸고 싶다니까, 대답할 테지만……. 그래도 나는 나고 우리 엄마는 엄마인데……. 머리가 너무 복잡했다.

69.

고양이 두 마리가 우리 집에 온 후 우리 가족의 생활은 많이 바뀌었다. 그리고 내 생활은, 송두리째 바뀌어버렸다.
첫 번째 큰 변화는 내가 아빠의 문자나 전화를 더 이상 그렇게 기다리지 않는다는 것이었다. 아마도 내가 개학으로 인해 바빠졌고 B시

의 생활에 적응했기 때문인지도 모르겠지만 말이다. 두 번째 변화는 엄마가 좀 늦어도 내가 더 이상 잠을 못 이루지는 않는다는 것이었다. 언젠가 엄마가 사랑의 결핍은 그것이 다시 채워짐으로써도 치유되지만 누군가에게 사랑을 줌으로써도 치유된다고 했다. 그럼 나는 어린 시절 엄마에게서 받지 못한 사랑을 고양이들에게 주기 시작하면서 치유가 되기 시작했다는 말일까.

나를 할퀴었던 얼룩 고양이 라테는 여전히 도도했지만 나에게만은 조금 마음을 열기 시작했다. 다른 사람들에게는 시선도 주지 않고 웅크리고 있다가 내가 들어오면 그제야 고개를 조금 들고 아는 척을 해댔다. 회색 고양이 코코는 한마디로 천방지축, 혹시 고양이가 아니고 강아지가 아닐까 싶을 정도로 그 조그맣고 짧은 다리로 집 안 여기저기를 돌아다니면서 까만 눈으로 식구들을 쳐다보곤 했다. 코코가 사랑받는 것은 좋은 일이었지만 문제는 온 식구들이 너무 코코를 편애한다는 것이었다. 형제들에게 제일 나쁜 게 편애인데 말이다.

물론 도도한 라테는 이런 사실에 별로 개의치 않는 것 같았다. 언제나 가장 시원하거나 편한 자리에 배를 턱 하니 깔고 앉아 있었다. 그러고는 동생들이 떠들면 귀찮다는 듯이 고개를 들어 한번 쓰윽 둘러보고는 다시 졸곤 했다.

집 앞의 엔젤 병원에 가서 검진도 했다. 의사 선생님은 고양이 전문 의사는 아니셨지만 고양이를 나만큼 좋아해주셨다. 내가 좋아하는 것들을 함께 좋아하는 사람을 만난다는 것은 기쁜 일이다. 동물 병원의 의사가 된다면 멋진 일일 것 같았다. 하지만 그건 공부를 아주 잘해야 되는 직업이다.

엄마는 점점 더 늦어지는 날이 많아졌다. 술에 취해 들어오는 날도 많았다. 여전히 춤을 추자고도 하고 여전히 노래도 불렀다.

어떤 날은 식탁에서 엄마, 나, 서저마 아줌마, 막딸 아줌마가 밥을 먹는데 문자 오는 소리가 들리니까 엄마와 막딸 아줌마 둘이서 동시에 밥을 먹다 말고 어깨를 움찔했다. 아마도 문자가 온 것을 알리는 벨소리가 같은 모양이었다.

나로서는 공연히 서저마 아줌마가 신경이 쓰여서 "아줌마, 요즘 대학생들은 무슨 책 읽어요?" 뭐 이런 전혀 궁금하지도 않은 질문을 하다 보니까 공연히 심술이 났다. 아니, 지금 연애를 하면서 문자를 기다릴 사람은 바로 이팔청춘인 내가 아닌가 말이다. 그리고 아직도 독신인 서저마 아줌마가 혹시라도 외로울까 챙겨야 하는 사람은 바로 외로움을 겪어본 엄마와 막딸 아줌마가 아닌가 말이다. 하지만 두 사람은 밥을 먹다가 어떻게든 자연스러운 척 애를 쓰며 자신의 방으로 가서 문자를 확인하고 아마 답신까지 보내고 오는 모양이었다.

엄마로 말하자면 한술 더 떴다.

내가 이 집에 오기 전에 사귀는 남자 친구가 있다고 하자 다음번에 책을 한 보따리 들고 나타났다.

"무슨 책이야?"

내가 묻자 엄마는 남자 친구를 만나기 전에 그 책을 다 읽으라고 하더니 "참, 너 공부해야지." 이러는 것이었다. 엄마는 약간 망설이는 표정이더니 다시 말했다.

"엄마가 젊었을 때는 이런 책들이 하나도 없었어. 연애가 무엇인지, 남자가 무엇인지, 사랑이 무엇인지, 결혼이 무엇인지 말이야,

그런 거 말해주는 책이 없었던 거야. 그저 인간의 존재란 무엇인가, 생산이란 무엇인가, 혁명이란 무엇인가, 이런 책만 있었지……. 엄마는 이제 이런 책들을 잔뜩 읽고 남자랑 어떻게 연애하는지를 배웠어. 이제, 만일 남자를 만난다면 잘할 수 있을 거 같애."

"어떻게 하는 건데?"

내가 솔깃해서 묻자 엄마는 의기양양하게 대답했다.

"그래, 넌 공부해야 할 테니 엄마가 이걸 다 요약해줄게. ……말이야. 처음 만나서는 절대로 세 시간 이상 데이트 하지 말고, 그다음번 약속은 사흘 후로 잡으래. 책마다 다르지만 대충 아우트라인이 그렇다는 거야. 절대로 남자에게 먼저 전화를 걸지 말고, 전화가 오면 상냥하게 받고 남자가 급하게 하는 약속은 절대 받아주지 말고, 언제나 음, 제가 좀 바쁜데요……. 말하라는 거야. 설사, 심심해서 프리셀 게임을 열 판째 하고 있더라도 그러래……. 그리고 또…… 음, 문자가 오면 절대로 삼십 분 이내로 답하지 말라…… 이거야. 어때? 이러면 십중팔구 남자들이 여자를 잘 대해준대."

맹세컨대 엄마가 무슨 진리의 말씀을 발견한 날도 이렇게 자신 있게 나한테 대답해주지는 못했을 것이다. 그러고는 가끔 나와 내 남자 친구의 안부를 물으며 새삼 다짐을 받아두듯 말하곤 했다.

"문자에 삼십 분 이내로 답하지 않는 거 잊지 마, 응?"

결과는, 물론 나는 그 남자 친구와 한 달도 안 되어서 헤어졌다. 처음에는 내가 삼십 분 있다가 문자 답신을 보내자 남자 아이도 오십 분 있다가 문자를 보냈다. 이게 아닌데 싶어 내가 한 시간 있다 문자를 보내자 이번에는 한 시간 반 만에 문자가 왔다. 이 아이도 여자 아이들이 이런 술수를 쓰는 것을 다 아는 모양이었다.

밥을 먹다가 엄마 방으로 가니까 엄마가 열심히 문자를 보내고 있었다. 문자 보내기에 서툰 탓인지 관자놀이에 진땀이 맺혀 있었다.

"엄마……, 남자 문자에 삼십 분 있다가 답하라면서? 책에 그렇게 씌어 있다면서?"

엄마가 대답했다.

"그런 게 어딨니? 이 사람 기다릴 생각하면 내 마음이 다 졸아드는데."

사정은 막딸 아줌마도 마찬가지인 것 같았다. 퇴근 무렵이 되면 아저씨에게서 전화가 오는 모양인데 아예 중계방송을 하는 거 같았다.

"응, 지금 위녕이 들어와 밥을 먹어요. 된장찌개에 조기를 튀겼어요. 애 엄마는 오늘 좀 늦는다니까, 조금 있다가 서저마 아줌마가 오면 그때 가야 해요. 지금 설거지 하려고…… 알았어요. 한 삼십 분 후쯤 나갈게요."

단언컨대 화상 전화기가 나오면 막딸 아줌마에게 가장 필요한 물건이 되지 않을까 싶다.

70.

두 동생은 각각 학원에 가고 오랜만에 서저마 아줌마와 나는 밥을 먹고 편안히 앉아 포도를 먹었다. 별로 할 말도 없고 틀어놓은 텔레비전 뉴스에서는 그저 그런 소식만 알리고 있어서 내가 무심히 물었다.

"아줌마는 결혼할 생각이 이제 아예 없으신 거예요?"

그러자 서저마 아줌마는 얼굴이 팍, 굳어지더니 대답했다.

"위녕, 내가 그러잖아도 네 엄마에게도 다시 한 번 당부를 했다마는 절대로 나 위해서 남자가 생기게 기도해서는 안 된다. 내가 너희 엄마에게도 다시 한 번 신신당부를 했다마는 난 절대로 외갈매기 산악회 같은 데는 가입하지 않을 거야. 난, 너무 바빠. 할 일이 너무 많아……."

이게 언제 적 이야긴가 싶어 곰곰 생각해보니, 서저마 아줌마가 그 나나 무스쿠리 같은 여자를 시골집에 데리고 와 소동이 일어났던 날, 엄마가 한 이야기를 서저마 아줌마가 다시 하는 것 같았다. 우리는 다 잊고 있었는데 아줌마 혼자 그 이야기를 기억하는 것 같아 웃음이 나왔지만 그러면 안 될 거 같아 나는 큰 기침을 좀 했다. 그리고 나는 내 품에 안긴 코코의 등만 쓸어내렸다. 그것도 모르고 서저마 아줌마의 말은 봇물이 터진 듯 계속됐다.

"내가 산에 갈 사람이 얼마나 많다고. 내가…… 산에 갈 사람 없어서 너희 집에 오는 게 아니에요. 그러니 너도 행여 날 위해서 좋은 남자 만나서 결혼하게 해달라고 기도하면 안 된다. 알았지?"

그때 코코가 무엇을 본 것처럼 내 품에서 뛰어내리지 않았다면 나는 아마 배를 잡고 웃었을지도 모르겠다. 서저마 아줌마는 들고 있던 영어 책을 무릎에 내려놓더니 한숨을 내쉬었다.

"물론 나도 가끔은 네 엄마가 부러워. 대학 때부터 네 엄마를 가장 가까운 데서부터 봐온 사람으로서 어떤 때는 네 엄마처럼 되지 않아서 다행이다 생각한 때도 많았지. 물론 그랬어. 섣불리 결혼하지 않아서 다행이다, 생각 안 한 건 아니야. 그런데…… 참 이상하다. 가을이 돼서 그런가, 요즘은 그것도 나쁘지 않았겠다, 생각이 드는 거야. 사랑하고 결혼하고 너희 같은 아이들 낳고 울고 웃고,

그리고 혹여 나쁜 결과가 오더라도 아무것도 하지 않았던 것보다는 낫지 않았을까…… . 아무래도 가을을 타는 모양이야."

"이제라도 늦지 않으셨잖아요?"

내가 묻자 서저마 아줌마는 그제야 생각에서 깨어난 듯 두 손을 내저었다.

"내가 네 엄마 나이만 되었더라도, 어떻게 해보았겠지. 근데 이젠 너무 늦었어."

서저마 아줌마와 엄마는 세 살 차이라고 했다. 엄마 말에 따르면 서저마 아줌마는 이십 년 전부터 엄마만 보면 "내가 네 나이만 되었 어도."라는 말을 입에 달고 살았다고 했다. 엄마는 단언했다.

"내가 삼 년 먼저 다시 태어나기 전까지, 서저마 아줌마를 설득할 방법은 없어!"

그때 현관문이 열리는 소리가 나더니 막내 제제의 비명 소리가 들렸다.

"아악! 누나! 이게 뭐야?"

달려가 보니 제제의 양말에 걸쭉한 오물이 묻어 있었다. 가슴이 쿵 하고 내려앉아 내 방으로 갔다. 코코가 미처 모래 상자에 오르지 도 못하고 끈적한 액체를 엉덩이에 묻힌 채 서 있었다. 야단을 치려 고 코코의 뒷덜미를 잡아드는 순간 코코가 내 손 안에 먹은 것을 토 했다. 거의 소화가 되지 않은 상태였다.

71.

아무리 생각해도 코코가 잘못 먹은 것은 없었다. 사료도 정확히 분량을 맞추어 먹였다. 너무나 많이 먹을까 봐 더 먹고 싶어하는데도 적게 주었던 것이 내 불찰이라면 불찰이었을 것이다. 엔젤 병원 선생님에게 전화를 걸었다. 선생님은 우선 아무것도 먹이지 말고 하루 동안 지켜본 다음 그래도 상태가 좋지 않으면 내일 병원에 데리고 오라고 말씀하셨다. 책을 폈지만 공부가 되지 않았다. 내가 책상에 앉아 있다가 "코코!" 부르면 코코는 귀를 쫑긋하고는 "냐옹!" 하고 대답했다. 기운이 없어 보였는데, 날 위해 "냐옹!" 대답하는 코코가 고마웠다. 내가 다가가 눈을 들여다보자 그 초롱한 진회색 눈은 여전히 빛났다. 좀 안심이 되었다. 라테는 제 형제가 아픈 걸 아는지 모르는지 도도하게 몸을 꼬고 앉아 졸았다. 라테의 도도함이 미웠지만 그나마 건강한 걸 고맙게 생각하기로 했다.

아침이 되자 코코는 좀 나아진 것 같았다. 짧은 다리로 내 침대 밑을 돌아다니고 있었다. 소식을 들은 엄마와 동생들이 아침부터 몰려와 내 방은 수선스러웠다.

"괜찮아. 하루쯤 설사 하는 건 아이들한테 다 있는 일이야."

엄마가 웃으며 나를 배웅했다.

"엄마……, 기도해줘. 코코 죽지 않게."

나도 모르게 왜 죽는다, 는 단어를 뱉었는지 모르겠다. 엄마에게 무언가를 두고 기도해달라는 부탁을 한 것도 처음이었다. 엄마는 내가 책가방을 든 채 간절한 어투로 말하자 잠깐 놀라는 표정이더니 곧 웃으며 대답했다.

"설사 잠깐 한다고 죽으면 이 세상에 남아 있을 생명 없어. 걱정 마, 엄마가 잘 기도할게. 내 생각에 코코는 앞으로 너무 뚱뚱해질 거야. 넌 고양이 비만이나 걱정하라구."

엄마의 시원스러운 대답을 듣자 내가 너무 과민했나 싶어 조금 마음이 놓였다.

하지만 학교에서 돌아오자 상황은 아주 나빠져 있었다. 참 이상했다. 윤기가 흐르던 코코의 진회색빛 털에 윤기가 사라진 것이 제일 먼저 눈에 띄었다. 엄마는 집에 없었다. 오늘 강연이 있어서 늦는다고 막딸 아줌마가 내게 전했다.

"혹시나 해서 정육점에 가서 소고기를 기름기 없는 걸로 사다가 다져서 놓아주었는데도 안 먹어……. 이건 잘 먹었잖아. 엄마가 아까 걱정하다가 나가셨어. 병원 가라고 돈 놓고 나가셨는데……."

나는 코코를 데리고 엔젤 병원으로 갔다. 선생님은 별일 아니라며 작은 알약을 몇 알 처방해주셨다. 입을 억지로 벌리고 목 속에 알약을 집어넣었다. 코코의 몸은 아주 가벼웠다. 몸무게는 놀라운 속도로 줄고 있었다. 털도 많이 빠지고 있었다. 나는 병원비 남은 것을 들고 수퍼마켓으로 뛰어갔다. 코코가 좋아했으나 너무 비싸서 사 주지 않았던 고양이용 닭고기 통조림을 세 개나 샀다. 라테를 따돌리고 코코 앞에만 통조림을 놓아주었다. 워낙 좋아하던 것이라 코코는 기름기가 어린 국물을 조금 마셨다. 코코가 다 나은 듯이 기뻤다.

동생들에게 이 소식을 알렸다. 모두가 기뻐 소리를 질렀다. 제제와 둥빈이 아껴두었던 용돈을 조금씩 내놓았다. 괜찮다고 말하고 싶었지만 우선 받아 들었다. 코코는 기름기 있는 국물을 맛본 후 설핏 잠이 든 것 같았다. 어제 코코 때문에 잠을 설쳤던 나도 설핏 잠이 들었다. 엄마가 오나 싶어 잠시 잠에서 깨어보니 코코가 먹은 것을 그나마 다 토해버렸다. 아무 생각도 나지 않았다. 시간을 보니

165

열한 시가 넘어가고 있었다. 인터넷으로 B시의 모든 동물 병원을 검색했다. 한 곳이 열두 시까지 문을 열고 있었다.

전화를 해보았으나 엄마는 전화를 받지 않았다. 서저마 아줌마한 테 이야기를 하고 나서 코코를 안고 전철역을 향해 뛰었다. 그렇게 호기심이 많던 회색 고양이는 세상 아무 데도 관심이 없는 듯했다. 전철역으로 가는 길에 문득 내가 코코를 데리고 왔던 그 공터가 보 였다. 둥빈이 코코를 데리고 왔던 모습도 떠올랐다.

"그래도 형젠데, 함께 있게 해주고 싶어……."

공연한 짓을 한 것이었을까. 엄마가 미웠다. 늦도록 돌아오지 않 는 엄마가 미웠다. 엄마가 있었다면 코코를 이렇게 전철에 흔들리 게 하며 병원으로 데려가지 않아도 되었을 것이었다. 엄마는 그즈 음 매일 늦고 있었다.

72.

병원에서 돌아와 보니 엄마는 거의 나보다 한 발 앞서 집으로 돌 아온 모양이었다. 엄마는 몹시 피곤한 표정이었다. 대구까지 다녀 오는 길인 모양이었다. '세상 최고의 가치로서의 생명에 대해'라는 주제로 강연을 하고 왔을 것이다. 엄마는 요즘 사형수에 대해 글을 썼고 그래서 그것 때문에, 다른 강연은 안 해도 그것에 대해서는 강 연을 거부할 수가 없다고 했으니까. 엄마가 들어서는 나를 보고 물 었다.

"뭐래?"

"뭐라긴 뭘 뭐래? ……나 잘래."

코코를 안고 마지막 전철을 타고 돌아올 때 나는 엄마가 너무나 보고 싶었다. 그냥, 엄마가 오면 모든 것이 아주, 조금이라도 제자리를 향해 갈 수 있을 것 같았다. 그러나 막상 엄마의 얼굴을 보자 화가 치밀었다. 나는 쌀쌀하게 말한 후, 코코를 안고 내 방으로 들어왔다. 외출복도 벗지 않은 엄마가 내 방으로 따라 들어왔다.

"코코…… 심한 거니?"

엄마가 다시 물었다.

"몰라."

나는 잘 생각도 없으면서 코코를 제자리에 놓아두고 침대에 누웠다. 그제야 온몸이 아파왔다. 너무 긴장한 탓인 거 같았다.

"엄마가 걱정되어서 묻는데 왜 퉁명을 떨고 그래?"

"내가 언제 퉁명을 떨었어? 내가 언제 엄마한테 뭐라고 했어? 의사 선생님이 주사 놔주셨어. 아침엔 괜찮을 거래. 엄마도 피곤할 텐데 자요."

나는 거짓말을 했다. 사실은 주사도 놓을 수가 없다고 했다. 몸무게가 겨우 사백 그램에도 미치지 못했던 것이다. 사백 그램에도 못 미치는 몸무게라니……. 용돈을 다 털어 비싼 통조림을 사 주었는데 몸무게가 사백 그램에도 못 미치다니……. 나는 이불을 뒤집어썼다. 엄마가 이불을 움켜쥐고 있는 나를 흔들었다.

"몰라. 나 내일 일찍 학교 가야 해. 불 끄고 나가!"

"그래…… 알았어. 엄마가 기도했으니까 괜찮을 거야. 설마…… 코코야, 괜찮자 우리. 그치? 그치?"

엄마는 어린아이처럼 코코에게 말을 걸었다. 엄마가 불을 끄는 소리가 탈칵, 하고 들렸다. 이불 속에서도 다시금 나를 덮치는 어둠이 느껴졌고 그 어둠의 두께만큼 더한 두려움이 다시 나를 엄습했다. 나는 자리에서 일어나 불을 켰다. 모든 닭고기와 참치 캔을 다 따서 코코 앞에 내밀었다. 코코는 내가 내미는 캔들을 외면했고 그럴 때마다 라테가 달려들었다. 생명이란 게 구차스럽게 느껴졌다. 나는 맛있는 통조림을 먹기 위해 달려드는 라테를 쥐어박으며 울었다. 코코는 힘이 없어서 말간 눈으로 나를 바라보고 있었다.

73.

다음 날은 토요일이었다. 내키지 않는 발걸음으로 학교에 갔다 돌아와 보니 엄마가 내 방에서 나오고 있었다.

"설탕물을 아주 조금이지만 먹었어."

엄마가 기쁜 얼굴로 말했다. 설탕물을 조금 먹었다는 코코는 여전히 제자리에 앉아 꼼짝 않고 있었다. 윤이 나던 회색빛 털은 윤기를 완전히 잃어 푸석거렸고 초롱거리던 눈은 반쯤 감겨 졸고 있었다. 나는 엄마의 서재로 갔다. 엄마는 원고를 쓰기 위해서인지 책상 앞에서 머리를 감싸고 앉아 있었다.

"기도했어, 엄마?"

"······어."

엄마의 대답은 건성처럼 느껴졌다.

"건성으로 말고 엄마가 하는 그 기도를 해줘."

엄마가 그제야 날카로운 눈빛으로 고개를 들었다.

"엄마는 매일 기도하곤 했다며? 신에게 말했다며? 나한테 이러시면 안 돼요! 당신 나한테 한 번만 더 이러시면 나도 가만히 안 있을 거예요! 이렇게 기도했다면서? ……날 위해서도 그렇게 기도해줘, 엄마. 위녕에게 그렇게 하시면 안 돼요. 한 번만 더 이렇게 하시면 나도 위녕도 가만히 안 있을 거예요! 이렇게! ……이렇게 기도해 줘, 엄마."

엄마가 잠시 노트북을 덮고 내게로 왔다. 나는 엄마 방 의자에 앉았다.

"그래, 기도했어. ……생명은 위녕, 그러나…… 우리 소관은 아니야. 그것만은 우리 소관이 아니라구. 우리가 할 수 있는 건 그저 최선을 다하고, 그리고 기도하는 것뿐이야."

엄마는 천천히 말했다.

"누구나 다 아는 말 말구 다른 말을 좀 해봐. 엄마는 작가잖아. 온갖 말을 다 알고 있잖아. 그런 말 말구…… 살릴 수 있는 말을 해보라구, 엄마. 코코가 죽어가는데, 병 이름도 모르고 약도 없고, 먹일 수도 없이 내 눈 앞에서 죽어 가는데 엄마! 뭐라고 말을 해보라구."

엄마는 내 손을 잡고 눈을 감았다 천천히 떴다.

"서두르지 말자, 위녕. 싸우고 있는 건 코코야. 지금 죽음과 싸우고 있는 건 코코라구. 너와 내가 아니야. 코코가 잘 싸울 수 있게 우리는 지금 조용히 기다려줄 수밖에 없어. 지금 우리마저 싸우면 코코가 너무 힘들어."

그날 오후 제제는 제 아빠에게로 갔다. 아무것도 모른 채로 코코와 라테에게 손을 흔들고 작은 배낭을 싸 가지고 떠났다. 둥빈의 아빠에게서는 벌써 몇 주째 연락이 없었다.

"글쎄, 다음번에는 낚시를 가기로 했는데 연락이 없네."

둥빈은 언제나처럼 무심히 말했다. 하지만 그날 엄마와 나는 그

169

런 둥빈에게 신경을 쓸 겨를도 없었다. 둥빈은 친구의 집에서 자고 오기로 했다면서 간단한 짐을 챙겨 나갔다.

그렇게 저녁이 내리고 밤이 왔다. 엄마는 엄마 방에 앉아 있다가 가끔 내 방 문을 조용히 열었다. 나는 책상에 앉아 책을 펴놓고 있었다. 이럴 때 시험이라도 다가온다는 것이 어떤 의미에서는 다행이었다. 그게 아니었다면 그 강제마저 없었다면 나는 시시각각 코코의 눈을 바라보며 따라서 죽어갔을지도 모르니까.

코코는 잠이 든 것 같았다. 몇 번이나 다가가 코코의 코앞에 가느다란 휴지 조각을 대보았다. 숨을 쉬고 있다는 표시로 바람결보다 아주 조금 더 두꺼운 휴지 조각은 겨우 흔들렸다. 코코의 몸은 한 손으로 잡으면 바스러질 만큼 앙상해져 있었다. 나는 이제 코코를 저울에 올리는 것을 포기했다.

엄마는 잠이 든 것 같았다. 깊은 밤 나 혼자 잠든 코코 옆에 앉아 있었다. 아빠도 엄마도 이렇게 멀고 멀게 느껴지는 것은 처음이었다. 세상천지에 코코하고 나하고 둘만 있는 거 같았다. 엄마는 코코가 싸우는 것을 도와야 한다고 했지만 코코는 의외로 평화로워 보였다. 나는 처음으로 두 손을 모으고 기도했다.

"엄마처럼 못되게 당신을 협박하지는 않을게요. 그러시면 안 된다고, 그렇게 말하지는 않을게요. 대신, 부탁을 드릴게요. 그러지 마세요……. 그러지는 마세요, 네?"

74.

그래, 나 역시, 코코를 놔두고 잠이 들었다. 코코는 그러나 그런

170

나를 엄마보다 너그러이 봐주었던 것 같다. 분명 새벽에 나는 "냐옹!" 하고 고양이가 인간을 향해 내는 것이 분명한 그 소리에 잠이 깼으니까. 내가 잠이 깬 것과 동시에 일어나자 코코는 마지막이 분명한 시선을 내게 보내고 있었다. 왜냐하면 코코의 그 눈빛에는 분명 안간힘이 들어 있었기 때문이었다.

"엄마! 엄마!"

역시 잠에서 깬 엄마가 내게 달려왔다. 나는 더 이상 코코를 품에 안고 있을 수가 없었다. 엄마는 그 자리에 주저앉는 내게서 코코를 받아 들었다. 눈물 너머로 바라보니 엄마가 품 안에서 코코의 눈을 감기고 있었다. 여러 번, 아주 여러 번 엄마가 애쓴 후에야 코코의 눈은 감겼다.

75.

나는 엄마의 품에 있는 코코를 빼앗듯이 안아 들었다. 그리고 내 침대 위에 코코를 눕혔다. 엄마의 품에서 코코를 받아 드는 순간 나는 손끝으로 코코의 죽음을 느끼고 있었다. 코코는 벌써 딱딱해지고 있었고 엄마의 품에서 내 침대로 옮겨지는 그 짧은 사이에도 그 경직 강도는 더해졌다. 그 짧은 순간, 그 작은 몸이, 그렇게나 빠르게 죽음으로 옮겨가고 있었던 것이다. 그제야 죽음이라는 것이 구체적으로 내게 느껴졌다. 그것은 추상이 아니었다.

"……이럴 수는 없어."

나는 딱히 엄마에게는 아니었지만 중얼거렸다. 엄마는 아무 말도 하지 않았다. 나는 코코의 몸을 내 낡은 스커트로 덮었다. 코코가 추울까 봐 문득 겁이 나서였다. 엄마의 한숨 소리가 내 귓가를 스쳐 지나갔다.

"위녕."

"나는 최선을 다했어, 엄마. 그런데…… 이럴 수는 없어. 이럴 수는 없어."

"위녕, ……이럴 수…… 있어."

"어떻게 이럴 수가 있어?"

나는 엄마가 코코를 죽게 만든 것처럼 소리를 질렀다.

"……미안해. 위녕, 그런데 엄마는 이 말밖에는 할 수가 없어. ……어떤 일이든 우리에게…… 일어날 수가 있는 거라고."

엄마는 아주 천천히 말했다. 엄마의 그 말은 단순했지만 내 가슴 깊은 곳을 치고 지나갔다. 신을 향해서 한 번만 더 이러시면 더는 가만히 있지 않을 거라고 대들었던 엄마는 대체 언제부터, 무슨 일이든 일어날 수가 있다는 체념에 도달한 것일까. 그러나 나는 엄마가 아니었고, 반항하지 않았기에 체념할 수도 없었다.

"왜? 왜 꼭 지금 이 순간에 왜? 내가 겨우 겨우 엄마 집으로 와서 행복하고 평화롭다고 생각하는 이 순간에 그래야 해? 작은 고양이 하나 살아 있는 게 뭐가 그렇게 나쁜 일이라구, 내가 그렇게 애썼는데 어떻게 이렇게 데려갈 수가 있냐구……. 엄마, 그럼 우린 뭐야. 속수무책으로 무슨 일이 일어나도 그냥 당하고만 있어야 하는 거야?"

나는 엄마를 향해 악을 썼다. 엄마는 고통스러운 눈빛으로 눈물만 흘리고 있었다. 엄마가 코코를 안아 들려고 했다. 내가 엄마의 손길을 막았다. 모든 살아 있는 것이 죽는다는 것쯤은 나도 안다. 그래, 영원히 코코랑 같이 살겠다고 기도한 일도 없었다. 그렇지만 이건 좀 너무한 일이었다. 도도하지도 않았고, 나를 할퀴지도 않았고 그저 호기심에 눈이 반짝이던 어린 생명을 꼭 이런 식으로, 영문도 모른 채로, 살아 있는 우리를 이토록 무기력하게 만들며 생명을 앗아갈 이유는 도대체 무엇이란 말인가.

"위녕…… 코코를…… 그만 보내주자."

엄마가 침대 위에서 코코를 안아 들려고 했다. 나는 엄마의 팔을 막았다.

"조금만…… 조금만 더…… 그냥 날 내버려둬, 엄마."

그제야 내 입에서 울음소리가 터져 나왔다. 데려오지 말걸, 하는 생각이 들었다. 둥빈이가 안고 왔을 때 그러지 말자, 라고 거절할걸, 하는 생각이 들었다.

"괜히 데려왔나 봐. 그냥 거기에 둘걸…… 그냥 거기서 살게 내버려둘걸."

엄마가 들썩이는 내 어깨를 잡았다.

"이렇게 생각하자, 위녕. 우리가 코코가 죽는 걸 막을 수는 없었지만, 코코는 네 사랑을 받기 위해 우리 집에 온 거라고……. 코코는 이미 병들어 있었는데 거리 뒷골목에서 쓸쓸하게 죽어가지 않고 우리 가족의 사랑을 받다가, 비록 이 주도 안 되는 시간이었지만 그 사랑을 받다가 죽기 위해 온 거라고……. 그래서 어쩌면 행복했을지도 모른다고, 그렇게……. 그렇게 생각하면 좀…… 낫지 않을까……. 그러니까…… 그렇게……."

엄마는 말을 다 마치지 못하고 나와 함께 울었다.

76.

내가 그날을 잊을 수 있을까. 내가 코코의 그 진한 회색빛 눈동자를, 호기심 어린 영롱한 눈빛을 잊을 수 있을까. 아마도 영원히, 라고 나는 말할 수 있을 것만 같다. 코코와 내가 단지 이 주를 함께 보냈다는 것도 믿겨지지 않았다. 우리는 아주 오랫동안 함께였던 것만 같았다. 사람을 사랑한다는 신에게는 천 년이 하루 같고 하루가천 년 같다고 했다. 코코를 보내며 나는 그 말을 어렴풋하게 이해하게 되었다. 신이니까 천 년이 하루 같은 것쯤이야 그럴 수 있다고쳐도, 하루가 천 년 같은 이유는 사랑의 깊이 때문이었을 것이다.

코코를, 코코가 그렇게 좋아하던 내 낡은 보라색 스커트에 싸서엄마와 나는 즐거운 서점으로 갔다. 거기 라일락 나무 밑에 코코를묻어두고 싶어서 잭 다니엘 아저씨께 부탁을 해놓았던 것이다. 엄마의 시골집에 있는 자작나무 아래 묻을까도 생각했지만 그러면 우리가 그 집에 가지 않는 동안 코코가 혼자 너무 외로울 것 같았다.아저씨는 서점 앞에 나와 서성이고 계셨다.

"아저씨, 허락해주셔서 고마워요."라고 말하는 순간, 아저씨는 내손에 들린 죽은 코코를 바라보았는데 그때 나는 아저씨의 얼굴이아주 심하게 일그러지는 것을 보았다. 아저씨는 나의 등을 가볍게두드리고는 얼른 시선을 돌렸다. 하지만 나는 아저씨의 눈이 핏덩이처럼 붉어지는 것을 보았다.

코코를 묻는 데 그렇게 많은 시간이 걸리지 않았다. 땅속에 코코를 묻고 아저씨가 꽃삽으로 흙을 덮는데 달려가 아저씨의 팔을 잡고 싶은 충동이 일었다. 하지만 나는 가만히 서 있었다.

가을 햇볕은 투명해서 세상은 녹차 잔 속처럼 푸르스름했고 휴일의 이른 아침, 거리는 조용했다. 코코를 묻고 우리는 서점 정원에 앉아 차를 마셨다. 다니엘 아저씨는 말이 없었다. 엄마가 나를 잡아 끌었다. 코코를 혼자 거기 놔두고 오기가 서운해 뒤를 돌아보았는데 아저씨가 서점 문을 닫고 유리문의 팻말을 '클로즈드'로 바꾸는 게 보였다. 아저씨의 터질 듯 핏발 섰던 눈과 무거운 침묵이 맘에 걸리긴 했지만 더는 울지 않으려고 나 자신과 싸우느라 나 역시 겨를이 없었다.

집으로 가는 동안 엄마가 입을 열었다.

"엄마가 아주 좋아하는 저자가 있어. 사하라 사막에서 몇 십 년째 생활하는 은수자(隱修者)야. 가진 거라곤 담요 두 장뿐. 동굴 속에서 침묵과 기도로 삶을 이어가는 그런 사람이지. 그런데 이분이 새 책을 냈길래 얼마 전에 얼른 사서 읽었어. 처음으로 자신의 젊은 날의 이야기를 썼더구나……"

엄마는 한숨을 쉬었다. 코코가 죽었는데 이게 무슨 소린가 싶었지만 나는 잠자코 있었다. 가끔 이럴 때 엄마는 작가 같았다. 분명 그냥 하는 소리는 아닐 것이었다. 나는 어떻게든 코코를 잃은 슬픔에서 벗어나고 싶어 귀를 기울였다.

"원래 산을 좋아하던 젊은이였던 그의 꿈은 구조견을 데리고 다니며 산에서 조난당한 사람들을 구하는 거였대. 그는 알프스의 마터호른 봉을 등반하며 그 꿈을 다졌대. 그가 말하더구나. 산은 그의 모든 것이었다고……. 그가 어느 날 친구들하고 사막으로 여행을 떠난 거야. 며칠 고된 여행을 하는데 함께 여행을 하던 친구가 그에게 피곤을 풀어주는 영양제를 허벅지에 놓아주었대. 친구는 남자 간호사였으니까. 그런데 다음 날 일어나보니, 이 사람의 다리는 마비되어버렸고 다시는 두 발로 설 수 없게 되었대. 친구가 실수로 영양제가 아니라 근육을 손상시키는 약을 주사해버린 거야."

나는 그 자리에서 우뚝 멈춰 섰다. 엄마가 나를 따라 멈추어 서더니 하늘을 보고 잠깐 허탈하게 웃었다.

"그 양반 자기 책에 그 일을 간단하게 세 줄로 썼어. 그러곤 그다음 줄에 뭐라고 썼는지 아니? 그 뒤로 나는 다시 산에 오를 수 없었다. 다만 심하게 자책하는 친구를 달래는 데 많은 시간을 보내야 했다……. 그러곤 끝이야."

77.

머리가 아팠다. 이럴 수는 없다고 엄마에게 소리치던 내게, 엄마가 했던 말이 다시 떠올랐다.

"어떤 일이든 일어날 수 있어……."

마음 깊은 곳에서, 싫어! 라는 생각이 들었다. 엄마는 생각에 잠긴 듯한 어투로 천천히 계속 말을 이어나갔다.

"그 구절을 읽었을 때 무슨 생각 했는지 아니? 뜻밖에도, 화가 치밀었어……. 뭐야! 하는 생각이 들었던 거야. 무슨 넘어져서 무릎이 까졌다, 도 아니고, 팔에 골절상을 입었다, 도 아니고……. 세상에 맙소사 위녕, 그게 사람이니? 그런 과거를 가지고도 시치미를 떼고 그렇게 좋은 묵상을 하고, 그렇게 보석 같은 잠언집을 내다니! 내가 얼마나 속은 기분이었겠냔 말이야……. 그런데 나중에 알았지. 한 가지 간과한 게 있었는데 그건 시간이었어. 그 사람이 그 일을 당한 것과 나중에 훌륭한 사막의 은수자가 된 그사이의 시간. 우

리에게는 베일에 싸여 있는…… 그러나 그가 온전히 혼자 견디어
야 했을 그 시간."

그 은수자가 누군지 충격이 왔지만 엄마가 왜 이런 이야기를 꺼
내는지 도무지 이해가 가지 않았다. 그래서? 그래서 뭐? 그런 사람
도 있으니 나보고 이건 아무것도 아니라고 말하고 싶은 거야? 하고
묻고 싶었지만 나는 잠자코 다시 집을 향해 걸었다.

"잭 다니엘 아저씨…… 참 좋은 분이야. 엄마가 돈도 많고 성격
도 좋고, 얼굴도 잘생기고 배도 나오지 말고……. 뭐 그런 남자가
좋다고 했지만 그 사람 돈도 별로 없고, 얼굴은 못생기고, 배도 나
오고, 그런데…… 늘 엄마를 즐겁게 해줘. 엄마가 슬플 때, 엄마가
화를 낼 때, 엄마가 술 먹고 지난날을 생각하며 울 때도…… 엄마를
웃게 만들어……. 사람이 사는 데 유머라는 것이 밥을 먹는 것만큼
이나 중요한 일이라는 것을 알게 해주었어. 그건 머리와 마음과 삶
전부를 아우르는 총체적 의미의 여유 같은 걸 테니까……. 그런데
말이야, 위녕, 그 아저씨…… 부인과 두 아들을 모두 제 손으로 묻
어야 했던 사람이야."

나는 그 자리에서 걸음을 멈추었다. 순간, 내가 안고 있던 죽은
코코를 보고 터질 듯이 붉어지던 그의 눈이 생각났다. 코코를 묻을
때 아저씨의 손이 떨리고 있었던 것도 그제야 떠올랐다. 우리를 앞
에 두고 아저씨가 왜 말이 없었는지, 우리를 보내놓고 아저씨가 왜
서점의 문을 닫았는지도 이해할 수 있을 것 같았다. 내가 죽은 코코
를 들고 가서 아저씨께 손수 그 정원에 묻어달라고 말한 것이 얼마
나 잔인한 일이었는지도 느껴졌다. 내 슬픔 하나를 두고, 그것에 정
신이 팔려, 그것으로 모든 것을 정당화시킨 채로 우리는 또 얼마나

남의 상처를 헤집는 것일까.

"어떻게…… 어떻게, 그런 일이 있을 수가 있어?"

코코를 두고 했던 말이라는 것도 잊고 나는 엄마에게 다시 물었다.

"……그래, 그런 일이 있을 수가 있나 봐. 런던 특파원으로 있을 때, 온 가족이 여행을 하고 돌아오는 길에…… 인적이 드문 빗길이었다지. 흔히 우측통행을 하는 차선에 익숙한 사람들이 좌측통행 국가에서 범하기 쉬운 실수가 일어난 거야. 그리고 두 아이와 부인은 죽고 아저씨 혼자 육 개월 만에 혼수상태에서 깨어났대……"

엄마는 고개를 숙였다.

"내가 어떻게 할 수 없는 일, 엄마는 그걸 운명이라고 불러……. 위녕, 그걸 극복하는 단 하나의 방법은 그걸 받아들이는 거야. 온몸으로 받아들이는 거야. 큰 파도가 일 때 배가 그 파도를 넘어 앞으로 나아갈 수밖에 없듯이, 마주 서서 가는 거야. 슬퍼해야지. 더 이상 슬퍼할 수 없을 때까지 슬퍼해야지. 원망해야지, 하늘에다 대고, 어떻게 나한테 이러실 수가 있어요! 하고 소리 질러야지. 목이 쉬어 터질 때까지 소리 질러야지. 하지만 그러고 나서, 더 할 수 없을 때까지 실컷 그러고 나서…… 그러고는 스스로에게 말해야 해. 자, 이제 네 차례야, 하고."

78.

그리고 아주 뒷날, 내가 엄마를 다시 떠나게 되었을 때, 엄마는 내게 편지를 보내 말했다.

어떤 작가가 말했어.

"자극과 반응 사이에는 공간이 있다. 그 공간에는 반응을 선택할 수 있는 자유와 힘이 있다. 우리의 성장과 행복은 그 반응에 달려 있다."

그래서 영어의 responsible이라는 것은 response-able이라는 거야. 우리는 반응하기 전에 잠깐 숨을 한번 들이쉬고 천천히 생각해야 해. 이 일은 내 의지와는 상관없이 일어난 일이지만, 나는 이 일에 내 의지대로 반응할 자유가 있다, 고.

79.

'자극과 반응 사이에는 공간이 있다'는 말은 그 후로도 내내 내 머리를 떠나지 않았다. 하지만 머리를 떠나지 않았다고 해서 몸으로 배어들었다는 이야기는 아니다. 자의식을 가지고 세상을 단 하루라도 살아본 사람은 내 말이 무슨 말인지 알겠지.

나는 방으로 돌아왔다. 라테는 내 침대 밑에서 몸을 둥그렇게 말고 있다가 내가 방문을 열자 나를 향해 고개를 들었다. 나는 다가가 라테를 안아 들었다. 라테는 뜻밖에도 순하게 내게 몸을 맡겼다. 엄마는 가끔 말하곤 했었다.

"참 이상하지. 착한 사람들에게 꼭 불행이 와……. 학교 다닐 때 성질 드럽고—이럴 때는 더럽다, 라고 하면 안 돼, 드으럽다, 라고 해야 해—까탈스럽고 지만 아는 것들이 꼭 좋은 남편 만나서 잘 살고, 착하고 순둥이 같은 애들은 이상한 남편 만나서 고생하고……. 남자 애들도 그래……. 어떤 때는 세상이 온통 다 그런 것 같애."

코코 생각이 나자 다시 눈물이 나왔다. 엄마 말대로 코코가 우리 가족들의 사랑을 받고 죽으려고 우리 집에 왔었다고 생각하니까 좀 위안이 되기는 했지만 그렇다고 슬픔의 깊이가 얕아지는 것은 아니었다. 누군가 문을 두드렸다. 돌아보니 둥빈이었다.

"누나……, 코코 갔다면서."

둥빈은 언제나처럼 침착하게 물었다. 갔다, 라는 말을 듣자 다시 눈물이 나왔다. 동생 앞에서 눈물을 보이는 것이 좀 부끄러웠지만 나는 또 울고 말았다.

"미안해, 누나……. 왠지 그날 세 마리 남은 고양이들 중에 코코가 날 바라보는데 그 고양일 꼭 데려와야 할 것 같았어. 괜한 짓을 했나 봐."

나는 둥빈의 늘어진 어깨를 두드렸다.

"아니야, 왜 네가 미안해? ……둥빈, 잘했어. 네가 아니었다면 코코는 사람들이 전부 다 나쁜 줄 알고 죽었을지도 모르잖아……. 그런데 코코는 우리에게 와서 사랑을 받고, 우리 식구들 사랑을 받고……. 사람 중에는 좋은 사람들도 있구나 이렇게 생각하면서……."

목이 메어왔다. 엄마가 이 말을 했을 때의 심정이 이해되는 것이었다. 엄마도 마음이 아팠지만, 어른이 된다는 것은 이런 것일까. 둥빈 앞에서 그 아이를 위로하기 위해 이 말을 하자 그제야 엄마의 슬픔도 이해가 되는 것이었다. 다니엘 아저씨가 나를 웃기려고 했던 수많은 말들 뒤에 가려진 진한 슬픔도 어렴풋이 짐작이 되었다. 아니다, 그것은 비단 어른이 되었기 때문은 아닐 것이다. 그것은 조금 더 큰 사람으로서 조금 더 어린 사람을 향한 배려일 것이다.

80.

"얘들아, 우리 짜장면 시켜 먹을까?"

엄마가 방문을 열고 우리에게 쾌활한 목소리로 말했다. 꾸민 듯이 톤이 높은 그 목소리에는 엄마의 노력이 배어 있었다. 아무것도 먹고 싶은 생각이 없었지만, 엄마의 마음을 생각해서 나는 그냥 고개를 끄덕였다.

"이럴 땐 짜장면이 최고야. 쓱쓱 비벼서 후루룩 먹으면 배가 든든해지는데, 신기하게 배가 든든해지면 마음이 좀 넓어져……."

우리 세 식구는 배달되어 온 자장면을 비벼 먹었다.

그때 엄마의 휴대폰이 울렸다.

"주말에 누가 전화를 한 거지?"

엄마가 전화번호를 확인하면서 전화기를 들었다. 냅킨으로 입을 닦으며 "네에, 제가 그 사람인데요." 하던 엄마의 얼굴이 일순 해쓱해졌다. 엄마는 우리의 눈치를 잠깐 보더니 방으로 들어가 전화를 받았다. 둥빈과 내가 자장면을 다 먹도록 엄마는 방 밖으로 나오지 않았다. 그릇을 대충 치우고 방으로 들어가 보니 엄마가 창가에 서 있었다. 내가 들어가자 엄마는 나를 향해 고개를 돌렸는데, 얼굴이 몹시 창백했다.

"안 먹을 거야?"

내가 묻자 엄마는 내게 다가와 나를 안았다. 엄마의 몸이 몹시 떨리고 있었다.

"위녕, 어떻게 하니? 어떻게 하면 좋지? 정말 이럴 수는 없어……."

우리에게 어떤 일이든 일어날 수가 있다고 말했던 엄마는 두 손으로 얼굴을 감싸더니 의자에 주저앉았다.

"왜 그래? 엄마, 무슨 전환데?"

엄마는 두리번거리더니 일어나 서재 문을 닫았다. 그리고 담배를 한 대 피워 물었다. 라이터를 켜는 엄마의 손은 심하게 떨리고 있었다.

"위녕……, 둥빈 아빠 친구가 전화했어……. 둥빈 아빠가…… 암이래……. 병원에서도 포기해서 오늘 고향 집으로 내려갔대……. 어떻게 하지? 응?"

나는 둥빈의 아빠를 본 일이 없었다. 영화 감독이었다는 것만 알고 있었고, 엄마가 어느 날 내게 담담히 말한 대로 엄마를 불행하게 만들며 스스로도 불행해진 사람이라는 것만 알고 있었다. 엄마와 헤어진 후 다시는 영화도 찍지 못했다는 사실만 알고 있었을 뿐이었다. 둥빈은 어린 시절에 아빠의 얼굴을 본 일이 없었다는 것, 제제의 아빠와 엄마가 재혼을 했을 때 그래서 둥빈은 그냥 제제 아빠를 친아빠인 줄 알고 아빠라고 부르며 따랐다는 것을 엄마를 통해 들은 적이 있었다. 엄마가 제제의 아빠와도 헤어졌을 때, 그래서 둥빈은 친아빠와 처음 만났다.

그게 불과 이 년 전의 일이었다. 아빠라고 부르던 사람이 친아빠가 아니라는 사실을 알리기 위해 엄마는 많이 울었다고 했다. 모든 것을 둥빈에게 말하기 위해 둥빈을 붙들고 사흘을 함께 잠들었다고. 하지만 언제나 말이 없이 책을 붙들고 있던 둥빈은 언제나처럼 조용히 그것을 이겨냈다고 엄마는 말했었다.

"그때, 둥빈이 얼마나 고마웠던지……."

엄마는 나중에 말하곤 했었다. 그런데 그렇게 만난 둥빈의 아빠가 암에 걸려 병원에서도 포기한 상태로 고향으로 내려갔다면 그렇다면…… 또 다른 죽음이 이 가을 우리를 기다리고 있다는 말이 되는 것이었다. 그리고 이렇게 말하기는 좀 뭣하지만, 이건 고양이 한 마리가 죽는 문제와는 아주 다른 것이었다. 코코가 죽은 아침, 죽음은 다시 우리 가족을 덮치고 있었다. 나 역시 엄마에게 아무 말도 해줄 수가 없었다.

코코의 죽음 앞에서 애써 태연하던 엄마가 갈팡질팡하고 있는 게 느껴졌다. 엄마는 담배를 그대로 껐다가 제정신이 났는지 다시 불을 붙였다.

"그럴 줄 알았어……. 담배를 그렇게 줄줄이 피워대고, 몸 생각 안 하고 술만 먹어대더니, 그럴 줄 알았어……. 대체! 살 때도 내 속을 그렇게 썩이더니, 그럼 헤어지고 잘 살아야잖아……. 어떻게 끝까지 나한테 둥빈이한테 이렇게까지 모질게 할 수가 있는 거야! ……죽지 않고 보란 듯이 살아야 하잖아……. 병에는 왜 걸려!"

엄마는 고개를 흔들었다.

"위녕, 엄마 둥빈에게 말 못 해. 겨우 이제 제 아빠가 누군지 알고 겨우 제 상처를……. 어린 마음으로 어질게 다스려낸 아이한테 둥빈아, 이제 네 아빠 죽는댄다…… 그럴 수는 없잖아 ……위녕, 어떻게 그 말을 내 입으로 해?"

엄마의 눈에서 다시 눈물이 흘러내렸다.

"어떻게, 죽지 않게 할 수 없을까? 살아만 있게 해서, 나한테 계속 잘못해도 좋으니까, 살아만 있게 할 수 없을까, 엄마가 성당에 가서 하느님한테 용서하겠다고, 다 용서하겠다고 말하면…… 혹시 기적 같은 거 일어날까? ……근데 그게 엄마의 진심일까? 그래도 그렇게 말해야겠지? 위녕, 말 좀 해봐. 어떻게 하니?"

엄마는 제정신이 아닌 것 같았다. 나는 엄마가 이렇게 허둥대는 모습은 처음 보았다. 무슨 말도 할 수가 없었다. 나는 엄마의 손을 잡았다. 엄마의 손은 아주 찼다.

"나한테 어떤 일이 일어났어도 다 참아낼 수 있었어. 그들이 나를 때린 것도, 나를 모욕한 것도, 내 돈을 다 가져가 버린 것도, 나를 손가락질하는 것도 참을 수 있었어……. 참을 수 없었지만, 참을 수 있었어……. 하지만 내 자식들한테는…… 이건 좀 너무하잖아. 이건 좀 너무하잖아."

81.

대체 산다는 것은 무엇일까, 죽음은 또 무엇일까……. 엄마의 얼굴은 시시각각으로 죽어가고 있는 듯이 보였다. 눈앞에서 한 사람의 얼굴이 그렇게 무너져 내리는 것을 나는 그때 처음 보았다. 십분도 지나지 않았는데 엄마의 얼굴은 십 년은 늙어 보였다.

"너희한테 너무 미안해. 엄마가 죄가 많아서……. 너희를 이렇게 아프게 하다니……. 아무리 갚으려고 해도, 아무리 열심히 살아보려고 해도, 엄마는 끝내 너희를 아프게만 하는 사람이 되고 말아……. 공연히 너희를 낳았어……. 자격도 없는 사람이……. 너희를 낳아서 엄마가 돼버린 걸…… 이걸 다 어떻게 하니."

"엄마……."

나는 다가가 엄마를 안았다. 엄마의 작은 어깨에 얼굴을 묻자, 나는 그 순간 내가 간절히 누군가의 도움을 필요로 한다는 것을 알았다. 누군가에게 도와달라고 말하고 싶었다. 하지만 아빠도, 다니엘 아저씨도 모두 다 지금은 우리 곁으로 올 수가 없다는 것을 알았다. 이것은 온전히 우리 가족의 몫이었다. 세상이 너무 고요하게 느껴졌다.

"엄마가 무슨 잘못을 했어? 제발…… 그렇게 생각하지 마……. 제발 그 말만은 하지 마, 엄마. 엄마는 우리한테 좋은 엄마야……. 엄마가 그랬잖아, 죽고 사는 것은 우리 몫이 아니라구."

엄마는 숨을 깊이 들이쉬었다가 내뱉었다. 한 번 더 그랬다. 그러고는 말했다.

"그래, 우선 둥빈이를 생각해야 해. 위녕, 그래 지금은 그것만 생각하자. 그래 어려울 땐 한 가지만 생각해야 해……. 안 그러면 미쳐버리고 말 거야."

82.

그리고 며칠이 지나도록 엄마는 둥빈에게 아무 말도 하지 못했다. 몇 번 엄마가 말을 하려고 했지만 차마 입을 열 용기가 없는 것 같았다. 그러던 며칠 후 엄마가 전자 메일을 확인하고 있는 둥빈에게 가만히 말을 걸었다.

"……아빠한테서 편지 왔니?"

"어." 하고 둥빈이 짧게 대답했다.

엄마가 놀란 눈으로 나를 바라보았다.

"뭐라서? ……요새 바쁘대?"

"어……. 바쁜가 봐……. 다른 말은 없고…… 보고 싶대."

순간 나와 엄마의 눈이 마주쳤다. 엄마가 슬픈 눈으로 내게 고개를 흔들었다. 내가 "엄마, 해야 해." 하는 눈으로 고개를 끄덕였다. 엄마가 "난 못 해." 하는 표정으로 다시 고개를 저었다. 제제가 일찍 잠이 들고 둥빈이 샤워를 하기 위해 욕실로 들어가자 엄마가 나를 붙들고 말했다.

"어떻게 하니? 얼마나 둥빈이가 보고 싶을까? ……그 사람 자존심 하나는 대단한 사람인데……. 자기의 지금 모습을 둥빈에게 보이고 싶지 않아서 얼마나 마음이 아플까? 그런데 또 얼마나 보고 싶을까……. 그 사람 얼마나 힘들까."

나는 그 순간, 엄마가 둥빈의 아빠를 얼마나 사랑했었는지 깨달았다. 엄마를 그토록 힘들게 했던 그 사람을, 엄마를 그토록 아프게 했던 그 사람을, 그 사람이 그렇게 하기 전에, 혹은 그렇게 하고 나서도, 엄마가 마음으로 얼마나 사랑했는지를. 헤어진다고 해서, 곁에 두지 않는다고 해서, 사랑하지 않는 것은 아니라는 것도 알게 되었다. 함께 있을 수 없지만, 멀리서라도 잘되기를 바라는 그 마음을. 그제야 엄마를 따라 내 마음도 아파졌다.

언젠가 엄마는 말했었다.

"사람들은 참 이상해. 엄마가 이혼한 사실만 중요하게 여겨. 하지만 그 이전에 엄마가 세 번이나, 자식을 낳고 오래도록, 어쩌면 영원히 함께하고 싶을 정도로 사랑했다는 것은 알려고 하지 않아."

우리는 식탁에 앉아 둥빈을 기다렸다. 아무것도 모르는 둥빈이 샤워하는 소리가 식탁에까지 들려왔다. 세찬 빗소리 같았다.

83.

둥빈이 욕실에서 나오자 엄마가 내 손을 꽉 붙들었다. 차가운 땀이 엄마의 손에 배어 있었다. 둥빈이 무슨 일이야? 하는 표정으로 우리가 앉은 식탁으로 다가왔다.

"둥빈아, 엄마가 할 말이 있어. 중요한 말이야."

둥빈은 식탁에 앉아 물을 한 잔 마셨다. 평온한 그 아이의 얼굴을 보자 나 역시 그 자리를 피하고 싶었다. 엄마가 침을 한 번 꿀꺽 삼켰다.

"둥빈아, 네 아빠가 아프셔."

둥빈은 잠깐 생각하더니, 대수롭지 않다는 듯이 "그래?" 하고 대답했다. 하지만 무슨 분위기를 감지한 듯 윗입술이 얇게 뒤틀렸다. 엄마가 입술을 앙다물다가 둥빈에게 다가가 그 아이의 손을 잡고 한 손으로는 어깨를 감쌌다.

"그래서 너를 보러 그동안 오시지 못했나 봐……. 이해할 수 있니?"

둥빈이 피식 웃으며 고개를 끄덕였다.

"둥빈아, 그런데 아빠가…… 아…… 암이래."

둥빈의 눈빛이 잠시 흔들렸다. 엄마가 둥빈의 손을 억세게 잡았는지 둥빈이 손을 빼내려고 했다.

"무슨 암? 심한 거야?"

둥빈이 천천히 엄마에게 물었다. 엄마의 얼굴이 일그러지며 눈물이 흘러내렸다. 흘러내리는 눈물을 닦으려고도 하지 않고 엄마는 고개를 끄덕였다.

"……그럼, ……죽는 거야?"

둥빈이 다시 물었다. 엄마가 둥빈을 안았다. 둥빈은 엄마의 몸을 밀어내고 있었다. 엄마는 그러나 둥빈의 몸을 놓지 않았다.

"미안해 둥빈아, 미안해……. 엄마가 미안해……. 엄마가 미안해……."

둥빈은 믿을 수가 없다는 듯 엄마의 손길을 밀어내고만 있었다. 엄마는 여기서 둥빈을 놓치면 모두가 낭떠러지에 떨어지고 만다는 듯이 절박하게 둥빈을 붙들고만 있었다. 식탁 맞은편에 앉아 그 광경을 지켜보면서 나도 울었다. 둥빈은 이제 엄마를 밀어내기도 포기한 채로 먼 곳을 보고 있었는데, 눈동자가 텅 비어 있다는 것이 무엇인지를 나는 그때 처음 알았다. 둥빈의 눈은 말갛게 떠 있었지만 눈에는 초점이 없었다. 나는 그 후로도 그렇게 슬프고 공허한 눈은 다시 보지 못했다. 슬픔이 지극해지면 그것은 텅 비어버리는 것일까. 우리에게 그것은 힘들고…… 또 잔인한 시간이었다.

"둥빈아, 아빠는 지금 남쪽 바닷가 고향에서 죽음과 싸우고 계셔. 네가 원한다면 내일이라도 엄마가 거기로 널 데려다 줄게. 아빠한테 마지막 인사하러 가자……. 네가 원한다면……. 아니, 지금이라도 출발할 수 있어."

둥빈은 말없이 엄마의 팔을 뿌리쳤다.

"혼자 있고 싶어, 엄마."

"그래, 혼자 있게 해줄게……. 하지만 엄마가 잠들 때까지만 함께 있을게. 둥빈아…… 하지만 잊지 마. 우리는 너를 사랑하고 있어. 미안하고 또 미안하지만 그래도 사랑하고 있어, 둥빈아."

둥빈은 엄마의 손을 천천히 떼어내고 제 방으로 들어갔다. 엄마가 둥빈을 따라 그 방으로 들어갔다.

나는 혼자 식탁에 앉아 울었다. 가족이란 무엇일까. 왜 나에게는 평범한 일상이 없을까, 하는 오래된 의문이 슬픔으로 복받쳐 올랐다. 잠시 후 엄마가 둥빈의 방에서 나왔다.

"둥빈이는?"

엄마는 내 앞에 앉았다.

"며칠 생각해볼 테니까…… 그때 같이 가자고 하네……. 그리고 참 신기하게도 잠이 들었어……. 코까지 골아……. 잠이 들어서 얼마나 다행인지 몰라."

엄마는 눈물을 닦으며 웃었다. 이번에는 내가 엄마의 곁으로 가서 엄마를 안았다. 엄마가 내 어깨에 힘없이 얼굴을 기댔다. 내가 엄마의 얼굴을 두 손으로 감싸며 말했다.

"엄마……, 사랑해……. 엄마는 이 세상에서 제일 좋은 엄마야."

나는 엄마도 따라 죽을까 봐 실은 겁이 났던 거였다.

84.

둥빈은 겉으로 보기에는 아무 변화도 없었다. 다만 언제나 적던 말수가 더 적어졌을 뿐이었다. 엄마가 학교에서 돌아온 둥빈을 붙들고 "저어기…… 내일 갈까?" 하고 물으면 둥빈은 언제나처럼 고개를 갸우뚱하고는 "조금만 더 생각해보고 싶어." 하고 말았다.

그렇게 일주일쯤 흘렀다. 엄마는 내내 둥빈의 눈치를 보고 있었고 둥빈은 컴퓨터 게임에 더욱 몰두해갔다. 내가 이런 소식을 들었다면 어땠을까, 나 같으면 바로 아빠에게 달려갔을 것이었다. 날마다 울며불며 믿지 않는 신에게 매달렸을지도 모른다. 하지만 둥빈은 컴퓨터 게임 속에서 총만 쏘고 있었다. 사람은 모두 다르다는 것이 한 번 더 느껴졌다. 내가 사랑하는 동생이 게임을 하고 있다고 그 아이의 슬픔이 덜하다고는 말할 수 없으니까. 언제나 게임을 하는 시간이 길다고 잔소리를 해대던 엄마도 둥빈의 눈치를 보며 더이상 아무 말도 하지 못하는 것 같았다. 그리고 다시 주말이 되었다. 학교에 가려고 준비를 하고 있는데 아침 일찍부터 검은 정장을 차려 입은 엄마가 내 방으로 들어왔다.

"위녕……, 엄마 지금 대전으로 강연 가……."

별생각 없이 응, 하고 대답하려는데 엄마가 내 침대에 무너지듯 앉았다.

"둥빈 아빠…… 방금 전에…… 운명했대."

머리를 빗다 말고 내가 엄마를 돌아보았다. 엄마는 입술을 앙다문 채로 내 침대 가장자리에 힘없이 앉아 있었다. 한결 차가워진 아침 바람이 열린 창을 통해 밀려들었다. 벗은 내 팔에 소름이 돋아났다.

"그렇게…… 빨리?"

"목이 이상해서 병원에 검진 받으러 간 지 한 달 만이래……. 젊으니까……. 오늘 엄마 강연 빼고 다른 일정은 다 취소했어. 노는 토요일이라 지금 동생들은 자고 있어. 깨워서 말을 하기가 뭣해서 말을 못했어……. 위녕, 오늘 저녁에…… 너희 학원이고 약속이고 다 취소해. 엄마 일찍 올게. 둥빈이 물으면…… 그러면……."

엄마는 무언가가 복받치는 듯 다시 한 번 입술을 앙다물었다. 그러고는 잠시 후 큰 숨을 한 번 쉬고 나서 말했다.

"있는 그대로, 사실 그대로 대답해도 좋아."

엄마의 목소리는 의외로 담담했지만, 얼굴은 잿빛이었다. 엄마는 아마 또 사형제 폐지에 대해서, 그리고 모든 생명은 소중하다는 강연을 할 것이었다. 둥빈 아빠에게 매를 맞고 나서 페미니즘 강연을 가야 했던 것이 가장 힘들었다는 엄마는 이제, 둥빈 아빠가 죽은 아침, 생명에 대해 강연을 해야 하는 것이었다. 이 세상에서 우리가 막을 수 있는 유일한 죽음이 사형이라고 말할 때, 엄마는 어떤 심정일까. 머릿속으로 오늘 저녁 쪼유와 영화를 보러 가기로 한 것이 생각났지만 나는 순순히 고개를 끄덕였다.

엄마는 방을 나가려다 말고 방 한구석에 몸을 말고 앉은 라테를 돌아보았다. 그러고는 잠시 망설이다가 말했다.

"엔젤 병원 아저씨한테 말해서, 주인 없는 아기 고양이 있으면, 한 마리 더 데리고 와. 라테도 외로울 거 아니니⋯⋯. 대신, 건강검진 좀 미리 해달라고 해. 절대로 죽지 않는 고양이로⋯⋯."

나는 엄마가 나가버린 방에서 라테를 안아 들었다. 절대로 죽지 않는 고양이⋯⋯.

85.

그날 저녁, 엄마는 우리에게 검은 옷을 입으라고 했다. 그리고 모두 함께 성당으로 가야 한다고 했다. 평소에는 우리에게 성당에 가야 한다고 강요하는 일이 없었는데 엄마의 얼굴은 단호했고 목소리는 낮고 침착했다.

"오늘 둥빈 아빠가 돌아가셨어. 둥빈⋯⋯ 너는 오늘 날짜를 기억해라. 앞으로 네가 지켜야 할 기일은 그러니까 어제 날짜가 되는 거야. 알겠니?"

둥빈은 천천히 고개를 끄덕였다.

"둥빈 아빠…… 훌륭한 분이셨어. 섬세하고 예리한 예술가셨어. 영화라는 게 자본의 힘을 빌리지 않고 소설처럼 혼자 써도 되는 거라면 아마 아주 유명한 분이 되셨을 거야. 아빠가 젊었을 때 지금처럼 한국 영화가 전성기를 누렸다면 훨씬 더 많은 작품을 남기셨을 거야. 둥빈…… 너는 이 사실을 잊으면 안 돼."

둥빈은 다시 고개를 끄덕였다. 나는 엄마의 이 순간이 나름대로 우리 가족이 치르는 의식이라고 생각했다.

"그리고 네 아빠가 너를 오랜 기간 만나지 않았던 이유는 엄마가 제제 아빠랑 잘 살길 바랐기 때문이야. 그래서 제제 아빠를 친아빠로 알고 네가 사랑받기를 원해서였어. 너를 보고 싶지 않아서 그랬던 것이 아니었다구. 아빠는 널 위해서 그리움까지 참으셨던 거야. 둥빈, 너는 이 사실도 기억해야 해."

둥빈은 고개를 숙였다. 공연히 내 콧날이 시큰해지는데 제제가 내 치맛자락을 붙들고 울먹이기 시작했다. 그런 제제를 바라보는 엄마의 눈이 빨개졌다. 침을 어렵게 삼키고 나서 엄마가 다시 말했다.

"이제 우리가 할 수 있는 일은…… 단 하나야. 그분의 영혼을 위해 기도하는 것……. 자, 가자."

엄마는 어제의 엄마가 아니었다. 엄마는 그때 힘이 아주 세 보였다.

86.

성당에 처음 가본 것은 엄마가 뉴질랜드에 날 보러 왔던 때였다. 그때 나를 만나 모텔에서 울기만 하던 엄마는 잠에서 깨어나더니 통통 부은 눈을 다 뜨지도 못한 채로 돌연 물었다.

"위녕, 여기 어디 성당 없니?"

당연히 이어질 엄마의 설교를 예상한 내가 대꾸했다.

"미안한데 엄마, 난 근본적으로 그리스도교하곤 안 맞아."

엄마는 내 말에 잠시 피식 웃으며 "잘났구나, 정말." 하더니 슬픈 얼굴로 다시 말을 이었다.

"너보고 다니라는 거 아니야……. 그냥 지금 너무나 하느님이 보고 싶어."

스쳐서 지나가기만 하고, 서울에서 손님이 오면 사진만 찍던 시내의 큰 성당으로 엄마를 안내하면서, 신을 두고 "너무나 보고 싶다."고 말하던 엄마의 어법이 내게는 무척 신기했던 기억이 났다.

뉴질랜드에 온 지 일 년 만에 나도 처음으로 엄마를 따라 성당 안으로 들어가 보았다. 그때 성당 앞에는 벌거벗은 한 남자가 커다란 십자가에 매달려 있었는데 뜻밖에도 그 얼굴은 내가 늘 보던 서양인의 것이 아니라 뉴질랜드 원주민인 마오리 족의 얼굴이었다. 나는 그때 서양인이 아니라 마오리 족 얼굴을 한 남자에게 이상한 끌림이 일었다. 엄마는 "지루하면 나가서 아이스크림 먹고 있어." 하더니 제대 앞으로 걸어갔다. 가다 말고 엄마는 잠시 뒤를 돌아보더니, "왜냐면 더 가까이서 보고 싶거든. 내 목소리도 더 잘 들리게 하고 싶어서." 하고 말했다. 지성인이라고 믿었던 엄마가 더 가까이 가야 신이 잘 보인다고 하질 않나, 목소리가 잘 들리게 하고 싶다질 않나 하는 것이 우스웠지만, 나는 그 마오리 족의 얼굴을 하고 십자가에 매달린 사내에게서 시선을 떼지 못하고 있었다.

그런데 우리 세 남매와 엄마가 찾아간 한국 B시의 성당, 예수는 서양인의 얼굴을 하고 있었다. 내게는 영문도 모르고 지루하기만한 미사가 시작되었다. 앉았다 일어서라는 말 이외에는 알아들을수가 없었지만 동생들 역시 잘 참고 있었다. 늘 부산한 제제조차 그랬다. 나는 동생들이 대견하고 자랑스러웠다. 엄마는 뉴질랜드 성당에서 그랬듯이 모은 두 손을 떼지 않고 있었다. 그런 엄마는 작가도 아니고 엄마도 아니고 그냥 가엾고 의지가지없이 남편을 잃고애 셋을 데리고 서 있는 한 여자처럼 보였다. 오죽하면 엄마는 "일요일마다 마약 주사 맞으러 간다."고 스스로 비웃던 사람들을 따라다시 교회로 갔을까.

하지만 나는 그들이 말하는 그런 용서나 그런 회개는 사실 믿을수가 없었다. 왜냐하면 그들 스스로 가장 용서하지 않고 가장 회개하지 않는 그런 부류들 같았기 때문이었다. 하지만 신이 혹시 있을지도 모르니까, 미사와 상관없이 기도는 했다. 둥빈이 아빠의 영혼을 위해서. 그리고 우리 세 남매와 엄마를 위해서……. 그리고 우리아빠의…… 건강을 위해서. 금연을 위해서.

희고 긴치마를 입은 신부님이 강론을 시작하셨다. 나이는 한 오십대 중반쯤 되셨을까. 당연히 귀를 기울이고 싶지 않아 쪼유에게오늘 못 본 영화 언제 볼까, 뭐 이런 문자를 보내고 있는데 갑자기귀가 번쩍 뜨였다.

"……그래, 얼마 전에 주교님도 특별 담화를 하셨지만, 정말 요새 이혼 큰 문제입니다. 사람들이 왜들 그러는지 모르겠어요."

문자를 보내다 말고 내가 엄마를 바라보았다 엄마의 해쓱한 얼굴이 굳어지고 있는 게 보였다. 나는 고개를 들어 신부님을 바라보았다.

"왜들 그렇게 참을성이 없는지 말이에요. 조금만 맘에 안 맞으면 이혼하네 뭐네. 요즘은 애들도 서로 안 맡으려고 한다면서요? …… 내 정말 이해가 안 가요. 그거 조금씩만 양보하면 다 되는 걸 말이지요……. 지난번에 가톨릭 신문에 난 어떤 자매 이야기 좀 하고 싶어요……. 그 자매는 남편이 돈도 안 벌어 오고 때리고 바람피우고 그런데도…… 그걸 다 참아내고 그렇게 정성을 다해서 남편을 수발했답니다. 드디어 사십 년 만에, 그러니까 죽기 전에 남편이 회개하고 하느님한테 돌아와서는 이 자매 손을 붙들고…… 눈물을 흘리면서…… 미안하다고 그렇게 회개했다는 거예요."

그 자리가 둥빈 아빠의 영혼을 위해 기도하는 자리만 아니었다면, 나는 아마 웃음을 터뜨려버렸을지도 모르겠다. 아니, 그런 자리가 아니었다면 나는 자리를 박차고 나가버렸겠지. 그런데 신자라는 사람들은 정말 착한 사람들인지 모두들 착한 얼굴로 잠자코 듣고만 있었다. 나는 곁눈질로 엄마를 살폈다. 엄마는 고개를 숙인 채로 눈을 감고 있었다. 신부님의 강론은 이어졌다

"사람들이 너무나 참을성이 없어요. 예전의 엄마들 얼마나 참을성이 있었어요? 내가 요새 이혼한다는 사람들한테 그 자매 이야기를 스크랩해서 나눠 주고 있어요. 어떤 자매는 이혼하려고 하다가 그 기사 보고 눈물로 참회를 했다고 나에게 편지를 했더라구요. 죽는 날까지 남편을 위해서 기도하고 더 참고 더 잘해주겠다구요……. 그런 자세를 좀 본받아야 해요. 그 자매가 결국 망나니 남편을 구원한 거 아닙니까? ……만일 그 자매가 못 참겠다고 남편한테 대들고 이혼하고 그랬으면 어떻게 됐겠어요? 결손가정이 되는 거고, 그 결손가정의 아이들 다 문제아들 아니에요? 청소년 범죄의

팔십 퍼센트인가가 결손가정 아이들이라는데……. 결손가정의 아이들이 다 사회문제로 이어지는 거라구요."

지루한 강론은 그렇게 이어지고 이어지다가 끝이 났다. 결손가정의 아이들이자 사회문제의 주범인 우리 문제아 삼 남매는 '조금도 참지 못해' 이혼을 세 번이나 한 엄마와 함께 다시 일어서서 기도를 했다. 엄마는 무어라 기도했을까. 엄마는 나중에 말했다.

"엄마? ……하느님, 제발이지 저 신부님 강론 빨리 끝나게 해주세요, 하고 기도했지."

87.

미사가 끝나자 엄마가 우리를 데리고 밖으로 나왔다. 나도 엄마도 물론 동생들도 기분이 별로 좋지 않았다. 가을 저녁은 조금씩 더 빨리 내리고 있었다. 엄마는 잠시 저녁 거리에 우두커니 서 있다가 내가 이러면 안 되지, 생각했는지 꾸민 듯 쾌활한 목소리로 말했다.

"둥빈이 좋아하는 회전초밥 먹으러 갈까?"

막내 제제만, 응! 하고 대답했을 뿐, 둥빈과 나는 둘 다 대답하지 않았다.

"그거 비싸잖아."

엄마가 둥빈에게 계속 시선을 보내자 둥빈이 말했다.

"괜찮아, 엄마 요새 돈 많이 벌었어……. 책이 점점 더 많이 팔리고 있대. 그러니까 괜찮아. 그 금가루 묻힌 초밥만 안 먹으면 돼……."

엄마는 힘이 들 때 언제나 그러하듯이 씩씩한 척하면서 앞장서 가다가 다시 말했다.

"아니, 괜찮아……. 금가루 묻힌 것도 먹어도 돼. 먹구 힘이 날 수 있다면 뭐든 먹어두 돼. 엄마가 오늘 세게 쏠게……. 너희 오늘 왜 괜히 효자들인 척하고 그래?"

참 이상한 일이다. 둥빈 아빠의 죽음, 코코의 죽음, 그리고 솔직히 듣기도 싫었던 신부님의 강론 때문에 밥을 먹고 싶지 않았는데, 초밥은 언제나 맛있었다. 둥빈도 제제도 잘 먹었다. 엄마는 맥주만 홀짝거리고 있었다. 엄마가 흐뭇한 표정으로 접시를 쌓고 있는 우리를 바라보다가 말했다.

"있잖아, 지금 말구…… 나중에 한 오십 년쯤 후에 그러니까 제제가 환갑쯤에…… 엄마…… 죽으면……."

둥빈 아빠의 죽음을 접하고 나는 실은 아빠가 죽으면 나는 어떻게 하지, 하는 생각을 하고 있었다. 그런데 엄마가 죽는다, 라는 말을 꺼내자, 목이 메어왔고, 짜증도 좀 치밀었다.

"내가 환갑이라구?"

제제가 깔깔거리며 웃었다. 그 생각을 하자 나도 웃음이 좀 나오긴 했다.

"그래, 제제가 환갑쯤에 엄마가 죽으면, 오늘처럼 일 년에 한 번씩 너희 모두 모여서 미사를 하고 밥을 먹어주었으면 해. 엄마가 바라는 건 그거야. 어렵지 않지? 그리고 그때까지 엄마가 시골집을 팔지 않았거든 강원도 시골집 느티나무 밑에 엄마의 재를 묻어줘. 시신은 기증할 수 있는 데까지 다 기증하고. 이게 끝이야. 미안, 우울한 이야기 한 대신 엄마가 금가루 초밥 한 접시씩 사 줄게."

훗날 나는 엄마의 인터뷰 기사에서 엄마가 써달라는 묘비명을 읽었다.

"나 열렬히 사랑하고 열렬히 상처받았으며, 열렬히 슬퍼했으나 이 모든 것을 열렬한 삶의 일부로 받아들였으니, 이제 좀 쉬고 싶을 뿐."

집으로 걸어오면서 엄마는 우리가 굳이 원하지도 않았는데, 자장 면보다 비싼 아이스크림 하나씩을 우리에게 사 주었다. 아이스크림 을 들고 신호등에 서 있는데 엄마가 나를 불렀다.

"집에 서저마가 와 계실 거야. 동생들 재워. 이 닦았나 꼭 검사하고……. 엄마…… 좀 늦을 거 같아. 기다리지 말고 먼저 자라."

나는 직감적으로 엄마가 술을 마시러 가고 싶어한다는 것을 알았 다. 그리고 그 순간 그 곁에 있을 사람은 내가 아니라 다니엘 아저 씨가 될 것이라는 것도 느꼈다. 그 와중에도 그것이 다행스럽고 또 조금은 서운했다.

88.

동생들을 데리고 집으로 돌아오니 서저마가 걱정스러운 얼굴로 우리를 맞이했다. 서저마는 그녀 특유의 담담한 얼굴로 "이 닦아 라." "일기 써라." 등등 엄마를 대신한 잔소리를 해댔다. 서저마의 담담하고 약간은 무뚝뚝하고 지극히 일상적인 표정이 신기하게도 나를 좀은 차분하게 만들었다. 잘 준비를 하다가 나는 둥빈 방으로 들어갔다. 둥빈은 책을 들고 침대에 누워 있었다.

"뭐 읽어?"

내가 묻자 둥빈은 "어…… 그냥 읽던 거." 하고 대답했다. 뭐라고 말을 해야 할지 몰라 망설이고 있는데 둥빈이 "누나, 《해리 포터》육

부는 언제 나와?" 하고 물었다. 난데없는 질문이었는데, 순간 가슴 한구석으로 칼로 긋는 듯한 통증이 지나갔다. 눈이 따끔거렸다.

"몰라······. 지금 조앤 롤링이 쓰고 있대잖아."

나는 애써 퉁명스러운 말투로 대답했다.

"그거 빨리 좀 못 쓰나?"

둥빈은 안경을 올리며 그렇게만 말했다.

"그게 그렇게 쉽니? 엄마 봐라. 일 년에 한 편도 못 쓰면서 맨날 엄살이잖아."

"그러네······. 엄마도 작가였네······. 엄마도 술 덜 마시고 우리한테 잔소리 할 시간에 쓰면 좀 빨리 쓰지 않을까?"

"그러게 말이야······. 너, 너무 늦게까지 있지 말고 조금 있다가 자."

나는 둥빈의 방을 나왔다. 눈물이 쏟아질 거 같아서 얼른 방을 나오는데 둥빈이 나를 불렀다. "응?" 하고 돌아보니까 둥빈은 무슨 말인가 할 듯하더니 "아니야, 누나. 아무것도 아니야." 하고 말했다.

"둥빈아, 누나는 네가 내 동생이라서 참 좋아."

말하고 싶었지만 이상하게 남자 애들한테는 그런 말을 할 분위기가 안 잡힌다. 그래서 나는 겨우 이렇게만 말했다.

"이따가 정 잠 안 오면 누나 방으로 와······. 누나가 너 좋아하는 컵라면 끓여줄게."

만일 우리가 아빠가 같은 형제였다면 이럴 때 더 나았을까 아니면 더 나빴을까, 솔직히 나는 모르겠다. 하지만 한 가지 확실한 것도 있다. 우리는 다 아빠가 다르기 때문에 아마도 앞으로도 이렇게 세 번의 슬픔을 함께 나누어야 한다는 것 말이다. 하지만 나는 아직 어린 나이에 이런 일을 겪어야 하는 둥빈이 너무나 가여웠다. 어쨌든 집안의 가장 나이 든(?) 남자로서 그 아이가 감당하고 있을 슬픔의 무게가 가늠조차 되지 않았다. 거실로 나오자 서저마가 혼자 맥주를 마시고 있었다. 서저마로서는 좀체 없던 일이었다.

"아줌마 맥주 마셔요?"

내가 묻자 서저마는 "응, 너도 한잔 마실래?" 하고 물었다. 가뜩이나 요즘 가슴속으로 구멍이 뚫리고 서늘한 가을바람이 지나간다던 서저마는 사는 게 뭘까, 하는 얼굴이었다. 나는 서저마 곁에 앉았다.

"아줌마는 둥빈 아빠 알아요?"

내가 물었다. 서저마는 대답 대신 깊은 한숨을 쉬었다.

"알지……. 참 잘생기고 델리케이트하고, 몹시 날카로운 구석도 있고 그러면서 한없이 여리고……. 한 마디로 예술가였어."

"예술가끼리 살기가 힘들었나 봐요. 가끔 아빠를 보면서 같은 작가로서 엄마랑 부부로 산다는 것은 힘들었겠다, 나도 생각했거든요."

아줌마는 아무 말도 하지 않고 내 빈 잔에 술을 더 채워주었다. 그러고는 한참을 생각하더니 다시 말을 이었다.

"가난한 이혼녀였던 네 엄마와 가난한 감독 지망생인 둥빈 아빠가 결혼을 하고 너희 엄마가 갑자기 유명해지기 시작했어. 엄마 자신도 예상치 못했고, 곁에서 보는 내가 놀랄 정도로 그랬지. 세 권의 책은 베스트셀러에 다 오르고, 여기저기서 인터뷰 요청이 들어오고, 반대로 둥빈 아빠는 일이 점점 더 풀리지 않았지……. 집을 늘려갔고 차도 샀어. 소설가에게는 참 오기 힘든 행운이었지……. 그런데 엄마의 얼굴은 늘 어두웠어. 엄마는 가끔 내게 와서 말하곤 했어. 언니, 한 집안에서 딱 한 사람만 일이 잘된다고 한다면, 나 대신 둥빈 아빠가 잘되게 해달라고, 그렇게 해달라고 할 거 같아……. 너 페미니스트 맞아? 내가 웃어 넘기면…… 엄마는 혼잣말을 하곤 했지……. 만일 일이 반대로 되었다면 어떻게 되었을까……. 그래 그 후로도 나 역시, 가끔 생각해보곤 했단다. 일이 반대로 되었다면 어떻게 되었을까."

서저마는 생각에 잠긴 듯이 다시 한숨을 내쉬었다.

"네 엄마, 둥빈 아빠와 이혼한다고 했을 때 나 말렸어. 맞아 죽더라도, 그냥 형식적으로라도 결혼은 유지하라고 했지, 남들 모르게 그냥 한집에 있으라고……. 생각해보면 그런 말 한 나도 한심하지만, 어떻게 하겠니? 그 당시에 이미 유명해져버린 네 엄마, 서른세 살 나이에 성 다른 아이 둘 낳고 두 번이나 이혼하는 건 자살보다 더한 거였으니. 친정에서도 친구들도 모두 다 그렇게 말을 한 모양이야. 그런데 네 엄마…… 아무도 만나지 않고 석 달인가를 두문불출하더니 혼자서 이혼이란 걸 또 하더라……. 그때 네 엄마 나한테 찾아와서 말했어. 언니, 지금 내 곁에 아무도 없어. 난 앞으로의 일 같은 건 모르겠어. 둥빈이 키워줄 사람 없으니 자살은 못 하겠지. 그런데 이건 아니야. 이렇게 사는 건 삶이 아니야. 난 이미 죽어버린 거니까 더 죽을 수도 없어……. 솔직히 나도 그때 네 엄마를 다는 이해 못 했어……. 조금만 남편을 구슬려보라고 상투적으로 달래곤 했으니까. 많이 울었어. 참 많이 울더라."

그날 밤 엄마는 많이 늦어 귀가했다. 엄마는 여느 날과는 달리 둥빈의 방으로 들어가서 오랜 시간 머물렀다가 거실로 나왔다. 서저마 아줌마와 내가 잠이 올 리 없어서 엄마를 보러 거실로 나왔다.

엄마는 탈진한 듯한 얼굴로 거실 소파에 주저앉았다. 엷은 눈물 자국이 화장한 뺨 위로 번져 있었고 입술은 얇게 씰룩거리고 있었다.

"둥빈이가 자네…… . 쟤는 어릴 때부터 잠은 참 잘 자…… . 얼마나 고마운지 몰라."

89.

"오늘 밤은…… 아무 생각 말고 잠을 좀 자…… . 술을 더 마실래?"

서저마가 안쓰러운 듯한 목소리로 물었다.

"언니, 나 앞으로 이런 일 두 번이나 더 겪어야 하는 거야? …… 아니다. 그 사람들이 나보다 더 오래 살면 되긴 되는구나…… . 차라리 헤어지는 게 낫지, 정말 죽는 걸 보는 건 못 견디겠다…… ."

엄마가 얼굴을 찡그리며 어린아이처럼 눈물을 흘렸다.

"쓸데없는 소리 마. 오늘은 그만 생각해라."

엄마는 무슨 말인가 할 듯하더니, 갑자기 두 손으로 얼굴을 감싸며 울음을 터뜨렸다. 서저마와 나는 무어라 더 말을 할 수가 없었다. 우리가 무슨 말을 한들 그것은 온전히 엄마의 몫일 것이었다.

"아침에 소식을 듣고 운전을 못 하겠어서…… 하는 수 없이 택시를 불러 대전까지 타고 갔다 오는데…… 만 가지 생각이 나더라. 처음에는 마음이 너무 아프고 그 사람 자기 맘에 꼭 차는 영화 한 편 못 찍고 간 게 그렇게 불쌍하더니, 맙소사 내 생각이 점점 더 이상한 데로 가는 거야. 그 사람이 나 버리고 갔던 거, 나한테 나쁘게 했던 거…… . 위녕, 말이 되니? 사람이 죽었는데, 둥빈 아빠가 죽었는데…… 그리고 심지어 엄마는 사람의 생명이 소중하다는 강연을 하러 가는데…… 그때부터 나 자신과 싸워야 했던 거야. 나 자신이 이렇게 형편없는 인간이었나 싶고, 어떻게 죽은 사람을 앞에 놓고 기껏 나하고 싸웠던 일이나 생각하고 있고……. 사람들 앞에서 생명을 강연하고, 그래 놓고 애들 앞에서는 또 엄숙하게 그 사람을 추모해주어야 했고……. 그리고 신 앞에서는 그 사람을 위해 기도를 하고……. 대체 나는 뭐냐구?"

엄마는 휴지를 찢어 코를 풀었다.

"모르겠어……. 죽은 것도 미운데……. 아무리 흉한 모습이라도 둥빈이 볼 때까지만 살아 있지 않았던 것도 미운데……. 다만, 한 가지 다행인 건…… 죽기 전에 그 사람 곁에 사랑하던 여자가 있었대. 그 여자가 있어서 외롭지…… 어떻게 외롭지 않을 수가 있었겠냐마는…… 그래도 그 여자가 함께 있어주었다고……. 그게 너무나 위안이 되었어."

엄마는 소파에 그대로 쓰러졌다. 서저마와 내가 엄마를 침대까지 데리고 갔다. 엄마를 침대에 눕히고 나서 나는 잠시 엄마의 침대가에 앉아 있었다. 옷도 벗지 않은 채로 누워 있던 엄마가 힘없이 눈을 떴다.

"미안해, 위녕."

나는 말없이 엄마의 머리칼을 쓸어주었다. 엄마의 머리칼은 젖어 있었다. 엄마에게 요 며칠은 너무나 힘들었을 것이었다.

"엄마……, 엔젤 병원 아저씨에게 길 잃은 고양이 오면 연락해달라고 했어."

엄마는 "무슨 소리야?" 하는 표정을 짓더니 눈물 고인 눈으로 곧 미소를 지었다.

"절대루 죽지 않는 고양이로 골라달라는 말도 했어?"

"……응. 엄마, 그리고 좋은 소식이 있는데 오늘 봤더니 라테의 몸무게가 벌써 칠백 그램이야. 데리고 올 때의 두 배가 되었어."

엄마는 잠깐 멈칫했다. 그 멈칫하는 고요의 순간, 엄마와 나의 마음속으로 순하고 활달했던 회색 고양이 코코가 동시에 지나갔다는 것을 나는 안다. 아마 앞으로도 오랫동안 우리가 함께 잠시 멈칫, 하는 어떤 순간 이 세상에 없는 그 고양이는 우리가 굳이 말하지 않는, 그 고요 속으로 들어와 앉을 것이다. 왜냐하면 한때 엄마와 나는 정말 진심으로 그 고양이를 사랑했고, 그 고양이 역시 우리를 사랑했기 때문이다.

"라테가 건강하다니까 정말 잘되었네."

엄마는 힘없이 웃었다.

"엄마, 나는 오늘 우리 집에 앞으로 올, 죽지 않을 고양이 이름을 벌써 지었어……. 그 고양이 이름은 파랑새야. 즐거운 나의 집에 사는 파랑새."

90.

그렇게 가을이 깊어가던 어느 날 새 식구가 하나 늘었다. 엔젤 병원 수의사 선생님에게서 드디어 연락이 온 것이다. 선생님은 저녁때가 다 되어서야 내게 전화를 하셨다. 달려가 보니 선생님의 품 안에 눈처럼 흰 아기 고양이가 한 마리 있었다. 와우! 놀라운 일이었다. 털은 눈처럼 희고 푸른 눈을 가진 고양이는 내가 그를 바라보자 호기심 어린 눈으로 나를 바라보았는데 순간 다시 내 망막으로 코코의 회색 눈빛이 겹쳐졌다. 나는 그 고양이에게 다가갈 수가 없었다. 이상한 생각인지 모르지만 내가 이 흰 고양이를 두고 너무 좋아하면 왠지 코코에게 미안한 것 같았다. 그때, 엄마가 지난주 동안 가끔씩 우리에게 했던 말이 떠올랐다.

"구약에 말이야, 다윗이라는 사람이 나와. 다윗은 이스라엘 역사상 신의 사랑을 가장 많이 받은 사람이야. 너희 알지? 솔로몬의 아빠 말이야. 원래 다윗은 부인이 꽤 여럿 있었는데—이걸 이상하게 생각하면 안 돼. 사막 지방에서는 그게 약한 여자들의 생존 수단이기도 했으니까. 엄마? 물론, 엄마는 사막 한가운데서도 그런 남자랑 살기 싫어—어쨌든 그 사람이 부인이 여럿 있는데 남편이 있는 여자에게 반해서 그 여자의 남편을 죽게 만들고 그 여자랑, 힘! 말하자면 불륜을 저질러서 아이를 낳지. 신이 예언자를 통해 다윗에게 이 잘못을 경고해. 그 잘못에 대한 벌로 그 여자와의 사이에서 낳은 아이는 죽게 될 거라고 신탁을 내리지. 다윗의 좋은 점은 잘못을 저지르지 않는 게 아니라, 자신의 행동이 잘못인 줄 알았을 때, 바로 반성하는 거야—이 점을 너희는 특히 명심해야 해!—그는 바로 옷을 찢고 재를 뒤집어쓰고 아이를 죽지 않게 해달라고 단식하며 신께 기도하지. 그렇게 여러 날 기도했는데 아이는 죽어. 그러자 다윗은 바로 음식을 가져와 먹고 다시 좋은 옷을 입어. 신하들이 이상하게 생각하지. 자신의 잘못 때문에 죽은 아이인데, 실은 죽고 난 다음 곡을 하고 재를 뒤집어쓰는 게 더 맞잖아? 그런데 다윗이 말하지. '이제 내가 그리로 갈 수는 있으나 그는 다시는 내게 올 수 없다. 그러니 이제 나는 내 삶을 그냥 살아야 한다.' 그러고 나서 다시 태어난 게 솔로몬이야. 솔로몬이 괜히 혼자 지혜가 있었던 게 아니란 걸 알게 되었어."

엄마는 말을 하고 나서 나를 바라보았다. 나는 엄마가 한 말을 마음속으로 다시 한 번 되뇌어보았다.

"내가 그리로 갈 수는 있으나 그는 다시는 내게 올 수 없다. 그러니 이제 나는 그냥 내 삶을 그냥 살아야 한다."

"선생님, 이 고양이 시베리아 네버 마스커레이드 아니에요?"

내가 묻자 엔젤 선생님은 빙긋이 웃으셨다.

"위녕, 고양이 공부 많이 했구나……."

"이거 비싼 건데……. 이런 고양이도 누가 버리나요?"

혹시라도, 이건 아니구, 라고 할까 봐 떨리는 마음에 나는 천천히 물었다. 엔젤 선생님은 다시 빙긋이 웃으셨다.

"버린 건 아니구, 내 친구 녀석이 키우던 고양이인데……. 이번에 새끼를 네 마리 낳았길래 내가 한 마리 달라고 했다."

내가 우물거리며 엔젤 선생님을 바라보자 선생님은 그 눈처럼 하얀 고양이를 내게 안겨주셨다.

"코코 아픈 걸 낫게 해주지도 못하고, 미안해서…… 내가 특별히 네게 주는 거야. 자, 위녕. 죽지 않는 고양이는 세상에 없지만 적어도 이 고양이는 한동안은 죽지는 않을 거야."

여우처럼 앞코가 뾰족하고 얼음 공주처럼 생긴 흰 고양이는 내 품에 안겨 나를 빤히 쳐다보았다. 보드라운 털을 쓸어내리자 가슴이 터질 것처럼 기쁨이 내 속에서 부풀어 올랐다. 나도 모르게 입이 벌어지고 있었다.

"잘 키워라. 라테가 여자라서 애도 여자로 골랐어. 접종하러 다시

올 때는 주사 값은 받을 거다."

참 이상하다. 내가 힘들고 내가 불행하다고 느꼈을 때, 세상에는 그렇게 이상하고 그렇게 나쁜 사람들만 사는 것 같았는데, 내가 행복하고 내가 편안할 때는 세상에 좋은 사람들이 넘친다. 아니, 실은 그게 반대로 되는 것이던가.

91.

내가 집으로 들어서자 소식을 들은 식구들이 밥을 먹다 말고 모두 현관으로 몰려 나왔다.

"와우, 이렇게 이쁜 고양이는 처음이야. 공주 같아. 얼음 공주. 누나 이 고양이 이름 뭐라고 지을 거야? 공주라고 짓자."

제제가 말했다.

"아니야. 내가 오는 동안 생각했는데 이 고양이 이름은 밀키야. 원래는 파랑새라고 지으려고 했는데, 마음을 바꿨어. 너무 하얗잖아. 라테하고 항렬도 같이하려면 밀키가 좋아."

흰 고양이 밀키는 내 품을 벗어나자마자 집 안을 이리저리 뛰어다녔다. 소파 밑에도 들어가고 식탁 밑으로도 들어가고, 우리 식구들이 밀키를 잡으려고 하자 제제의 방으로 들어가 깊은 서랍 속에 빠져버렸다. 식구들이 밀키를 잡으러 이리 뛰고 저리 뛰는 동안 저녁 식사는 먹는 둥 마는 둥이 되어버렸다.

"쟤 생긴 건 공주 같은데 왜 이렇게 천방지축이야?"

막딸 아줌마가 웃으며 말했다. 엄마는 아직 젓가락을 입에 문 채로 곰곰이 흰 고양이를 바라보더니 말했다.

"저 고양이 아무래도 날 닮은 거 같지 않니? 가만있을 때는 차갑고 도도한 것같이 보이는데…… 움직이면 대책이 없어. 지난 주말에 초등학교 동창회 갔더니 삼십오 년 전에 내 짝이었던 아저씨가 그러는 거 있지. 야, 어떻게 너 같은 말괄량이가 소설을 쓸 수가 있냐……. 그래서 맨 처음에는 신문에서 내 이름 보고도 안 믿었대. 난 나 스스로 어릴 때 책만 읽는 꽤 조숙한 아이였다고 나 자신을 기억하는데……. 기가 막혀."

둥빈이 다시 식탁으로 돌아가 밥을 먹으며 느긋하게 끼어들었다.

"엄마는 움직이면 대책이 없는 것은 맞는데, 가만있을 때는 차갑고 도도한 게 아니라, 무서워……. 언제 난데없이, 소리를 지를까 싶어서……. 둥빈아! 빨래 바구니에 넣으라고 했지? 둥빈아! 먹은 그릇을 부엌에 가져다 놓으라고 몇 번을 말해야 하니, 응? 둥빈아! 둥빈아!"

우리 세 형제는 모두 배를 잡고 웃었다. 둥빈이 엄마의 말투를 너무 잘 흉내 내고 있어서였다. 막딸 아줌마까지 고개를 숙이고 킥킥 웃었다. 엄마는 약간 기분이 나빠진 것 같았다.

"엄마가 언제 그랬니? 그리고 그런 건 기본인데 너희가 안 하니까 그렇지?"

엄마는 우리의 지적을 의식한 듯, 아주 낮고 조용한 소리로 말했다. 그러자 제제가 끼어들었다.

"나도 어제 일기장 냈더니 선생님이 나보고 물으셨어. 엄마가 집에서 그렇게 소리를 지르시니? ……내가 일기장에다 그렇게 썼거든. 우리 엄마는 내 귀가 먹은 줄 아나 보다. 한 번 말할 걸 열 번씩 말하고 조용히 말해도 될 걸 소리를 지른다."

엄마가 벌린 입을 다물지 못하고 제제를 쳐다봤다.

"너…… 정말 일기에다 그런 거 다 썼어? 너희 선생님 엄마가 소설가 아무개인 줄 다 아는데?"

제제가 당연하다는 듯 약간 오만한 표정으로 "어." 하고 대꾸했다. 엄마는 식탁에 젓가락을 놓더니 제제에게 다시 말했다.

"또 뭐 썼는데?"

"엄마 전에 술 먹고 들어와서 춤춘 거……."

엄마는 고개를 절래절래 흔들었다.

"야아, 어떻게 그런 걸 써? 친구들하고 다퉜다가 다시 화해한 이야기를 쓰든가, 읽은 책 이야기라든가, 날씨……. 일기는 뭐 그런 걸 쓰는 거지? 어디 일기장 좀 가져와 봐."

우리 셋은 일제히 엄마를 쳐다보았다. 엄마는 그제야 자신이 매우 오버하고 있다는 것을 깨달은 듯 변명을 했다.

"아니, 그냥 맞춤법도 보고…… 띄어쓰기도 보고."

제제가 입을 삐죽였다.

"일기는 자기만 보는 거야. 선생님한테는 혼나니까 하는 수 없이 보여주는 거지. 그래서 선생님이 우리한테 소리 지른 이야기는 안 써."

"제제가 이제 인생을 아네."

등빈이 킥킥 웃으며 말했다.

92.

새 생명이란 좋은 것인가 보다. 말괄량이 밀키가 새로 집으로 들어온 후, 초가을 우리를 덮쳤던 두 번의 죽음은 어느덧 사라진 듯이 보였다. 나 역시 두 고양이 녀석들 뒤치다꺼리를 하느라, 시간이 어떻게 가는지 알 수 없을 지경이었다.

엄마와의 생활이 익숙해지자 우리는 조금씩 틈이 벌어지기도 했다. 서로에 대한 조심스러움, 서로에 대한 호기심, 서로에 대한 기대들이 어느 정도 충족되거나 그렇게 될 가망이 없다고 포기하자마자, 비로소 생활이라는 것이 찾아왔는지도 모른다.

한번은 내 방에서 두 고양이 녀석들과 놀고 있는데 엄마가 내 방으로 들어왔다. 엄마의 얼굴은 어두웠다. 엄마는 내가 벗어 던진 양말과 잠옷을 집어 들더니 엄한 눈으로 나를 바라보았다.

"이런 걸 이렇게 아무 데나 팽개치면 어떻게 하니? 여자 애 방이 이게 뭐니?"

방에 들어와 내게 바로 용건을 말하지 않고 이렇게 에둘러 트집을 잡기 시작하면 그 결과는 언제나 같았다. 공부를 잘하라는 이야기로 끝날 것이었다. 아니나 다를까, 엄마는 말을 꺼냈다.

"공부는…… 안 하니?"

"할 거야."

나는 건성으로 대꾸했다. 쪼유네 엄마는 이런 말을 삼십 분쯤 한 다음에 공부 이야기를 꺼낸다는데 우리 엄마는 성질이 급해서 그나마 다행이다. 쪼유에 따르면 언젠가 그녀의 엄마는 한 시간이 넘도록 방을 치우라는 잔소리만 하다가 결국 본론인 공부 이야기를 잊어버리고 방에서 나간 일도 있다고 했다. 그러고는 바로 다시 돌아와 소리친다고 했다. "참, 너 공부는 안 하니!" 하고.

"너…… 엄마가 보니까 맨날 고양이들하고 놀고 있던데 언제 공부를 해?"

"학교에서도 많이 하잖아."

엄마가 어이없다는 듯이 나를 한참 바라보더니 다시 말했다.

"엄마가 네게 고양이를 키우게 한 걸 후회하지 않게 해줘. 이제 곧 고 삼이잖아."

"알아! 누가 그걸 몰라?"

이상한 일이다. 고 삼이라는 소리를 듣자마자 신경이 곤두섰고 나도 모르게 소리를 질렀다.

"어디서 엄마한테 소리를 지르고 그래?"

나는 더 이상 말싸움을 하기가 싫어서 책상으로 가서 엄마에게 등을 보이고 앉았다.

"네 성적…… 서울에 있는 대학은 갈 수…… 있는 거니?"

엄마는 싸우지 않기로 작정한 듯 조심스레 물었다. 나는 대답하지 않았다. 내 성적은…… 나빴다. 그래, 그건 나도 안다. 하지만 안 좋은 성적을 안 좋다고 지적받을 땐 화가 났다. 나는 별로 공부를 잘한 적이 없었다. 아주 어릴 때부터 그랬던 것 같았다. 아빠는 내게 공부를 잘해야 한다고 강요한 적이 없었다. 대신 아빠는 내게 많은 책을 사 주었고, 나는 아빠 서재에 있는 책을 거의 다 읽었다. 그런데 교과서만 잡으면 참고서만 잡으면 잠이 쏟아졌다.

"공부 못해도 된다며? 엄마가 그랬잖아…… 괜찮다고 했잖아. 행복하면 된다고. 나 지금 고양이들하고 행복해. 그럼 된 거잖아."

"엄마가 그런 뜻으로 말한 거 아닌 거 알면서 그래. 노력은 해야지. 노력하지 않으면 네가 너 자신을 자랑스러워할 수가 없어. 너 자신을 별로 좋아하지 않게 될 거라구. 엄마는 그게 싫어."

나는 두 손으로 머리를 비볐다.

"무슨 말인지 모르겠어. 어려워……. 그런 말은 엄마 책에나 써."

엄마가 입술을 앙다물고 나를 노려보고 있는 게 등 뒤로도 느껴졌다.

"기지배 말하는 본새하고는…… 어디서 엄마한테 그런 말을 해."

"그럼 무슨 말을 해! 한다니까! 공부한다니까."

나는 거칠게 책들을 꺼내 책상 위에 펼쳤다.

엄마도 분명 어린 시절에 겪었을 거면서 왜 이런 말들을 하는지 모르겠다. 공부하라고 말하면 정말 딱! 그때부터 공부는 죽어도 하기가 싫었다. 그냥 나를 믿어주었으면 했다—아니 믿어주지 않아도 좋으니 그냥 내버려두었으면—있는 그대로의 나를 그냥 사랑해주었으면 했다. 하지만 내 쪽에서 먼저 그렇게 말할 수는 없었다. 공부를 못하는 것이 자랑이 아닌 것쯤은 나도 알기 때문이다. 이상하게 눈물이 나왔다. 엄마 말대로 나는 나 자신을 별로 좋아하지 않고 있었다. 특별히 예쁘지도 않고—물론 가끔은 거울을 보고 예쁘다 생각하고는 핸드폰에 달린 카메라로 내 얼굴을 찍어보고 흐뭇할 때도 분명 있지만—살은 교복 옆으로 자꾸 비어져 나오고 체육이나 음악이나 미술에 특별히 재능도 없고 게다가 공부마저 못하는 데다가, 엄마 말대로 최선도 다하지는 않고 있었다.

하지만 그래도 엄마라면, 세상 사람들이 다 뭐래도 괜찮아, 넌 잘하고 있어, 이대로도 충분히 넌 사랑받을 수 있어, 뭐 이런 말이라도 해야 하는 게 아닐까. 그런 말을 들으면 미안해서라도 공부를 할 텐데……. 처음에 내가 이 집에 왔을 때는 공부를 잘하는 거 바라지 않는다고, 그저 행복하라는 말을 그럴듯하게 해서 날 감동시키더니, 그래서 나로 하여금 공부를 하고 싶게 만들더니, 이제 와서 최선을 다하지 않는다는 말을 듣고 나자, 왠지 최선을 다하고 싶지 않았고, 절대로 최선을 다하기도 싫어졌으며 최선을 다하지 않아도 될 좋은 핑곗거리가 생긴 것 같기도 했다. 하지만 눈물은 왜 나오는 걸까. 감정은 왜 하루에도 스무 번 넘게 오르락내리락하는 걸까.

엄마는 내 눈물을 보자, 휴지를 내게 건네더니 침대에 걸터앉았다.

"울긴 왜 우니? 공부하면 되지."

웃음이 나왔다. 저렇게 당연한 말을 마치 좋은 충고인 것처럼 할 수가 있을까 싶어서였다.

"널 나무라자는 게 아니었는데 미안하다……."

엄마는 힘없이 말했다. 다시 눈물이 나왔다. 엄마가 그렇게 말하면 정말 나 자신이 형편없는 아이인 것 같단 말이야, 라고 대꾸하고 싶었는데 그 생각을 하자 슬퍼졌던 것이다. 아니, 실은 내가 정말 형편없는 아이여서 형편없는 어른으로 자랄까 봐 두려웠는지도 모른다.

"엄마 친구들이 자꾸 전화를 해서 널 그렇게 놔두면 안 된다고……. 나도 잘 모르겠어. 어떻게 하는 게 옳은 건지. 애들 문제는 정말 모르겠어."

엄마는 한숨을 쉬었다.

"동빈이 초등학교 일 학년 입학했을 때, 그때만 해도 촌지라는 게 사회문제가 될 정도로 심각할 때였는데, 엄마는 생각했지. 난 그런 거 안 해. 난 참교육 정신에 입각해서 절대로 우리 아이에게 그런 거 안 해, 하고. 경험 있는 엄마 친구들이, 충고하더구나. '참교육도 좋지만, 네 아이만 피해 볼걸. 네 아이 피해 보고 나서 사회가 정의

로워진들 뭘 하니? 결국 네 손해야……. 눈 딱 감고 다른 데서 돈 아껴서 남들보다 조금 더 많이 가져다 드리고 바쁘더라도 자주 찾아가서 얼굴 도장 찍어.' ……엄마 그렇게 안 했어. 두 번 인사 가고 말았지……. 둥빈이 학교 가서 첫 여름방학 과제가 일기 쓰기 하나였는데 싫다는 둥빈 붙들고 정말 열심히 일기 쓰게 했었어. 그런데 둥빈이 나중에 말하더라. 엄마, 애들 다 일기쓰기상 받았는데 매일 쓴 사람 중에 나만 못 받았어……. 선생님 찾아갔지. 선생님, 매일 쓰는 아이에게 주는 상이라면 저희 둥빈이도 주셔야 되는 걸로 아는데……. 기준이 달랐나요? 그때 둥빈 담임선생님 너무나도 시큰둥한 얼굴로 대답하더구나. 다 써 온 애가 한둘인가요? 얼마나들 잘 썼는데요. 엄마들이 일기장에 꽃잎 넣어서 코팅까지 해서 보냈어요……. 성질 같아서는……. 아니, 엄마들이 코팅한 건 엄마들 상 주고 아이가 한 건 아이 상이잖아요? 규정이 매일 쓰는 거지 잘 쓰는 게 아니었잖아요, 묻고 싶었지만, 아무 말도 못 했어……. 더 불이익 갈까 봐……."

엄마는 한숨을 길게 내쉬었다.

"위녕, 엄마 친구들이 너 고액 과외라도 시키래. 빚을 내서라도 시키래. 족집게 과외, 명사 과외……. 과목당 한 달에 이백만 원이라나? 더한 것도 있다나……. 그것도 연줄 있어야 들어간다나……. 대학 갈 때까지 수천 쓸 생각해야 부끄럽지 않은 데 보낸다고……."

93.

엄마는 중얼중얼 말을 이어나갔다. 이럴 때 엄마는 일자무식한 여자 같았다. 갈팡거리고 질팡거리면서, 아픈 아이를 위해 허벅지 살이라도 베어 입에 넣어주어야 하는 봉건적인 엄마처럼 처연하게 구는 것이었다. 심지어 머리맡에 아스피린이 놓여 있어도 허벅지 살을 베어 먹여야 더 사랑이라고 생각하는 이상한 종교에 도취라도 되어 있는 듯이 보였다.

"모르겠어. 빚을 내서라도 그게 너를 위한 거라면……. 엄마 무서웠어. 내가 나 옳은 거만 생각하고, 사회정의가 어쩌구, 지식인이 어쩌구, 나만 고지식한 거 같기도 하고, 이러다가 우리 애들만 뒤처지는 것 같기도 하고……. 내가 너무 무능하고 나쁜 엄만가 싶어서."

"엄마!"

내가 엄마의 말을 막았다. 말이 길어지면서 자신의 감정에 도취되어 있던 엄마가 정신이 돌아온 듯했다. 내 표정을 보자 엄마는 눈을 동그랗게 떴다. 나는 정말로 화가 나 있었던 거였고, 자신의 감정에 도취되어 나의 기색도 알아차리지 못하는 엄마의 표정을 보자 그 화는 머리끝까지 솟아오르기 시작했다.

"엄마, 지금 무슨 말 하고 있는 거야? 자존심 상해서 더 못 듣겠어, 정말! ……엄마 친구들 다 좋은 대학 나온 사람들 아니야? 좋은 대학 나와서 그런 생각 할 거면 그 대학 뭐 하러 가는 거야? ……그래, 내가 엄마 빚지게 하고 그래서 좋은 대학, 아니 부끄럽지 않은 대학—대체 부끄러운 대학은 어디고, 아닌 대학은 어딘데? 그리고 누가 누구한테 부끄러운 건데?—간다고 치자. 그럼 엄마 말대로 나는 자랑스러울까? 그게 나한테 뭐가 좋아?"

내 서슬에 엄마는 약간 겁먹은 표정이 되었다.

"아니 위녕, 그런 게 아니야……. 솔직히 엄마도 그렇게는 생각 안 해. 그런데 모르겠어……. 좋은 대학 나와서 남들이 다 인정하는 직업 가지고 살면…… 편해……. 그건…… 사실이란 말이야. 그리고 편하다는 것은 그냥 소파가 편하다, 이 옷은 참 편하군, 이런 거하고는 차원이 다른 거야……. 그건 말하자면 열대우림이나 북극에서 사느냐, 아니면 일 년 내내 맑고 청명하고 온화한 기후에서 사느냐 이런 문제야. 하루하루 시시각각, 해가 뜨고 지고 바람이 부는 것처럼, 그래서 운명처럼 우리 피부에 스며드는 문제라구……. 엄마 이야기는 이왕이면, 할 수 있다면, 그게 꼭 돈의 문제가 아니라도, 그리고 약간 비겁한 방법이라고 해도 너에게 그런 걸 해주는 것이 혹시 더 좋을 수도……."

"……엄마 정말 이러지 마. 나 진짜로 자존심 상해, 정말 상해! 엄마한테 실망스럽구."

나는 방문을 박차고 나왔다.

엄마와 아빠의 세대, 소위 우리나라의 민주화 세대를 나는 모른다. 하지만 쪼유의 엄마 아빠도 길거리에서 시위하다가 쪼유 엄마가 넘어졌는데 지금 쪼유의 아빠가 손을 잡아 일으켜주어서 함께 손을 잡고 달리다가 결혼까지 하게 되었다고 했다. 아빠는 민주화 운동을 하다가 내가 태어나는 것도 보지 못하고 감옥에까지 갔다 왔다고, 엄마는 아무것도 가진 것 없으면서 부와 명예와 권력 같은 것을 마음껏 비웃었다고 했다. 그게 무엇인지 잘은 모르지만 나는 마음속으로 약간은 그들의 그런 오만한 전설을 인정하고 있었고 어쩌면 부러워도 하고 있었다. 내가 그들처럼 감옥에 가고, 그들처럼 최루탄 터지는 길거리에서 돌맹이를 들고 시위를 할 필요는 느끼지는 못했지만, 나는 적어도 그들이 원했던 것이 통장에 넣어두고 꼬불칠 돈이 아니었고, 손아귀에 넣고 마음껏 주무를 권력이 아니었다는 것을 존경하는 양심쯤은 가지고 있었다는 것이다. 그런데, 그들을 자랑스러워하는 글을 쓰고, 또 엄마가 한때 친구를 넘어 동료이자 동지였다고 자부하는 엄마의 친구들은 이제 전화를 걸어 이렇게 말하고 있다는 말인가.

"사회정의고 뭐고 그러면 네 아이만 손해야."

아니, 그들이야 그렇다고 쳐도, 가끔씩 자신의 젊은 날을 회상할 때는 만주벌판에서 빼앗긴 조국을 위해 독립운동이라도 한 것처럼 감상에 젖어들던 엄마가 고작, '빚을 내서라도' 부끄럽지 않은 대학을 가야 한다고 말하는 것이 가당하기나 한가 말이다.

이럴 때 나는 어른들이 정말 싫다. 가끔 우리 집에 손님으로 오는 엄마의 친구들은 아주 어려운 용어들을 쓰면서 이 사회가 어디로 가고 있고, 교육의 문제가 어쩌고 정책이 저쩌고 하면서 밤늦도록 열을 올린다. 그런데 그 엄마 친구 자식들의 반은 이미 중학교 이전에 미국으로 갔다고 했다. 그러면서도 그 사람들은 모여서 우리나라의 교육을 걱정한다. 그 사람들이 걱정하는 그 교육을 받는 아이들은 대체 누구란 말인가. 아니, 그건 내가 고민할 문제는 아니니 엄마는 나라의 교육을 걱정하기 전에 그냥 내 마음의 결이라도 좀 헤아려주었으면 좋겠다. 실은 우리가 얼마나 무섭고 우리가 얼마나 우리 스스로의 미래에 대해 겁먹고 있는지 말이다.

물론 우리 중에 수업 시간이 끝나기만 하면 거울을 들여다보면서 "난 공부 안 해도 돼, 우리 엄마가 대학 못 가면 미국 보내준댔어.

그리고 엄마가 그러는데 여자는 얼굴만 예쁘면 된대……. 물론 몸도 말이야."라고 말하는 부류의 아이들이 있기는 하다. 그리고 그런 아이들을 보면 나도 가끔 이 사회는 대체 어디로 가는 걸까, 하는 생각을 하지 않는 것은 아니다. 하지만 세상에는 그리고 내 주변에는 그렇지 않은 아이들이 훨씬 많다. 전철에서 줄을 잘 서는 것과 길거리에 휴지를 버리지 않는 것이 공부를 잘하는 것만큼 중요하다는 것을 아는 아이가 더 많이 있으며, 팔레스타인이나 관타나모 수용소를 보면서 과연 정의란 무엇인가, 아주 가끔씩이지만 고민하기도 한다.

나는 집을 나와 걸으며 쪼유에게 문자를 보냈다. 잠시 후, 쪼유에게서 답신이 왔다.

지금 과외 중, 두 시간 후 교신 가능.

길을 걷는데 과외 선생님과 함께 앉아 공부를 열심히 하고 있을 쪼유의 모습이 떠올랐다. 족집게 과외 선생님에게 곧 있을 중간고사의 문제를 받아 풀고 있을 그 아이의 모습이 말이다. 물론 이것은 조금만 정신을 차리고 생각하면 전혀 가당치도 않은 말이지만—왜냐하면 쪼유는 나보다도 더 공부하기를 싫어하는 아이니까—나는 갑자기 이 세상에서 혼자 낙오된 듯한 두려움과 서러움을 느꼈다. 엄마에게 말도 안 되는 소리라고 대들었지만 소위, 부끄럽지 않은 대학 정문으로 친구들이 당당히 걸어 나오면 나 혼자 그 학교 버스 정류장 나무 뒤에 몸을 숨기고 그들을 피하고 있는 얼토당토않은 영상도 떠올랐다.

94.

다니엘 아저씨는 불 켜진 서점에서 혼자 책을 보고 계셨다. 아저씨의 손에는 늘 시가나 책이 들려 있었다. 언뜻 표지에 《세상의 바보들에게 웃으면서 화내는 방법》이라는 제목이 보였다. 내가 들어서는 것을 보자 아저씨는 "어어 위녕!" 하고 활짝 웃었는데 내 표정을 보자 시무룩한 얼굴로 금방 변했다. 그 변하는 모습이 내 표정을 따라 하는 것이라서 나는 나도 모르게 좀 웃고 말았다.

우리는 서점 정원의 작은 탁자에 앉았다. 아저씨는 언제나처럼 녹차를 가져왔다. 보랏빛 수레국화들이 토분에 가득 피어 여름에서 가을로 계절을 밀고 가는 듯 벌써 바람은 까실하고 건조했다.

내가 아무 말도 하지 않자 아저씨는 읽던 책을 마저 읽기 시작했다. 실은 아저씨가 무언가 물으면, "아저씨, 저 지금은 아무 말도 하고 싶지 않아요, 절 이대로 조금만 놔두시겠어요……." 이렇게 대답하려고 했었는데 아저씨가 말없이 그냥 책을 읽고 있자 약간 이상한 기분이 되었다. 게다가, 엄마가 "너 지금 어딨니? 어서 들어와라. 엄마가 미안해." 하고 전화를 하거나 문자를 하면 절대로 전화도 받지 않고 응답도 하지 않으려고도 했는데 전화기마저 조용했다. 그렇게 잠시 앉아 있으려니 엄마에게 그렇게 화가 나던 기분은 금세 어디로 가고, 심지어 약간 심심해지기도 했다. 나는 하는 수 없이 말을 꺼냈다.

"아저씨, 내가 왜 이 밤에 여기로 왔는지 물어봐 주실래요?"

아저씨는 읽던 책을 슬그머니 탁자에 올려놓더니 나를 향해 웃었다.

"그래…… 왜 왔니, 위녕……?"

"엄마랑 싸우고 왔어요……. 엄마가 말도 안 되는 소리를 해서 나를 화나게 했거든요. 어떤 때는 글을 써서 너희 셋 키우는 게 장난인 줄 아니? 뭐 이러면서 용돈 하나 받는 것도 미안하게 만들면서 우리를 주눅 들게 하더니 오늘은 난데없이 빚을 내서라도 비싼 과외를 받아야 하는 거 아니냐고……."

아저씨는 말없이 나를 바라보고 있었다. 무연한 눈빛이었다. 엄마의 흉을 실컷 보려고 했는데 아저씨의 그 잔잔한 눈빛을 보자 내 말투는 점점 힘이 없어져가고 있었다. 그래도 이왕 꺼낸 말이니 멈추기도 이상해서 나는 계속했다.

"소위 작가라는 사람이, 지성인이라는 사람이……. 책에다는 그 럴듯하게 좋은 말만…… 쓰면서…… 행복해야 한다고…… 오늘 행복하지 않으면 행복은 없다고……. 뭐 그러면서……."

"그래, 그래서 네가 화가 났구나……."

내가 더듬거리자 아저씨는 천천히 대꾸했다.

"그렇죠. 당연히 화가 나죠……."

이상한 일이었다. 토분 가득 핀 보랏빛 수레국화 무더기가 가을 바람에 작게 고개들을 갸웃거리고 정원 저쪽 구석에서 귀뚜라미가 뚜르르뚜르르 우는 소리를 듣고 있노라니 내가 화가 나는 것이 꼭 당연하게 느껴지지는 않는 것이었다. 나는 얼른 녹차를 좀 마셨다. 저기 이제는 진초록 잎이 무성해진 라일락 나무 밑에 코코를 묻은 생각이 났다. 그때 다니엘 아저씨의 충혈된 눈동자도 떠올랐다. 아저씨의 눈빛은 여전히 무연했고 가을 호수처럼 깊었다. 나는 나도 모르게 입을 다물었다. 지난주에 우리를 스쳐갔던 죽음을 나는 벌써 잊고 있다는 생각이 들었다. 아저씨는 어떻게 그렇게 가족을 잃은 고통을 이겨내고 저런 눈빛을 하게 되었을까.

엄마는 가끔 미국 뉴욕에서 일어났던 9·11 테러 이야기를 했다. 그때 납치당한 비행기 안에서 죽음을 코앞에 두고 사람들이 전화를 걸었다는 것 말이다. 그들은 모두 가족에게 전화를 걸었고 사랑한다고 말했고 그리고 죽었다. 죽음 앞에서, 좀 더 열심히 일해서 승진을 할걸, 이라거나 재테크를 좀 더 잘해서 재산을 더 불려둘걸, 이라거나 아니면 공부를 더 잘해서 더 좋은 대학에 갈걸이라고 말하는 사람은 없었다고 했다. 그래도 지금 같은 기분이라면, 그리고 내가 그 비행기 안에 타고 있다면 나는 엄마에게 전화를 해서, "엄마, 공부 못해서 미안해." 할지도 모르겠다. 그러면 엄마는 "미안하다 위녕. 공부 못한다고 구박해서 미안해." 하면서 가슴 아파하겠지. 흐흐흐흐, 생각만 해도 고소한 기분이었다. 하지만 정말 그런 일이 일어난다면, 생각만 해도, 아니 생각하기도 싫게 무섭고 두렵지만 나는 울면서 결국 말할지도 모르겠다.

"엄마, 사랑해. 그리고 동생들……. 아빠도 아저씨도."

거기까지 생각하자 온몸에서 힘이 빠져나갔다. 하지만 고 삼이 되기 전에 내가 죽을 확률은 거의 없지 않은가 말이다. 더구나 비행기를 탈 확률도, 그 비행기를 테러범이 몰고 고층 건물로 돌진할 확률도 없다. 9·11 테러 이후로 검문이 엄청 강화되었으니까. 더구나 그럴 때 나는 무서워서 핸드폰을 켤 생각이나 할 수 있을까.

"난 공부를 못해요. 한 번도 잘해본 적이 없어요……. 이런 말 하면 어떨지 모르지만 잘해보려고 생각한 적도 없어요. 난 책을 좋아하고 축구를 좋아하고 글쓰기를 좋아하긴 해요……. 그런 것에 대해서라면 잘하고 싶어요. 누구보다 많이 읽고 많이 쓰고 축구에 대해서도 누구보다 많이 공부하고 싶었어요……. 하지만 공부에 대해선……. 엄마는 이해해줄 거라고 믿었는데…….”

아저씨는 아무 말도 없이 나를 바라보고 있었다. 말은 없었지만 내 말에 귀를 기울이고 있다는 것을 느끼고 있었다.

“……그리고, 그리고 아빠에게서는 벌써 몇 주째 연락이 없어요.”

95.

난데없는 이야기가 튀어나왔다. 이상하게 다니엘 아저씨 앞에서는 무슨 말이든 진심을 이야기하고 마는 것이다. 그리고 그게 나를 오늘 하루 종일 우울하게 만들었다는 것도 그제야 깨달았다. 사람이 자기 마음 하나 알기가 이렇게 힘이 드는구나, 하는 생각도 새삼 들었다. 아저씨는 역시 아무 말도 하지 않더니 갑자기 일어나 서점의 정원으로 가서 무언가를 뜯기 시작했다. 의아한 표정으로 앉아 있는 내게 다가온 아저씨 손에는 초록 풀 몇 개가 쥐어져 있었다. 받아들고 보니 네 잎 클로버였다.

“이게 뭐예요?”

네 잎 클로버라는 것을 알고 있었고, 또 그것이 상징하는 것이 행운이냐는 것을 묻는 것이 바보 같았지만 나는 말했다. 아저씨는 네 잎 클로버를 몇 개 내 손바닥에 놓아주더니 자리에 앉아 피우던 시가에 다시 불을 붙였다.

“위녕, 아저씨가 비밀 이야기 하나 해줄게. 아저씨에게는 남모르는 초능력이 있는데, 그게 바로 네 잎 클로버를 찾아낼 수 있는 능력이야.”

"네?"

내가 까르르 웃었다. 그걸 두고 초능력이라고 말을 하는 것이 우스웠기 때문이었다.

"웃지 마. 정말이야……. 그러니까 내가 보통 사람들한테는 말을 안 한다니까. 언제부터인지 모르겠는데, 길을 걷다가 혹은 풀밭을 지나가다가 저기쯤 네 잎 클로버가 있겠구나 싶으면 꼭 거기 네 잎 클로버가 있어. 멀리서도 느낄 수 있어. 어떤 때는 버스를 타고 가다가도 네 잎 클로버들이 저기 있구나 느껴져. 돈이 되거나 큰 효용가치가 없어서 그렇지, 초능력은 초능력 아니겠니?"

생각해보니 그것도 그렇긴 했다. 하지만 초능력과 네 잎 클로버는 너무 어울리지 않았다. 나는 웃음을 그칠 수가 없었다.

"그런데……. 대체 네 잎 클로버를 찾아내는 초능력은 세상에서 어디다 써요? 능력이란 건 쓸 수가 있어야 능력이잖아요?"

아저씨는 입맛을 쩝쩝 다시더니 말했다.

"왜, 네 나이 땐 꽤 쓸모가 있었지. 여학생들 꼬실 때 말이야……. 그리고…… 지금도 위녕 네게 그걸 놓아줄 수 있지 않니? 네 기분이 분명 조금은 풀렸잖아."

그건 그랬다. 아저씨는 나를 따라 빙그레 웃었다.

"말이다. 이 세상의 네 잎 클로버가 다이아몬드였다면 아저씨는 세상에서 제일 부자가 되어 있었을 거야……. 가끔 생각해보곤 하지. 세상이 노래를 잘 부르는 순으로 잘난 순서를 매긴다면 아저씨는 꼴찌일 거야. 노래를 진짜 못하거든. 춤을 추는 순서로 매겨진다면 아저씨는 정말 거지가 되었을 거야. 날씬한 순서로 서열을 매긴다면—얼마간 그렇기는 하다마는—아저씨는 또 거의 거지가 되었겠지. 지금 네가 살고 있는 세계는 성적으로 매겨지는 듯하니까 네가 그렇게 느끼는 것도 무리는 아니지만…… 괜찮다. 위녕, 세상은 그렇게 단순하지는 않아. 세상에는 많은 서열이 있고 많은 점수가 있어. 네가 잘하는 것, 그래서 하면 할수록 더 하고 싶은 것 그걸 하면 돼……. 대신 열심히, 그리고 즐겁게."

나는 내 손에 놓인 네 잎 클로버 다발을 바라보았다. 초능력이라는 말과 네 잎 클로버의 난데없는 연관 때문에 웃고 나자 마음이 한결 가벼워졌다.

"……그 사람 돈도 별로 없고, 얼굴은 못생기고, 배도 나오고, 그런데…… 늘 엄마를 즐겁게 해줘. 엄마가 슬플 때, 엄마가 화를 낼 때, 엄마가 술 먹고 지난날을 생각하며 울 때도…… 엄마를 웃게 만들어……. 사람이 사는 데 유머라는 것이 밥을 먹는 것만큼이나 중요한 일이라는 것을 알게 해주었어. 그건 머리와 마음과 삶 전부를 아우르는 총체적 의미의 여유 같은 걸 테니까……."

엄마가 아저씨를 두고 하던 말이 떠올랐다.

역시 엄마도 이제 나만큼은 남자 보는 눈이 생기긴 했나 보다. 조금은 엄마가 안심이 되는 기분이었다.

96.

"아저씨는 오늘 저처럼 슬픈 날에는 어떻게 해요?"

내가 엄마에게서 들은 아저씨의 이야기를 생각하며 조심스레 물었다. 아저씨는 잠시 곰곰이 생각하는 얼굴이더니 대답했다.

"……음, 슬퍼하지."

나는 아저씨의 얼굴을 올려다보았다. 대답은 단순했는데 아저씨의 얼굴은 아주 진지했다.

"아저씨가 젊었을 때 어떤 유명한 스님을 취재하러 간 적이 있어요. 그분을 만나기 위해서는 아주 오랜 시간을 기다려야 했고 삼천배를 하고서야 어렵게 뵈었지. 그리고 물었어. 스님, 어떻게 하면 잘 살 수 있습니까? 하고. 그랬더니 그 스님이 대답하더구나. 앉아 있을 때 앉아 있고, 일어설 때 일어서며 걸어갈 때 걸어가면 됩니다, 하는 거야. 아저씨가 다시 물었지. 그건 누구나 다 하는 일 아닙니까? 그러자…… 그 스님이, 지금은 돌아가셨는데 아직도 그 눈빛이 생각난다. 형형하다고밖에 할 수 없는 그 눈으로 아저씨를 물끄러미 보더니 말하더구나. 그렇지 않습니다. 당신은 앉아 있을 때 일어날 것을 생각하고 일어설 때 이미 걸어가고 있습니다."

다니엘 아저씨는 이 말을 마지막으로 하더니 내 얼굴을 바라보았다. 어려운 말이었다. 나는 분명 앉아 있는데 일어날 것을 생각한다……, 는 말을 한 번 더 생각하자, 내가 정말 엄마는 왜 전화를 안할까, 내가 고양이들 밥을 주고 왔던가, 이런 생각들을 복잡하게 하고 있다는 것이 깨달아졌다. 게다가 나는 아저씨가 서점 문을 닫을 시간인데 내가 혹시 방해하고 있는 것은 아닐까, 집에 들어가면 엄마에게 무슨 말을 하지, 하는 생각도 하고 있다는 생각도 들었다. 하지만 그건 당연한 일 아닐까……. 그런데 앉아 있을 때는 오직 앉아 있어야 한다는 것이 그렇게 고매하신 스님이 깨달은 거라면……. 산다는 것은 이토록 단순한데, 그 단순함에 이르기가 그렇게 힘들다는 말일까 싶었다. 나는 단세포적인 바보들과는 달리, 내가 꽤 복잡하게 인생을 잘 사는 지성적인 소녀라고 생각하고 있는데 단순한 것이 그렇게 위대하다는 말인지 다시 머리가 복잡해졌다. 하지만 언제나처럼 좋은 말은 나를 아프게 한다. 과녁을 정확히 맞히기 때문인지도 모른다.

"아저씨, 사는 게…… 어려워요."

아저씨는 잠시 웃었다.

"그래, 사는 것은 어렵지. 아주 어려운 일이야. 스님도 어려웠으니까 깨달음을 찾았겠지……. 그런데 말이다, 위녕, 사는 게 어려운 일이다, 이걸 한번 받아들이고 나면, 진심으로 그것을 받아들이고 나면, 사는 게 더 이상 어려워지지 않아. 왜냐하면 어려운 삶과 내가 하나가 되니까."

나는 내 손에 놓인 네 잎 클로버를 바라보며 그만 일어나야겠다고 생각했다. 내일은 학교에도 가야 하고 곧 중간고사도 다가온다. 그러자 정말 '당신은 앉아 있을 때 일어날 것을 생각하고…….'라는 말이 생각나서 약간 웃음도 나왔다.

아저씨는 서점 문을 닫고 나를 아파트 입구까지 바래다주었다. 여기저기서 풀벌레들이 울고 있었다. 풀벌레 소리 때문일까, 바람은 한결 더 서늘했다. 아저씨와 함께 걸어가면서 나는 문득 다시 아빠를 생각했다.

지난번 만남에서 새엄마와 동생 위현이를 보고 싶다고 했는데, 이젠 새엄마와 위현이와 화해할 수 있을 것 같다고 했는데, 아빠는 대답하지 않았다. 그 무응답 속에는 나를 향한 불신이 짙게 배어 있었다. 그리고 그건 아빠가 새엄마와 내가 갈등을 일으킬 때마다 줄곧 취하던 태도였다. 나는 그게 화가 나서 이 주 전 아빠와 만난 이후로 줄곧 아빠에게 새엄마를 만나고 싶다고 졸라댔던 것이었다.

나는 내가 엄마 집으로 온 이후 얼마나 편안해지고 성숙해졌는지를, 그래서 이제 새엄마의 태도나 말투에 상처 입지 않는다는 것을 보여주고 싶었을 것이다. 아니, 그뿐이 아니다. 새엄마와 아빠가 얼마나 내게 잘못했는지를 엄마 집으로 와서 행복해진 내 얼굴을 통해 시위하고 싶었을 것이다. 내 마음속을 뒤져보면 솔직히 화해하고 싶은 마음보다는 그들을 그런 식으로 비난하고 싶은 마음이 더 컸을지도 모른다. 아빠는 아마 그것을 눈치 챘을 것이 분명했다. 집 앞에 다가가자 아저씨가 내 어깨를 한 손으로 잡았다.

"조금 아까 엄마에게서 문자가 왔다. 네가 자랑스럽다고. 잘 커준 거 같아 고맙다고……. 생각보다 훨씬 대견한 아이라고."

아저씨는 그렇게 말하고 씨익 웃었다. 나도 모르게 왠지 눈물이 핑 돌았다. 그 눈물의 의미는 지금 생각해도 잘 알 수 없는 것이긴 했지만, 내가 그냥 나여도 된다는 그런 안도감은 아니었을까, 싶다.

어른들은 알까, 나도 한참 더 시간이 흐른 후 깨달은 것이긴 하지만 우리가 얼마나 어른들의 눈치를 보며 살고 있는지를. 그냥 내가 나여도 되는 것, 그냥 내가 원하는 말을 하는 것, 그것이 어른들의 눈으로 보면 비록 우습고 유치하고 비록 틀릴 수 있을지라도, 무슨 말이든 해도 비난받거나 처벌받거나 미움받지 않는다는 확신이 없을 때, 우리는 얼마나 우리를 잃고 갈팡질팡거리는지를.

"아저씨, 고마워요."

집으로 들어가기 전에 내가 말했다. 그러자 비로소 나는 아저씨에게 그렇게 좋은 친구가 아닐지도 모른다는 생각이 들었다. 아저씨가 무엇을 아파하는지 나는 한 번도 생각해본 적이 없었던 것이다.

"그래, 고맙다고 하니까 내가 고맙구나. 그런데 위녕, 아저씨가

227

이왕 말을 꺼낸 거 한마디만 더 한다면……."

아저씨는 내 어깨에 두었던 손을 떼고 두 손을 호주머니에 찔러넣었다. 나는 아저씨의 얼굴을 올려다보았다. 단언컨대 그 순간만은 나는 아저씨의 말을 들을 준비를 하고 있었다.

"네가 원하는 것을 해라. 괜찮아……. 하지만 자신이 원하는 것을 마음대로 하는 자유는 인내라는 것을 지불하지 않고는 얻어지지 않는다. 훌륭한 피아니스트가 자유롭게 피아노를 칠 때까지 인내하면서 건반을 연습해야 하는 나날이 있듯이, 훌륭한 무용가가 자연스러운 춤을 추기 위해 자신의 팔다리를 정확한 동작으로 억제해야 하는 나날이 있듯이 자유를 얻기 위해서는 그것을 포기해야 하는 과정이 분명히 존재한다는 것을……."

아저씨는 말을 다 마무리 짓지 않고 나를 바라보았다. 나도 모르게, 나는 아저씨를 향해 고개를 끄덕였다. 아저씨가 웃으며 손을 흔들었다. 그리고 돌아서서 걷기 시작했다. 처음으로 나는 아저씨의 뒷모습에 고독이 배낭처럼 매달려 있는 것을 보았다. 불 꺼진 방에 혼자 들어가는 것……의 의미를 아는 사람은 안다.

나는 나도 모르게 소리 내어 아저씨를 불렀다. 아저씨가 뒤를 돌아보았다. 희미한 가로등 불빛 아래서 아저씨의 얼굴은 생각 탓이었을까, 창백해 보였다. 세상에서 나 혼자만 불행한 줄 알았는데, 남들은 아무렇지도 않은 얼굴로 웃고 있기에, 나 혼자만 슬픈 줄 알았는데, 나는 왠지 아저씨에게 미안했다.

"아저씨, 네 잎 클로버 제가 제일 아끼는 책에 끼워둘게요."

아저씨는 손을 흔들고 어두운 모퉁이를 돌아갔다.

97.

집으로 들어서자 엄마가 제제 방에서 나왔다. 표정이 좋지 않았다. 엄마는 현관으로 들어서는 나를 보더니 말했다.

"제제가 아파 열이 많이 난다……. 해열제를 먹였는데 열이 안 내리면 밤에라도 응급실로 가야 할 것 같아……. 내가 너무 늦은 나이에 낳아서 그런가 몸이 약해서 큰일이야."

내가 엄마에게 무슨 말을 해야 할까 우물거리고 있는데 엄마가 약간 피곤한 목소리로 다시 말했다.

"위녕, 미안하지만 거기 티브이 좀 꺼줄래……."

티브이 속에서는 나도 이름을 들은 적이 있는 사람이 나와서 강연을 하고 있었다. 그가 열변을 토할 때마다 방청석에서 웃음과 박수 소리가 터져 나왔다.

"하도 유명한 사람이라고 해서 혹시나 하고 강연을 봤더니, 모든 게 마음먹기 나름이란다. ……기가 막혀. 저 사람은 애들도 없나 봐. 애를 하나만이라도 키워보면 모든 게 마음먹은 대로 된다는 둥, 이런 소리는 못할 텐데……. 에잇, 참 이상해, 꼭 글이 밀리면 애들이 아파."

엄마는 구시렁거리며 화장실로 들어가 찬 물수건을 짰다. 내가 멀뚱하게 서 있자 엄마가 내게 다시 말했다.

"어서 들어가 자라. 혹시 아침에 엄마 없으면 응급실 간 줄 알고……. 둥빈이 네가 깨워 토스트 좀 먹여라."

엄마는 휑하니 제제의 방으로 들어가 버렸다.

98.

다음 날 아침 잠에서 깨어났는데 벌써 시간이 일곱 시 십오 분이었다. 일곱 시에는 집에서 나가 전철을 타야 했는데, 또 지각인가, 하는 생각이 들자 난데없이 화가 났고 또 동시에 오늘 하루 학교를 빠지고 싶다는 생각이 들었다. 망설임은 짧았지만 아주 강렬했고, 가끔 아프다는 핑계를 대고 학교를 빠졌을 때, 늘 시시껄렁하게 지나가버리곤 하던 시간이 특별한 달콤함으로 바뀌었던 기억이 떠올랐다. 아이스크림보다 달콤하고 초콜릿보다 짜릿한 그 기억들이 내 귀에 속삭였다. 한 번만, 딱 한 번만…… 게으르자. 딱 한 번만이야……. 침대 시트에 따뜻하고 노곤한 끈끈이를 붙여놓은 것처럼 나는 중력에 몸을 맡기고 있었다. 그때 하필이면 어젯밤에 들었던 다니엘 아저씨의 말이 떠올랐다. 자유란 인내심을 지불하지 않고는 결코 얻을 수 없다는 그 말 말이다. 어젯밤 그 말을 들을 때는 수첩에 메모를 해놓고 싶을 정도로 좋았는데 이 아침 그 말은 일요일 아침에 울리는 모닝콜처럼 귀찮았다. 나는 누군가가 내 귀에 대고 그 말을 속삭이기라도 할 것처럼 이불을 머리끝까지 뒤집어썼다가 그대로 일어나 욕실로 뛰어갔다.

교복을 입고 엄마 방으로 갔더니 엄마는 제제와 함께 잠들어 있었다. 아마 새벽에 응급실에 다녀왔는지 외출복만 벗은 채였다. 입을 약간 벌리고 잠든 엄마의 얼굴에는 삶의 피곤함이 흐트러진 머리칼처럼 얼굴로 흘러내리고 있었다. 뺨의 거뭇한 기미도 더 선명해 보였다. 등이 휠 것 같은 삶의 무게여…… 였던가, 엄마가 노래방에서 잘 부르는 그 노래가 떠올랐다.

"가끔 그런 생각 해. 누가 좀 있었으면 좋겠다고. 내가 다 책임지지 않아도 된다고, 내게 말해줄 누군가가 좀 있어주었으면 좋겠다고…… 너 혼자 다 하지 않아도 된다고 말해줄 누군가가 있었으면 좋겠다고 말이야."

엄마는 가끔 내게 그런 말을 했다. 처음에는 나는 그것이 남편이나 혹은 가장을 말하는 것이라고 생각해서, 엄마에게 돈도 많고 엄마의 책임을 나누어 져줄 수 있는 좋은 사람이 생겼으면 좋겠다고 느낀 적도 있었다. 그런데 이 아침 힘겨운 얼굴로 자고 있는 엄마를 보자 온몸으로 운명을 받아들여야 한다는 엄마의 말이 떠올라왔다. 온몸으로, 온몸으로. 그리고 그것은 실은 나누어 질 수는 없는 종류의 것들이라는 것도 깨달아졌다. 엄마는 그렇게 엄마 몫의 삶을 지고, 나는 내 몫의 삶을 지고 가는 것, 아무리 사랑해도 각자가 지고 갈 짐을 다 들어줄 수는 없는 것, 그것이 인생일까.

엄마는 어젯밤 아픈 제제를 업고 병원 응급실에 다녀온 모양이었다. 약봉지가 제제의 머리맡에 놓여 있는 것이 보였다. 인사를 하지 않고 그냥 나가려는데 엄마가 뒤척이며 가느다랗게 눈을 떴다.

"……나 학교 가려고. 둥빈이는 깨웠는데……. 엄마, 근데 나 둥빈이 토스트 구워줄 시간은 없어."

엄마는 부스스한 얼굴로 자리에서 일어나 앉더니 "미안하다, 위녕. 그런데 엄마 좀 더 잘래. 어제 한잠도 못 잤거든. 둥빈이는 놔둬봐. 엄마가 할게." 하더니 도로 자리에 쓰러져 누웠다. 잠깐 사이에 엄마는 가는 코까지 골았다.

어쩔 수 없는 것을 모르는 것은 아니었지만 서운했다. 무엇이? 누가 물으면 무어라고 또박또박 대꾸할 수는 없었다. 엄마가 피곤한 것도, 제제가 아프니까 내가 양보해야 한다는 것도 알고 있었다. 알고 있을 뿐만 아니라 이해했다. 그런데 가슴 깊은 밑바닥에서 소용돌이치며 오르고 있는 이 찬바람은 무엇일까. 터무니없이 화가 나고, 엄마가 게을러빠진 엄마의 표본인 것 같은 이 비이성적인 감정은 무엇이었을까. 모성(母性)은 어느 순간에도 절대적인 희생을 바탕으로 해야 한다는 굳은 믿음은 대체 어디서 온 것이었을까.

나는 전철역으로 뛰어가서 문이 닫히기 전에 겨우 올라탔는데 그 순간 불현듯 알게 되었다. 그건 제제에 대한 질투 때문이었다고 말이다. 내가 제제만 할 때, 내가 아팠을 때, 내가 한밤중 열에 들떠 깨어나 혼자 울 때, 내 곁에는, 오늘 제제 곁에서 엄마가 있었듯이 그렇게, 이마에 손을 짚으며 하염없이 연민의 눈길을 보내는 그 엄마가 없었다는 것을 기억해냈던 것이다.

99.

나는 그날 연락이 없는 아빠에게 문자를 넣어 이번 주말에 E시에 가겠다고 했다. 가서 새엄마에게 인사도 드리고 할머니도 뵙고 이제는 아빠와 새엄마와 동생도 보겠다고. 아빠에게서는 그날 오후에 냉랭한 답변이 왔을 뿐이었다.

그날 위현이 외갓집에 가기로 했다.
아빠는 담에 보고 그냥 할머니만 뵙고 가렴.

나는 더 지체하고 싶지 않았다. 그래서 점심시간에 쪼유에게 나의 많은 것들을 털어놓았다. 쪼유는 눈물이 글썽한 눈으로 내게 말했다.

"위녕, 말도 안 돼. 넌 진작 그 일을 해야 했어……. 내가 같이 가 줄까?"

나는 그 계획을 실은 쪼유 이외에는 누구에게도 털어놓지 않았었 다. 오랜 시간 동안 망설인 것도 사실이었다. 그런데 쪼유가 눈물을 글썽이며 내게 너는 그래야만 한다고 말하자, 내가 이 일을 하고 나 야만 왠지 고 삼이 되어서 잘 살 수 있을 것만 같았다.

엄마에게는 물론 비밀로 할 생각이었다. 엄마는 안 된다고 할 것 이 뻔했기 때문이었다. 물론 그 일이 별로 좋은 일이 아니라는 것을 나도 안다. 하지만 나는 그러고 싶었다. 그리고 그래야만 한다는 생 각은 내 속에서 점점 커지고 있었다. 그리고 이제는 때가 온 것 같 았다.

그날 집으로 돌아가자, 엄마가 책상 앞에서 글을 쓰는지 끙끙거 리고 있었다. 제제는 그새 감기가 다 나았는지 칼을 들고 돌아다니 며 "정의의 검을 받아라, 얍!" 하고 부산을 떨고 있었다. 엄마가 거 실로 나와 소리를 쳤다.

"제제! 너 아픈 애 맞아? 열 내렸다고 뛰면 어떻게 하니? 오늘 학교 빠졌으니까 내일은 학교에 가야지. 빨리 방으로 들어가 누워 있어!"

제제는 입을 삐죽이며 제 방으로 들어갔지만 방 안에 있는 곰 인 형을 상대로 칼싸움을 벌이고 있는지 쿵쾅거리는 소리가 여전했다. 제제가 시끄러운 것은 나도 싫었지만 어젯밤처럼 엄마 곁에서 열에 들떠 자고 있는 것보다는 낫다고 생각하자 내 마음도 좀 누그러졌 다. 나는 엄마 서재로 가서 엄마 책상 맞은편에 앉았다.

"아침에 돈이라도 좀 줄 걸 그랬나 봐. 배고팠지?"

눈은 여전히 노트북에 둔 채로 엄마는 시큰둥하게 물었다.

"……응."

내가 더듬거리며 대답하자 엄마는 두꺼운 안경 너머로 나를 빤히 바라보며 "무슨 일 있니?" 하고 물었다. 나는 고개를 가로저었다. 엄마는 다시 노트북에 눈을 두었다가 불현듯 고개를 들고 다시 물었다.

"교복 벗고 좀 씻어라. 무슨 일 있니? 왜 그래?"

나는 엄마에게 천천히 물었다.

"엄마……, 이번 주말에 뭐 할 거야?"

엄마는 주말? 하는 표정으로 고개를 갸웃거리더니, "아참, 말 안했구나. 엄마 이번 주말에 어디 좀 가야 해. B시에." 하고 대답했다. 엄마는 말을 마치며 내 얼굴을 바라보았는데 그때 엄마의 얼굴에 야릇한 홍조가 번졌다.

"다니엘 아저씨랑 여행 가는구나?"

내가 묻자 엄마는 어? 하는 표정을 짓더니 잠깐 망설이는 듯했다. 나는 더 묻지 않고 기다렸다. 엄마의 성격상, 비밀은 최대 삼 분까지 감출 수 있다는 것을 알고 있었기 때문이었다. 아니나 다를까, 엄마는 "아니, 뭐…… 그게…… 난……." 하고 말을 하염없이 더듬더니, "실은 그래." 하고는 마치 갓 성년이 된 여자 아이가 제 엄마에게 여행을 허락받는 듯한 눈빛으로 나를 바라보았다. 내가 빙그레 웃자, 엄마는 얼굴이 확 붉어지더니 다시 말했다.

"아니, 내가 제제도 아프고 주말이라 안 된다고 했는데, 이번에 다니엘 아저씨 친구가 바닷가에 근사한 집을 지었다고 꼭 같이 오라고 했다고…… 해서, 그래서 처음으로 여행을 한번 가볼까……

하는 거고. 방은 두 개를 쓰기로 했어. 그 집에 방이 많대. 진짜야."

나도 모르게 웃음이 나왔다. 그건 내가 혹시 남자 친구랑 여행을 가겠다고 할 때 해야 할 변명이 아닌가 말이다.

"엄마, 다니엘 아저씨 좋지?"

내가 빙그레 웃으며 물어보자 엄마의 얼굴은 더욱 붉어졌다.

"아니, 그게…… 꼭 그렇다기보다 바닷가에 지은 집은 어떤가 보고도 싶고, 케이티엑스도 타보고 싶고, 깨가 서 말이라는 전어회도 먹고 싶고…… 꼭 아저씨가 좋아서라기보다는……."

엄마는 이리저리 말들을 둘러대다가, 갑자기 힘이 빠진 듯 다시 말했다. 역시 삼 분만 기다리면 된다. 그건, 까짓 거 컵라면이 익는 시간이다.

"……그래, 실은 좋아. 많이 좋아. 나 자신이 당황스러울 만큼 그래. 내 평생 이렇게 좋은 사람은 처음 만나본 것 같아. 그래서 생각하기도 했지. 난 왜 이런 사람을 이제야 만나게 된 걸까 하고 말이야."

엄마는 내 눈을 바라다보았다. 아마 엄마는 이럴 때 늘 내게 하는 말처럼 '나는 가끔 네가 딸인지 친구인지 헷갈려.' 하고 생각할 것이었다.

"……그래서 생각해낸 건데, 이유를 두 가지쯤 찾았어. 하나는 만일 이 아저씨를 젊었을 때 만났다면 엄마는 경험이 전혀 없어서 아저씨가 얼마나 좋은 사람인지 알아보지 못하고 헤어져버렸을 거 같아. 그런데 문제는 그다음에 다른 사람을 만났으면 연애를 못 했을 거 같거든. 그러면 너희는 안 태어났을 거잖아. 그러니까 아저씨를 지금 만나는 게 맞는 거고……. 또 하나는 아저씨를 만났을 때 엄마는 너희 아빠를 만날 때와는 달리, 남자가 별로 필요 없었어. 예전과는 달리, 내가 남자 친구 하나 없이 이러구 살아도 되나, 뭐 이런 생각도 없었구, 엄마 혼자 스스로 행복했거든. 이게, 말이야, 이게 중요한 거 같아……. 혼자서도 스스로 만족할 때 눈은 가장 정확해지는 게 아닐까 이 말이야."

엄마는 활짝 웃으며 나를 바라보았는데 정말로 그 눈은 만족감과 행복으로 빛나 보였다. 속으로 슬그머니 웃음이 나왔다. 좋으면 그냥 만나면 되는 거지, 꼭 저렇게 그 이유와 의미를 생각하고 그것을 몇 가지 조항으로 정리해야 하나 하는 생각이 들었던 것이다. 나는 엄마에게 잘 다녀오라는 말을 하고 내 방으로 가려고 했다. 그런데 나 역시 엄마를 닮은 딸이어서 비밀을 삼 분 이상 간직하지 못한다. 아니 그래서였을까. 나는 말을 꺼냈다.

"엄마 나는 이번 주말에 E시에 가려고 해."

내가 말을 꺼내자 엄마는 심드렁하게, "그래? 한번 다녀올 때도 되었네……. 할머니한테 뭐라도 좀 사서 가야지." 하고 말했다. 나는 침을 꿀꺽 삼켰다.

"그리고 아빠네 집에 다녀오려고 해."

내가 말을 마치자 엄마가 놀라는 눈으로 고개를 들고 나를 빤히 바라보았다. 역시 엄마는 눈치가 빠른 사람이었다. 엄마의 얼굴이 굳어졌다. 하지만 아직 속단은 이르다는 듯 엄마는 애써 태연한 목소리로 다시 내게 물었다.

"그래…… 아빠가, 네 새엄마가 괜찮다고 하니?"

나는 고개를 숙이고 손톱 끝의 거스러미를 뜯어내고 있었다. 엄마가 다시 내게 물었다.

"……그런 거야?"

나는 아니, 하면서 고개를 저었다. 엄마의 눈에 겁이 더럭 실렸다. 엄마는 직관적으로 이 모든 사태의 아우트라인을 예감하고 있는 것 같았다. 엄마가 들여다보고 있던 노트북을 닫고 심각한 얼굴로 나를 바라보았다.

100.

"미안해 엄마, 허락해줘. 한 번은 하고 싶었어……. 그렇게 해야만 내가 어른이 될 수 있을 거 같았어. 나도 한 번쯤은 정말 내 멋대로라는 게 뭔지 보여주고 싶어. 하게 해줘, 엄마. 가게 해줘."

엄마의 얼굴이 하도 참담하게 일그러져서 나는 애원하듯 말했다. 엄마가 고개를 저었다. 그리고 또 저었다. 나는 입을 다물고 엄마만 바라보고 있었다.

엄마는 다시 고개를 젓고 자리에서 일어났다.

"위녕……, 그건 옳은 일이 아니야. 너는 매사에 네가 하고 싶은 대로 멋대로 하는 아이가 아니야. 엄마가 그렇게 말하면 그런 거잖아. 그럼 됐잖아. 누구한테 무엇을 더 보여주고 싶다는 거야? 그건 좋은 일이 아니고, 그건 옳지도 않고…… 너만 더 상처 입게……."

엄마는 무슨 말을 해야 할지 모르겠다는 얼굴로 방 안을 서성이더니 나를 향해 돌아섰다.

"안 돼, 위녕!"

엄마의 목소리는 약간 메어 있었다.

"그렇게 하고 싶어, 엄마."

나는 오래 결심해온 일이었기 때문에 충분히 차분했다. 엄마는 내 태도를 보고 더욱 놀라는 것 같았다. 그러고는 입술을 깨물며 방안을 서성였다. 머리를 비비다가 고개를 외로 꼬고 창밖을 보다가 그리고 다시 나를 바라보았는데 그때 엄마의 눈에는 눈물이 고여 있었다. 하지만 엄마의 얼굴은 뜻밖에도 차분하고 결연했다.

"언제부터 이런 결심을 했던 거니?"

엄마는 천천히 내게 물었다. 나는 잠깐 망설였다.

"모르겠어……. 딱히 언제인지는 잘 모르겠는데……. 아마 엄마 집으로 올 결심을 할 때부터였던 거 같아."

엄마는 놀라는 표정을 감추지 않더니 다시 물었다.

"생각을 바꿀…… 의향은…… 없니? ……그건 말하자면 부질없는……."

나는 고개를 저었다. 엄마의 얼굴로 와락 어떤 감정이 밀려 올라왔다. 엄마는 그것을 다시 꿀꺽 삼키는 것 같았다.

"그래, 그럼 이렇게 하자. 엄마랑 함께 E시로 가자. 네 아빠 집에는 함께 가지 못하겠지만 엄마가 데려다 줄게. 그리고 네가 하고 싶은 것을 하는 동안 거기서 기다려줄게. 그리고 네 새엄마나 아빠가 물으면 말해. 이 모든 것이 엄마의 책임이라고……. 엄마가 그렇게 하라고 했다고……. 결국 엄마의 책임이기도 한 거니까."

마지막 말을 하면서 엄마는 돌아서서 창밖을 내다봤다. 뒷모습이었지만 나는 엄마의 얼굴이 멍해진 것을 알았다.

"아니야. 혼자 갈래, 엄마."

엄마는 나를 바라보더니 걸어와서 책상에 앉아 수화기를 들었다. 내가 엄마의 수화기를 든 손을 잡았다. 엄마와 나의 눈이 마주쳤다.

"이런 말을 듣고 엄마가 어떻게 아저씨랑 여행을 가니? 여행 취소해야겠어. 손 놔, 이 녀석아."

"엄마……, 혼자 가게 해줘. 부탁이야."

엄마는 수화기를 손에 쥔 채로 힘없이 나를 바라보았다.

"이젠 무섭지 않아. 예전에는 아무도 없어서 무서웠는데 이젠 엄마가 날 기다리고 있는 걸 알잖아. 이젠 내가 거기서 쫓겨나도 돌아올 집이 있잖아. 그러니까 무섭지 않아. 내가 말을 하면 날 믿어주는 가족들이 있잖아. 그러니까 무섭지 않아."

엄마는 나를 멍한 눈길로 바라보았다.

"도둑으로 몰려서 종아리 백 대 맞은 거…… 그럴 수 있는 거야, 위녕. 친엄마라도 그럴 수 있어. 네가 하는 말을 다 거짓말이라고 몰아붙이는 거…… 그것두 그럴 수 있는 거구, 엄마가 널 키웠다고 해도 그랬을지도 몰라……. 방 치우지 않았다고 더러운 속옷을 옷걸이에 걸어놓은 거…… 그거 그럴 수 있는 거야. 설거지 안 해서 밤에 자다 일어나 혼난 거, 그것두…… 친엄마라도 그럴 수……."

엄마는 잠시 말을 멈추더니 책상을 가볍게 쿵, 하고 쳤다. 뉴질랜드 크라이스트처치 시에서 십 년 만에 다시 엄마를 만났을 때처럼 엄마는 다시 울었다.

101.

엄마가 나의 지난날을 이야기하면서 우는 것을 보자, 뉴질랜드 생각이 났다. 뉴질랜드에서 십 년 만에 엄마를 만났을 때 내가 엄마에게서 엄마를 느꼈던 것은, 그녀가 유전자 검사 결과 내 친엄마라는 것을 밝혀내서가 아니었을 것이다. 십 년 만에 만났는데 우리가 서로 아주 비슷한 말투를 사용하고 비슷한 생각을 하고 있다는 것을, 어떤 사물 어떤 상황에 대해서 아주 비슷한 경로로 반응하고 있다는 것을 십 년 만에 만나서 십 분 만에 알아버려서가 아니었다. 내가 그녀에게서 엄마를 느꼈던 것은 그녀가 내게 귀를 기울여주었고 그리고 그것이 무엇이든 나를 믿어주었다는 것이다. 물론 내 말에 과장이 있었을 수도 있다고 이제 와서 나는 생각한다. 내 기억이 내가 생각하는 것만큼 그렇게 나쁜 것만도 아니었을 수도 있었을 것이다. 그러나 그녀는 나를 믿어주었고 이렇게 말했다.

"그래……. 네가 그렇게 느꼈다면 우선은, 그게 맞아. 그게 중요한 거야."

그리고 엄마는 울었었다. 정작 지난날들을 이야기하는 나는 아무 감정도 느낄 수조차 없었는데 엄마는 많이 울었다. 그때 나는 알았다. 내가 엄마를 만나 찾아낸 것은 내 느낌도 소중하다는 사실이었다는 것을. 옳고 그른 것이 아니라, 사실인지 아닌지가 아니라, 엄마가 말한 대로 '가족은 수사관이 아닌 것'이다. 내가 휴지를 뜯어 엄마에게 내밀었다.

"나쁜 기집애, 하필이면 엄마가 처음 아저씨랑 여행가려고 하는 때에……. 엄마를 이렇게 힘들게 보내려고 하니?"

엄마는 코를 풀면서 말했다. 말투야 비난의 말이긴 했지만, 엄마의 마음속에서 무언가가 가지런히 정리된 듯했다. 하기는 나도 그 생각을 하고 있었다. 하필이면 이번 주말 엄마가 떠난다는 것이 꼭 우연이라고만 느껴지지는 않았던 것이다.

"엄마는 B시를 좋아해?"

바다가 있고, 절벽이 있고, 영화제가 열리고 그리고 내가 좋아하는 I 축구팀이 있는 도시, 그래서 나와 함께 축구를 논했던 내 친구들이 많은 도시. 한때 내가 짝사랑하던 사람이 거기 살고 있었다. 그 사람은 지금 무엇을 할까.

엄마는 "B시?" 하더니 고개를 저었다. 엄마가 더 말을 하지 않아도 나는 알 수 있었다. 거긴 엄마의 시댁이 있었던 도시였다. 엄마는 명절이나 시댁 식구 생일 때마다 그리로 내려갔을 것이다. 엄마는 아마 지금 기분이 좋았더라면 제제처럼 종알대며 말했을 것이다.

"아저씨 친구는 왜 하필 B시의 바닷가에 집을 지었나 몰라. 난 이제 B시에는 다시는 가고 싶지 않은데……."

"엄마, B시에, 그냥, 놀러 가 본 적 없지?"

내가 묻자 엄마는 잠시 생각하는 얼굴이더니 고개를 끄덕였다.

"그럼……. 명절 때마다 애들 데리고 열 시간씩 차 타고 내려갔지. 아니면 바리바리 싸들고 갔지……. 대개 시댁 식구 생일이거나, 누가 결혼한다거나……."

엄마의 얼굴 위로 어두운 그림자가 쓰윽 지나갔다.

"엄마, 나는 B시를 좋아해. 그리고 나는 알아. B시도 나를 좋아한다는 걸……. 엄마, 아무 걱정 말고 다녀와. 내가 B시에게 말해놓을게. B시야, 엄마를 부탁해. 너의 좋은 모습을 보여줘. 엄마가 좋은 추억을 경험해서 너에 대해 다른 기억을 가질 수 있게 해줘."

엄마가 눈물 고인 눈으로 나를 오래 바라보더니 천천히 나를 안았다. 나보다 작은 엄마의 품에 안겨서 나도 잠깐 울었다.

"엄마, 고마워."

엄마는 나를 안았던 손을 풀고 한숨을 내쉬었다.

"누가 물어도 엄마가 시켰다고는 하지 않을 거야. 이건 내가 결심했고 내가 하는 거니까. 하지만 엄마가—엄마, 이름도 있는 사람인데, 엄마, 우리 아빠나 새엄마 앞에서 자존심도 있을 텐데—엄마가 시킨 거라고 말하라고 해서 고마워……. 어렵게 말했는데……. 날 믿어줘서 고마워. 그걸로 충분해, 엄마."

엄마는 아무 말도 하지 않았다.

102.

그다음 주말이 올 때까지 일주일 동안 엄마와 나는 애써 그 일에 대해서는 이야기를 꺼내지 않았다.

떠나기 전날 학교에서 돌아오자 집 안에 곰국 끓이는 냄새가 가득했다. 엄마가 부엌에서 나와 나를 보더니 "잠깐 엄마 방으로 올래?" 하고 말했다. 방으로 들어가자 엄마는 지갑에서 돈을 꺼내 내게 내밀었다. 용돈을 받은 지 얼마 되지 않았는데 좀 의외였다.

"엄마는 내일 아침 일찍 떠나……. 널 데려다 줄 수도 없고, 아마 데리고 올 수도 없을 거야. 가서 무슨 일이 있거든, 이 돈으로 택시를 타고 와. 아무리 멀어도 그렇게 해. 팔다리 하나 움직일 힘이 없어질 수도 있어. 할머니 얼굴도 보고 싶지 않을 수도 있어. 네 방에 와서 침대에 얼굴을 묻고 하염없이 혼자 있고 싶을 수도 있어. 그때 이 돈을 써……."

물론 나는 돈을 싫어하는 그런 아이는 아니었다. 하지만 엄마가 마치 전쟁터에 나를 보내는 듯, 비장한 얼굴로 돈을 내밀자 약간 이상한 기분이 되었고, 솔직히 내가 하려는 일이 정말 맞는 일일까 겁이 난 것도 사실이었다. 나는 돈을 받지 않은 채로 엄마에게 고개를 저었다. 엄마의 얼굴 위로 반짝하고 희망의 빛이 지나갔다.

"마음이 바뀌었니? ……그래, 그것도 좋은 일이야. 그런…… 거야?"

나는 다시 고개를 저었다. 엄마의 눈에 다시 눈물이 핑 하고 도는 게 보였다. 참 잘도 운다. 우리 엄마는 우는 종목에서라면 아마 올림픽 정도는 아니라도 아시안 게임 정도에서는 메달권 진입이 가능할지도 모르겠다.

"엄마, 그냥 내가 늘 하던 대로 전철을 타고 가서, 늘 하던 대로 전철을 타고 올래. 그래야 내가 어른이 되는 거잖아. 앰뷸런스에 실려 오거나 그 비싼 돈을 주고 택시를 타고 오거나 한다면 내 결심이 좀 우스워지지 않을까?"

엄마는 눈에 고인 눈물을 참으려는 듯이 의미 없이 창밖을 바라보더니 한숨을 길게 내쉬었다.

"그래, 그렇게 해. 하지만 위녕, 이건 알아둬. 내일 네 학교가 끝나는 시간까지, 스무 시간쯤 남아 있어. 그 시간 동안 마음이 바뀌어도 돼. 결심했으니까 통보했으니까, 한다면 한다, 그러지 말고……. 그 시간이 가까워올 때 네 마음속을 들여다보고 그리고 다시 한 번 숨을 크게 쉬고 그리고 결정해……. 엄마는 어떤 순간이와도 네 편일 거야."

나는 고개를 끄덕이고는 일단 돈을 받아 들었다.

다음 날 아침 일어나자 내 방에 쪽지가 놓여 있었다.

위녕, 엄마는 B시의 바닷가로 간다. 가서 바닷가에서 네가 부탁한 대로

B시가 엄마에게 잘해주는 것을 마음껏 느끼고 올게. 아침에 눈을 떠서도 망설였지만 그래, 이제 엄마가 할 수 있는 일은 단 하나, 네 말대로 기쁜 여행을 하는 수밖에. 사랑한다, 나의 딸. 엄마가 기도할게. 전화하는 것 잊지 말고.

나는 책가방과 별도로 작은 짐을 쌌다. 그리고 그날 학교가 끝나고 전철을 타고 E시로 향해 갔다.

103.

열차가 서울 시내를 빠져나가자 낯익은 역들의 이름들이 나타나기 시작했다. 시간이라는 것은 참 이상하다. 공간적인 거리도 무서운 것이다. 나는 내가 예전과는 달리 낯익은 역사들의 이름을 조금씩 낯설게 여기고 있는 것을 발견했다. 하지만 그렇다고 엄마와 함께 사는 B시의 역 이름들이 정다워진 것은 아니었다. 아직 한 발을 E시에서 다 떼지 못하고 두 발을 다 B시로 옮겨 딛지도 못한 채로 나는 아주 불안하고 엉거주춤한 것 같았다. 그리고 마음속 깊은 곳에서 두려움 같은 감정이 시리게 솟아나고 있는 것이 느껴졌다.

전철이 덜컹거리며 E시를 향해 다가갈수록 엄마에게 전화하고 싶은 마음이 솟아났다. 만일 엄마가 여행을 떠나지 않았더라면 나는 아마 그렇게 했을지도 모르겠다. 하지만 전철은 이미 E시 속으로 머리를 들이밀고 있었고 이제는 돌아가는 길이 앞으로 나가는 길보다 멀었다. 나는 가방을 들고 아빠의 집이 있는 전철역에서 내렸다.

토요일 오후 점심도 먹지 못했지만 배는 조금도 고프지 않았다.

가방을 든 손에서는 땀이 배어 나왔고 다리는 점점 더 떨리고 있었다. 아빠의 집으로 가는 길에 늘어선 가로수들은 벌써 잎이 말라가는 소리를 내고 있었다. 그 서걱거리는 소리가 내 휴대폰으로 문자 오는 소리처럼 들려서 얼른 휴대폰을 들여다보았는데 환청이었다. 갑자기 내가 무슨 일을 하러 가는지 알 수 없는 기분이 들었다. 난데없이 엄마의 목소리가 생각나기 시작했다.

"어떤 기자가 말이야 엄마의 기사를 형편없이 써놓았어. 작품을 비판했으면 차라리 나을 텐데 인신공격을 해놓았더라구. 그때 엄마 친구인 다른 신문사 기자에게 전화를 걸어 자초지종을 이야기했거든, 어떻게 하면 좋겠냐고. 그때 엄마 친구인 기자가 말하더라구. 네가 지금은 너무 감정이 상한 것 같으니 전화로 하지 말고 메일로 하라고. 메일로 해서 조목조목 따지면 다음부터 그 기자는 다시는 그런 실수 안 할 거 아니냐구……. 그다음에 그 기자 친구가 묻는 거야. 결국 네가 원하는 건 그 기자가 다음부터는 그런 실수를 하지 않는 거잖아……."

엄마가 그때 내게 그런 말을 꺼낸 이유가 무엇이었는지는 잘 생각나지 않았다. 엄마는 말을 하면 자기감정에 도취되긴 하지만, 일단 그 감정에 동화되는 사람에게는 다음 말을 듣지 않고는 못 배기게 만드는 재주가 있긴 했다. "그래서?" 하고 내가 묻자 엄마는 다시 말했다. 약간 입을 삐죽이더니 말을 계속했다.

"그래서 그렇지, 나는 그 신참 기자가 이렇게 실수하는 걸 고쳐주고 싶어서 그러는 거지 뭐……. 뭐 이렇게 얼버무리고 전화를 끊었는데…… 생각해볼수록 자꾸자꾸 생각해볼수록…… 메일을 보내기가 싫은 거야. 조용하고 나직한 목소리로 조목조목 반박하기도 싫었어. 왜 그럴까 생각해보니까, 그 기자 친구는 엄마를 너무 고상하고 올바른 사람으로 본 거야. 엄마의 목적은…… 자꾸 생각해보니까, 실은 내 소설을 나쁘게 평한 것, 나를 나쁘게 평한 것에 대해 성질을 있는 대로 부려주는 거였어. 거기다가 그 기자는 신참이니까 중견 작가인 엄마랑 틀어지면 좋을 게 없을 거니까 엄마에게 함부로 대들지도 못할 거라는 계산도 있었던 거 같아. ……잘 생각해보니까 그런 교활한 계산까지 하고 있었다는 거야."

나는 이야기를 들으며 잠깐 웃었던 것 같다. 엄마는 나와 함께 웃었다. 내가 턱을 괸 채로 다시 물었다.

"그래서? 어떻게 했어?"

엄마는 다시 입을 삐죽 내밀더니 잠깐 웃으며 말을 이어갔다.

"어이가 없었어. 나 자신에게 말이야. 거창하게 문학적 평가 어쩌구는 사실 뒷전이었구, 그냥 남들이 다 나를 칭찬하기를 바랐던 거 같아. 이왕이면 마구 칭찬해주기를 말이야. 비판을 해도 쬐끔만 해주기를…… 나 아프지 않을 만큼, 그냥 양념처럼만……. 휴우, 그런데 그 사실을 깨닫고 나니까 문제는 그 기자가 아니라 나 자신이 된 거야. 어이가 없었어. 내 동기가 기껏 이렇게 유치한 것인가 싶으니까……. 정말 어이가 없는 거지 뭐야. 선택은 딱 두 개. 전화를 걸어서 있는 대로 성질을 부릴 것인가, 아니면 말 것인가……. 그때 생각했지. 딱 하루만 기다려보자. 내일까지도 화가 난다면 그때는 또 선택을 하자. 비록 이렇게 유치한 이유라 하더라도 그게 절실하다면 어쩔 수 없겠지."

"그래서 했어?"

내가 묻자 엄마는 고개를 저었다.

"안 했어. 그다음부터 화가 나면 꼭 많이 생각했어. 많이 화가 나는 일일수록 나 자신의 동기는 더 유치한 일인 경우가 많더라구. 그걸 은폐하기 위해 가져다 붙일 수 있는 모든 정당한 분노는 다 가져다 붙이고 있더라구……. 에이, 어떤 때는 말이야. 뭘 이렇게까지 복잡하게 생각해야 하나, 그냥 단순하게 화내버리는 게 더 낫지 않을까 싶어. 그래도 그걸 안 한 건 두고두고 잘했다고 생각해. 내가 싫다는데 내 소설이 싫다는데 내가 뭘 어떻게 따지느냐 말이야."

아빠의 집 입구로 걸어가는 내 발길에 점점 더 힘이 빠지고 있었다.

104.

나는 나 자신에게 묻기 시작했다.

"위녕, 이 일을 하려는 네 진짜 의도는 무엇이니?"

내 마음속의 어린 위녕이 대답했다.

"나는 너무 부당하게 취급받았어. 나는 너무 많이 거부당했어. 나는 믿지 못할 아이가 되었고…… 나는 언제나 외톨박이가 되어야 했어."

마음속의 위녕은 벌써 두 다리를 바닥에 탁탁 부비며 울고 있었다. 아무리 오래된 상처였지만, 많은 시간이 흐르고 내 몸뚱이는 아빠만큼이나 커버렸지만 상처는 조금도 아물 수가 없었던 것 같다. 석류처럼 빨간 그 상처가 벌어진 자리로 다시금 통증이 느껴졌다.

"그래 그건 대항할 만한 거야……. 하지만 정말 정말 그게 다일까?"

아빠 집으로 향해 걸어가면서 이제는 온몸에서 힘이 점점 빠지고

247

있는 내가 다시 물었다.

"당연하지. 난 어린아이일 뿐이었는데 그들은 어른이었는데, 한 번도 내게 미안하다고 사과하지 않았어. 심지어 자신들의 잘못을 은폐하기 위해 날 거짓말쟁이로 몰았어. 그땐 너무 무서워서 대항할 수 없었지만 이젠 가서 말해줄 거야. 아니었다고. 거짓말쟁이는 당신들이었다고…… 난 세상 끝날 때까지 용서하지 않을 거라고."

마음속의 어린 위녕의 고통스런 대답을 느끼며 내가 다시 물었다.

"그래 알아. 그런데 네가 이제 이렇게 커서 아니라고 하면 그들이 믿어줄까. 만일 아니라고 하면 어떻게 할 건데. 네가 원하는 대답은 정말 그들이 잘못했다고 하는 거니? 일본이 한국에게 백배사죄해야 하는 것처럼 그렇게 사죄하는 걸 원하는 거니? 한 사람은 네 아빠이고, 한 사람은 그래도 한때 널 키워주었던 엄마, 라는 역할을 했던 사람인데?"

나는 고개를 저었다. 이미 나는 아빠의 집 입구에 서 있었다.

이제와 돌이켜보면 삶은 가끔 우리를 엉뚱하게 끌고 간다. 엄마는 그래서 요즘 아침마다 "이제는 삶이 나를 어디로 데려갈지 읽지 않은 소설책을 펼치는 기분으로 산다."고 한 것일까. 물론 거기까지 간 것은 내 의도였지만, 내 고집이었지만 그때 거짓말처럼 아빠네 세 식구가 내 앞으로 모습을 드러냈다. 날 먼저 알아본 것은 아빠였는지 내가 정신을 차리자, 아빠는 차 문을 열고 일단 새엄마와 위현을 거기에 태운 뒤 내게 다가왔다. 아빠가 예고한 대로 세 사람은 위현의 외갓집에 가는 길인 모양이었다. 나는 그 시간을 예측하지는 못했다. 오 분의 간격만 있었더라도, 우리는 모두 어긋났을 것이고, 감정은 언제나 그렇듯이 여울처럼 빠르게 휘돌아가며 혹은 잠잠해지고 혹은 격렬해졌을 것이다. 그것은 아무도 모르는 일이니 내 삶은 다른 길로 갔을지 모르겠다. 아무튼 그때 나는 내가 왜 왔는지도 잠깐 잊어버린 채 아빠의 얼굴을 보자 와락 반가운 마음이 들었는데 아빠의 얼굴 위로는 오지 말라는 경고에도 불구하고 이렇게 나타난 나에 대한 짜증이 솟아나고 있었다. 차 안에서 생경한 물질을 보는 것처럼 나를 보고 있을 새엄마와 위현의 시선이 느껴지자 갑자기 내 마음속에서도 분노가 솟구쳐 올랐다. 분노는 아주 오래된 것이었는데 내 마음속에서 이미 숲처럼 무성해져 있는 것이 느껴졌다. 그것은 앙코르와트를 덮어버린 나무줄기들보다 더 억세고 강렬하게 내 마음을 점령해버렸다.

"예고도 없이 불쑥 찾아오는 거, 주인의 허락을 받지 않고 오는 거 얼마나 싫어하는지 알아. 그건 미안해. 하지만 일부러 지금 시간에 맞춰 나타난 것은 아니야. 아빠는 계획대로 가는 것이 중요한 사람이니까, 그 계획대로 가. 집 비밀 번호 아니까 열고 들어가 기다릴게. 아빠가 가서 즐겁게! 놀다가 올 때까지, 기다릴게."

나는 아빠를 잘 알고 있었으므로 침묵하는 아빠의 얼굴에다 대고 먼저 말했다. 이런 말을, 이런 고집을 얼마나 싫어하는지도 알고 있었으므로 더 그렇게 말했을 것이다. 내 목표는 엄마식으로 생각하면, 아빠를 더 많이 상처 입히는 것이었을 것이다. 엄마식으로 다시 이야기하면 '성질을 있는 대로 부리는' 것이었을 것이다. 나는 아빠 집을 향해 걸어 들어갔다.

105.

엘리베이터 스위치를 누르고 서 있으면서 나는 뒤를 돌아보지 않았다. 아빠가 아마도 나를 그냥 혼자 집 안으로 들어가게는 못 할 거라는 계산도 했다. 그런데 엘리베이터에 아빠는 뜻밖에도 나와 함께 타지 않았다. 머릿속이 하얗게 되는 거 같았다. 정말로 아빠가 여기서 가버리면 나는 빈집에서 무엇을 할 수 있을까. 하지만 그렇다고 다시 아파트 현관으로 내려갈 수도 없었다. 아빠의 집 앞에서 내려 비밀 번호를 누르자, 번호 키는 삐융삐융하면서 내가 기억하던 그 번호가 바뀌었음을 알렸다. 앞이 캄캄해지고 내가 하려고 하는 모든 행위가 다 바보처럼 느껴졌다. 내가 지긋지긋하다며 나왔던 그 집이 나를 완전히 내쫓은 것만 같은 서러움도 밀려왔다. 나는 다시 한 번 내가 기억하는 비밀 번호를 눌렀다. 번호 키는 다시 삐융삐융거렸다. 그것은 어리석은 나를 조롱하는 소리처럼도 들렸다.

나는 아빠 집 앞 계단에 주저앉았다. 눈물도 나오지 않았다. 완벽한 배제, 완벽한 소외, 완벽한 퇴출……. 이런 감각들이 내 온몸을 가시처럼 쏘아댔다. 그때 다시 엘리베이터 문이 열리고 아빠가 아파트 앞으로 천천히 걸어 들어왔다. 그리고 번호 키를 누르자 문이 열렸다.

"들어가."

아빠는 몹시 화가 난 듯했다. 내가 머뭇거리자 아빠는 화가 아주 많이 났을 때 그렇듯이 약간 억누른 목소리로 다시 말했다.

"들어가. 할 말이 있으면 들어가서 하자."

나는 천천히 일어나 아빠 집으로 들어갔다. 언제나처럼 아빠 집은 정갈했다. 엄마 집하고는 딴판이었다. 희고 깔끔한 실내, 각이 맞게 정돈된 쿠션들, 빈틈없는 가구의 배치…… 이곳에 살 때는 나는 그 가구들을 그렇게 느낀 적이 별로 없었다. 그런데 다시 그 가구들을 보자 갑자기 숨이 막혀왔다. 아빠는 소파에 앉아 담배를 피워 물고 길게 한 모금을 내뿜은 다음 말을 이었다.

"한 십오 분쯤은 시간을 낼 수 있을 것 같다. 그 이상은 안 돼. 네가 보기에는 어떨지 모르지만 집안 행사다. 어른들이 기다리고 계셔."

참 이상하다. 아빠가 그렇게 말하자 예전에 내가 느꼈던 그 모든 감정의 정체가 살아났다. 숨 막힘처럼 정확하게 몸의 감각으로 느껴져왔다. 그때 내 눈에 아빠의 거실 한구석에 아빠의 새 동화책이 보였다. 나는 그 동화책을 집어 들었다. 아빠의 눈에 순간이었지만 놀라움이 불꽃처럼 확 피어올랐다. 나는 그 책들을 집어 힘껏 바닥으로 내팽개쳤다. 아빠가 담배를 손에 든 채로 그 자리에서 굳어졌다.

"언제나 이런 식이었어! 내 감정 따위는 안중에도 없었어. 나 빼고 다른 사람들, 어른들, 독자들! 이런 사람들이 더 중요했어. 그러면서 마치 아이들을 이해하는 듯 이런 동화를 쓰는 아빠가 나는 정말 싫어!"

나는 내가 무슨 소리를 하고 있는지 알았을까? 아마 알기는 했던 것 같다. 그 의미를 알았을까? 아마 알기는 했던 것 같다. 하지만 내가 하고 싶었던 말은 정말로 그것이었을까? 아니…… 그건 아마도 아니었던 것 같다. 하지만 나는 마음속으로 외치고 있었다.

"나는 엄마가 아니야! 나는 아직 어른이 아니야. 나는 아빠를 아프게 하고 싶어. 내가 아팠던 만큼 아프게 하고 싶어. 그럴 수 있는 방법이 있다면 나를 아프게 해서라도 그렇게 하고 싶어! 내가 얼마나 아팠는지 그걸 알 때까지 그러고 싶어!"

106.

나는 아빠를 바라보지 않았지만 아빠의 눈이 더 깊은 절망으로 가라앉고 있는 것을 느끼기는 했던 것 같다. 그렇지 않다면 내가 굳이 아빠의 눈을 피하지는 않았을 테니까. 아빠는 소파에 앉은 채로 고개를 숙이고 머리를 비볐다. 아빠는 어깨를 들썩였다. 거실 한가운데 엉거주춤 서서 나는 어깨를 들썩이는 아빠를 바라보았다. 그때 내 휴대폰이 울렸다. 아빠가 고개를 들자 우리의 눈이 마주쳤는데 아빠의 눈은 핏빛이었다. 아빠가 소파 위에 있는 내 휴대폰을 집어 들었다. 그러고는 물었다.

"엄마가…… 여기 온 걸 알고 있니?"

아마도 휴대폰에 내가 저장해놓은 이름 '울 엄마'라는 단어가 뜬 모양이었다. 여기서 엄마 이야기가 나오자 아빠의 목소리는 다시 냉정해졌다.

"알아."

아빠가 휴대폰을 내려놓으며 다시 물었다.

"엄마가 그래도 된다고 하디?"

"그래!"

아빠의 말이 다 끝나기도 전에 내가 소리를 지르며 대답했다. 아빠의 얼굴이 경악으로 일그러졌다.

"그래! 그러라고 했어. 엄마가 다 책임져준다고 하고 싶은 대로 하라고 했어!"

아빠의 입술이 얇게 뒤틀렸다. 그리고 아빠는 다시 냉정을 되찾은 것 같았다.

"그래…… 그럼 네 엄마가 책임을 진다니 하고 싶은 대로 해봐라."

아빠는 내게 툭, 말을 던지고 일어나 부엌으로 갔다. 그리고 물을 한 잔 마시는 것 같았다. 거기까지는 좋았는데 무슨 말을 해야 할지, 무슨 '짓'을 하고 싶은 대로 해야 할지 나는 알 수 없었다. 아빠가 다시 소파로 돌아와 앉았다. 그리고 입술을 앙다문 채로 눈을 감았다. 이럴 때 눈물이라는 것은 편리한 것이다. 나도 모르게 눈물이 쏟아져 나왔다. 눈물이 나오지 않았으면 억지로라도 우는 척이라도 해야 할 판이었는데 말이다. 그런데 진짜 눈물이 흘러나오자 나는 내가 정말로 많이 상처받았다는 것을 깨달았다. 그래, 다시금 다시금 엄마식으로 말하면, 내가 정말 원했던 것은 아빠의 '사랑'이었다는 것을 알았다. 아니, 사랑에 대한 정의가 모두 다른 것이라면 적어도 내 편을 들어주기를 바랐다는 것을 깨달았다. 새엄마가 나를 혼낼 때마다 아빠가 혼내는 것은 내가 아니라 새엄마였으면 하는 그런 마음이었던 것이다. 새엄마와 내 진술이 다를 때마다 아빠는 무조건 나를 믿어주었으면 했던 것이다. 설사, 내가 아주 조금이지만, 아니 어떤 때는 조금 더, 아니 실은 더 많이 거짓말을 해도 새엄마의 말은 믿지 말고 오직 나만 믿어주었으면 했던 것이다. 그러자 진실은, 내 마음속 분노의 실체는 고작 이 따위라는 것이 깨달아졌고 엄마 말대로 그 유치함에 어처구니가 없었지만. 아니다, 그렇지 않다. 유치한 것이 우리를 가장 아프게 한다. 밥이 그렇고 잔돈이 그렇고 아주 작은 따돌림이 그렇다.

"위녕, 아빠는 널 위해서 최선을 다했다."

내 울음이 그치지 않는 것을 보자 아빠가 천천히 말을 꺼냈다.

"널 이렇게 아프게 할 줄 알았다면 재혼도 하지 않았을 거고, 위현이도 낳지 않았을 거야……. 아빠의 말이 사실이라는 건 너도 알잖아."

아빠의 목소리는 슬펐다.

"나는 차라리 아빠가 그 모든 것을 아빠를 위해서 했다고 했다면 이해했을 거야."

나는 오랫동안 생각했던 말을 꺼냈다. 아빠가 놀라는 기색이 느껴졌다.

"아빠의 행복을 위해서, 엄마랑 헤어지고 나서 정말 아빠가 다시 행복해지기 위해서 새엄마랑 결혼하는 거라고 했다면, 위현이를 낳은 것도 나를 혼내는 것도 언제나 새엄마의 편을 들었던 것도 다 아빠의 행복만을 위해서라고 했다면, 나는 적어도 아빠를 위해 참을 수도 있었을 거야……. 하지만 아빠는 나를 위해서라고 말했어. 나는 그 모든 것이 너무나도 혼란스러웠어."

아빠가 고개를 들고 나를 바라보았다.

"그래……. 하지만 아니었어. 정말 널 위해서라고 생각하지 않았다면, 그게 널 아프게 하는 거라고 믿었다면 하지 않았을 거야. ……그리고 한 가지 정정할 것이 있는데 아빠는 언제나 새엄마 편을 들지는 않았어. 가끔은 네 편도 들었잖아."

아빠가 마지막 말을 덧붙이는 것을 보자 그 와중에 피식 웃음이 나왔다. 역시 사람은 변하지 않는다.

나는 예전 같으면 어쩌면 아빠의 그 말을 듣고는, "아니야. 한 번도 내 편을 들어준 적이 없어."라든가 하는 말로 싸움을 작은 골목으로 몰고 갔을 것이다. 하지만 나는 지금은 그러고 싶지 않았다. 그건 어쩌면 내가 엄마 집으로 가서 치유받은 대목일지도 모른다.

"그리고 새엄마…… 차라리 내게 엄마라고 하지 말지 그랬어. 그

냥 아줌마라고 부르게 하지. 내가 엄마라고 말하고 싶을 때까지, 그
냥 아줌마인 채 머물게 하지. 엄마도 아니고, 실제로 엄마 같은 사
랑도 없으면서, 엄마인 척하는 게 역겨웠어. 우리는 다른 사람들 앞
에서, 그것도 우리를 모르는 사람들 앞에서만 완벽한 가족인 척했
던 거야. 아빠와 엄마가 날 두고 이혼했을 때 우리는 이미 그런 가
족이 되기는 글러버린 거였는데 아빠는 그걸 원했어. 그렇다고 남
들이 보기에 완벽한 가족을 만들어야 행복한 것도 아니었는데, 아
빠는 그걸 얻기 위해, 아빠는 그것만이 행복이라고 착각했기에 나
를 희생시킨 거야. 나는 그런 아빠가 실은 새엄마보다 미워, 너무나
도 미워!"

"위녕, 너 보자 보자 하니까 어떻게 아빠한테! 어떻게! 그렇게 버
르장머리 없는 말을!"

난데없는 소리가 들려왔다. 고개를 들어보니 새엄마가 거실 입구
에 서 있었다. 언제부터인지 우리의 대화를 다 들은 것 같았다. 새
엄마의 얼굴은 백지장처럼 하얗게 질려 있었다.

"당신은 나가 있어요. 위현이는?"

아빠가 묻자 새엄마는 다가와 바닥에 떨어진 책부터 주워 들었다.
그리고 다시 각을 맞추어 그것을 책장의 제자리에 꽂으며 말했다.

"위현이 어머님께 맡기고 왔어요. 친정에는 급한 일이 생겨 조금
늦겠다고 했어요."

새엄마는 나를 바라보더니 입술을 앙다물고 나를 향해 앉았다.

"내가 네게 엄마인 척하는 게 역겨웠니? 칠 년이나 널 키워주었
는데 어떻게 그런 소리를 할 수가 있니?"

"아줌마하고 말하고 싶지 않아요." 하고 내가 말한 것과 아빠가

"글쎄, 당신은 좀 빠져 있어요." 하고 아빠가 말한 것은 동시였는데, 말을 다 마치기도 전 두 사람 다 내가 아줌마, 라는 호칭을 쓴 것에 충격을 받은 것 같았다.

"뭐, 아줌마?"

새엄마가 다시 물었고, 나는 입을 다물었다.

"그래? 낳기만 하면 엄마니? 어린 널 버리고 가버렸다가 제멋대로 칠 년 만에 나타나서 울고불고 한 사람은 어쨌든 엄마고, 이제 와서 날 보고 아줌마라고?"

"우리 엄마가 날 버리고 간 것도 아니고, 제멋대로 칠 년 동안 나타나지 않은 것도 아니에요. 알지도 못하고 함부로 말하지 마세요."

나는 처음으로 새엄마 앞에서 흥분하지 않고 말했다. 새엄마가 무슨 말인가 하려고 하자, 아빠가 새엄마를 제지했다.

"그건 위녕이 말이 맞아요. 그 사람 합의하에 내가 맡기로 했던 거고, 그리고…… 당신하고 우리 식구를 위해 내가 칠 년 동안 위녕을 보여주지 않았어요. 그 사람이 위녕에게 잘못한 것이 다른 건 많이 있지만 일단 그건 위녕 말이 맞아요."

아빠의 말에 새엄마의 얼굴로 깊은 상처가 지나가는 것을 나는 느꼈다. 아무리 그것이 사실이라고 해도 오랜만에 찾아와 패악을 부리는 의붓딸 앞에서 자신을 두둔하지 않는 남편에게 느끼는 서운한 감정 말이었다. 처음에 나는 그것이 조금은 고소했지만, 곧 새엄마가 느끼는 그 감정을 잘 이해할 수 있었고 그러자 처음으로 새엄마에게 이상한 동질감이 느껴졌다.

107.

어릴 때 읽은 동화가 있었다. 제목이 현명한 재판관이었던가.

재판관인 토끼는 거북인지 다람쥐가 와서 거북인지 다람쥐를 비난하자, 잘 들어보고는 그 말이 맞다고 말한다. 그러자 이번에는 거북인지 다람쥐인지가 그건 사실이 아니라고 나를 상처 입힌 것은 바로 저 거북인지 다람쥐인지라고 하자 그 말도 일리가 있다고 한다. 그러자 토끼 나라의 다른 신하가 나서서 재판관님은 이 말도 맞고 저 말도 맞다고 하시면 어떻게 하느냐고 말하자 그 말도 맞다고 말한다.

나는 문득 그 동화가 얼마나 현명한지 알 수 있을 거 같았다. 왜 그 제목이 현명한 재판관인지도 알 수 있을 것 같았다. 실은 사랑해야 하는 사람들에게 필요한 것은 심판이 아니라, 때로는 정의보다는 사랑이고 이해라는 것은 물론 더 많은 세월이 지난 다음에야 알게 되었지만 말이다. 새엄마는 상처 입은 얼굴 그대로 굳어져 갔다.

"엄마는 낳아준 사람을 부르는 호칭이에요. 혹은 거기에 준하는 사람을 말할 때, 본인의 자발적 의지에 따라 하는 거구요. 이 세상에는 나쁜 엄마도 있을 수 있는 거구, 그러니 그 호칭도 꼭 좋은 것도 아니고, 아줌마라는 호칭도 꼭 나쁜 것은 아니잖아요?"

내가 말하자 새엄마의 얼굴은 더 굳어져 갔는데 그때 하필이면 아빠가 내 말을 곰곰이 생각하더니 "그건 위녕이 말이 일리가 있네요." 했다.

새엄마가 나에게 했던 일들에 대한 미움은 그녀가 아빠의 말이 끝난 직후 울기 시작하자 당황스러움으로 변해갔다. 나는 예전에도 새엄마가 나와 다투고 우는 것을 몇 번 본 일이 있기는 했다. 그런데 그때는 나 역시 아빠에 대한 서운함으로 울고 있었으므로, 나 자신의 슬픔에 겨워 새엄마를 헤아릴 겨를이 없었다. 그런데 지금 아빠와 내 앞에서 울고 있는 새엄마를 보자 이상한 연민이 내 안에서 돋아나고 있었다. 나로 말하자면 그런 감정이 약간은 당황스러웠고 그 와중에도 나 자신이 좀 대견스럽기도 했다. 아빠는 대체 여자들은 왜 말문이 막히면 잘 논리적으로 전개를 해서 문제를 풀지 않고 이렇게 울기부터 하는지 약간은 지긋지긋하다는 표정을 하고 있었다.

"제 말을 꼭 나쁘게만 받아들이지는 마세요."

내 말투는 어느덧 누그러져 있었다. 그 순간처럼 여자인 새엄마를 아빠보다 더 많이 이해했던 순간은 아마도 없었을 것이다. 새엄마는 눈물을 닦더니 "그래, 그건 그렇긴 하지." 하고 말했다. 아마 물어보지는 않았지만 새엄마도 그 순간만은 울고 있는 그녀를 아빠보다 내가 더 잘 이해하고 공감하고 있다는 것을 알아차린 것 같았다.

새엄마는 중학교 윤리 교사인 그녀 특유의 냉정함을 되찾으려는 듯 어깨를 한 번 추스르더니, "위녕, 어쨌든 오랜만에 서로 만났는데 차라도 마실래?" 했다. 갑자기 이 모임이 엄마 집에 다니러 갔던 의붓딸이라도 맞는 분위기로 순식간에 돌변하는 것 같아 좀 이상하긴 했지만 나는 그냥 "네." 하고 대답했다.

잠시 후에 새엄마는 정갈한 다기 세트에 차를 만들어 왔다. 참 이상하다. 비로소 나는 새엄마의 이런 깔끔하고 단정한 분위기를 내가 좋아하기도 했다는 것을 알게 되었다. 그러자 문득 만일 이 사람이 내 친엄마이고 우리 엄마가 새엄마였다면 나는 새엄마인 우리 엄마를 어떻게 비난했을까 하는 생각을 하게 되었다. 아마 이렇게 비난했을 거였다.

"지저분하고 정신없고, 대책 없고 감정적이고……."

"……네가 엄마 집으로 갔다는 걸 네 아빠에게서 전해 듣고, 실은 며칠 동안 잠을 못 잤어. 배신감 때문이었지."

새엄마의 목소리는 낮았지만 정직하게 울렸다. 나는 우리가 만났던 아주 초창기 때 이런 목소리로 대화를 했다는 사실을 다시 기억해냈다. 그러나 그것이 지난 칠 년 동안은 아무 소용이 없었던 것이었다. 우리는 어쩌다가 이런 사이가 되어버렸을까?

"나…… 처녀 몸으로 네 아빠를 사랑해서, 사랑 하나만 가지면 모든 것을 이길 수 있을 거라고 생각했어. 부모님이 걱정하며 결혼을 말리셨지만 맹세코, 너를 사랑할 자신이 있었어. 해낼 수 있을 거라고 생각했어. 세상에 나오는 모든 새엄마에 대한 동화 따위는 다 지어낸 이야기가 될 거라고. ……미안하다. 때렸던 거, 설거지하라고 혼낸 거……. 난 그게 다 교육인 줄 알았던 거야. 아빠가 네게 너무 오냐오냐, 하는 거 같아서, 그리고 네가 규율 지키는 걸 너무 싫어하고 자유분방한 거 같아서…… 나라도 엄하게 널 키우는 게 도리라고 생각했던 거야……."

새엄마의 목소리는 다시 울먹이고 있었다.

"정말 그렇게 믿었다……. 그런데 위현이가 커가면서 나도 알게 되었지. 그게 너한테 얼마나 큰 상처를 준 일인지……. 너는 반항했지? 왜 내게는 그렇게 했으면서 위현이에게는 너그럽게 하느냐고? 하지만 말이다 위녕, 네게 잘못한 걸 알면서 공평하자고 위현에게 그럴 수는 없는 거였잖아? 너는 그것을 차별이라고 느꼈겠지만, 그리고 그게 당연하지만……."

새엄마는 다시 울었다. 새엄마의 말을 듣고 나자, 그것이 하나도 이상하게 느껴지지 않았다. 정말로 그럴 수 있는 일 같았다. 그 당사자가, 종아리를 맞으며 아픔을 느꼈던 당사자가 나만 아니었다면, 나는 아마 그녀의 손을 붙들고 "아줌마, 아줌마의 의붓딸도 언젠가는 아줌마를 이해할 거예요. 그러니 너무 자책하지 마세요." 이렇게 어른스레 말했을지도 모른다. 그러나 우리는 당사자이니 이런 경우 내가 그녀를 위로하기 위해 할 말이 없었다.

"난 결심했어. 우리 위현이가 애 딸린 남자와 결혼한다면, 사랑이 아니라 사랑 할아버지를 한다 해도, 절대로 그 결혼은 못 하게 말릴 거라고. 위녕, 너도 절대로 그런 결혼은 하지 마. 그건 우리의 마음과는 너무 다른 일이야……. 그런 의미에서 애들은 엄마가 키우는 게 맞아. 내가 정말 깨달은 건 그거야. 새엄마는 그런 역할을 하게 되어 있어. 동화는 어느 정도 보편적 진실을 말하고 있었던 거야. 그러니까 그렇게 오랜 세월 읽혀지고 그랬던 거야."

"그래요……. 그건 아줌마 말이 맞아요. 게다가 주로 여자들은 사회적으로 약자니까……."

"그렇지."

새엄마가 내 말에 맞장구를 치자, 아빠가 헛기침을 했다. 분위기는 순식간에 이상스럽게 변해갔다. 나로서는 갑자기 새엄마와 내가 한편이 되는 이런 사태를 어떻게 받아들여야 할지 몰랐다. 그때 다시 내 휴대폰이 울렸다. '울 엄마'라는 단어가 휴대폰에서 반짝이고 있었다. 내가 전화를 받아 들자, 엄마의 다급한 목소리가 들렸다.

"위녕, 너 괜찮니?"

내가 아빠와 새엄마의 눈치를 보며 "……어." 하고 말을 얼버무리자 엄마가 다급한 목소리로 다시 말했다.

"너 엄마의 질문에 대답하기 곤란하면 예, 아니오로 대답해. 그것도 힘들면 뻐꾸기하고 제비라고 해. 뻐꾸기는 예이고 제비는 아니오야, 알았지? 너…… 결국 아빠 집에 갔니?"

엄마는 앞으로 추리소설을 쓴다더니 너무 그런 생각을 많이 한 모양이었다. 그럼 내가 지금 이런 상황에서 "뻐꾸기." 하고 대답해야 하나 생각하자, 그 와중에도 까르르 웃음이 나올 뻔했는데 아빠와 새엄마의 표정이 좀 굳어져 있어서 나는 그냥 "……어." 하고 대답했다. 엄마의 목소리는 더 다급해 있었다.

"안 되겠다. 나 지금 네가 걱정되어서 비행기 타고 올라가야겠다. 공항에서 E시는 가까우니까……."

"엄마, 그런 거 아니야. 나 괜찮아. ……이따가 내가 다시 전화할게. 진짜라구. 뻐꾸기 제비 할 것도 없어, 응?"

엄마가 정말 비행기를 타고 와 버릴까 봐 나는 걱정이 되었다.

"내가 다시 전화할게. 금방 할게."

나는 전화를 끊었다. 아빠와 새엄마는 내가 뻐꾸기, 제비 어쩌구 하는 모습을 보자 약간 어이가 없는 듯했다. 아마 알 수 없는 모녀의 대화법이라고 생각하는 듯했다. 하기는 그것은 어쩌면 우리 엄마만이 할 수 있는 엉뚱한 발상이긴 했다. 나는 자리에서 일어났다.

"어른들이 기다리신다는데 어쨌든 죄송해요……. 그리고 저기…… 오늘 솔직한 말씀 고마웠어요. 전 할머니 댁으로 가서 하루 자고 내일 엄마 집으로 갈게요."

나는 자리에서 일어났다. 아빠가 "내가 데려다 주지." 하면서 자리에서 일어나자 새엄마가 아빠를 저지했다.

"내가 데려다 주고 올게요. 위현이도 다시 데려와야 하고…….

위녕, 가자."

사람의 삶은 참 이상하다. 가장 절망적인 상황이 가장 극적으로 희망으로 바뀔 수도 있다는 것을 나는 그때 처음 알았다. 변화무쌍한 삶. 그래서 우리는 언제나 기쁨만으로도 혹은 슬픔만으로도 살 수 없고, 그래서 사람들은 또 하루를 이겨낼 힘을 얻나 보다. 차에 올라타고 나서 나는 새엄마에게 말했다.

"위현 외갓집 식구들에게 인사 전해주세요. 그분들은 정말 저에게 잘해주셨어요."

새엄마의 눈에 눈물이 다시 고였다.

그건 그랬다. 새엄마의 말대로 새엄마가 의붓딸에게 좋은 기억으로 남을 수 없는 것은 어쩔 수 없는 일이라 해도, 새엄마의 가족들은 내게 정말로 따뜻하게 대해주셨다. 가끔씩 나는 생각하곤 했었다. 새엄마가 우리 새엄마가 아니라 새로 생긴 이모나 외할머니가 우리 새엄마였으면 얼마나 좋을까 하고.

운전을 하고 가면서 새엄마는 손등으로 자꾸 눈물을 닦아냈다. 나는 왜 엄마의 결점과 엄마의 기억에 대해서는 이토록 너그러우면서 새엄마에 대한 기억에는 이토록 가혹한 것일까? 엄마가 미안해 위녕, 하고 울 때에는 한편으로는 마음이 따뜻해오면서 또 한편으로 아팠는데 새엄마의 눈물을 보자 그저 곤혹스러워지는 것이었다.

108.

"믿어줄지 모르겠지만, 좋은 엄마가 되고 싶었어. 너희 엄마가 어린 너를 두고 그냥 가버렸다는 소리를 듣고 네 엄마가 키우는 것보다 백배나 더 잘 키워보고 싶었어. 한때 네 아빠의 사랑이었고 아내였던 네 엄마에 대한 질투? 혹…… 그래 그런 게 있었을지도 모르겠다. 그러니까 내가 대신, 널 잘 키우고 싶었다……. 그건 정말이었어."

나는 아무 말도 할 수가 없었다. '잘' 키워서 내가 '잘' 자란다, 는 무슨 뜻일까. 어른들은 참 이상하다. 자기네들도 결코 스스로를 꼭 마음에 들어 하지도 않으면서, "엄마도 이렇게 컸어, 이게 맞아."라든가, "아빠도 어릴 때 그랬어. 그러니 그렇게 해."라는 말을 한다. 내가 아무리 자식이라고 해도, 나는 엄연히 개성이 있는 하나의 인격체인데 말이다.

"……알 것 같아요."

나는 작은 목소리로 대답했다.

"네가 그래도 엄마한테 가서 밝아지고 행복해한다는 소리를 듣고 마음 한편으로 서운했지만, 한편으로 기뻤던 것도 사실이야……. 믿을 수 있니?"

"……네."

"……그런데 위녕, 너 이제 보니까, 살이 좀 쪘다. 엄마가 맛있는 거 많이 해주셔서 그런지 모르지만 여자는 날씬해야 해. 물을 많이 마시고, 야채하고 과일을 먹어라. 운동할 시간이 없으면 밤마다 십 분씩 스트레칭을 하는 것도 좋아."

새엄마는 차가 잠깐 교차로에서 멈춘 사이, 두 팔을 깍지 끼어 어깨 위로 쭉 뻗어 올리며 내게 스트레칭을 하는 시범을 보였다.

"이렇게 하면 팔뚝 살도 잘 빠지고 더 힘을 주면 복근까지 긴장해서 살이……."

"저기요, 신호 바뀌었어요."

나는 얼른 말했다. 새엄마가 그래? 하더니 다시 액셀러레이터를 밟았다. 휴우, 하고 한숨이 나왔다. 윤리 교사인 새엄마와 윤리 교사들의 교사 같은 아빠는 얼마나 잘 어울리는 사람들인가, 그리고 인정하기 싫지만 사실 천방지축 우리 엄마와 아빠는 얼마나 어울리지 않는 사람들인가……. 게다가 또 나는.

하지만 마음 한구석이 따뜻해져오는 것도 사실이었다. 새엄마가 내가 생각하는 것처럼 그렇게 다 나쁜 사람이 아닌 것이 얼마나 다행이었던가. 여기 올 때까지만 해도, 나는 "평생 용서하지 않겠다."라는 말을 하려고 했었다. 그런데 사실 지금은 누가 누구를 용서해야 하는지, 힘이 들었다. 그때 다시 휴대폰이 울렸다. 엄마였다.

"엄마, 내가 조금 있다가……."

내가 말을 다 꺼내기도 전에 엄마가 다급한 목소리로 말했다.

"위녕, 다시 말하지만 너희 새엄마랑 아빠가 너를 또 무지막지하게 야단치는 거니? 어서 말을 해. 엄마는 걱정이 되어서 바다도 보이지가 않아. 엄마가 말했잖아. 어려우면 뻐꾸기나 제비로 대답하라고. 뻐꾸기는 예이고 제비는 아니오……. 가만있어봐, 아까는 제비가 예였고 뻐꾸기가 아니오였나……? 모르겠다. 지금 그게 중요한 게 아니니까. 위녕, 그럼 다시 하자. 짧게 끊어서 뀡! 뀡이 좋겠다. 뀡이 예고, 또 한 글자 새가 뭐 있니? …… 그래, 매 하면 아니오야. 너 지금 아빠한테 혼나고 있지? 응? 뀡? 매?"

이럴 때는 우리 막내 제제가 늘 쓰는 표현이 딱 알맞다. 입을 삐죽 내밀고 "내가 미쳐." 해야 하는 것이다. 솔직히 이런 말을 엄마가 들으면 펄펄 뛰어야 하겠지만 이럴 때는 엄마에 대해 짜증이 많이 났던 아빠의 마음도 이해가 갔다. 한 가지를 생각하면 거기에 골몰해서 다른 것은 아무것도 보이지 않는 우리 엄마. 그게 지금은 나에 대한 걱정 때문이라고 해도, 그게 지금은 짜증스러웠던 것이다. 이럴 때는 차라리 냉정하지만 늘 옳은 게 무엇인가 사리 분별부터 하고 보는 아빠나 새엄마 편이 수월할 것이다. 대체, 금방 전화를 한다고 했는데 내가 전화를 할 때까지 좀 기다리기나 하지, 싶었던 것이다. 그리고 내가 무슨 호랑이나 악어의 소굴로 탐험을 떠난 것도 아니지 않은가 말이다.

새엄마는 엄마의 전화라는 것을 눈치 챈 듯 아무 말도 하지 않았다. 하지만 운전을 하는 새엄마의 얼굴로 수많은 감정들이 복잡하게 지나가고 있었다. 나는 우선 엄마를 진정시켜야 했다.

"엄마, 내가 분명히 말하는데 아직 울지 마. 응? 자아, 내가 천천히 말해줄 테니까 사실을 정확히 알고 울든지 하라구. 자, 마음을 진정시키고 잘 들어. 나는, 아빠네 집으로 갔다가, 지금은 새엄마가 데려다 주어서 그 차를 타고 할머니네로 가고 있어."

"뭐어? 새엄마 차를 타고?"

"그래…… 그렇다구. 아빠네 집에서 아빠랑 새엄마랑, 잘……."

잘, 이야기를 끝냈다고 말하려다 나는 잠깐 멈추었다. 아니다. 잘 끝낸 것은 아니었다. 상황은 이상스레 변해버렸으니까. 하지만 여기까지 생각하자 잘 끝낸 것이 맞는 것도 같았다. 머리끝까지 사무쳐오던 미움은 물속으로 잠기는 드라이아이스처럼 형체를 잃어버린 게 사실이었으니까. 아니, 어쩌면 그것은 평생을 두고 우리가 풀어갈 숙제 같은 매듭인지도 모른다.

"잘 이야기하고 이제 할머니네로 가는 거야. 거기서 자고 내일 집으로 갈게. 엄마는 즐거운 시간 보내고 오세요, 제발."

엄마는 믿을 수 없다는 듯 몇 번이나 "진짜야? 정말이야? 꿩?" 하고 묻더니 금세 웃음 띤 목소리로 다시 황당한 말을 했다.

"알았어……. 잘했다. 그런데 너네 새엄마도 갑자기 하느님 믿고 구원받았다니? 어떻게 그렇게 빨리 변할 수가 있대? 아아……, 하느님께서 내 기도를 들어주셨나 봐."

어른이 되어도 엄마는 내 막내 동생 같고, 아빠는 여전히 반장 역할만 하는 세모돌이 같고, 새엄마는 무서운 에어로빅 강사 같다. 왜 내 주위의 어른들은 하나같이 이렇게 모자란 사람들일까. 내가 만난 선생님들도 그렇다. 우리한테는 공부도 잘하고 약속도 잘 지키고 공손하고 예쁘고 착한 사람이 되라고 하면서 자기네들은 실은 뭐 그렇게 좋은 대학을 나오지도 않았고 약속은 언제 그랬느냐는 듯 잊어버리고 거만한 데다가 더구나 결정적으로는, 예쁘거나 잘생기거나 착하지도 않다.

그런데 혹시, 그러니까 어른이 되어도, 몸도 마음도 커다랗게 변하긴 하지만, 우리는 여전히 결점을 가지고 그것을 드러내 보일 수밖에 없는 사람들인 거라면, 내가 어른들한테 했던 기대가 실은 완벽에 대한 요구였다면…… 그렇다면 혹시, 나도 조금은 잘못된 생각을 하고 있는 것인지도 모른다는 생각이 들었다. 그래서 이 어른 저 어른 흉보고 자라다가 막상 자기가 어른이 되면 그러니까, 외로워지는 걸까? 이제는 흉보고 탓할 사람도 없어져서?

나는 비로소 새엄마를 조금은 다른 눈으로 쳐다볼 수 있었다. 엄마 말대로 섣불리, 쉽게, 모두 다 용서를 하지 않는다고 해도, 그건 다른 일이라고 해도, 이제는 그저 어쩌면 동등한 한 결점투성이 인간을 바라보는 그런 여유 같은 것이 내 안에서 처음으로 싹트고 있었다. 그러자 나는 내가 비로소 어른이 되기 십 미터 전방에 와 있는 것을 깨달았고 그토록 바라던 어른이 되는 것이 싫고 실은 무서웠다.

109.

다음 날 아빠가 나를 데리러 왔다. 아빠는 아무 말도 없이 나를 태우고 B시까지 달렸다. 차 안에는 이상한 공기가 고체처럼 꽉 차 있어서 움직일 수조차 없었다. 차라리 혼자 전철을 타고 집으로 돌아올 걸 그랬다, 싶은 생각이 들었다.

B시 엄마 집 앞에 도착해 아빠가 차를 세웠는데, 나는 무슨 말인가 아빠에게 하려고 아빠 쪽을 처음으로 바라보았는데 아빠는 완강한 옆모습만 보이고 있었다. 하지만 나는 미안하다, 는 말은 하고 싶지 않았다.

"공부 열심히 잘하고……. 당분간은 우리 서로 좀 생각할 시간을 갖자."

아빠의 말은 그러니까 당분간은 서로 아마 만나지도 연락하지도 말자는 뜻일 것이었다. 언젠가 두 달 동안 데이트를 했던 남자 아이도 그런 말을 했었다. 나는 아직 그 아이가 싫어진 것이 아니어서, 그것이 무슨 뜻인가 일주일이 넘도록 끙끙댔었다. 절대로 그 말이, '이제 더 이상 네가 보기 싫다.'라는 말인 것을 인정할 수는 없었던 것이다. 그리고 그 진실을 인정할 수 없으니 그 언저리를 돌았고 섣부른 희망 같은 것을 가졌고, 그러니 몹시 피곤했고 혼란스러웠다. 그러니 아빠가 그런 말을 꺼내자 나는 차에서 선뜻 내려서, 그래! 하고 대답할 수는 없었다. 영원한 쳇바퀴를 도는 것일까, 아빠는 여전히 나를 이해하지 못한다는 생각이 들었다. 내가 내리자 아빠는 이제 아빠로서의 의무는 여기까지, 라는 듯 휑하니 차를 출발시켜 떠나버렸다. 아무리 아빠지만 자존심이 상했고, 혹시나 내가 너무 과민하게 생각하나 싶어서 얼른 휴대폰으로 아빠의 번호를 눌렀지만 아빠는 전화를 받지 않았다. 세 번쯤 다시 걸었는데도 그랬다. 어리석게도 그게 '나는 지금 너와 아무 말도 하고 싶지 않아.'라는 뜻이라는 것을 받아들이는 데 한나절이 걸렸다.

저녁 무렵 엄마는 B시에서 돌아왔다. 엄마의 서재에 마주 앉았을 때, 내 이야기를 길게 듣던 엄마는 내가 했던 행동에 대해 몇 번이나 멈칫멈칫, 하더니, "그래, 잘했다." 하고 짧게 말했다.

"그런데 엄마……. 아빠가 당분간 보지 말자고 해. 아니…… 어쩌면 다시는 나를 안 보려고 하나 봐."

나는 약간 울먹였다. 엄마는 물끄러미 나를 바라보았다. 엄마의 눈길은 좀 엄했다. 생각 탓이었을까, 나는 벌받으러 교무실에 온 듯한 느낌에 사로잡혔다.

"위녕, 네가 하고 싶은 일을 했어. 그러니까 이제 그 결과는 네 것이야. 온전히 네 것이야. 그게 무어든 너는 그걸 받아들여야 해. 아빠는 아빠지만 너는 아니니까……. 네가 아빠가 네가 원하는 대로 반응하기를 바랄 수는 없어……. 네가 할 수 있는 일은 이제 하나뿐이야. 아빠의 마음을 풀어주려고 하거나, 왜 나를 이해 못 하나, 하고 괴로워하지 마."

엄마의 말은 의외로 냉정했다. 엄마까지 냉정하게 나오는 것을 보자. 나는 정말이지 냉정해지기 싫었다. 내 인상이 찌푸려지는 것을 보자 엄마는 잠시 나를 외면하고 책상의 책들을 정리하는 척했다. 평소에 책상을 깔끔하게 정리하지도 않는 엄마가 그러는 것은 엄마의 마음도 좋지 않다는 것이었다.

"네 아빠." 엄마는 책상의 책들을 들어 탁탁, 소리나게 치며 말을 이었다. "당연히 그럴 수 있어. 어쨌든 아빠는 네게 의무를 다했잖아. 자식한테서 그런 소리 듣고, 멀쩡할 사람이 어디 있겠니?"

"그러면! 엄마는 왜 나보고 하고 싶은 대로 하라고 했어? 이렇게 될 줄 예상했으면서! 왜 그랬어? 날 붙잡지 그랬어?"

내 말이 투정이고 어리광이고 떼라는 것을 안들 무슨 소용이 있을까. 나는 엄마에게 소리를 질렀다. 엄마는 책들을 책꽂이에 꽂다 말고 나를 돌아보았다.

"위녕. 엄마는 네게 그런 방법이 좋은 게 아니라고 말했어. 하지만 너는 듣지 않았고……. 너를 비난하려는 게 아니야. 그때 엄마가 할 수 있는 건 하나뿐이었어. 너의 나쁜 결정에 동참해주는 것, 그래서 같이 후회하는 것…… 엄마도 너와 같이 나쁜 결정을 한 동지가 되는 것……."

엄마는 말을 마치고 나를 물끄러미 바라보았다.

"아니, 미안하다. 꼭 나쁜 결정이라고 생각했던 것만은 아니야. 하지만 네 생각도 아주 틀린 것은 아니었다고 느껴졌어. 언제나 자기가 당했다고 생각하는 사람에게 상처는 오래도록 선명한 것이니까. 엄마는 거기에 동참해주고 싶었어. 결과가 나쁘면 그것을 함께 겪어주고…… 싶었던 거야. 그래야 한다고 생각했던 게! 아니라…… 그냥 그러고 싶었던 거야."

엄마의 말을 듣자, 아무것도 더 생각하고 싶지 않아졌다.

"엄마, 나는 가족이 뭔지 모르겠어. 부모가 무엇이고 자식이 무엇인지 모르겠어. 사람들 모두 가족이 소중하다, 소중하다, 하는데 그게 무슨 의미인지 모르겠어. 어떤 때는 낯선 사람이 훨씬 더 내게 사랑스럽고, 날 더 이해하는 게 느껴져."

엄마는 한숨을 잠깐 쉬더니 손으로 턱을 괴었다.

"말야, 너희 키우면서 엄마도 그런 생각 했어. 대체 나는 남들이 말하는 지극히 정상적인 가정에서, 심지어 남들이 보기에 행복한 가정에서 자랐는데 나는 뭘 했었나? 외할머니는 그때 엄마에게 어떻게 했었나, 외할아버지는? ……그런데 말이야. 생각나는 게 없는 거야. 그냥 가족들이 맛있는 거 먹으러 갔을 때 좋았던 거, 외할머니가 잔소리할 때 신경질 났던 거, 혼나고 울었던 거, 내 방 가지고 독립하고 싶다고 생각했던 거…… 외할아버지가 여자라고 밤 아홉시까지 들어오라고 할 때, 빨리 어른이 되어서 집을 떠나고 싶다고 생각한 거……"

"정말?"

내가 엄마에게 물었다. 엄마는 고개를 끄덕였다.

"그래, 나도 다시 생각해보고 신기했다니까. 이렇게 생각나는 게 없을 수가…… 싶었어. 그래서 솔직히 너희에게 어떻게 해주어야 이게 좋은 가정인지 모르겠는 거야……. 그런데, 이런 생각도 들더라. 혹시, 아무 생각도 없는 거, 그게 좋은 가정이라는 게 아닐까, 그냥 밥 먹고, 자고, 가끔 외식하고 가끔 같이 텔레비 보고, 가끔 싸우고, 더러 지긋지긋해하다가 또 화해하고, 그런 거……. 누가 그러더라구, 집은 산악인으로 말하자면 베이스캠프라고 말이야. 튼튼하게 잘 있어야 하지만, 그게 목적일 수도 없고, 또 그렇다고 그게 흔들거리면 산 정상에 올라갈 수도 없고, 날씨가 나쁘면 도로 내려와서 잠시 피해 있다가 다시 떠나는 곳, 그게 집이라고. 하지만 목적 그 자체는 아니라고. 그러나 그 목적을 위해서 결코 튼튼하지 않으면 안 되는 곳이라고. 삶은 충분히 비바람 치니까, 그럴 때 돌아와 쉴 만큼은 튼튼해야 한다고⋯⋯."

그렇게 쉬운 곳이 집이라면 하기는 나는 이미 그런 집을 가진 것 같긴 했다. 이제는 아빠가 날 미워하는 것처럼 느낄 때, 천지에 혼자 있는 것 같은 느낌은 없으니까.

"하지만 그게 다일까? 엄마⋯⋯, 그런 거라면 혼자 살아도 되잖아. 쉴 수 있으니까. 맘에 맞는 친구랑 살아도 되잖아. 서로 사랑하니까. 그러면 가족이란 대체 뭐냐구?"

엄마는 내 머리를 콩, 하고 쥐어 박았다.

"시끄럽다. 그만 해. 그걸 알면 엄마도 너도 세계적인 석학이 되는 거야. 그러니까 우선은 우리 이렇게 하는 게 어떨까? 동생들 일찍 재워놓고 요 앞에 생맥주 마시러 나가자. 엄마가 특별히 쏠게."

엄마는 장난꾸러기처럼 눈을 반짝거리며 말했다.

110.

그리고 그날 밤 일찍 잠들지 않는 동생들을 거의 윽박지르다시피 잠자리에 들게 하고 우리는 아파트 상가에 있는 생맥주 집으로 갔다. 다니엘 아저씨도 나왔다. 우리는 거기서 가족의 의미하고는 전혀 상관없는 이야기만 하며 즐겁게 생맥주를 마셨다. 나는 두 사람이 여행지에서 어떤 시간을 보냈는지 묻지는 않았다. 나는 그런 말을 들어도 될 만큼 성숙했지만 어른들이 거북해할 거 같아서였다.

돌아오는 길에 벌써 바람은 아주 차가웠다. 엄마의 팔짱을 끼고 걸어오면서 나는 문득 가족이란 밤늦게 잠깐 집 앞으로 생맥주를 마시러 나갈 수 있는 사람들이 아닐까 생각했다. 그리고 돌아오는 길에는 팔짱을 끼는 사람들, 그리고 편안히 각자의 방에서 잠이 드는 그런…… 사람들.

111.

그렇게 일 년이 지나가고 다시 가을이 되었다. 나는 드디어 고 삼이 되었다. 아침 여섯 시 반에 집을 나서서 밤 열한 시까지 학교에 있는 일은 이제 별로 낯선 것도 아니었다. 엄마는 여전히 바빴고, 여전히 어린아이 같을 때가 많았다. 동생들은 여전히 있으면 귀찮고 없으면 보고 싶었다. 학교 친구들은 점심만 먹으면 태풍이 지나간 들판의 벼들처럼 일제히 책상에 엎드려 잠을 잤고, 라테와 밀키는 어른 고양이가 되었다. 대학 입시는 내가 가야 하는 길 저쪽에서 불도저처럼 나를 향해 돌진해오고 있었다. 담임선생은 내가 머리는 좋은데 너무 노력을 하지 않는다고 말했다. 엄마는 담임선생 앞에서 아무 말도 하지 않았다. 그리고 공부를 못한다고 나를 야단치지도 않았다. 엄마를 따라 학교 앞으로 걸어오는데 엄마가 차에 타면서 뜻밖에도 둘째 둥빈이네 학교로 가야 한다는 말을 힘없이 꺼냈다.

"오늘 모처럼 집에서 쉬면서 남들이 그렇게 하라고 하는 운동이라도 해보려고 했는데 무슨 일인지 둥빈 담임선생님도 엄마를 호출했어……. 꼭 운동 좀 해보려고 하면 무슨 일이 생긴단 말이야……. 년 먼저 집에 가 있을래?"

나는 하지만 엄마를 따라 그냥 둥빈의 학교로 갔다. 엄마는 막지 않았다. 오랜만에 오는 초등학교 교실 복도에는 알록달록한 색종이들이 붙어 있었다. 나는 내 초등학교 친구들과 저런 운동장에서 뛰어놀던 일을 생각했다.

둥빈의 육 학년 교실은 텅 비어 있었다. 다만 둥빈 혼자 남아 무언기를 쓰고 있었다. 우리가 들어서자 둥빈의 담임선생님은 자리에서 일어났다. 담임선생은 둥빈을 불러 쓰고 있던 것을 가져오게 한 다음, 둥빈에게 잠시 내려가 있으라고 말했다. 둥빈은 나까지 학교에 따라온 것을 보자 약간 어두운 표정이 되었다. 엄마가 둥빈에게 차 열쇠를 주면서 먼저 타고 있으라고 하자, 둥빈은 엄마를 향해 무슨 말인가 할 듯하더니, 안경을 올리고는 그대로 교실을 나가버렸다. 둥빈이 내민 종이에는 언뜻 반성문이라는 글자가 보였다.

둥빈의 담임선생은 나를 힐끗 보더니 말을 시작했다.

"둥빈이가…… 어제 친구와 크게 싸웠어요."

담임선생이 말을 시작하자 엄마는 각오하고 있다는 듯이 입술을 물었다.

"두 녀석 다 반성문을 써 오라고 했는데, 상대 녀석은 써 왔는데 둥빈은 쓰지 않았어요. 왜 싸웠는지 둘 다 말을 안 하고……."

"선생님, 우리 둥빈이는 다른 아이를, 이유 없이 때리는 아이는 아니에요."

엄마가 앙다문 입술을 떼고 천천히 말했다. 엄마 또래인 담임선생님의 얼굴로 조소의 빛이 언뜻 지나가는 것을 나는 보았다.

"……그거야 모든 어머니들이 하시는 말씀이구요."

그러고 나서 담임선생은 잠깐 웃었다. 엄마 역시 그 눈빛이 무엇을 의미하는지 알았으리라.

"둥빈이도 물론 그러지 않는 아이겠지만, 맞은 아이는 반장에다가 모범생이에요. 어머니도 몇 년 동안 학교의 학부모 회장직을 맡을 만큼 열성적인 분이시구요……. 그 아이는 그냥 남하고 싸우는 그런 아이는 아니거든요."

엄마는 아무 말도 하지 않았다.

"오늘 제가 둥빈을 혼내면서 반성문을 쓰라고 해도 쓰지 않길래 아까 전화를 드린 거예요……. 그랬는데 둥빈이가 그러면 어머니가 오시기로 했다, 라고 하니까 겨우 반성문을 쓰더군요."

담임선생은 둥빈이 방금 쓰고 나간 반성문을 내밀었다. 거기에는 성의 없이 갈겨쓴 몇 줄이 보였다.

그 아이가 저를 모욕하지 않는 한, 때리지 않겠습니다.

웃음이 나올 것 같아 나는 얼른 창밖으로 고개를 돌렸다.

112.

"그 아이 안경이 부러졌어요. 오늘 그 아이 어머님께서 일차로 학교를 다녀가셨구요. 일단은 안경 값은 물어주셔야 할 거 같아서……."

담임선생의 얼굴이 엄마를 조심스레 살폈다.

274

"뭐 워낙 유명하시고 바쁘신 분이시니, 아이들 챙겨주실 시간도 없는 거 제가 알고 있습니다만, 그래도 오늘은 마침 집에 계시다고 해서……."

엄마의 얼굴이 굳어지고 있었다.

"작년 담임선생님께 들으니까 작년까지는 아주 순한 아이였다고 하는데……작년에 아빠가 돌아가셨다는 소리는 제가 신문에서 보았구요……."

엄마는 어깨를 잠시 멈칫, 하더니 다시 고개를 숙이고 입술을 물었다.

"게다가…… 아이를 학원에도 아무것도 안 보내신다구요. 사실 공부가 어려워요. 이제 곧 중학교도 가야 하고 그러면 뭐라도 시키셔야 해요. 비싼 과외는 아니더라도 뭐 학원이라도 말이지요. 교육자로서 사교육에 대해 말씀드리는 게 실은 좀 그렇긴 하지만…… 현실이 그러니까요. 어머니께서 워낙 바쁘시지만……."

다시 바쁘다는 말과 유명하다는 말이 나오려고 하는 것 같았다. 엄마가 담임선생님의 말을 막았다.

"선생님, 저기…… 그래서 우리 둥빈이가 공부를 그렇게 못하나요?"

담임선생은 미소를 띤 채 고개를 끄덕였다. 공부를 못하느냐는 질문에 고개를 끄덕이면서 미소는 왜 짓는지 나는 엄마의 뒤편에서 슬그머니 화가 나기 시작했다.

"이 정도로 그냥 내버려둔다면 아마 인문계 고등학교도 가기가……."

엄마의 모습은 아주 작아 보였다. 엄마는 죄인처럼 고개를 숙이고 무언가 생각하는 듯이, 말이 없었다. 담임선생은 다시 말을 이었다.

"그리고 워낙 유명하시고 바쁘신 분이니까, 제가 만난 김에 다 말씀을 드리면……. 제 말을 안 들어요. 오늘도 어머니 오신다는 소리를 듣지 않았으면 끝내 벌을 서면 섰지, 반성문 쓰지 않았을 거예요……. 그래서 제가 이렇게 바쁘신 분을 오시라고."

"저기요, 선생님……."

엄마가 오래 생각하고 말을 할 때 특유의 버릇으로 입술을 여러 번 물더니 입을 열었다.

"일단, 안경 값은 물어드리겠습니다. 어쨌든 때리는 것은 나쁜 일이니 제가 사과도 드리겠습니다."

"아…… 예."

담임선생은 다시 미소를 지었다.

"선생님, 만일 동빈이가 영영 이대로 공부를 못해서 고등학교를 떨어진다고 하면 그땐 그 아이 나이 열여섯……. 늦지는 않은 나이라고 생각합니다."

엄마가 뜻밖의 말을 했다. 담임선생의 얼굴에 당혹감이 지나갔다.

"공부를 못해서 내 인생이 이렇게 되는구나, 를 몸으로 깨닫는 데 남자 나이 열여섯이면 그리 늦은 나이는 아니니까요. 그리고 설사 깨닫지 못해서 영영 공부를 더 못해도 저는…… 하는 수 없는 일이라고 생각하고 있습니다."

담임선생은 뜻밖의 말에 놀라 입을 벌렸다.

"선생님, 제 주변의 남자 친구들 공부 다들 잘했어요. 성공한 사람들도 많지요. 그런데 지금 별로 행복하지 않아요. 저…… 공부 잘했어요. 그런데 저 역시 그래요. 하나도 행복하지 않았어요. 그러니까 저는 아이들한테 무조건 공부를 잘해야 한다고 말할 수가 없어요. 제가 확신하지 못하는 일을 강요할 수는 없으니까요."

담임선생은 잠시 입을 벌렸다가 어쨌든 학부모 앞에서는 이런 표정을 지어야 한다는 듯 다시 미소를 지었다.

"참…… 훌륭한 가치관을 가지셨군요. 하지만 누가 그걸 몰라서 그러는 게 아니잖아요."

엄마는 고개를 저었다.

113.

"선생님, 우리 둥빈이 어릴 때부터 착하고 어진 아이예요. 만일 그 애가 누구를 때리거나 잘못한다면 그건 제가 그 애에게 너무 많은 상처를 주어서 그 애가 잘못 자랐기 때문이에요. 아이들 일에 대해서라면 하나도 바쁘지 않을 테니까 앞으로 둥빈이가 잘못하면 저를 불러주세요. 언제든 제가 와서 벌을 서겠어요. 하지만 우리 둥빈이에게 억지로 공부를 잘해야 한다거나 그런 말씀은 하지 말아주세요. 그렇게 머리가 나쁜 아이는 아니니까, 언젠가 제 결심이 서는 날, 시작해도 늦지 않겠지요……. 다만, 규칙을 위반하거나, 단체행동에 방해가 될 때에는 선생님께서 그 아이를 나무라주세요. 하지만 다른 일로는 그 애에게 아무것도 강요하지 말아주세요."

엄마의 말은 낮았지만 침착했다. 담임이 놀란 눈으로 엄마를 바라보았다. 나 역시 그랬다. 엄마는 어쨌든 시험을 앞두고 있으면 문제지를 앞에 놓고 동생들을 야단쳐가며 가르치곤 했었다. 공부를 왜 잘해야 하는지 일장 연설도 했다. 그런데 엄마의 말은 뜻밖이었고, 또 거기에 진심이 깃들어 있었기에 나는 공연히 엄마에게 미안해졌다. 방금 우리 담임선생님에게서까지 싫은 소리를 듣고 온 엄마가 아닌가 말이다. 엄마가 어깨를 옹송거리면서 그런 말을 하는 것을 보자 나는 처음으로 내가 공부를 못한다는 것이 밉고 싫고 미안했다.

둥빈은 차 뒷자리에 고개를 푹 숙인 채 앉아 있었다. 엄마는 아무 말도 없이 차에 시동을 걸었다. 집으로 가는 가까운 길이 멀게 느껴졌다. 한참 후 엄마가 입을 열었다.

"그 애가 어떻게 널 모욕했는지…… 말하기 싫으면 말하지 않아도 좋아. 둥빈아, 때리는 게 나쁜 거라는 것은 너도 알고 있으니 긴 말은 하지 않겠다. 너도 그럴 만하니 그랬겠지."

옆 자리에 앉은 둥빈의 어깨가 굳어지고 있었다.

"선생님께 말씀드렸어……. 다만, 앞으로 엄마가 벌을 받겠다고. 괜찮아. 앞으로 너는 너 하고 싶은 대로 해. 벌은 엄마가 받을게."

둥빈의 눈에 눈물이 고였다. 평소에도 말이 없는 둥빈이가 얼마나 많은 생각을 하고 있을까 싶자 나도 공연히 눈물이 고였다.

"공부? 네가 하는 거야. 네 인생? 네가 사는 거야. 엄마는 어차피 너희보다 먼저 이 세상을 떠날 거야. 함께 있을 때까지는 엄마가 도와주지만 그다음엔 너희의 몫이야. 더 길게는 잔소리하지 않겠다. 그리고 어쨌든 둥빈, 엄마가 온다고 힘든 반성문 써준 거 고마워. 내친 김에 한마디만 더 하면 인마, 반성은 조건 없이 하는 거야. 네가 이러면, 네가 저러면 이런 거 없어."

집에 들어가자 둥빈은 가방을 팽개치고 방에 틀어박혔다. 엄마는 엄마대로 서재의 문을 닫고 들어가 버렸다. 막내 제제만 태권도복을 입고 철봉인지 곤봉인지를 연습한다면서 뛰어다니고 있었다.

나는 엄마의 서재로 들어갔다. 엄마는 책상에 앉은 채로 머리를 비비고 있었다. 나는 늘 하던 대로 엄마의 책상 앞에 앉았다. 내가 들어오는 기척을 듣고도 엄마는 고개를 들지 않았는데 눈가의 눈물을 닦는 것이 보였다.

"엄마, 나…… 시간 얼마 안 남았지만 공부 열심히 할게."

나는 진심으로 말했다. 맨손으로 눈물을 닦다 말고 엄마가 잠깐 웃었다.

"……그래, 너는 말은 참 이쁘게 해. 그거라도 고마워."

"엄마, 너무 속상해하지 마. 육 학년 때 조금 공부 못해도 나중에 공부 잘하는 애들 많아. 육 학년 때 내 짝인 남자 애도 그땐 나보다도 공부 못했는데 지금 전교에서……."

"위녕, 엄마가 둥빈 담임선생에게 했던 말, 진심이야."

엄마는 내 말을 막으며 입을 열었다.

"공부? 그거 재능이야. 엄마…… 공부 잘했는데…… 그거 내가 피눈물 나게 노력해서 그렇게 된 거 아니야. 그냥 처음부터 그랬어. 축구공을 보자마자 볼을 찼다는 선수처럼, 피아노를 보자마자 동요를 연주했던 피아니스트처럼 그건 그냥…… 재능인 거야. 모두가 다 같이 공부를 잘할 수는 없어. 그 재능을 가진 게 꼭 내 아이들이어야 한다는 헛된 희망도 버렸어. 왜냐면 왜 너희가 공부를 잘해야 한다고 생각하나, 나 자신에게 묻고 또 물었거든."

엄마는 고개를 좀 숙이더니 수줍은 고백이라도 하는 것처럼 말소리를 낮추었다.

"그래……. 첨에는 너희 우등생 아닌 거 화났어. 어이가 없었고

279

화가 났지. 하지만 나 자신에게 물어보았어. 아이들이 공부 잘하면 왜 좋니? 하, 그거야 당연히 그러면 너희가 성공하고 너희가 별로 돈 걱정 안 할 확률도 높고, 살기도 편하고……. 그랬지. 그런데 다시 물었어. 정말 그 이유가 다일까? ……묻고 또 물었더니 맨 마지막에 말이야 어이없게도, 너희가 공부를 잘하면 내가 좋을 거 같았어. 너희가 아니라 내가 말이야. 가뜩이나 사람들이 세 번 이혼했다고 손가락질하고, 아빠 없이 아이들 키운다고 아이들 불쌍하다 그러는데, 너희가 공부 잘해서 남들이 보기에 좋은 대학에 가면, 그러면 그때 엄마가 그 사람들에게 고개를 들고 거 봐, 할 거 같았어……. 그게 다는 아니었지만 그런 게 있더라구……. 엄마 마음속에 말이야. 그런 게 아주 많이 있더라구."

힘없이 엄마는 웃었다. 아마 그 순간 엄마는 또 생각했을까, 결국은 또 이렇게 유치한 이유였군, 어이가 없군. 그랬을까? 내 말에 대답이라도 하듯이 엄마가 말했다.

"그랬어. 그렇더라니까. 그다음부터는 생각이 많이 바뀌더라. 너희에게 행복해지는 방법을 가르쳐주고 싶었어. 목표가 바뀐 거지. 그게 공부를 잘해서 얻을 수만 있는 거라면, 공부를 시켜야지. 그런데 아니잖아. 그게 돈을 많이 벌어서 가질 수 있는 거라면, 그래야지. 그런데 아니잖아. 그 모든 것일 수도 있지만 그 모든 것이 아닐 수도 있더란 말이지. 왜냐하면 엄마는 그동안 그 두 가지를 가져보고도 행복하지 않았으니까……."

"엄마는 지금은 행복하잖아."

내가 묻자 엄마는 잠시 "행복?" 하고 묻더니, 피식 하고 웃었다.

"그래 살아온 나날들 중에 지금이 제일 행복해. 글이 잘 써질 때,

너희가 엄마가 사 준 거 맛있게 먹으며 즐거워할 때, 너랑 둘이 팔짱 끼고 길거리에서 귀고리 살 때…… 가끔 너희가 대견하게 엄마를 위로할 때……. 하지만 말이야 위녕, 누가 알겠니? 대체 무엇이 진정한 행복인지 말이야."

그때 현관문 밖에서 막딸 아줌마가 소리치는 게 들렸다.

"둥빈아, 밥 차려놓았는데 어디 가?"

이어서 현관문이 거칠게 닫히는 소리가 들렸다. 엄마와 내가 문을 열었지만 둥빈은 이미 사라지고 없었다.

"밥 먹으라고 하려는데 그냥 나가버리네."

막딸 아줌마가 말했다. 엄마는 닫힌 현관을 향해 멍하니 서 있다가 중얼거리듯 대답했다.

"그냥 두세요. 들어오겠죠 뭐."

엄마는 저녁 생각이 없다며 방으로 들어가 버렸고 그날 밤이 늦도록 둥빈은 돌아오지 않았다.

114.

막딸 아줌마와 엄마가 근처의 공원과 피시방을 다 뒤졌지만 둥빈의 자취는 없었다. 엄마에게 미안한 마음에 참고서를 좀 들여다보다가 거실로 나오니까 엄마가 거실에 앉아 있었다. 탁자에는 뜯겨진 돼지 저금통이 놓여 있었다.

"이거 둥빈이가 이런 거야?"

내가 묻자 엄마가 고개를 끄덕였다.

"저금통 뜯어서 돈 가지고 나갔어……."

나는 엄마 옆에 가만히 앉았다.

"언젠가 어떤 인터뷰에서 이 세상에 태어나서 제일 잘한 게 애들 셋 낳은 거라고 했는데, 다시는 그런 말 못 할 거 같아."

엄마의 눈에서 눈물이 주르르 흘러내렸다.

"둥빈이가 요새 사춘기인 거 같은데, 어떻게 해야 할지 모르겠어. 남자 아이들은 왜 그렇게 말을 안 하니? ……둥빈 아빠 살아 있으면 애걸이라도 하고 싶어. 도와달라고, 가르쳐달라고……. 나는 여자라서 남자들의 사춘기를 어떻게 해주어야 하는지 모른다고."

엄마는 다시 중얼거리듯 말했다.

"모르겠어. 어떻게 하는 게 좋은 엄만지, 세상에서 제일 어려운 일은 엄마가 되는 일일 거야……. 차라리 장편을 백 편 쓰라는 게 낫겠어."

115.

잠깐 책상 앞에서 졸고 있었던 거 같다. 커다란 고함 소리에 놀라 고개를 들었는데 내 방의 두 고양이들이 먼저 꼬리를 곧추세우고 있었다.

"뭐가 어째, 이 녀석아? 지금이 몇 시야? 돈 다 어디다 쓴 거야. 어디 있다 이제 왔어? 대체 뭐가 문제야. 학원 가기 싫다구 해서 안 보냈고, 공부하기 싫으면 하지 말랬잖아, 네가 잘못하면 엄마가 가서 벌서준댔잖아! 대체 뭐가 불만이냐구."

둥빈이 방 쪽이었다. 달려가 보니 엄마의 손에 구두 주걱이 부러진 채 들려 있었다. 엄마는 저걸로 둥빈을 때린 모양이었다. 둥빈의 눈에 분노가 응고된 채 고여 있었다.

"싫다구! 집이 싫다구! 집에 오면 엄마 없는 것도 싫고. 아빠가 죽은 것도 싫어! 선생님들이 싸우기만 하면 묻지도 않고 내 잘못이라고 몰아붙이는 것도 싫어. 난 아빠도 없는 아이니까, 난 문제투성이 엄마하고 사니까!"

둥빈이 소리치고 있었다. 순하고 말이 없는 둥빈이가 저렇게 변한 것을 보니 나도 가슴이 쿵쾅거렸다. 이미 키가 엄마만큼 커버린 둥빈의 온몸에서 어떤 낯선 것들이 뿜어져 나오고 있었다. 나중에야 생각해보았는데 그것은 내가 그 애에게서 처음 발견한, 어떤 남성성 같은 것이었다.

"엄마가 놀러 다니니? 너희 어쨌든 책 사고 컴퓨터 사고 그 돈 벌러 다니는 거잖아. 그리고 아빠가 죽은 건 엄마가 어떻게 하니? 그건 엄마 잘못이 아니잖아……. 어떻게 네가 그런 말을, 이 자식이 버릇도 없게! 응?"

엄마의 얼굴은 백지장처럼 창백했고 입술은 납빛이었다. 내가 다가가 엄마를 잡았다. 둥빈이 지지 않고 소리쳤다.

"엄마 때문이야! 엄마가 아빠를 버렸잖아! 쓸쓸하게 죽게 내버려뒀잖아! 나는 그냥 평범하게 살고 싶어. 그냥 눈에 띄지 않게 살고 싶어. 그런데 엄마 때문에 그럴 수도 없어! 씨발!"

엄마의 손에서 부러진 채 들려 있던 몽땅한 구두 주걱이 떨어져 내렸다. 엄마는 선 채로 나무 기둥처럼 쿵 하고 둥빈의 방 벽에 등을 부딪히며 쓰러졌다.

"둥빈아, 너 왜 이러니? 어서 입 다물지 못해!"

나는 엄마를 끌고 둥빈의 방을 나왔다. 엄마는 순순히 내 손을 잡고 끌려 나왔다. 눈은 멍했고, 얼굴은 곧 은박지처럼 와르르 구겨져 버릴 거 같았다. 나는 서둘러 부엌으로 가서 물을 가져다 엄마에게 내밀었다. 엄마는 여전히 초점을 잃은 채로 멍한 표정이었다.

"엄마, 엄마, 정신 차려……, 엄마."

내가 엄마를 붙들고 흔드는데 엄마가 그대로 통나무처럼 쿵 하고 쓰러져 죽어버릴 것만 같았다. 아주 짧은 순간이었지만 수많은 생각들이 나의 머리에서 폭발하는 것 같았다. 내가 아빠에게 했던 말들이 둥빈의 입을 통해 흘러나오는 것 같았다. 나는 그 순간, 둥빈과 엄마와 아빠를 동시에 이해했다. 왜 둥빈이 그런 말을 하는지, 왜 그 애가 억지를 쓰는지, 그리고 그때 엄마가 어떤 것을 느꼈을지, 그리고 내가 그런 종류의 말들을 내뱉었을 때 아빠가 어떤 심정이었는지, 수많은 말들을 하고 싶었는데 나는 아무 말도 못하고 그저 "엄마, 엄마." 하면서 울었다.

침을 한 번 굵게 삼킨 엄마가 눈을 깜박이더니 잠시 멍한 눈으로 나를 돌아보고는 말했다.

"위녕…… 울지 마라."

엄마는 정신을 차려야 한다고 다짐하듯이 잠깐 머리를 흔들더니 찬물을 마셨다.

"울지 마……. 둥빈이…… 물 한 잔 가져다 줘라."

나는 그 자리에 그대로 앉아 있었다. 둥빈이 말대로 나도 싫었다. 평범하지 않은 것이 나도 괴로웠다. 나는 둥빈을 이해할 수 있었다. 그 애가 아무리 심한 말을 해도 그 애의 마음이 얼마나 아픈지 이해할 수 있었던 거였다.

그날 밤 엄마와 둥빈 그리고 나의 방에는 오래도록 불들이 켜져 있었다. 그리고 다음 날 아침 둥빈은 아침도 먹지 않고 일찍 학교로 가버렸다. 내가 식탁으로 나가니까 엄마가 푸석한 얼굴로 앉아 있었다.

"둥빈이는?"

내가 묻자 엄마는 머리카락을 쓸어 올리며 힘없이 대답했다.

"학교 갔어. 그래도 책가방 챙겨서 갔어……. 다행이지 뭐야. 그래 다행이야. 학교라도 가주니까. 요즘 학교도 안 가는 아이들도 많다는데……."

나는 우유를 한 잔 따라서 엄마 앞에 앉았다. 엄마의 눈은 퉁퉁 부어 있었다.

"엄마…… 둥빈이…… 마음도 아플 거야. 나도 그렇게 반항했었어. 아빠한테. 어제 둥빈이 보니까 꼭 날 보는 거 같아서……."

내가 말했다. 조금 쑥스러운 기분이었다. 엄마가 퉁퉁 부은 눈으로 날 바라보더니 피식 웃었다.

"알아……. 엄마도 가만히 생각해보니까, 외할머니한테 많이 반항했던 거 같아. 왜 같은가…… 하면 분명 반항을 하긴 많이 했는데 잘 생각은 안 나거든. 외할머니가 엄마한테 서운하게 했던 거는 하나하나 다 생각나는데, 내가 외할머니한테 뭐라고 했는지는 하나도 생각이 안 나는 거야. 외할머니도 엄마 때문에 많이 우셨어. 나중에 너 같은 딸 꼭 낳아봐라, 뭐 이런 말도 하셨지……. 외할머니 말대로 내가 당해보니까, 부모 되는 거 너무 손해나는 일이다. ……뭐 이런 법이 다 있어? 무조건 참아야 하고 져줘야 하고……. 씨이."

마지막 대목을 이야기하며 엄마는 피식 웃더니 스스로에게 하듯 다시 말을 이었다.

"괜찮아. 엄마가 어제 책을 찾아보니까 남자 아이들 사춘기 때 반항하는 게 더 낫대. 반항도 안 하는 게 더 무서운 거래……. 다만 엄마는 그동안 어린 둥빈이가 겪어야 했던 일들 생각하면서 미안하고…… 또 마음이 아팠어."

그리고 그날 밤 둥빈은 또 늦게 집으로 돌아왔다. 엄마는 둥빈이 들어오자 무슨 말인가 해보려고 했지만 둥빈은 방문을 탁, 하고 닫고 들어가 잠가버렸다. 엄마가 둥빈의 방문을 두드리는 소리가 들렸다.

"저녁은? 이 녀석아 반항을 해도 밥은 먹어야 할 거 아니야."

둥빈은 꼼짝도 하지 않았다. 그날 밤에는 겨울을 재촉하듯 비가 내렸다. 교과서를 펴놓고 있다가 밖으로 나가보니 엄마가 혼자 소주를 마시고 있었다. 엄마도 저녁을 거른 거 같았다.

"엄마 술 마셔?"

내가 물으니 엄마는 "응." 하고 대답하더니, 비 내리는 창밖을 물끄러미 바라보았다. 나는 엄마 곁에 앉았다.

"나, 대단한 엄마 아닌데……. 나, 모성 같은 것도 별로 없는 거 같은데, 둥빈이가 저러니까 아무것도 하기가 싫어. 돈을 버는 것도, 명성을 얻는 것도, 의미 있는 글을 써서 설사 세상의 문학상이란 상을 다 받는다 해도 그게 다 무슨 소용이니? 다 부질없게 느껴져. 예전에 말이야, 위녕……. 내가 너희 아빠랑 둥빈이 아빠 혹은 제제 아빠에게 그랬거든. 세상을 다 구원하는 척하면서 자기 아내는 불행하게 만드는 사람들이라고……. 그런데 이젠 내가 너희에게서 그런 말을 들을지도 모른다고 생각하니까…… 기가 막혀."

엄마는 천천히 말하며 소주잔을 비웠다. 나는 아무 말도 할 수 없었다. 우리 두 사람의 침묵 사이로 창을 때리는 빗소리가 들려왔다. 엄마는 처량하고 쓸쓸해 보였다. 힘이란 힘은 다 빠져나간 듯이 보였고 엄마 특유의 씩씩함 같은 것이 사라져 약하고 늙어 보였다. 나는 처음으로 엄마가 늙었을 때를 상상했다. 엄마는 언제나 나이보다 젊고 유능하고 자신만만한 줄 알았는데, 이제 엄마는 늙어가는 것 같았다.

116.

다음 날 학교에서 돌아와 보니 구수한 냄새가 집 안에 진동하고 있었다. 엄마가 막딸 아줌마와 김치를 담그며 이야기를 나누고 있는 중이었다. 김장 전에 담그는 지레김치라고 했다. 빨간 김치 속을 버무려 작은 접시에 한가득 담아놓고 냄비에서는 돼지고기가 삶아지고 있었다. 코가 약간 싸아하게 차가운 날씨였는데 집 안에 구수한 기름 냄새가 퍼지는 것을 보자 마음이 한결 풀어졌다. 배가 고프다고 하자 엄마는 갓 삶은 뜨끈한 돼지고기에 절인 배추 여린 속살과 빨간 김치 속을 내왔다. 와우! 내가 제일 좋아하는 보쌈이었다. 막 제철을 맞아 은회색으로 반짝이는 싱싱한 굴도 있었다. 참 이상하다. 음식이라는 것은 사람을 행복하게 만드는 재주가 있다. 음식점에 가서 사 먹는 것도 그렇지만 이렇게 집에서 먹는 것도 특별하긴 하다. 집에서는 음식의 예고편이라고 할 수 있는 냄새가 풍겨오기 때문일까. 그 분위기, 집이라는 공간의 문을 열었을 때 퍼지는 그 향기 같은 것, 엄마의 목소리, 식구들의 대화…….

둥빈은 며칠 동안 집안 식구 누구와도 말을 하려고 하지 않았다.

문은 늘 잠겨 있었고 어쩌다 화장실에 가려고 마주칠 때도 얼른 눈길을 피해버렸다. 엄마는 좀 우울하긴 했지만 무언가 새로 마음을 먹은 것 같았다. 막딸 아줌마와 이야기를 나누는 걸 보니 확실했다.

"이 세상 뭐든 마음대로 되는 것 같아도 정말 자식은 아닌 거 같아요. 그러니 너무 마음 쓰지 마요. 둥빈이가 사춘기잖아."

막딸 아줌마가 둥빈의 방을 두드리다가 그냥 돌아온 엄마에게 말했다. 엄마는 식탁에 앉아 나에게 김치 속을 뜯어 보쌈을 말아주면서 피식 웃었다.

"아줌마, 나는 다른 거 다 내 마음대로 안 되는 건 알았는데, 자식만 내 마음대로 될 거라고 생각했나 봐요. 아니 마음대로까지는 아니어도 내 마음을 알아줄 거라고 믿었나 봐요. ……적어도 해준 대로는 돌아올 줄 알았나 봐……. 세상 모든 일처럼 그것도 아닌가 봐요. 막딸 아줌마, 제가 집에 없을 때에도 둥빈이한테 그냥 잘해주세요. 당분간은 아무 잔소리도 하지 마세요."

엄마는 내게 보쌈 하나를 내밀더니 다시 말했다.

"위녕, 이제 알았어……. 둥빈이가 남자라는 거."

내가 무슨 소리야 하는 듯이 엄마를 바라보자 엄마는 다시 말했다.

"이렇게 생각하기로 했어. 저 애도 남자구나. '화성 남자 금성 여자'에서 말한 대로 동굴에 들어가 있는 거구나. 남자들 동굴에 들어가 있을 때는 모른 척해야 한다며? 전문가들이 그러는데 일단 믿고 놔두래. 이 세상에서 그냥 가만히 있어야 해결되는 일이 생각보다 많더라구……. 더구나 아들은 말이야. 그래, 아들이 남자였더라구……."

엄마는 남자라는 대목에서 씨익 웃었다.

나는 '화성 남자 금성 여자'를 읽어보지는 못했지만 동굴 이야기는 친구들에게 못이 박히도록 듣기는 했다. 여자들은 갈등이 생길 때면 서로 얼굴을 맞대고 이야기를 해서 해결하려고 하고 남자들은 혼자 틀어박힘으로써 해결하려 한다는, 그 유명한 이야기 말이다. 그러고 보니 둥빈의 목소리가 꼭 감기에라도 걸린 것처럼 걸걸해지고 얼굴에 수염이 거뭇하게 나기 시작한 것이 그제야 떠올랐다. 그런데 둥빈이가 해리 포터처럼 둥근 안경을 낀 귀여운 소년이 아니라—물론 소년도 엄밀히는 남자지만—그냥 남자라고 생각하자 나도 약간 이상한 기분이 되었다. 그런데 남자들은 그 좋은 대화를 안 하고 왜 동굴같이 컴컴한 데 박혀 있는지. 그러고 보니 아빠 역시 화가 나면 위녕, 좀 나가줄래? 했던 것이 기억이 났다. 맞다. 아빠도 남자였다.

117.

며칠 동안 가을비는 쉴 새 없이 내렸다. 아침이 오면 기온은 진창에 발이 빠지는 것처럼 푹, 하고 아래로 내려갔다. 원래 가을과 겨울을 좋아하지만 이렇게나 가을이 깊어가는 것이 싫었던 적이 또 있을까. 수능 시험은 이제 한 달 앞으로 다가오고 있었다. 시험도 시험이지만 이 겨울이 되면 나는 스무 살이 된다. 어떻게 인간이 이십대가 될 수 있단 말인가. 나는 실은 크고 싶지 않았다.

책을 펴놓고 내리는 비를 바라보고 있는데 전화가 왔다. 쪼유였다.

"어, 쪼유야. 이 밤에 웬일이야?" 하고 물으니 쪼유의 울먹이는 소리가 들려왔다.

"위녕, 나 집 나왔어……. 갈 데가 없어서 전철역 근처에 있어.

배도 고프고."

요즘 들어 쪼유가 집 때문에 고민하는 것은 별로 본 적이 없었다. 그런데 웬일인지, 쪼유의 목소리는 절박했고 더구나 창밖에는 비가 내리고 추웠다. 왜, 냐고 묻는 것은 다음에 해도 늦지 않을 거 같았다.

"집으로 올래? 우리 집으로 일단 와. 나가고 싶은데 나 머리도 안 감았고 엉망이야."

잠시 후 쪼유는 집으로 왔다. 엄마에게는 대충 쪼유와 참고서를 교환할 일이 있다고 말을 해놓고 내 방으로 쪼유를 불러들였다.

쪼유는 내 방으로 들어서자마자 침대 가장자리에 무너지듯 앉았다. 라테와 밀키가 쪼유를 보자 서서히 일어섰다. 쪼유는 두 마리의 고양이를 보자 울먹거리기 시작했다.

"우리 고양이 소리는 어떻게 하지? 내가 없으면 누가 밥을 줄까?"

쪼유는 정말 울 거 같았다.

"왜 그래?" 하고 내가 묻자 쪼유는 드디어 눈물을 흘리며 대답했다.

"위녕, 나 집 나왔어. 난 정말 왜 이런 아빠 엄마 밑에서 태어난 거니? 무식하고 말 안 통하고 막무가내야……."

나는 부엌으로 가서 일단 허브티를 한 잔 끓여서 쪼유에게 내밀었다. 이럴 때는 우선 따뜻하고 달콤한 것이 마음을 진정시킬 거 같아서 꿀도 좀 탔다. 쪼유는 저녁도 못 먹은 사람처럼 두 손으로 컵을 감싸고 후후 불며 허브티를 마셨다. 많이 울었는지 눈이 벌겠다. 나는 무슨 일인가 궁금해하며 내 품으로 기어드는 밀키를 무릎에 앉히고 쪼유의 다음 말을 기다렸다.

"교대를 가라는 거야……. 싫다는데. 난 애들이 진짜 싫어! 하나

밖에 없는 동생도 귀찮은데 무슨 아이들을 가르치느냐구? 그래도 엄마 아빠는 막무가내야. 교대만 나오면 초등학교 교사 자격증이 나오고 그러면 여자 팔자는 핀다는 거야. 내가 비록 여자이긴 하지만 여자 팔자 피는 거 하고 내가 하고 싶은 거 하는 거 하고는 다른 거잖아……."

쪼유는 한 손으로 허브티를 마시며 연신 재잘거렸다.

"싫다고 했더니, 담임이 내 성적이 지방의 교대는 충분히 합격할 점수라고 했다는 거야. 담임도 그게 좋은 생각이라고 했다나……. 아니, 담임은 이제 한 달 지나면 안 볼 사람인데 자기가 내 인생 살아주는 것도 아니잖아……. 이제부터 수능 시험 볼 때까지 공부 안 할 거야. 그러면 성적이 팍, 팍 떨어지겠지."

쪼유는 연예인이 되고 싶어했다. 물론, 나도 그게…… 좀, 선뜻 동의하기 어려운 일이긴 했다. 연예인이 되기에는 쪼유의 얼굴이 우선, 좀 그랬던 것이다. 쪼유는 걱정 없다는 말을 자주 했다. 우선 살을 뺄 거고 성형을 받을 거라고 했다. 구체적인 부위까지 짚어서 눈은 어떻게 쌍커풀을 만들고 몽고주름은 어떻게 트고, 광대뼈는 어떻게 깎은 다음 코는 어떻게 할 거라고 했다. 나는 쪼유가 말하는 대로 그녀의 얼굴에 쌍커풀을 만들고 몽고주름을 터서 눈을 크게 만들고 귀의 연골을 빼서 코를 높이고 그리고 광대뼈를 깎은 그녀의 얼굴을 있는 힘을 다해서 상상하다가 에휴, 하고 그만두었다. 도저히 상상이 안 갔다. 대신 성형을 많이 했다는 연예인의 얼굴을 그려보는 게 나을 거 같았다. 그런데 그렇게 된 다음에도 쪼유는 내가 사랑하는 내 친구 쪼유일까. 하지만 가끔 반 아이들 앞에서 부르는 쪼유의 노래는 일품이긴 했다. 차라리 가수가 나을까? 하지만 요즘 가수는 노래만 잘 불러도 안 된다는데…….

쪼유는 눈물을 닦다 말고 다시 나를 보더니 말했다.

"네가 부러워. 엄마가 멋있잖아. 엄청 오픈되어 있고, 너한테 뭐든 원하는 대로 하라고 하고. 간섭도 잘 안 하시고……. 게다가 돈도 많이 버시고, 이름도 나고, 교양도 있고……. 우리 엄마는 꽉 막혔어. 자기가 학교 선생님 되고 싶었는데 못된 한을 나한테 다 풀려는 거 같아."

나는 쪼유네 집에 몇 번인가 놀러 갔었다. 쪼유네 집에서는 평범한 냄새가 났다. 그냥 엄마와 그냥 아빠가 그냥 살고 있는 그냥 편안한 분위기 말이다. 우리 엄마처럼 자신에게 또 묻고, 묻고 뭐 이런 복잡함이 없는 집. 반항을 할 때에도 그냥 신경질이 난다, 고 하면 말아버릴 그런 집……. 그건 특별한 집에서 사는 아이들은 금방 눈치 챌 수 있는 그런 편안함이었다.

쪼유 엄마는 음식을 잘 만드셨다. 가끔은 야간 자율 학습 끝나고 먹으라며 나를 위해 카스텔라를 구워서 쪼유 편에 보내주기도 하셨다. 손수 거품을 많이 낸 유정란과 꿀을 넣어 구운 카스텔라는 얼마나 고소하고 달콤한지……. 엄마가 집을 비운 주말에 놀러 가면, 내가 좋아하는 우거지 갈비탕을 손수 끓여주시기도 했다. 나는 엄마표 음식이 있고, 엄마가 늘 안정되게 집에 있는 쪼유가 부러웠는데, 쪼유가 우리 엄마를 부러워하는 소리를 듣자 이상한 기분이 되었다.

"가끔 네 말을 들을 때마다 나는 꼭 네 엄마 같은 사람이 되고 싶었어. 우아하게 책을 보고 공부하고 그리고 책을 내고……. 그리고 아이들에게 교양 있게 말하는 그런 엄마 말이야. 그래, 네 인생 네

가 사는 거야……. 그러면 나는 엄마가 존경스러워서 정말 열심히
살 거 같애, 우리 엄마처럼. 내가 '자식이 엄마 소유물이야?' 이러
면, '무슨 소리야, 당연히 소유물이지.' 이렇게 말하는 엄마 말고."

"너희 엄마 정말 그렇게 말씀하시니?"

아니, 우리 엄마도 늘 교양이 있는 건 절대 아니야, 라고 말하고
싶었지만 그건 사태에 전혀 도움이 될 거 같지 않아 나는 우선 그렇
게 물었다. 내가 묻는 양이 하도 심각해 보였는지 쪼유는 잠깐 망설
이더니 고개를 저었다.

"아니, 뭐 그건 아니지……. 요새 신문 방송 인터넷 주워들은 게
많아서 그런지 꼭 그렇게 말하진 않지. 하지만 결국 그 이야기야.
내가 너희에게 이만큼 했다. 그리고 이렇게까지 한다……. 그러니
너희도 엄마 말을 따라야 한다……. 지겨워!"

그때 방문을 두드리는 소리가 났다. 문을 열어보니 엄마가 쟁반
에 핫케이크을 구워 들고 있었다. 열린 방문 뒤로 갓 구운 핫케이크
냄새가 엄마를 따라 들어왔고 제제가 "형아도 먹으면 좋을 텐
데……." 뭐 이렇게 종알거리는 소리도 함께 들렸다.

쪼유는 역시 연기자가 될 소질이 있는지, 제 엄마 이야기를 하면
서 지겨워! 할 때는 바로 어른들이 싫어하는 육두문자라도 갖다 붙
일 태세이더니, 얼른 일어나 엄마에게 인사를 했다. 하는 양이 꼭
남자 친구네 집에 인사라도 온 것 같았다. 그럴 때 쪼유는 얼마나
조신한 여학생인가, 그리고 우리와 함께 있을 때 그녀는 또 얼마나
다른 사람인가. 그러니까 엄마는 가끔 쪼유 이야기를 하면서, 아유
걔는 천상 여자라니까, 하는 것이다. 나는 공연히 웃음이 나왔다.

"방해하고 싶은 생각은 없는데 잠깐 앉아도 되겠니?" 하며 엄마

는 내 방 의자에 앉았다. 순간 엄마는 내 방을 빙 둘러보았는데 그때, 저게 뭐니, 저건 좀 치우고, 하는 잔소리가 목까지 오르는 것을 보았다. 하지만 엄마는 작게 헛기침을 하더니 말했다.

"쪼유 어머니가 방금 전화를 하셨다……."

쪼유가 놀라는 표정을 지었다.

"우선 내가…… 여기 잘 있다고 안심을 시켜드렸어……. 속이…… 많이 상하셨나 보더라."

"우리 엄마가 뭐래요?"

쪼유는 자존심이 상한 것 같았다. 아까 엄마에게 인사할 때의 조신한 모습은 사라지고 없었다.

"네가 이런 엄마 아빠 밑에서 태어난 게 속상하다고 해서…… 어머니가 나도 너 같은 딸 낳은 게 속상하다, 고 하신 게 맘에 걸리신 모양이야."

역시 쪼유는 엄마를 닮은 모양이었다. 쪼유 엄마의 대답도 걸작이라는 생각이 들었다. 나는 나도 모르게 킥킥 웃었다. 쪼유가 몹시 속상한 표정을 지었다.

"우리 엄마는 자기가 나한테 어떻게 했는지 기억도 못 할 거예요. 내가 집을 나가고 싶다고 했더니, 나가는 건 좋은데 엄마가 비싼 돈 주고 사 준 옷은 갖고 나가지 말라는 거예요. 자기가 살 빼서 다 입을 거래요. 아마……, 살이 빠질지는 나도 알 수 없지만, 이런 단서를 붙이면서 말이지요……. 어떻게 엄마라는 사람이 딸이 집 나간다는데 돈 이야기를 꺼낼 수가 있으며 자기가 십 년도 넘게 실패한 다이어트 이야기를 할 수가 있는 거예요! ……우리가 남긴 밥은 자기가 다 먹으면서 말이에요. 밥뿐인가요? 빵도 과자도 우리가 남긴

건 다 먹어요. 그러고도 내 옷을 탐내고 있었던 거예요. 날씬하게 보이니까요. 어떻게 엄마라는 사람이 딸의 옷을 탐내다가 딸이 집을 나간다니까, 옷은 두고 가라, 내가 다이어트 해서 다 입을 거야……. 이럴 수가 있나요……. 어떻게요!"

쪼유는 울먹였다. 엄마가 웃음을 참고 있는 게 보였다. 나도 좀 우습긴 했다. 나는 그런 쪼유의 엄마가 한없이 유쾌하고 좀 귀여워 보였다.

"이제 여기 온 줄 알았으니, 아마 집에 오는 길에 아마 아줌마 책에 사인이라도 받아 오라고 할걸요."

엄마가 드디어 웃음을 참지 못하고 빙그레 웃었다.

"안 그래도 너 오는 편에 죄송하지만 사인해서 책 한 권만 보내라고 하시더라."

엄마가 웃으며 말을 꺼내자 쪼유가 더는 참지 못하겠다는 표정으로 말을 했다.

"거 봐요. 고 삼 딸이 부모가 싫어서 집을 나가는데 책에 사인을 받아 오라니요. 너무 챙피해……. 우리 엄마는 문제의 심각성을 도무지 모른다니까요."

엄마는 쪼유를 물끄러미 바라보더니 말을 꺼냈다.

"쪼유야. 아줌마가 그 말을 네게 한 건, 너희 엄마 흉을 보려고 한 건 아니야. 네 말대로 너는 속상하겠지. 이해해. 아줌마도 어렸을 때 아줌마 엄마에 대한 불만을 일기장에 가득히 써놓느라고 글 솜씨가 좀 늘긴 했단다."

쪼유가 놀란 눈으로 엄마를 바라보았다.

"그런데 말이야. 이제 와서 엄마가 되고 나서, 아이들이 엄마에 대한 불평을 할 때마다 다시 생각해보곤 해. 네가 바라는 또 우리 위녕이 바라는, 또 아줌마가 어렸을 때 바라던 그 훌륭한 엄마는 대체 어디 있을까 하고 말이야……. 너희 엄마 하신 말씀 나는 좋게 들었어. 너희 엄마는 그만큼 널 믿고 계신 거야."

"날 믿고 있어서 그런 말을 한다구요?"

쪼유가 다시 물었다.

"그럼…… 네가 다시 돌아올 걸 조금도 의심하지 않으신 거야……. 싸울 때도 있고, 싫을 때도 있고 그렇지만 절대로 헤어질 수 없다는 걸 굳게 믿고 계신 거지……. 사실 생각해보면 우리는 엄마라는 존재에 대해 너무나 많은 미담을 듣고 자랐어. 그런데 가만히 생각해보면 엄마가 우리에게 해주는 모성애란 대체 어떤 거니? 누가 그 모든 것을 가지고 있지? ……그래서 어떤 사회학자들은 모성애란 오직 아들과 어머니 사이에서만 성립한다, 라고 극단적으로 말을 하기도 하지만……. 물론 아이가 아플 때, 아이가 어려울 때, 헌신적으로 자신을 바치는 엄마는 많아. 하지만 너는 지금 아프지도 않고, 어렵지도 않아……. 그리고 무엇보다 네가 기억해야만 하는 건, 네 엄마도, 그리고 이 아줌마도 한때는 자신들의 엄마에 대해 무지무지 많은 불만을 가진 그런 딸들이었다는 거야. 솔직히 성모마리아가 우리 엄마였다 하더라도 반발할 거리가 있었을 거 같아. 왜 그렇게 착하고 성스럽냐고 대들면서 말이지……."

쪼유가 무언가 말을 할 듯하다가 입을 다물었다.

"너를 나무라는 게 아니야. 친구가 이상하면 안 만나면 그만이야, 다른 친구들이랑 사귀면 되니까. 하지만 가족은 달라. 엄마랑 딸은 죽어도, 정말 문자 그대로 죽어도, 죽고 나서도 엄마랑 딸이야. 아빠도 동생도 다 마찬가지이고……. 그래서 우리는 하는 수 없이 서로를 이해하고 더불어 살기 위해 자신을 조금씩 바꾸고 그래야해……. 관계를 다시 설정할 수가 없으니까……. 이런 것들을 감내해야 하는 거야. 그렇게 하다 보면 어느 순간, 친구도 이해할 수 있는 연습을 하게 되고, 사람과 더불어 사는 법을 배우게 되는 거야. 가족은 한번 정해지면 다시 태어나기 전에는 어쩔 수가 없는 존재들이기 때문에…… 그래."

쪼유는 아직도 분이 풀리지 않은 듯했지만 워낙 착하게 보이는 연습을 많이 한 탓인지 우선 고개를 끄덕였다.

"아줌마처럼 그렇게 조곤조곤 말하면 저는 그렇게 했을 거예요. 그런데 우리 엄마는 소리부터 지른단 말이에요."

엄마는 더 이상 말을 하지 않고 웃었다.

그날 밤 결국 쪼유는 우리 집에서 잤다. 내 침대에서 함께 잠이 드는데 쪼유는 이리 뒤척 저리 뒤척거렸고 나 역시 쪼유가 내가 불편해하는 걸 알고 불편해할까 봐 잠이 든 척할 수밖에 없었다. 그러다 보니 오줌은 왜 그렇게 자꾸 마려운지, 늦은 밤 화장실에 가려고 일어나 거실로 나갔는데 어둑한 거실에서 엄마의 목소리가 들렸다.

"응, 근데 말이야. 다니엘 씨, 이상하게 쪼유가 가출한 게 위안이 되는 거야……. 나 나쁜 여자인가? 아니, 그냥 집에 있는 엄마의 딸들도 불만이 많구나, 하는 게 이 평범한 사실이 위로가 되었어. 나는…… 내가 일한다고 밖으로 나다니는 것이 아이들을 불행하게 할지도 모른다는 생각에 실은 겁먹고 있었거든……."

엄마는 낮은 소리로 웃고 있었다. 엄마가 그랬구나, 하는 생각이 처음으로 들었다. 나는 엄마가 일하는 것을, 그래서 낮에도 가끔은

297

밤에도 집을 비우는 것을 당연하고 당연하게 생각하는 줄 알고 있었다. 그런데 엄마는 쪼유가 엄마를 싫어한다는 사실에서 그런 위로를 느끼고 있는 것이다!

다음 날 쪼유는 말없이 집으로 돌아갔다.

118.

그리고 드디어 수능 시험 날이 왔다. 수능 시험 날 아침 엄마는 전복죽을 끓였다. 녹두색 전복죽은 맛이 있었고 내가 아주 좋아하는 음식이었는데 잘 먹을 수가 없었다. 행여라도 먹고 탈이 날까 봐 밥이 아니라 죽이어야 한다고 엄마는 말했다. 엄마는 아침부터 일어나 성모상 앞에 촛불을 켜놓고 기도를 했다. 죽을 먹다 말고 내가 기도하는 엄마에게 말했다.

"엄마 일 교시는 내가 공부한 것보다 잘 보게 기도해주고, 이 교시는 내가 모르는 게 나와도 잘 알아맞힐 수 있게 해달라고 기도해주고, 삼 교시 이후에는 하느님께서 어쨌든 시험을 잘 보게 해달라고 기도해줘."

죽을 먹으며 내가 말하자 엄마가 기도를 하기 위해 경건한 표정을 짓다 말고 웃음을 터뜨렸다.

"외우기 너무 힘들어……. 적어봐……. 고대로 하느님께 전할게."

말은 심드렁했지만 엄마도 나도 긴장하고 있었다는 것을 나는 느낄 수 있었다. 엄마는 아침부터 물을 열 컵도 넘게 들이켰다. 그러고는 학교를 쉬는 동생들을 억지로 깨웠다.

동생들은 졸린 눈으로 멍청하게 내게 인사를 했다. 엄마가 불러주는 대로 "누나, 시험 잘 봐." 하며 판에 박힌 인사들을 했다. 그런데 신기하게도 그 판에 박히고, 졸린 표정을 감추지도 않는 동생들이 이상하게 든든하게 느껴졌다. 나는 처음으로 내가 베이스캠프를 떠나 정상을 향한 발걸음을 딛는다는 것을 생각했고, 베이스캠프에 동생들이 있다는 사실이 고맙고 따스하게 느껴졌다.

"위녕, 고맙다. 생각해보니까 말이야…… 네가 너무나 공부를 잘했다고 해봐. 그럼 엄마는 오늘 너무나 초조했을 거야. 서울대냐 아니냐, 점수 일이 점에 얼마나 초조하겠니? 그런데 다행히도 너는 내게 그런 걱정은 면하게 해주었어. 고맙다, 우리 딸……"

수험장까지 차를 태워다 주면서 엄마가 말했다. 엄마는 말끝에 나를 보고 빙긋이 웃기까지 했다. 나로서는 약간 기가 막혔다. 하지만 엄마는 거짓말로 나를 위로하는 타입의 사람은 분명 아니었기에 나는 엄마의 말을 믿었다. 그렇지만 내가 그동안 공부를 열심히 하지 않은 것이 후회가 되지 않는 것은 아니었다.

"……긴장하지 마, 엄마가 네가 말한 그대로 기도해줄게. 하지만 위녕, 대학이라는 거, 아무것도 아니라고 말은 하지 못하지만 그렇다고 너의 전부도 아니야. 너에게는 아주 많은 날들이 있어. 이것이 첫 번째 선택이고 관문이긴 하지만, 그리고 비록 평생 동안 너희 이력에 카인의 이마에 새겨진 표지처럼 대학이라는 것이 따라다니긴 하겠지만, 그렇지만 그게 전부는 아니야. 그러니까 오늘 하루를 편안히 보내."

"엄마는 오늘 하루를 어떻게 지낼 거야?"

오늘도 텔레비전 뉴스에는 교문에 붙어서 아이들이 시험을 잘 보길 기도하는 엄마들의 모습이 비춰질 것을 생각하며 내가 물었다.

"으음, 엄마는 오늘 낮술을 마시기로 했어. 지난해에 아들을 대학에 보낸 친구가 주최하는 낮술 모임에 갈 거야. 지난해에 그 애 아들이 시험을 보는 날, 그 애가 거북해할까 봐 문자만 한 통 보내고 전화를 하지 않았더니, 아마 다른 친구들도 그랬나 봐……. 그날 너무 심심했다나? 수험생 엄마 주제에 다른 친구들한테 전화를 걸어서 심심해! 하고 말하기도 왠지 어색하고…… 그랬대. 그래서 이번 해에는 다들 모이기로 했어. 그리고 오랜만에 처녀 때처럼 낮술을 마시기로 했어."

나는 엄마를 따라 웃었다. 역시 우리 엄마다웠다. 엄마가 즐겁게 하루를 보낸다고 생각하니 내 마음도 가벼워졌다. 솔직히 엄마가 교문에 엿을 붙여놓고 기도하고 있을 거라 생각하면 내 마음은 얼마나 불편했을까?

119.

수능 시험을 마치고 교문을 나왔다. 교문 밖에는 엄마들이 우르르 몰려 서 있었다. 나는 고개를 들고 엄마를 찾았다. 교문 입구에서 엄마가 나처럼 목을 길게 빼고 나를 찾고 있었다.

남극의 어느 해변, 펭귄들이 해변을 가득 뒤덮으며 새까맣게 몰려 있을 때 나는 참 이상한 생각이 들었더랬다. 어떻게 저렇게 똑같은 펭귄들 사이에서 모두가 제 새끼를 찾아갈 수가 있는 걸까? 그런데 그날 나는 알았다. 비슷비슷한 우리가 몰려 나와도 비슷비슷하게 생긴 엄마들은 각자 자신들의 아이들을 찾아낸다는 것을. 아마도 외계인이 탄 비행접시가 오늘 한국의 상공에서 우리를 찍어갔다면 그들만의 프로그램인 〈코스모스 지오그래픽〉이란 프로그램에서 우리를 두고 신기하다고 말할지도 모른다. 외계인 소녀는 그런 우리의 모습을 보면서 제 엄마에게 물을지도 모른다.

"엄마, 저 지구라는 행성의 인간이라는 종족의 뇌 속에는 본능적으로 초능력 감지기가 있나 봐. 내가 보기엔 다 똑같이 생겼는데 잘도 자기 새끼들을 찾아내고 있어. 난 지구의 새들이라는 종족이 먼 거리를 철 따라 정확히 운행하는 것보다 저게 더 큰 초능력이라고 생각해."

엄마의 입술은 추위 속에 오래 서 있어서인지 파르스름했다. 나를 보자 엄마는 무슨 에베레스트에서 내려오는 딸이라도 맞듯이 약간은 걱정스럽고 감격스러운 표정을 짓더니 "춥다. 어서 차에 타자." 하며 나를 끌었다.

"술 먹었잖아. 운전할 수 있어?"

내가 묻자 엄마는 차에 올라타 두 손을 비비더니 말했다.

"아이구, 아줌마들하고 내가 그런 약속을 한 게 잘못이지. 낮술은커녕 점심도 못 먹었다. 참 나…… 지네들이 애태운다고 자식들이 시험을 잘 보느냔 말이야. 그래서 엄마 그냥 다니엘 아저씨랑 밥 먹었어. 소주 딱 한 잔 했어. 그리고 친구들한테 문자를 보냈지. 애들아, 나 혼자 술 먹는다……. 그랬더니 문자들이 오더라구. 그래 너 잘났다!"

엄마는 한참을 웃었다. 엄마의 친한 친구네 아이 중 두 명이 올해 나와 함께 수능 시험을 봤다. 엄마가 가끔 하는 말로 그 애들은 아주 공부를 잘한다고 했다.

"엄마 이건 정말인데 너한테 고맙더라구. 그 애들은 밥도 못 먹었대. 점수 일이 점에 대학이 바뀔지도 모르니까. 엄마로 말하자면 아주 편안했어."

내가 뉴질랜드에서 돌아오자마자 다시 한국 학교에 전학해서 고입 시험을 볼 때, 엄마는 내가 인문계 고등학교에 갈 자격을 얻었다고 기뻐하며 친구들에게 한턱을 냈다고 했다. 엄마 친구들의 아이들은 이미 전교에서 일이 등을 하면서 일류 외국어 고등학교에 합격했는데 말이다. 엄마 친구인 아줌마는 나중에 그 일을 회상하면서 내게 말했다.

"맛있는 거 얻어먹으면서 말이야. 약간 기분이 이상했단다, 위녕. 한턱을 낼 사람은 우리였는데, 네 엄마는 우리 중에 네가 제일 좋은 고등학교에 합격한 것처럼 기뻐했고, 우리는 왠지 너희 엄마가 행여라도 주눅 들까 봐 우리 아이들이 얼마나 센 경쟁을 거쳐 좋은 고등학교에 입학했는지 자랑도 못 했단다……."

그러자 엄마는 대꾸했었다.

"너희 아이들은 공부를 잘하지만 위녕은 다른 걸 잘해. 으음……. 그게 뭔지 나는 아직 모르지만 말이야."

그런 말을 하는 엄마가 언제나 고마울 거라고 여긴다면 그건 오산이다. 물론 야단치고 주눅 들게 하고 강요하는 것보다는 낫겠지만, 나는 가끔 그렇게 말하는 엄마 때문에 모든 것이 온전히 내 책임이 되고야 말 거라는 불안을 느낀다. 모든 것이 자기 책임이라는 것은 나이가 들어서도 결코 인정하기 싫은 일인데, 나는 겨우 열아홉이다. 어떤 때는 엄마가 고도의 심리전으로 우리를 압박하는 게 아닐까 하는 의심도 들었다. 하지만 그래도 가슴속 깊은 곳에서는 그럴 때마다 굵은 철근 같은 것이 내게 박혀오는 듯도 했다. 왜 있지 않은가, 그 높은 건물 지을 때 높은 건물이 높이 오르기 위해 그만큼 더 어두운 땅 밑으로 처박혀야 하는 그 굵은 쇠 말이다.

120.

참 이상하다. 시험이 끝나면 하고 싶은 것이 너무나 많았다. 책들의 유혹이 컸고, 어른스러운 옷을 입고 춤도 추러 가고 싶었다. 호프집에 가서 당당하게 맥주도 마시고 싶었다. 그런데 생각나는 것은 오직 집뿐이었다. 집에 가서 된장국에 밥을 먹고 시끄러운 동생들이 재잘거리는 소리를 들으면서 내 고양이들과 침대에서 뒹굴고 싶었다.

유치원 때였던가, 초등학교 일 학년 때였던가, 의식주라는 단어를 배운 적이 있었다. 선생님은 의식주 모두가 아주 중요한 거라고 말씀하셨는데 나는 그게 이해가 안 갔다. 음식은 날마다 바꿔야 하고 옷도 키가 크면 새로 사야 하는데 집은 언제나 있는 게 아닌가 싶어서였다. 아빠에게 이 이야기를 하자 아빠는 한참을 웃더니 대답했었다.

"위녕, 집은 중요한 거야⋯⋯. 네가 학교가 끝났는데, 어디든 갈 곳이 없다고 생각해봐."

그런 상상은 내게는 처음이었고 끔찍했다. 학교가 끝났는데 친구들도 다 자기네 집으로 갔는데 내게 집이 없다면⋯⋯. 그런 의미에서 나는 가끔 신문이나 방송에 실리는 노숙자들의 기사를 그냥 지나치지 못했다. 밤이 되어도 갈 곳이 없는 그들은 하루하루가 얼마나 끔찍할까.

"아빠한테 전화해드려라. 네 아빠 성격에 지금 전화는 못 하고 하루 종일 밥도 못 먹었을 거야. 엄마처럼 낮술을 먹을 사람도 아니니 얼마나 궁금하겠니?"

엄마는 내게 전화기를 내밀며 웃었다. 아빠와는 내가 그날 E시에 다녀온 이후로 거의 만나지 못했었다. 나는 좀 망설였다. 실은 아빠가 내게 먼저 전화를 해야 한다고 생각했던 것이다. 내가 뭐 인류를 구하기 위해 저승으로 생명의 물을 구하러 간 바리데기까지는 아니어도 그래도 딸이 대학 수능을 보는데 싶어서였다. 엄마가 내 생각을 눈치 챈 듯이 핸들을 꺾으며 다시 말했다.

"위녕, 진정한 자존심은 자기 자신하고 대면하는 거야. 얼마나 사랑했는지, 얼마나 최선을 다했는지……."

엄마는 말끝에 응? 하는 엄마 특유의 표정으로 나를 바라보았다. 나는 으응, 하면서 내 휴대폰을 만지작거렸다. 그때 정말 무슨 전기가 통하기라도 한 것처럼 벨이 울렸다. 아빠였다.

"시험 잘 봤니?"

아빠는 최대한 담담하게 말했다.

"그냥……."

"……그래, 엄마랑 같이 있지?"

"어."

내가 대답하자 아빠는 잠시 망설이더니, "아빠가 조만간 한번 그리로 갈게." 하고 말했다. 아빠가 전화를 끊으려고 하는데 나도 모르게 나는 아빠를 불렀다. 아빠가 "응?" 하고 내 부름에 답했는데 나도 실은 왜 아빠를 불렀는지 알 수는 없었다. 우리 두 사람 사이에 잠시 침묵이 흘렀다. 나는 입술을 몇 번 달싹하다가 말했다.

"아빠…… 고마워요."

수화기 저쪽에서 아빠는 아무 말도 하지 않았다. 그러나 아빠의 마음속으로 무언가가 울컥거리고 있다는 것은 느껴졌다. 엄마가 운전을 하다 말고 미소를 띠며 내 머리를 쓰다듬었다. 그런데 수화기 너머 아빠를 느끼고 그리고 머릿결로 엄마의 손길을 느끼는 그 순간…… 나는 이상한 감정을 체험했다. 그것은 행복이었다.

121.

집에 돌아오니까 뜻밖에도 다니엘 아저씨가 보내온 꽃다발이 놓여 있었다. 내가 제일 좋아하는 백장미 다발이었다. 막딸 아줌마는 내가 좋아하는 잡채와 된장국을 끓여놓았고 엄마가 시장에서 사 온 회도 놓여 있었지만 이상하게도 식욕이 없었고 그저 자고 싶었다. 둥빈은 여전히 말이 없었다. 그리고 언제나처럼 식사가 끝나자 방으로 들어가 문을 잠가버렸다. 그런 둥빈을 바라보는 엄마의 표정 위로 짙은 그늘이 덮였다.

"남자 애들 사춘기 요란해요. 다들 겪는 거야……."

막딸 아줌마가 엄마의 표정을 보며 슬쩍 말을 건넸다.

"오늘 저녁 먹고 우리 식구 모두 노래방에라도 가려고 했는데……. 위녕 시험 끝나니까 둥빈이가 시작하네……. 둥빈이가 끝나고 나면 제제가 그러겠지. ……그리고 그것도 끝나고 나면 나는 할머니가 되어 있을 테고."

엄마가 말을 하자 제제가 납작한 눈을 빛내며 물었다.

"엄마가 할머니가 되면 우리 진짜 할머니는 어떻게 해?"

우리 가족은 제제 때문에 한참을 웃었다. 엄마는 제제 때문에 웃고 나서 결심이라도 한 듯 얼른 표정을 바꾸더니, "그러니까 할머니가 되기 전에…… 아무리 힘들어도 재밌게 살아야겠어." 하며 웃었다.

"위녕이 이제 시험도 끝냈으니 뭐 할 거니?"

막딸 아줌마가 내게 물었다.

"……으음, 우선 좀 자구요 책도 보구요……. 것보다 더 중요한 건 살을 빼는 거예요."

내가 대답했다. 엄마가 "음, 아주 좋은 생각이야." 하고 대꾸했다.

"그런데 엄마……, 내 친구는 얼마 전에 십칠 킬로나 뺐다."

엄마와 막딸 아줌마의 눈이 휘둥그레졌다.

"그래서 엄청 날씬해졌는데 왜 그런지 우울증 걸렸어……. 아아, 우울증 걸려도 좋으니까 나도 그렇게 살 좀 빼봤으면 좋겠다. 나도 십칠 킬로쯤 빼고 나면 생머리 길게 풀고 좌악 달라붙는 가죽 바지에 부츠 신고 채찍을 들고 거리를 활보할 거야."

엄마가 눈을 동그랗게 뜨더니 나를 쳐다보았다.

"누나, 가죽 바지는 입어도 좋은데 채찍은 왜 들어?"

제제가 물었다.

"왠지 멋있잖아."

막딸 아줌마가 킥킥 웃었다.

그날 밤 생각과는 달리 나는 일찍 잠이 들었다. 설핏 잠이 들었다가 깨어 화장실에 가는데 엄마가 둥빈의 방 앞에 서 있었다. 잠긴 문을 쥔 채였다. 그때 전화벨이 울렸다. 시계를 보니 벌써 열한 시가 다 되어가고 있었다. 엄마는 그제야 날 발견하고 "너 거기서 뭐

하니?" 하며 내가 할 질문을 하더니 소파로 가서 전화를 받았다. 화장실에 갔다 나오니까 전화를 받는 엄마의 얼굴이 해쓱했다. 낮은 목소리로 "그래서? 그래서……?"만 반복하고 있었다.

"엄마, 아빠 좀 바꿔주세요."

엄마의 목소리가 심상치 않아서 나는 거실로 가서 엄마 곁에 앉았다. 엄마의 얼굴에는 어둠이 가득했고 눈에는 눈물이 고여 있었다.

"아빠……."

엄마가 외할아버지를 불렀다. 엄마의 입술이 엷게 뒤틀리고 있었다.

"어떻게 하죠? 위녕이 시험도 끝나고 밴쿠버에 있는 학회에 가겠다고 해놓았어요. 아니에요. 제가 취소할게요……. 그날이 수술 날이라면……. 언니도 미국에 있고 오빠도 여기 없는데 제가 있어야 하잖아요."

저쪽에서 엄마가 아빠, 라고 부르는 외할아버지가 무언가 오래 말씀을 하셨다. 엄마의 눈에서 고였던 눈물이 주르르 흘러내렸다.

나는 엄마의 표정을 바라보고 있었다. 엄마가 내 엄마이기도 하지만 누군가의 딸이라는 것이 새삼 느껴졌다. 엄마는 낮은 목소리로 네, 네 하더니 전화를 끊었다.

"무슨 일이야?"

엄마는 전화가 끊긴 수화기를 만지작거리며 대답하지 않았다. 그리고 깊은 한숨을 내쉬었다.

"외할아버지 암이시래……. 오늘 수술 날짜 결정하셨다는데…… 너 시험 볼 때까지 우리한테만 비밀로 하신 거야."

엄마는 입술을 앙다물었다. 내 가슴도 쿵 하고 내려앉았다. 외할아버지는 한겨울에도 거르지 않고 산에 가실 정도로 아주 건강하신 분이었는데 어쩌다 이런 일이 일어났을까 싶었다. 사람은 모두 죽는다는 당연한 사실이 너무 당연하지 않게 내 가슴을 치고 지나갔던 것이다. 엄마와 나는 한동안 아무 말도 없이 앉아 있었다. 바람이 많이 부는지 창문이 덜컹거렸다.

"엄마가 하필이면 수술하는 그날 밴쿠버에 가야 한다고 하니까…… 외할아버지 뭐라고 하시는 줄 아니? ……당연히 가야지, 아빠는 오래 살았고 참 재미있게 살았다. 설사 결과가 아주 좋지 않다고 해도, 그래서 세상을 떠나게 된다 해도 후회는 없다. 그러니까 너는 너의 길을 가야 해. 밴쿠버로 가서 학회에 참석하고 와라……. 부모는 언제나 자식보다 일찍 죽는다……. 애야, 두려워하지 마라……. 아빠는 너로 인해 슬픔도 많이 겪었지만 너 때문에 참 기쁜 일도 많았고 또 자랑스러운 일도 많았단다……. 이러시는 거 있지."

엄마는 마지막 말을 하면서 두 손으로 얼굴을 가렸다. 내 가슴으로도 뜨거운 것이 지나갔다. 그리고 또 어떻게 암 선고를 받고 딸에게 저런 말을 하실 수가 있을까 싶었다. 나도 먼 훗날 죽기 전에 저런 말을 할 수 있을까. 갑자기 나의 시험을 위해서 두 분이 우리에게 좋은 얼굴만 보여주셨던 생각이 났다. 시험을 보기 전날 우리 집에 오셔서 내게 용돈을 쥐여주셨던 것이다. 머리도 쓰다듬어주셨다. 아무것도 모르고 철도 없이 돈을 덥석 쥐어 들고 이 돈으로 전에 보아두었던 유리구슬이 달린 머리핀을 사야지 생각했던 내가 너무 미안했다. 게다가 시험은 당연히 잘 보지도 못했다. 나는 내가 너무 미웠다.

"엄마……, 괜찮으실 거야……. 워낙 건강하신 분이잖아."

나는 겨우 말했다. 그러나 머릿속으로 빠르게 코코와 둥빈의 아빠가 스쳐 지나갔다. 엄마는 바람이 부는 창밖을 바라보며 아무 말도 하지 않았다. 다시 전화벨이 울렸다. 엄마가 서둘러 전화를 받았다. 미국에 있는 이모인 모양이었다.

엄마는 낮은 소리로 이모와 통화를 하다가 나를 바꾸어주었다. 내가 전화를 받자 언제나 여성스러움이 뚝뚝 떨어지는 목소리로 이모가 말을 건넸다.

"위녕, 시험은 잘 보았니?"

내가 그냥 웃자 이모가 다시 말을 했다.

"이모 다음 주에 한국으로 간다. 할아버지 위해서 기도해라. 그리고……."

이모는 평소 같았으면 내게, "그래도 미모는 챙겨야 한다."라고 말했겠지만 그리고 습관처럼 그 말을 하려다가 마는 것 같았다. 그 와중에도 약간 웃음이 나왔다. 어쨌든 이모를 만난다고 생각하니 반가웠다. 그리고 이모의 딸인 완이 언니와 선이 언니도 만나고 싶었던 거였다. 내가 전화를 끊자 엄마가 내게 물었다.

"니네 이모 또 너보고 미모 챙기라고 하디?"

"아니, 이번에는 그 말씀은 안 하시던데……. 하려다가 상황이 상황이니만큼 그만두기로 하신 거 같아."

엄마는 나를 보고 설핏 웃었다. 울고 웃고 죽고 살고. 산다는 것은 대체 무엇일까. 이렇게 한순간에도 수많은 일이 우리에게 일어난다. 뭐 특별한 일들도 아니었다. 싸우고 화해하고 근심하고 기뻐하며 울다가 웃는다……. 하지만 겪는 사람에게 그것은 아주 특별한 일이었다.

122.

외할아버지는 형제들 중에서 막내딸인 엄마를 제일 사랑하셨다고 했다. 어린 시절부터 여자도 사회적으로 역할을 해야 한다고 엄마에게 가르치셨다고 했다. 다른 일에는 아주 절약하는 분이었지만 책이라면 아무리 비싼 것이라도 다 사 주셨다던 외할아버지. 그 시대 사람들이면 누구나 그랬겠지만 혼자 힘으로 학교를 다니셨던 할아버지는 마지막에 학비를 댈 수가 없어서 학비에 조금이라도 보탬이 될까 하고 영어 사전을 내다 판 것을 두고두고 가슴 아파하셨다고 했다. 그 이후로 외할아버지는 누군가 책을 보고 싶은 사람이 있으면 그게 누구든 책을 사 주셨다는 말씀을 우리에게 하셨다.

엄마는 한 손을 얼굴에 댄 채로 멍하니 창밖만 바라보고 있었다. 언젠가 엄마가 이혼을 하고 나서 외갓집에 갈 수 없었던 것은 외할머니 외할아버지와 눈이 마주칠 것이 두려워서였다고 했다. 눈이 마주치는 그 순간, 그분들의 슬픔을 보아버리면 엄마는 더 이상 버틸 수가 없을 것 같아서였다고 했다. 엄마가 두 번 이혼하는 동안 두 분은 한 번도 엄마를 나무라지 않으셨다고 했다.

마지막 제제 아빠와 이혼을 결정하던 날 엄마에게 전화로 말씀하셨다고 했다.

"아빠는 내 딸이 세 번이나 이혼한 여자가 되는 거 정말 싫다……. 하지만 네가 불행한 건 더 싫어……."

엄마가 울기만 하고 대답을 못 하자 외할아버지는 다시 말씀하셨다고 했다.

"건강만 챙겨라. 앞만 보고 가거라. 네가 최선을 다했다는 건 우리가 안다. 그러니 주눅 들지 말고 당당해야 한다. 사람의 일이라는 것은 사람의 마음대로 되는 것이 아니야……. 다른 사람은 나중에 생각하고 지금은 오직 너와 네 아이들 생각만 해야 해."

외할머니는 그날 밤 자다가 깨어보니 외할아버지가 혼자 식탁에서 술을 드시고 있었다고 전했다. 결혼 생활 오십 년 동안 외할아버지가 혼자 술 드시는 모습은 처음 보았다는 말도 전했다. 그런데 외할아버지는 엄마에게 "오래 재밌게 잘 살았다."고 하셨다니. 대체 부모와 자식은 무엇일까. 언젠가 외할머니는 우리 집에 오셔서 이모의 딸인 완이 언니가 속을 썩인다는 걱정을 하시며 말씀하셨다.

"처음에는 완이가 이해가 되기도 했는데, 이젠 아무리 손주지만 내 딸 아프게 하는 게 너무 미운 거 있지."

외할머니는 우리의 말이라면 무엇이든 거절하는 법이 없는 분이었는데 막상 그런 말을 듣고 나자 나는 좀 놀랐었다. 그리고 약간 우습기도 했었다. 하기는 이 순간, 내가 아무리 마음이 아픈들 엄마만큼은 아닐 것이었다.

"위녕, 피곤하지 않니?"

엄마가 생각에서 깨어난 듯 문득 물었다. 그 와중에도 엄마는 또 내 걱정을 한다. 이것이 부모일까. 나도 나중에 엄마나 아빠가 아프다고 해도 내 아이를 먼저 챙기게 되는 것일까.

"괜찮아, 엄마……."

엄마는 또 멍해지더니 무슨 생각을 했는지 설핏 웃었다.

"외할아버지 이제 그 좋아하시는 술도 못 드시고 어떻게 하니? 수술이 잘 되어도 그게 걱정이야……. 위녕, 우리 잠도 안 오는데 맥주 한잔 마시자. 건강할 때 맛있는 술을 많이 마셔두지 뭐. 죽고 사는 건 우리의 소관이 아니니까. 우리만의 문제도 아니니까. 그

래……. 외할아버지 말씀이 맞아. 엄마는 엄마의 자리에서 엄마의
일을 하는 거야. 누구도, 부모라 해도 남의 생을 다시 살아줄 수는
없으니까."

엄마는 자리에서 일어나 맥주를 가지고 내게로 왔다. 엄마와 나
는 아까는 하지 못했던 건배를 했다.

"엄마도 죽을 때 네게 그런 말을 할 수 있게 살고 싶어. 오래, 그
리고 재미있게 살았다고……. 거기서 중요한 건 오래, 야. 어쨌든
있어주는 거, 곁에 있어주는 거……. 외할머니 외할아버지는 그렇
게 하셨어. 나는 그걸 너희에게 갚을 수밖에 없고."

엄마는 맥주를 한 모금 마시고 다시 말했다.

"내일은 모두 외갓집으로 가자. 그리고 맛있는 거 먹으러 가
자……. 외할아버지 수술에 잘 견디실 수 있도록 영양이 풍부하고
맛있는 거 먹으러."

123.

다음 날 우리는 모두 외갓집으로 갔다. 학교만 다녀오면 문을 걸
어 잠그고 방에 틀어박히는 둥빈의 방 밖에서 엄마가 말했다.

"엄마가 미운 건 미운 거고, 외할아버지는 외할아버지야……. 암
이시래. 너희의 방문이 외할아버지에게 얼마나 힘이 되겠니? 어서
나와……."

하는 수 없이 방문을 열고 나온 둥빈의 눈길에는 슬픔과 두려움
이 혼재되어 있었다. 그런 둥빈의 눈빛을 바라보며 내 가슴이 철렁
했다. 둥빈의 아빠가 죽던 날, 무심한 목소리로, "누나,《해리 포터》

육 부는 언제 나와?" 묻던, 둥빈의 목소리를 내가 잊을 수 있을까. 이 세상 어떤 목소리보다 담담했던 그 슬픈 목소리를…… . 엄마의 차로 가는 길에 둥빈이 내게 낮은 목소리로 물었다.

"외할아버지…… . 심하신 거야?"

변성기가 되어 걸걸해진 그의 목소리는 그러나 두려움 때문에 가늘게 떨리고 있었다.

"아니…… . 조기 검진에서 발견해서서 괜찮대…… . 게다가 나이가 들면…… . 암도 늦게 퍼진대."

엄마 차 안에서 둥빈은 창밖만 보고 있었다. 암 검진을 받은 지 한 달 만에 세상을 떠나버린 그의 아빠를 나 또한 생각했다. 나는 그의 얼굴을 한 번도 본 일이 없었다. 하지만 둥빈을 많이 닮았다고 했다. 나는 나도 모르게 두 손을 모으고 둥빈을 위해 기도했다. 지금 이 순간, 솔직히 외할아버지보다 둥빈이 더 걱정스러웠다.

우리는 함께 회를 먹으러 갔다. 고단백에 저지방을 고민하던 엄마가 내린 결론이었다. 당연한 일이지만 외할아버지의 얼굴은 병자처럼은 보이지 않았다. 엄마는 의식적으로였는지 일부러 더 쾌활한 목소리로 이야기하고 있었다. 엄마와 평소처럼 이야기를 나누던 외할아버지가 이미 무슨 일인가 다 들으셨다는 듯이 둥빈에게 말씀하셨다.

"둥빈아, 너도 곧 중학생이 되는구나. 어린아이가 아니고, 남자가 되는 거야. 그러면 매사를 남자답게 행동해야 하는 법이다. 남자답다는 것은, 이런 거야. 가령 자기가 지금 무슨 일을 하고 있는지 분명히 아는 거지. 사내 녀석이니까 가끔 누구랑 싸울 수도 있고 소리를 지를 수도 있고, 불같이 화를 낼 수도 있는 거다. 하지만 말이다.

참을 수 없이 화가 나서 나도 모르게 주먹이 나갔다든가, 나도 모르게 화를 내버렸다, 이러는 게 아니야. 내가 화를 내고 있다는 것, 그래서 나는 어쨌든 너를 한 대 때릴 것이라는 것을 그 순간에도 분명히 아는 거야……. 지금 내가 무엇을 하고 있는지를 그리고 왜 그러는지를."

둥빈은 말이 없는데 제제가 고개를 끄덕였다. 외할머니가 안타까운 눈빛으로 둥빈을 바라보고 있었다. 나나 제제와는 달리 둥빈은 어린 시절 외갓집에서 컸다. 엄마를 위해 외할머니 외할아버지가 어린 둥빈을 이 년 동안이나 키워주셨던 것이다.

"너희도 알다시피 외할아버지는 큰 수술을 받는다. 의학적으로 어느 정도는 보장이 되어 있다고 해도, 할아버지는 수술 중에 죽을 수도 있단다. 어쩌면 너희를 다시는 못 볼 수도 있어……. 그러나 그런 일이 일어난다고 해도, 슬퍼하지만은 마라. 니 에미에게도 말했지만, 할아버지는 오래오래 그리고 재미있게 후회 없이 살았다. 그래서 이제 이 나이에 어떤 일도 받아들일 수가 있단다. 비록 재산은 많지 않고, 비록 이 세상에 큰일은 하지 못하고 살았지만, 그래도 언제나 올바른 쪽에 서려고 했고, 자신에게 부끄럽지 않으려고 했다. 가난한 집에서 태어나 생각해보면 아주 많은 사람들의 도움을 받았다. 그 사람들에게 감사하지. 그리고 할아버지가 되게 해준 너희에게도 감사한단다……."

할아버지의 목소리는 정말로 담담했다. 엄마에게도 밴쿠버에 잘 다녀오라는 말씀을 잊지 않으셨다.

"죽는다는 것도 삶의 일부야. 잘 사는 사람만이 잘 죽을 수 있는 거지. 누구나 한 번은 죽으니까……."

외할머니가 우리의 눈을 피해 얼른 눈물을 닦으셨다.

엄마가 당황하면서 "아빠, 그만 하세요. 둥빈이 장가가는 것 보실 텐데요 뭘." 했다. 그러자 둥빈이 대꾸했다

"할아버지, 저는 결혼 안 해요."

엄마가 난데없이 웃음을 터뜨렸다. 외할아버지도 둥빈의 반응이 우습다는 듯이 빙그레 웃음을 띠셨다. 그러자 제제가 나섰다.

"할아버지, 저는 결혼했어요. 청혼 반지 사는 데 게임 아이템을 얼마나 지출했는데요, 유유."

우리 가족은 모두 어이없다는 듯이 제제를 바라보았다. 엄마가 제제의 머리를 가벼이 쥐어박았다. 외할아버지와 외할머니는 대체, 게임 아이템이 뭔지, 유유가 뭔지 알 수 없는 듯했지만 제제의 말에 따라 웃어버리고 말았다.

그리고 며칠 후 엄마는 자는 나를 깨웠다. 엄마는 외출복 차림이었다. 내가 졸린 눈을 비비며 일어나자 엄마가 내 침대 맡에서 나를 바라보며 말했다.

"엄마 지금 밴쿠버로 떠나 닷새 후에 돌아올 거야……. 수술 끝나면 할머니께 전화드리고…… 그리고 집안에 무슨 일이 있으면 전화해라. 막딸 아줌마랑 서저마가 계시겠지만 그래도 네가 맏이니까, 동생들을 부탁한다."

나는 주섬주섬 일어나 현관으로 엄마를 따라 나갔다. 주차장에는 다니엘 아저씨의 차가 기다리고 있었다. 언제나 해외여행 할 때는 나나 서저마가 공항버스를 타는 곳까지 엄마의 무거운 트렁크를 함께 끌고 가곤 했는데 다니엘 아저씨의 차를 보자 마음이 좀 놓였다.

"그리고 더 어려운 일 있거든 다니엘 아저씨와 상의해라."

엄마는 그렇게 밴쿠버로 떠났다.

124.

엄마가 오래도록 집을 비운 동안 문제는 난데없이 제제에게서 터졌다. 엄마가 떠난 날, 학교에서 해도 되고 안 해도 되는 이 교시를 채우고 돌아오니, 집이 텅 비어 있었던 거였다. 막딸 아줌마와 서저마가 동네 대형 마트에라도 가셨나 보다, 하고 생각하고 있는데 전화벨이 울렸다. 받아보니 막딸 아줌마였다.

"혹시 제제 집으로 왔니?"

"제제가요? 제제…… 학교 안 갔어요?"

내가 반문하자 막딸 아줌마가 한숨을 쉬며 말했다.

"학교에 안 갔대. 담임선생님한테서 전화가 와서 서저마랑 나랑 지금 혹시나 해서 동네 피시방을 뒤지고 있어……. 아무래도 엄마가 아침에 용돈을 주고 간 걸로 그런 데 간 게 아닌가 싶어서."

솔직히 황당했다. 물론, 학교를 가기 싫어하는 마음이야 내가 안다. 그런데 요 어린 것이 어디서 그런 황당한 용기를 냈단 말인가.

점심시간이 다 되도록 제제는 돌아오지 않았다.

"하필이면 엄마가 떠난 날 이런 일이 일어나다니……. 혹시 나쁜 놈이 우리 제제를?"

막딸 아줌마는 일이 손에 잡히지 않는다는 듯이 울먹였다.

"아이, 그런 일은 아닐 거예요……. 좀만 기다려봅시다."

서저마가 언제나처럼 침착하게 막딸 아줌마를 달랬다. 그때 다시 전화벨이 울렸다. 막딸 아줌마가 달려가 전화를 받았다.

"그래요? 거기 있어요? 알겠어요. 그냥 하게 놔두세요. 제가 지금 데리러 갈게요."

막딸 아줌마와 서저마는 동네에 있는 모든 피시방에다가 제제의 인상착의를 설명하고 전화번호를 남기고 온 모양이었다.

"요 앞 게임 피시방이래요. 제가 가서 데리고 올게요."

막딸 아줌마는 범인이 나타났다는 신고를 받고 출동하는 형사같이 외투를 집어 들고 집을 나갔다.

그리고 그날 저녁, 나는 누나로서 무언가 제제에게 한마디를 해야 한다고 생각했다. 그런데 제제는 부끄러워하기는커녕, 반찬을 집어주는 막딸 아줌마에게 신경질을 부리고 반찬이 짜다며 투정을 부리고 있었다. 막딸 아줌마는 내가 보기에도 지나치게 제제에게 너그러운 것 같았다. 보다 못한 내가 "너 입 다물고 조용히 밥 먹지 못해! 어디서 반찬 투정이야." 하고 말하자, 제제는 내 얼굴을 있는 힘껏 째려보더니 "누나는 누나네 집으로 가!" 하고 말했다. 어이가 없었다. 내가 숟가락을 놓자 제제는 그대로 얼굴을 구기며 큰 소리로 울기 시작했다.

내 마음은 몹시 상해 있었다. 어린아이가 한 말이었고, 또 아무렇지도 않게 생각한 말이지만, 내 마음 어딘가에서 이미 할퀴어진 긴 손톱자국 같은 것이 느껴졌고 그리고 그곳이 쓰리기 시작했다. 나는 방으로 들어와 문을 닫았다. 문밖에서 막딸 아줌마와 서저마가 제제를 야단치는 소리가 들리고, 그리고 제제의 울음소리가 더 크게 들렸다. 나는 엠피쓰리를 귀에 꽂고 외투를 입었다. 내가 현관 쪽으로 나가려 하자 서저마가 내게 다가와 조심스레 "어디 가니?" 물었다.

"요 앞 서점에 다녀올게요."

서저마는 무슨 말인가 할 듯 할 듯하더니, "늦지 마라." 한 마디만 했다.

나는 길을 나섰다. 바람은 생각보다 온화했다. 하늘을 올려다보았더니 흐릿한 하늘이 낮게 내려온 듯했다. 한산한 서점에 아저씨는 없었다. 일하는 아르바이트 언니에게 물어보니, 오늘 하루 종일 내려오시지 않는다며 손가락으로 위쪽을 가리켰다. 위쪽이란 서점 위층 아저씨의 집을 말한다. 이리저리 책을 뒤져 보다가 그냥 집으로 돌아가려는데 문자가 왔다. 뜻밖에도 다니엘 아저씨로부터였다.

위녕, 엄마 보고 싶지?
그래도 좀만 참아라, 벌써 하루가 다 갔어.
이제 나흘만 있으면 엄마 오시잖아.

나도 모르게 큰 소리로 웃음이 나왔다. 아니, 오늘 아침에 공항까지 데려다 주고 와서 벌써 엄마가 보고 싶어진 모양인 게지, 하는 생각이 들자…… 오십이 다 되어도 사랑에 빠진 사람들은 어린아이 같구나 싶어졌던 거였다. 나는 아저씨가 사는 서점 이 층을 올려다보았다. 불이 환하게 켜져 있었다. 그게 무슨 용기였는지 모르겠다. 나는 성큼성큼 올라가 벨을 눌렀다. 약간의 시간이 지난 후에 아저씨가 문을 열었다. 아저씨는 나를 보자 몹시 놀라는 표정을 지었다.

"문자 받고 날아라도 온 거냐?"

내가 머뭇거리자 아저씨도 잠시 망설이는 표정을 짓더니, 내게 문을 더 열며 말했다.

318

"잠깐 들어와 볼 테냐? 아저씨가 차 한 잔 줄게."

아무리 아저씨이고 엄마의 남자 친구이긴 하지만 남자 혼자 사는 집이라 내가 망설이는데 아저씨가 "들어와······. 아저씨도 너라도 있었으면 하던 참이었어." 하고 말하더니, "아니, 너라도, 가 아니구나." 하면서 씨익 웃었다.

125.

처음 들어와 본 아저씨의 집은 아주 단출했다. 선방같이 널찍한 거실엔 통나무로 만든 탁자 하나뿐이었고, 여기저기 보던 책들이 쌓여 있었다. 아저씨는 내가 들어서자 방으로 들어가더니 방석을 가지고 와서 내밀었다.

"아저씨는 저녁을 안 먹어서, 뭐라도 좀 먹을 참이었어······. 치즈가 있는데 좀 먹겠니?"

나는 아저씨가 혼자서 술을 마시고 있었다는 것을 눈치 챘다.

"예······. 주세요."

아저씨는 주방으로 가서 이것저것 꺼내는 모양인지 몹시 부산했다. 그때 나는 보았다. 한 여자와 한 남자 그리고 두 사내아이가 웃고 있는 액자 속의 사진을. 내가 알 수 있는 사람은 아저씨 한 사람이었다. 아저씨는 지금보다 조금 여윈 얼굴이었고 수염은 깔끔했다. 그리고 해사한 얼굴의 아줌마와 지금 둥빈이 제제만 한 두 사내아이.

"다니엘 아저씨, 사고로 가족을 모두 잃은 사람이야······. 아저씨도 혼수상태에서 육 개월 만에 깨어났대."

엄마의 말이 떠올랐다. 그 말을 들은 날이 코코를 묻던 날이었지.

"……우리에게 무슨 일이든 일어날 수 있어, 위녕."

엄마는 그렇게 말했었다.

나는 새삼 아저씨를 다시 바라보았다. 아저씨는 웃는 목소리로, "점수는 나왔니?" "진로는 대충은 정했니?" 묻더니 문득 말을 멈추었다. 내가 고개를 들자, 아저씨가 내 곁에 다가와 서 있었는데 내 시선이 그 액자에 가서 멈추었다는 것을 그제야 눈치 챈 것 같았다. 뭐랄까, 남자 목욕탕 입구로 들어선 것처럼 순간 나는 무안했고, 그리고 미안했다.

아저씨 역시 그런 것 같았다. 처음 말을 나누던 날, "아저씨네 가족은요?" 하고 내가 물었을 때 "응……. 먼 나라에 있어."라고 한 그 말이 무슨 이야기인지도 깨달았다. 나는 얼른 아저씨 손에 있는 쟁반을 받아 들었다.

"대체 요즘은 정말 학교라는 게 무엇 하는 데인가 싶어요. 오직 수업 일수를 채우기 위해 두어 시간 비디오로 영화 보다가 돌아와요. 우리 수능 시험 끝났다고 이런 식으로 한다면 정말 고등학교는 오직 대학교에 가기 위한 들러리라는 것을 스스로 입증하는 거밖에 더 되나요?"

나는 무안 세수를 하느라, 시사 토론에라도 나온 것처럼 서둘러 말했다. 아저씨는 탁자를 사이에 두고 내 맞은편에 앉더니 가만히 웃었다. 나는 더는 토론하고 싶은 마음도 없어서 가만히 탁자 위를 손가락으로 문질렀다.

"초대하지도 않았는데 갑자기 찾아와서 죄송해요. 사람은 누구나 혼자만 간직하고 싶은 게 있을 텐데요."

내가 천천히 최대한 나의 미안한 마음을 담아서 말했다.

"감히 초대도 못 했는데 이렇게 찾아와 줘서 고맙구나. 사고 나고, 집 없이 이 년을 떠돌다가 이 집에 이사 오고 서점을 열고 나서, 우리 집에 찾아온 두 번째 손님이야."

잠시 침묵하다가 아저씨가 말했다.

"아까 문을 열었는데 네가 서 있어서 놀랐다. 어쩌면 우리 집에 들어오는 방식도 모녀가 그렇게 똑같은지……. 그리고 지금 하는 말도 말이야."

아저씨는 웃었다. 나도 하는 수 없이 웃고 말았다.

"아저씨도 나흘만 꾹 참으실 거죠."

내가 묻자 아저씨는 어? 하는 표정을 짓더니 아저씨 특유의 너털웃음으로 껄껄 웃었다. 우리는 차 대신 차가운 맥주를 마셨다. 창밖으로는 차가운 바람이 불어가고 있었다.

"참 이상해요. 서점에 가서 처음 아저씨를 본 순간 무슨 생각했는지 아세요? 내 결혼식장에서 아저씨가 우리 새엄마랑 나란히 앉아 있는 장면이 무슨 영화처럼 떠오르는 거예요."

아저씨는 무슨 말인지, 한참을 생각하는 것 같았다.

"있잖요. 우리 엄마는 하는 수 없이 분홍색 한복 입고 우리 아빠랑 앉아 있을 거 아니에요? 그러니까 아저씨는 마음이 좋은 사람이니까, 그때 약간 마음이 상할 우리 새엄마를 찾아서 그 곁에 계셔 주실 거 같았어요."

아저씨는 그제야 너털웃음을 터뜨렸다.

"그래, 아저씨가 네 결혼식에 꼭 가마. 그리고 그분이 좋아하실지는 모르지만 네 새엄마를 찾아서 앉아도 있어주마. 그래야 네 예언

이 맞아떨어지니까."

맥주라는 것이 아저씨에게는 음료일지 모르지만 내게는 벌써 약간의 취기를 오르게 하고 있었다. 그래서였을 것이다. 나는 그냥 두서없이 재잘거렸다.

"아저씨에게 부탁하고 싶었어요. 우리 엄마 참 외로운 사람이에요. 엄마가 살아온 이야기를 듣고 있으면 엄마 자체가 한 편의 소설이구나, 싶은 적도 많았죠. 그래서 언젠가 아저씨에게 말하고 싶었어요. 아저씨 꼭 우리 엄마를 행복하게 해주세요, 하고 말이죠. 그런데 요새 마음이 바뀌었어요. 누가 누구에게 행복을 주고 말고 할 게 없다는 걸 말이지요. 그래서 대신 부탁하고 싶어졌어요. 아저씨, 우리 엄마랑 같이 행복하게 지내세요, 하고 말이지요."

아저씨가 나를 물끄러미 바라보았다. 그때 문득 아빠 생각이 났다. 그리고 내가 어떤 순간에도 아빠를 떠올리고 있다는 것을 깨달았다. 그리고 이 깨달음은 내게 약간의 아픔을 주었는데, 내가 아빠를…… 그러니까 내가 아빠를 사랑하고 있었고 그리고 이 사랑의 이름으로 아빠에게 강요하고 있었고, 그리고 내 마음대로, 내가 사랑이라고 생각하는 대로 날 사랑하지 않는 아빠를 미워하며 또 그만큼 집착하고 있다는 것을 함께 깨달았기 때문이었다.

그때 전화벨이 울렸다. 아저씨가 전화를 받았다. 내 예상대로 엄마였다.

"호텔은 좋아? ……몸은 괜찮고? ……피곤하지 않게 잘 해요."

엄마와 말을 주고받는 아저씨의 말투를 보자 왠지 내 마음이 따뜻해왔다. 두 사람은 그냥 곁에 있는 것만으로도 따뜻해한다는 것도 느낄 수 있었다. 언젠가 엄마가 아저씨를 두고 내게 말한 적이 있었다.

"엄마를 한 번도 아프게 한 적이 없었어……. 위녕, 믿을 수 있니? 엄마는 아저씨 때문에 사랑이란 꼭 아픈 게 아니란 걸 알게 된 거야. 맙소사, 그런데 아저씨는 말한다…… 예전에는 나도 여자들에게 많은 아픔을 준 사람이었다고."

나는 그때 그게 상처를 딛고 일어선 사람들의 힘이라고 생각했다. 그런데 내 앞에서 서로 아주 일상적인 안부를 묻고 대답하는 두 사람은 커다랗고 노란 한 덩이의 전구처럼 느껴졌다. 따뜻한 빛과 열을 사방에 뿌리며 스스로도 밝고 따뜻한 그런 빛 말이다.

아저씨가 내게 전화를 건넸다.

"아저씨네 집에 갔다며……?"

내가 "어." 하고 대답하자, 엄마는 "외할아버지 수술 잘 끝나셨대. 다행히 암이 퍼지지 않아서 장만 크게 잘라내신 모양이야. 그건 그렇고 제제가 학교를 안 갔다면서?" 하고 물었다.

그때 나도 모르게 얄미운 제제 생각이 났다.

"엄마, 제제 혼내줘. 학교에 안 간 건 물론이고, 용돈으로 피시방 가서 다 쓰고, 저녁엔 반찬 투정을 하며 떼를 쓰더니, 내가 야단을 치니까……. 나보고 '누나, 너네 집에 가.' 이러는 거 있지."

마지막 말을 하고 있으려니까 나도 모르게 눈물이 핑 돌았다. 엄마가 한숨을 쉬는 소리가 전화기를 타고 들려왔다.

"쇼를 하는구나. 버라이어티 쇼를 해."

"내가 얼마나 속상했는지 알아?"

엄마가 앞에 있었다면 나는 엄마 앞에서 눈물이라도 흘렸을지도 모르겠다. 그리고 실은 내가 이곳을 정말 내 집이 아니라고 생각하고 있었던 것은 아닌가 하는 의문이 들었다.

"위녕, 엄마는 누가 나보고 니네 딸 엄청 못생겼네, 해도 화가 안 나. 그건 전혀 사실이 아니니까. 엄마 말 알겠어? 그건 화가 나는 게 아니라, 그냥 시끄러운 경적 소리 한 번 들은 걸로 치는 거야. 알았다, 어쨌든 그건 엄마가 가서 혼내줄게, 마음 풀어……. 그리고 제제 말이야……. 엄마가 곰곰 생각해봤는데…… 그리고 아줌마들한테도 일러놨는데, 야단치지 마라. 그 어린 게 학교 가기 싫어서 어른들을 속이고 골목길에서 이리저리 헤맬 때, 얼마나 불안하고 마음이 아팠겠니? 엄마가 외국으로 떠난 게 무서워서 그런가 싶어 엄마 마음이 너무 아팠어. 그러니까 야단치지 말구…… 잘해줘. 엄마가 혼낼까 봐 전화를 받지 않길래, 막딸 아줌마에게도 말을 해놓았는데, 학교 가기 싫으면 하루쯤 쉬라고 해. 너도 그럴 때가 있는 거 잖아? ……대신 엄마가 경찰서 갈 거라고 했어. 하루만 더 빠지면, 그러니까 빠지더라도 다음 학기에나 빠지라고 아니면 엄마가 공항에서 경찰서로 간다고. 알았지?"

킥킥 웃음이 나왔다. 엄마가 다시 한숨을 쉬었다.

"웃긴, 이 녀석아. 엄마 마음이 찢어지는데……. 글구 정말이야, 하루 학교 빠진다고 엄마가 경찰서에 가진 않지만 자꾸 빠지면 진짜 간다니까……. 의무 교육이잖아."

아무튼 좋은 생각인 것 같았다. 그걸로 제제를 위협할 생각을 하니까 마음이 고소했고, 그때 겁먹을 제제를 생각하니 웃음이 나왔다. 그때 창가에 서서 시가를 피우던 아저씨가 문득 나를 돌아보더니 손짓을 했다. 엄마의 한숨을 듣다 말고 일어나 아저씨네 창가로 가니까 뜻밖의 겨울 손님이 우리를 찾아오고 있었다. 첫눈이었다.

"엄마 눈 와. 첫눈이야!"

그러자 엄마가 갑자기 큰 소리로 대꾸했다.

"위녕, 한국 가고 싶어…… 벌써 가고 싶어."

126.

담임선생님과 이야기를 마치고 나오는 길에 눈이 내리기 시작했다. 눈은 수만 개의 흰 나비 떼처럼 혹은 일찍 찾아온 봄 꽃잎처럼 세상으로 내려오고 있었다. 학교 현관 입구에서 길을 나서려다가 나는 나도 모르게 두 손을 벌려 내리는 눈을 손바닥 가득 안았다. 하얀 눈은 아무런 무게감도 없었다. 누군가 가느다란 붓을 들어 선명하게 하늘에 그려놓은 듯 나뭇가지들의 윤곽이 뚜렷했다. 나는 그 나무들을 올려다보았다. 처음 이곳에 왔을 때는 여름이었다. 진초록에 눈을 델 것 같았으니까. 그리고 울긋불긋 단풍이 내렸었다. 다시 바람이 불고 흰 눈이 내리고 잎들이 연두색으로 피어났었다. 그런데 그 초록은 지금 아무 데도 없고 세상은 온통 흰 눈보라로 덮이고 있다. 문득 그런 생각이 들었다. 그때의 위녕과 지금의 위녕은 같은 사람일까?

이 여섯 계절 동안 나는 아주 많은 인생을 살았다. 엄마에 따르면 나이가 먹어 세월이 빠르게 느껴지는 이유는 삶이 단조로워지기 때문이라고 했는데 그렇게 말하자면 내게는 이 여섯 계절이 아주 길었다. 난생처음이라는 꼬리표를 달고 있는 많은 것들을 경험했던 것이었다. 엄마라는 존재와 밤늦도록 맥주를 마시며 이야기를 하기도 했고, 동생들과 싸우고 또 화해했다. 엄마의 남자 친구를 보았고, 먼

곳에 둔 아빠를 그리워하고 미워하기도 했으니까. 코코를 만났고 그리고 보냈고, 밀키와 라테를 얻었다. 나는 내 가방 속에 든 대학입학 지원서의 무게를 다시 느꼈다. 엄마에게 무어라 이야기할 것인가 생각했던 것이다. 엄마는 내 결정에 동의해줄 것인지, 또 아빠는……

나는 약속대로 엄마에게 전화를 걸었다.

"어 위녕, 마침 잘됐다. 엄마 집으로 들어가는 길인데 오 분 후 정도면 네 학교 앞에 도착할 수 있을 거 같아. 엄마가 데리러 갈게. 원서는 썼지? 담임선생이 어디 내라고 하디?"

"만나서 이야기해, 엄마."

나는 교문 앞에 서서 엄마를 기다렸다. 엄마의 차는 우리 학교 교문 반대편 차도로 들어와서 저 길 위에서 유턴을 한 다음 내 앞으로 다가올 것이었다. 이 학교에 전학을 온 이후 나는 엄마에게 학교 앞으로 나를 데리러 오라고 자주 조르곤 했다. 엄마는 내가 막내 제제보다 더 엄마를 조른다고 가끔은 투덜댔지만 대개는 말없이 내게로 오곤 했다. 나와 엄마는 서로 아무 말도 하지 않았지만 그것이 내가 잃어버린 모성애에 대한 보상심리에서 기인한다는 것은 알고 있었다. 실제로 나는 그렇게 엄마를 기다리고 서 있을 때 엄마 없이 학교 문을 나섰던 유년 시절을 떠올리곤 했었다.

엄마의 은색 지프가 학교 반대편 길로 진입해 들어오는 것이 보였다. 나는 엄마에게 손을 흔들어 보였다. 엄마는 창을 약간 내리고 내게 손짓을 한 다음 내 앞으로 다가왔다.

"눈이 엄청 내리겠는걸, 어서 집으로 가자……. 그래 서울에 있는 대학엔 갈 수 있는 거니?"

엄마는 기어를 바꾸어 넣으며 물었다. 그런데 내가 대답이 없자 엄마는 힐끗 나를 곁눈질했는데 그때 엄마의 안색이 순식간에 바뀌는 것이 느껴졌다. 엄마는 역시 눈치가 빠르고 그리고 직관적인 사람이었다. 그것이 불편할 때도 많았지만 말이다.

"왜, 대답이 없어? 서울에 있는 대학에 못 간대?"

"……엄마 나 지방에 있는 교대에 원서 냈어. 서울 근처에 있는 교대는 워낙 커트라인이 높아서."

엄마가 입을 벌린 채로 나를 바라보았다.

"무슨 소리야? 너 글 쓰는 사람이 되고 싶다면서? 그런데 난데없이 웬 교대? ……너 선생님 되려고 그러는 거야? 너…… 그런 말 한 번도 한 적 없잖아. 그리고 지방에 있는 교대라면 집을 떠나야 하는 거야?"

생각보다 더 많이 엄마는 당황하고 있는 듯 보였다.

나는 말없이 고개를 끄덕였다. 하지만 '집을 떠난다'는 단순한 문장이 내 마음의 어떤 구석을 건드리고 지나갔다. 순간 나도 모르게 콧날이 매워졌다. 엄마와 나 사이 차 안의 좁은 공간으로 억센 침묵이 내려앉았다. 어디서부터 말을 꺼내야 할지 알 수 없었다.

이상하게도 우리 가족의 저녁 식사 시간이 내 머릿속으로 지나갔다. 제제는 칼을 들고 설치고 둥빈이는 책을 든 채로 느릿느릿 식탁으로 왔었지. 엄마는 우리와 함께 저녁을 먹기도 했고 먹지 않기도 했다. 막딸 아줌마의 시금치나물은 얼마나 싱싱했는지, 갈치 튀기는 냄새와 된장국 냄새가 신선하게 풍겨오는 것 같았다. 식탁 위의 노란 등이 켜지던 우리 가족의 저녁 식사가 왜 집을 떠난다는 말 뒤에 생생해졌는지 나는 알 수 없었다. 그리고 어쩌면 이제 그런 일상들이 내게서 사라진다고 생각하자 내 가슴으로도 엷은 통증이 지나갔다. 하지만 나는 이제 곧 스물이 된다.

"대학 입학시험을 치르고 나서, 엄마 나는 그런 생각을 했어…….
이제 더 이상 교복을 입고 다니지 않아도 된다고 생각하니까 그런
생각이 들었던 거야. 초등학교 일 학년 때부터 지금까지, 아니 그 이
전에 유치원 때부터 선생님들이 생각났어. 세상의 모든 선생님들은
알까? 그들이 우리에게 실은 얼마나 많은 것들을 주어왔는지. 그것
이 상처든 감동이든 지식이든 말이야……. 엄마, 나는 초등학교 선
생님이 되고 싶다는 것을 그때서야 깨달았어. 그래서 엄마 없는 아
이들을 돌보아주고 싶었어. 아빠 없는 아이들, 아니면 엄마 아빠 다
없는 아이들을 가르치고 싶었어. 학부모님께, 로 시작하는 통지서
대신 보호자 되는 분께, 라는 말을 하고 싶었어. 수업 시간에 무심히
내일 엄마 오시라고 해요, 라는 말 대신 보호자분 오시라고 하세요,
라고 하고 싶었다구……. 엄마, 내 말을 이해해?"

내 입에서 그런 말들이 나올 줄은 실은 나는 예상하지 못했었다.
그러나 그것은 진심이어서 나는 더 말을 잇기가 힘들었다. 그래서
운전대를 붙잡고 있는 엄마를 무심히 돌아보았는데 엄마의 뺨 위로
뜻밖에도 눈물이 흘러내리고 있었다. 나도 모르게 가슴이 쿵 하고
내려앉았다. 엄마는 내 말보다 많은 것들을 이해하고 있었고 그리
고 아마 자책하고 있는 것 같았다. 엄마는 또다시 나와 연결된 수많
은 지난날들을 떠올리고 있었나 보다. 엄마의 눈물은 고통스러워
보였으니까. 원망하려는 의도는 아니었지만 엄마는 마음 한구석의
상처들을 다시 느끼고 있는 것 같았다.

"이제 여기 온 지 이 년도 안 되었는데 집을 떠나겠다는 거야?
……왜 꼭 그래야 하는 거야?"

엄마는 입술을 몇 번 물더니 내게 물었다.

"엄마……, 집을 떠나겠다는 게 먼저가 아니고, 내가 선생님이 되고 싶다는 게 먼저야. 엄마가 그랬잖아. 집은 베이스캠프와 같은 거라고……. 그것이 목표는 아니라고."

"요 기지배는 생전 엄마 말은 듣지도 않다가 이럴 때만…… 엄마 말을 기억했다가 써먹어."

엄마는 투덜거리듯 말하며 모퉁이를 돌아 아파트 입구로 들어섰다. 그리고 집으로 들어가 서재의 문을 닫았다. 나는 거실로 나오다가 엄마 서재의 문이 닫혀 있는 것을 보고 내 방으로 들어왔다. 밀키와 라테가 서로 장난을 치다가 나를 빤히 바라보았다. 그 순간 내가 이 집을 떠나면 이 고양이들은? 하는 생각이 났다. 나는 밀키를 안았다. 말괄량이 밀키는 러시아산 고양이 특유의 깊고 푸른 눈으로 나를 빤히 바라보았다. 나는 나머지 한 손으로 라테도 안아 들었다.

"아주 가는 건 아니야. 주말에도 올 거고, 방학도 있어……. 막딸 아줌마도 있고 서저마도 있고 좀 못 미덥긴 하지만 너희의 두 외삼촌도 있으니까. 제제가 휘두르는 나무칼만 조심하면 나머지 사람들은 문제가 없을 거야. 그리고 무엇보다 너희 외할머니뻘 되는 우리 엄마도 있으니까. 주말에 올 때는 너희 좋아하는 통조림을 꼭 사 오겠다고 약속할게……."

그날 저녁 식사 시간에 엄마는 별말이 없었다. 엄마는 무언가 중대한 일을 결정하거나 고민거리가 있을 때는 입을 다문다. 제제가 용돈을 다 써버리고 이천 원만 더 달라고 떼를 썼을 때도 잔소리 한 마디 없이 지갑에서 돈을 꺼내 주었다. 나는 엄마와 지내는 이 년의 시간 동안 이제는 엄마를 알게 되었으므로 아무 말도 하지 않았다.

누구에게나 기다려야 하는 시간은 있는 법이니까.

127.

그날 밤 엄마는 오래도록 잠들지 못하는 듯했다.

밤새 나도 뒤척였다. 막상 집을 떠나는 것이 잘 하는 일인지 나도
알 수 없었다. 낯선 지방 도시의 생활에 내가 적응할 수 있을지도
알 수 없었다. 이 모든 것을 취소하고 서울 근교에 있는 대학에 다
니며 토익을 듣고 취직 공부를 하는 그런 대학생이 될 것인가 생각
해보았다. 아니, 그건 싫었다. 뭐가 좋은지는 모르겠지만 뭐가 싫은
지는 분명했다.

겨울 해가 내 발치에 이르도록 자고 일어나 보니 엄마는 집에 없
었다. 벌써 출근한 막딸 아줌마 말이 이른 아침에 외출하셨다고 했
다. 무심히 컴퓨터를 켜보니 새 편지가 몇 개 도착해 있었다. 아이
디가 낯이 익다 싶은 순간 그중 하나가 엄마의 편지라는 것을 나는
알았다. 스물이 되는 딸에게, 라는 말로 편지는 시작되고 있었다.

128.

위녕, 잠이 오지 않는구나. 네가 스물이라는 생각, 네가 집을 떠나겠다
는 말들이 뒤얽혀 엄마의 머릿속으로 많은 시간들이 윙윙거렸다. 스
물⋯⋯. 참 좋은 숫자야. 기온으로 봐도 최적의 온도이고 사람의 인생에서
다시는 돌아오지 않을 푸르른 숫자⋯⋯. 이 밤 엄마는 엄마의 스물을 네게
설명하지 않으면 안 된다고 생각했다. 그러지 않으면 너와 아빠 그리고 엄

마의 인생은 아마 설명하기도 힘들 테니까……

엄마의 스무 살은 너의 스무 살과는 아주 달랐다. 그해, 엄마가 대학에 들어가던 해, 대학은 얼어붙어 있었어. 광주학살, 이라는 커다란 현대사의 상처가 서울에 있는 엄마의 대학에까지 어두운 그늘을 내리고 있었다. 어디로 가든지 아직 다 지워지지 않은 엷은 핏빛들이 선명했어. 가해자든, 피해자든, 혹은 아무것도 모른다고 스스로 생각하는 사람에게든 그 핏빛 그늘은 내려와 있었다. 연초록빛 낭만과 자유가 숨 쉴 거라고 생각했던 대학의 공간은 그렇게 붉었고 형사들과 프락치들이 무전기를 들고 서성이고 있었다. 강의실에까지 무전기를 든 형사가 들어와 교수가 혹여라도 자신들의 정권에 해로운 말을 하나 감시하는 분위기를 너는 이해할 수 있을까. 언젠가 이런 말을 네게 했을 때, 너는 물었지.

"엄마, 우리나라 그렇게 후진 나라였어? 그런데 사람들은 그들이 그런 짓을 하도록 그냥 내버려뒀어?"

엄마가 그때 무슨 생각을 했는지 아니? 실은 통쾌했단다. 네 말이 맞았거든. 하지만 말이다. 그걸 그냥 내버려두는 사람들과 그것을 그냥 내버려두지 않으려는 사람들로 나라는 나뉘어졌고, 그리고 실은 모든 사람들의 마음속도 날마다 그렇게 갈라지고 있던 무렵이었다. 네 대답에 통쾌함과 동시에 엄마는 또 생각하고 말았단다. 이 모든 일들을 네게 설명하기란 얼마나 힘든 일인가, 그리고 그것은 또 얼마나 다행스러운 일인가!

대학 신입생 시절, 처음에는 호기심에서, 그리고 얼마간은 지적 허영심에서 엄마는 선배들이 나누어준 유인물을 받아 들게 된다. 그 유인물 하나를 건네 주기 위해 나보다 나이 두엇 정도 많은 그들은 감옥으로 갔고, 모든 미래를 어둠으로 내던져야 했던, 그런 글이 대체 무엇인지 알고 싶었던 거야. 그리고 어두운 지하실에서 촉수 낮은 불을 켜놓고 그것들을 읽게 된다. 이후로 엄마의 대학 생활은 늘 그렇게 어두운 지하실에서 곰팡이처럼 피어나며 멍들어갔다.

그러던 어느 날 형사가 집으로 찾아와—대체 그 형사는 우리 집을 어떻게 알았을까—네 외할아버지를 만나고 간다. 알다시피 엄마를 그토록 믿고 사랑하던 외할아버지는 겁이 나셨나 봐. 엄마에게 해가 지면 집으로 돌아오라고 명령하셨지. 나쁜 놈들이 널 꾀어 무슨 짓인가를 하는 걸 참을 수가 없다고. 네가 끌려가거나 네가 다치면 외할아버지는 견딜 수 없을 것 같다고. 처음으로 네 외할아버지에게 뺨을 맞은 것도, 네 외할아버지를 비겁한 시민이라고 비난한 것도 그때가 처음이었다. 네 말대로 그걸 내버려 둘 수 없다는 것과 그걸 그냥 내버려둘 수밖에 없다는 치열한 갈라짐이 평범한 엄마의 집 안까지 밀고 들어와 아빠와 딸을 갈라놓았다. 생각해보니, 네가 아빠에게 늘 그렇게 당돌하게 대들었던 것…… 그건 아마 엄마 쪽의 피에 가까운 것일 거야. 아빠가 그걸 보고 네 엄마랑 똑같다고 한 것도 무리는 아니었겠지.

그 무렵 가난한 수재가 엄마 앞에 나타난단다. 그는 엄마가 알지 못하고, 정권이 금지하는 멋진 사상가들의 책을 모두 읽었고, 시를 쓰고 있었어. 그리고 멀리서 엄마를 바라보고 있었지. 엄마는 그의 시선을 느끼는 순간, 그에게 매료된다. 그는 외할아버지로 대변되는 모든 비겁한 질서를 무너뜨릴 이론을 가지고 있는 듯했고, 자신의 가난을 두려워하거나 부끄러워하지 않았으며, 그리고 무엇보다, '저런 걸 내버려두면 안 된다'고 생각하는 나라의 시민이었단다. 엄마는 그를 사랑하기로 결심했다. 멀리 있는 신학생이나 선생님이 아닌, 살아 움직이고 내 손을 잡을 수도 있는 젊은이를 사랑하기로 한 건 엄마 평생에 처음 일어난 일이었단다.

나는 버스비조차 없는 그를 위해 책을 샀고, 차와 술을 샀다. 그리고 그에게서 혁명이라는 단어를 배웠다. 혁명, 이라니. 누가 이런 꿈꾸는 듯한 단어를 가르쳐준 일이 있었던가. 스물의 엄마에게 그것은 생을 걸고 한 번쯤 도전하고 싶은 낭만의 극한, 정의의 결정체, 혹은 박해받는 진리의 표상이었어. 나는 그를 존경했고, 그리고 숭배했다. 상상해볼 수 있니? 가난도, 투옥도 두려워하지 않으며 밤새워 책을 읽고 시를 쓰는 스물의, 다리가 길었던 젊은이를.

대학을 졸업하던 해, 그는 고아처럼 이 세상에 홀로 남겨지게 된다. 가난했던 그의 형제들이 모두 이 나라를 떠나 미국으로 가게 되었으니까 말이다. 엄마는 열흘이 넘는 기간 동안 외할머니 외할아버지와 싸워 그와 결혼하고 만다. 그때 엄마 나이 스물둘이었다.

우리는 단칸방에서 작은 장롱 하나와 숟가락 두 개를 놓고 소위 결혼이라는 것을 시작하게 되었단다. 그때 엄마가 행복했었다고 말할 수 있을까? 그랬던 것 같았다. 스물 몇 평 좋은 아파트에 살며 자기 차를 타고 다니는 친구들이 하나도 부럽지 않았어. 우리에게는 돈을 주고도 살 수 없는 터질 듯한 자부심이 있었다. 엄마는 출판사 등을 전전하며 번역거리를 구해다가 그것으로 생활비를 댔고, 그리고 그는 독재자와 싸우는 일에 투신하게 된다. 그리고 당연히 그 결과가 그렇듯 네가 태어나던 무렵 감옥으로 가게 되지. 그때 감옥은 그런 젊은이들로 터질 지경이었으므로 그건 그리 드문 일도 아니었단다.

엄마는 갓난아기였던 너와 씨름하며 날마다 노트에 소설을 썼어. 네 분유가 떨어질까 봐 겁이 나던 날, 혼자 주저앉아 어린 너를 붙들고 울기도 했지. 가끔씩, 이게 정말 삶일까, 하는 의문도 스쳐 지나갔어. 하지만 살아내야 했다. 소설가가 되고 싶었어. 그것이 돈도 명예도 가져다주지 않아도 좋으니까, 내가 느낀 나만의 하늘과 나만의 바람을 표현해내고 싶었어. 그러다 보니 어느 날 한 권의 소설이 완성되었고 그 무렵, 유월 항쟁으로 항복을 선언한 정권이 감옥 문을 열었지. 아빠는 그렇게 우리에게로 왔다.

엄마의 첫 소설은, 출판사의 상투적인 문구대로 '출간 즉시 화제작'이 되어 그 당시로서는 꽤 많이 팔려 나가게 되었단다. 여기저기서 인터뷰 요청이 들어왔고, 엄마는 바빠지기 시작했지. 미국에서 다니러 오신 네 친할머니가 우리의 작은 집에 함께 기거하시며 너를 돌보아주셨단다.

생각해보면, 혁명의 환상이 깨어지던 순간부터, 혁명보다 지독한 일상이 우리에게 밀려들기 시작했다. 네 아빠와 나는 점점 말이 없어져갔다. 아빠는 엄마에게 외출을 하지 말 것을 명령했어. 외할아버지에게 난생처음 빰까지 맞은 이유가 바로 그것이었는데, 가난을 무릅쓰고 그와 결혼한 이유가 그것으로부터의 탈출이었는데, 믿을 수가 없었지, 어떻게 진보를 이야기하던 사람이 자기 부인의 일을 막을 수가 있을까. 위선자! 엄마는 소리쳤지. 아빠의 얼굴은 질려갔고 시선은 엄마에게서 점점 멀어져갔단다.

129.

위녕, 엄마는 이 글을 쓰는 지금, 몹시 힘이 드는구나. 여태껏 엄마는 그가 가부장적인 사고로 엄마의 자유를 방해하고 있다고 생각했다. 엄마의 울부짖음에 아빠는 그냥 입을 다물어버렸으니까. 하지만 이제 와 생각하니, 스물 몇 살 아직도 젊었던 우리 부부에게 일어난 일은 그게 아니었다는 생각이 든다.

우리는 그제야 연애하는 동안 겪어내야 할 갈등을 비로소 겪게 된 거야. 민주화가 되고 나니, 혁명가는 퇴물이 되어버렸던 거야. 엄마는 숭배해야 할 대상을 잃어버린 거야. 밤새워 책을 읽던 그 젊은이가 어느 날 난데없이 무력한 가장이 되어 엄마 앞에 서 있는 거야. 그리고 그는 영민한 사람이니까, 그리고 무엇보다 엄마를 사랑했으니까 눈치 채게 된 거지. 엄마가 그를 더 이상 존경하지도 않는다는 것을, 그리고 이제 와 생각하니 그건 사랑도 아니었는지도 모른다는 것을 말이야.

우리가 함께 누군가를 증오하고 있을 때 우리는 하나였지만, 증오의 대상이 스스로 항복하고 나자, 그 증오는 이제 미숙한 서로를 향해 겨누어지게 된 것이지. 하지만 그냥 평범한 집안의 모범생으로 자란 엄마에게, '첫' 자가 붙은 모든 것을 함께 나눈 그를 떠난다는 생각 같은 것은 상상도 할 수 없었다. 탈출구가 없었고, 엄마는 멍하니 텔레비전만 보며 엄마의 이십 대 후반을 보낸다. 너는 크고 있었고, 우리는 여전히 가난했어.

그의 말대로 '외출하지 않고도 소설은 얼마든지 쓸 수가 있는 것'이지. 그 이후로 엄마는 줄곧 칩거의 시간들을 가지며 소설들을 썼으니까. 하지만 엄마는 그때 한 글자도 더는 쓸 수가 없었어. 그렇다고 집을 떠날 수도 없고 벗어날 수도 없고 개선의 희망조차 없는 삶……. 그때 엄마는 세상에서 가장 안이한 선택을 하게 되었단다. 그건 그냥 나를 희생하고 말기로 한 거지. 소설 같은 거 없어도 사는 데 아무 지장도 없을 테니까. 이제 와서 생각하면 그 이후의 결혼과 이혼이 아니라, 그것이 가장 어리석은 선택이었다. 누군가 아프거나 불구가 되지 않는 한, 가족 한 사람의 희생으로 이루어지는 행복이라는 것이 과연 존재하기나 한 것인지 말이다.

그러던 어느 날 시장에 갔다가 집으로 들어가는데 문을 열 수가 없었어. 손잡이를 당길 수가 없는 거야. 그 느낌이 얼마나 강렬하던지, 아파트 현관 입구에서 한 시간을 서서 진땀을 빼다가 엄마는 겨우 그 문 안으로 들어섰다. 어쨌든 거기에는 네가 있었으니까. 그리고 나는 엄마니까.

하지만 그날 밤, 엄마는 누군가 거칠게 엄마를 흔드는 손에 의해 깨어 일어난다. 아빠의 다급한 외침이 들렸지. 꽁지야, 꽁지야, 왜 그래? 정신 차려! ……위녕, 엄마는 단 영점 일 초의 생각할 시간도 없이 가슴을 쥐어 뜯으며 소리쳤어.

"숨을 쉴 수가 없어, 숨을 쉴 수가 없어……. 곰탱아, 날 여기서 내보내 줘! 제발 날 여기서 내보내줘!"

그것은 우리 부부의 육 개월 만의 대화였고, 그리고 마지막 대화였단다.

130.

위녕, 돌이켜 생각해보면, 네 아빠는 엄마를 사랑했었단다. 네 외할아 버지도 엄마를 사랑했었지. 몹시도 사랑했단다. 하지만 자신들이 옳다고 생각하는 방식으로 그랬던 거야. 다른 것이 틀린 것이라고 믿었던 거야.

위녕, 너를 보내고 싶지 않단다. 너에게 못 해준 많은 것들을, 이제 어 여쁜 여자로 서 있는 너와 하고 싶었어. 여행도 가고, 백화점도 가고, 함께 책도 읽고, 맛있는 것을 먹고, 널 내 곁에 꼭 붙여두고 그렇게 하고 싶었던 거야.

이 편지를 쓰기 전 엄마는 잠이 안 와 거실로 나갔다. 겨울 달빛이 비치 는 창가에 서 있다가 문득 돌아보니 자그마한 성모상이 서 있었다. 성모마 리아가 존경을 받는 이유는 그녀가 구세주를 낳았기 때문이 아니란 걸 엄 마는 그제야 깨달아버렸다. 달빛 아래서 엄마는 거실 바닥에 엎디었지. 그 녀가 존경을 받는 이유는 그녀가 그 아들을 죽음에 이르도록 그냥, 놔두었 다는 거라는 걸, 알게 된 거야. 모성의 완성은 품었던 자식을 보내주는 데 있다는 것을. 그리고 그 거실에 엎디어서 엄마는 깨달았다. 이 고통스러운 순간이 은총이라는 것을 말이야.

사랑하는 딸, 너의 길을 가거라. 엄마는 여기 남아 있을게. 너의 스물은 엄마의 스물과 다르고 달라야 하겠지. 엄마의 기도를 믿고 앞으로 가거라. 고통이 너의 스승이라는 것을 잊지 마라. 네 앞에 있는 많은 시간의 결들을 촘촘히 살아내라. 그리고 엄마의 사랑으로 너에게 금빛 열쇠를 줄게. 그것으로 세상을 열어라. 오직 너만의 세상을.

131.

집을 떠나는 날, 나는 이른 아침, 잠에서 깨어났다. 날은 흐려 있었다. 와우, 내가 좋아하는 음산하고 흐린 날씨다. 엄마는 또 눈을 동그랗게 뜨면서 대체 어떻게 이런 걸 좋은 날씨라고 하니? 하고 묻겠지만 뭐 어쩔 수 없는 일이다. 누구에게 피해가 가는 것도 아닌데, 엄마와 나는 그냥 서로 다른 날씨를 좋아하고 있는 것이니까. 그리고 그런 다름들이 우리가 서로를 사랑하는 데 아무 지장도 주지 않을 테니까 말이다.

부엌 쪽에서 달그락거리는 소리가 들리고 있었다. 나는 이불을 뒤집어쓴 채로 침대의 온기를 좀 더 즐기고 싶었다. 라테와 밀키가 내가 깨어나는 기척에 침대 위로 훌쩍 뛰어올랐다. 나는 그 두 녀석들을 끼고 누워 있었다. 대학에 입학했다고 친척들이 주신 용돈을 모아 사둔 고양이 통조림들이 내 책상 옆에 수북이 쌓여 있었다. 그리고 그 곁에는 어제 싸놓은 내 여행 가방이 놓여 있었다. 엄마가 언젠가 이야기했던 '삶은 낯선 여인숙에서의 하룻밤'이라는 말이 선명하게 내 가슴으로 떠올라왔다.

"그게 어떤 곳이든 그곳이 네가 최선을 다해야 하는 자리야…….

엄마가 좋아하는 시인의 시를 빌려 말하면 이런 거지……. 네가 시방 가시방석처럼 여기는 너의 앉은 그 자리가 바로 꽃자리니라, 야."

어젯밤 엄마와 함께 맥주를 마실 때 엄마는 그 이야기를 해주었다. 그러면서 덧붙였다.

"시인들은 정말 멋있어……. 어떻게 같은 말을 그렇게 멋지게 할까……."

그때 나는 엄마의 손을 잡았었다.

"엄마, 엄마가 바로 우리 엄마라는 사실이 더 멋있어."

그때 엄마의 얼굴은 나를 보고 미소를 띠고 있었는데 더는 참을 수 없다는 듯이 금방 구겨졌고, 그리고 눈물이 고였다. 참 엄마는 잘도 운다. 그리고 물론 나도 그렇다. 그래서 나까지 울어버릴 것 같아 나는 얼른 맥주잔을 입에 댔다.

나는 그때 우리가 다시 만나 함께한 여섯 계절이 결코 헛되지 않았음을 깨달았다. 행복하고 즐거운 시간만 있었던 것은 아니었다. 가끔은 엄마가 자주 집을 비우는 것이 서운했고, 그리고 가끔은 동생들이 귀찮고 얄미웠었다. 하지만 분명한 것도 있었다. 나는 이제 나 자신을 좋아하게 되었다는 것이었다.

나는 자리에서 일어나 밀키와 라테가 좋아하는 닭고기 통조림을 덜어 먹이통에 넣어주었다. 녀석들은 내가 깡통을 따려고 하자 벌써 그르렁거리며 기뻐하고 있었다. 문득 뉴질랜드에 두고 온 고양이 레오가 생각났다. 나는 오래도록 내가 레오를 거기에 혼자 두고 온 사실을 자책했었다. 그런데 나는 이제 또 고양이 두 마리를 두고 떠난다. 마음은 아팠지만 나는 이제 담담하게 그 사실을 받아들이기로 했다. 음, 뭐 딱히 맞는 이야기가 아닐지도 모르지만, 사랑한다고 해서 그걸 꼭 내 곁에 두고 있어야 한다는 건 아니란 걸 나는 이제 알았기 때문이다. 우리는 서로 최선을 다해 존재함으로써 사랑할 수 있는 것이다.

노크 소리가 나고 엄마가 방으로 들어섰다. 엄마는 담담하고 맑은 얼굴이었다. 엄마가 연 방문으로 구수한 된장국 냄새가 따라 들어섰다.

"눈이라도 올까 걱정이 되었는데 아까 창문을 여니까, 바람이 글쎄 부드럽더라. 결국 봄은 봄인가 봐……. 잘 잤어?"

열린 방문으로 제제가 칼을 들고 들어섰다. 그러고는 밀키를 덥석 안아 들었다. 통조림을 다 먹고 혀로 세수를 하고 있던 밀키가 꼬리를 곤추세웠다.

"제제, 밀키 놔둬. 지금 막 밥 먹고 세수하는 중이란 말이야."

제제가 입을 삐죽이며 밀키를 놓아주었다.

"누나…… 내가 밀키를 맡고, 형아가 라테를 맡기로 했어. 그런데 밀키 이름을 내가 바꿔 부르면 안 될까? 눈 공주라고 말이야."

나는 제제에게 엄한 표정을 지어 보였다.

"그건 안 돼. 밀키는 똑똑해서 널 따르지 않을 거야. 네 맘에 들지 않아도 밀키는 그냥 밀키야……. 그리고 고양이들은 물을 싫어하니까 절대 물총을 쏘거나 괴롭히면 안 돼. 알았지?"

제제는 다시 입을 삐죽이더니 대답했다.

"사는 게 참 맘대로 안 돼."

엄마가 어이없다는 듯이 제제를 쳐다보았다.

"형아 깨워라. 누나 떠나는 날인데 같이 아침 먹게."

우리 네 식구는 아침 식탁에 마주 앉았다. 엄마는 애써 태연한 표정이었다. 나는 어젯밤에 생각해두었던 말을 꺼냈다.

"엄마, 나 실은 오늘 그냥 혼자 갈래. 터미널까지 택시 타고 가서 거기서 버스 타고 갈래⋯⋯. 대학 오리엔테이션에서 만난 새 친구하고 그러기로 했어."

"말도 안 돼. 짐도 많고."

나는 엄마를 물끄러미 바라보았다. 엄마는 무슨 말인가를 더 하려는 듯 입술을 달싹하다가 잠시 후, 말했다.

"제제 말이 맞아⋯⋯. 사는 게 참 맘대로 안 돼."

그러자 제제가 눈을 반짝거리며 끼어들었다.

"맞아⋯⋯. 그렇다고 그게 꼭 나쁜 것도 아니야."

제제의 말투는 평소 엄마의 말투를 그대로 흉내 내고 있었다. 우리는 모두 웃었다. 나는 엄마가 끓여준 시금치 된장국과 잘 구워져서 반짝이는 김과 선홍색 명란젓갈을 하나하나 마음에 새겼다. 언젠가 내가 집이 그립고, 몸과 마음이 아플 때, 이 아침 식탁을 기억하고 싶었다. 사는 건 참 맘대로 안 되는 일이지만, 그렇다고 꼭 나쁜 것도 아니라는 것을 떠올리고 싶었다. 내가 앉은 가시방석이 꽃자리라는 말과 함께.

막딸 아줌마가 서둘러 집으로 들어오셨다. 그러고는 내게 꾸러미를 하나 내밀었다. "이게 뭐예요?" 물으니 "속옷이야. 맘에 들지 모르겠다." 하며 웃었다. 엄마가 서둘러 "돈도 없는 분이 뭘⋯⋯." 하다가 입을 다물었다. 나는 막딸 아줌마를 향해 웃었다.

"아줌마, 나 주말에 올 때 맛있는 잡채 꼭 해주세요."

아줌마는 언제나처럼 수줍게 웃었다. 내가 다시 말했다.

"그리고 아줌마 혹시 시집가실 때는 제가 올 테니까 연락하셔야 해요."

132.

아파트 입구에는 뜻밖에도 다니엘 아저씨가 나와 계셨다. 아저씨는 차 앞유리를 닦고 있다가 내게로 다가와서 내 가방을 들었다. 내가 엄마를 바라보자 엄마가 말했다.

"다니엘 택시야……. 터미널까지만 부탁했어. 그건 괜찮지?"

아저씨가 내 짐을 싣는 동안 나는 둥빈과 제제에게 다가가 그 아이들을 안았다. 그러자 난데없이 내가 그동안 좋은 누나가 되지 못했다는 사실이 마음이 아팠다. 떠난다는 것은 꼭 나쁜 일만은 아닌가 보았다. 이런 착한 마음도 가지게 되고 말이다. 마지막으로 엄마가 나를 안았다.

"위녕, 넌 참 이쁘고 좋은 아이야. 언제든 그걸 잊으면 안 된다."

내 머리를 쓰다듬는 엄마의 목소리는 떨리고 있었다. 나는 고개를 끄덕였다. 그러자 엄마가 내게 준 사랑의 열쇠는 바로 이거라는 생각이 들었다. 나 자신을 사랑할 수 있게 해준 것 말이다. 엄마는 내게 그 열쇠로 세상의 문을 열라고 말했다. 나는 그러고 싶었다.

아저씨의 차에 타고 나는 문득 뒤를 돌아보았다. 엄마가 두 동생들과 함께 서서 손을 흔들었다.

그때 나는 알게 되었다. 비로소 내가 온전히 혼자라는 것을, 그리고 결코 혼자가 아니라는 것을.

:: 작가의 말 ::

　이 소설을 생각하게 된 동기는 실은 우연히 찾아왔다. 누군가 내게 '새로운 의미의 가족'에 대해 나와 내 아이들의 이야기를 수필로 써달라고 요청하신 것이 시작이었다. 싱글맘으로 성(姓)씨가 다른 세 아이를 키우면서 스스로에 대한 주눅에서 벗어나지 못하고 있던 내게 그것은 신선한 충격이기도 했다. "왜요?"라고 물으니 그분은 대답하셨다.

　"새로운 시대에 새로운 가족의 의미도 필요한 것이니까요."

　나와 내 아이들의 이야기를 실제 그대로 써야 한다는 부담 때문에 그 일은 성사되지 않았지만 언젠가는 이 이야기를 소설이라는 좀 더 자유로운 형태로 써보고 싶었다. 주인공을 열아홉 살 된 딸아이의 시점으로 하고자 물었을 때 딸아이 역시 큰 격려로 나를 북돋워주었다. 그 아이에게는 평소에 자기가 나에게 조잘대던 하루의 일과를 엄마가 이렇게 세세히 기억하고 있다는 것이 얼마간은 부담이었을지도 모른다. 그러나 딸은 엄마를 이해했고 나는 언제나처럼 그것이 미안하고 고마웠다.

　나는 이 소설을 쓰면서 예전보다 더 아이들을 껴안아주었는데, 막상 내가 객관적으로 나라는 인간을 엄마로서 그려내자, 아마도 겁이 났던 것 같다. 내가 보기에도 나는 좋은 엄마는 아니었고, 그것이 미안해서였을 것이다. 아니, 그렇기도 했지만 실은 내가 맘속으로 되

342

뇌이는 사랑을 표현해내는 일에 너무도 게을렀다는 사실을 글을 써내려가면서 새삼 아프게 인식했기 때문이었을 것이다. 우리 가족이 남들의 기준으로 보면 뒤틀리고 부서진 것이라 해도, 설사 우리가 성이 모두 다르다 해도, 설사 우리가 어쩌면 피마저 다 다르다 해도, 나아가 우리가 피부색과 인종이 다르다 해도, 우리가 현재 서로 다 이해하지 못하고 있다 해도 사랑이 있으면 우리는 가족이니까, 그리고 가족이라는 이름에 가장 어울리는 명사는 바로 '사랑'이니까.

이 글을 쓰는 동안 내게는 아주 많은 변화가 일어났다. 우선 나의 가족사를 가족사라고 밝히고 글을 쓰는 것은 내게는 처음 있는 일이었다. 남들은 용기라고 할지도 모르고 혹은 고백이라고 할지도 모르지만, 내게는 그저 이것 또한 하나의 글일 뿐이었다. 작가는 어차피 자신이 보고 듣고 느끼고 생각하고 깨달은 것을 적게 되는데, 그것이 우연히 나의 삶이었다고 해서 달라질 것은 없었다. 나는 세간의 어떤 비난도 그래서 그냥 받아들이게 되었다. 나를 이해해달라고 눈물 어린 눈으로 호소하고 싶지도 않았다. 내게는 아직도 내가 보호하고 양육해야 할 세 아이들이 있고, 그 아이들을 데리고 갈 길이 아직 멀기에 내게는 용기가 필요했다. 누군가 말했다. 용기란 두려움이 없는 것이 아니라, 두렵지만 그보다 더 소중한 것이 있음을 아는 것이라고. 내게 일어난 가장 큰 변화는 아마도 이것이었는데 나는 내 모든 이런 운명들을 처음으로, 담담히 받아들이게 된 것이었다. 이런 일이 아니었다면 쏟아지는 비난과 원색적 경멸이 난무하는 리플들 속에서 나는 아마도 심하게 휘청거렸을지도 모르겠다. 그러나 나는 엄마였고, 엄마로서 두 발을 단단히 땅에 딛고 서 있어야 했다.

마지막으로 이것은 소설임을 분명히 밝혀둔다. 이것을 밝혀야 하는 이유는 내가 소설가이기 때문이기도 하고, 이 글이 실제 사람들을 모델로 한 것이지만 허구에 의해 펼쳐진 것이기 때문이기도 하며. 상상력에 대한 작가로서의 자존심이기도 하고, 마지막으로 우리 아이들과 내 가족에 대한 염려 때문이기도 하다. 백 년쯤 지난 뒤 혹시 이 소설이 도서관에서 낡은 먼지를 쓴 채로 발견된다면 그때 공 아무개의 사생활이 이랬느니 저랬느니, 하는 말들은 아무 의미도 없으리라.

글을 다 마치고 오랜만에 가을 산책을 나갔다. 가을은 이미 깊어져 나뭇잎들은 황금빛이었다. 지난 여름 동안 뜨거웠던 햇살은 황금빛을 나뭇잎들 속으로 스며들게 하고 이 가을, 스스로는 가벼워진 듯 투명했다. 그때 문득 나는 내가 가을의 한복판에 서 있다고 생각했는데 가을의 한복판은 이루 말할 수 없이 고요했다. 어느 때부터인가 가을이 따스하고 낯익게 느껴진다. 아마도 내가 이제 가을의 삶을 시작하고 있기 때문인지도 모른다. 나는 평소에는 쑥스러워서 하지 못했던 말들을 혼자서 중얼거려보았다.

위녕, 둥빈, 제제…… . 참 고맙다. 그리고 사랑한다. 이게 전부야.

요즘 들어 늘 생각하는 것인데, 나쁘지 않다. 그리고 어쩌면, 하고, 잠시 망설이다가 조심스레 나는 생각해본다. 행복하다. 참, 행복하다고.

공지영

344